O assassinato do comendador
Vol. 1

Haruki Murakami

O assassinato do comendador
Vol. 1
O surgimento da IDEA

tradução
Rita Kohl

1ª reimpressão

ALFAGUARA

Grafia atualizada segundo o Acordo Ortográfico da Língua Portuguesa de 1990, que entrou em vigor no Brasil em 2009.

Título original
Kishidancho Goroshi

Capa
Alceu Chiesorin Nunes

Preparação
Gustavo de Azambuja Feix

Revisão
Renata Lopes Del Nero
Marise Leal

Dados Internacionais de Catalogação na Publicação (CIP)
(Câmara Brasileira do Livro, SP, Brasil)

Murakami, Haruki
O assassinato do comendador, volume 1 : o surgimento da IDEA / Haruki Murakami ; tradução Rita Kohl. – 1ª ed. – Rio de Janeiro : Alfaguara, 2018.

Título original: Kishidancho Goroshi.
ISBN: 978-85-5652-077-7

1. Ficção japonesa I. Título.

18-20425 CDD-895.63

Índice para catálogo sistemático:
1. Ficção : Literatura japonesa 895.63

Iolanda Rodrigues Biode – Bibliotecária – CRB-8/10014

EDITORA SCHWARCZ S.A.
Praça Floriano, 19, sala 3001 — Cinelândia
20031-050 — Rio de Janeiro — RJ
Telefone: (21) 3993-7510
www.companhiadasletras.com.br
www.blogdacompanhia.com.br
facebook.com/alfaguara.br
instagram.com/editora_alfaguara
twitter.com/alfaguara_br

O assassinato do comendador
Vol. 1

Prólogo

Hoje, quando acordei de um cochilo, o Homem Sem Face estava à minha frente. Sentado na poltrona, diante do sofá onde eu dormia, ele me fitava fixamente com os olhos imaginários de quem não tem face.

O homem era alto e usava as mesmas roupas da última vez em que o encontrei. Trazia na cabeça um chapéu preto de abas largas, que escondia metade do seu rosto sem face, e vestia um sobretudo comprido e também de cores escuras.

— Vim para que você pinte meu retrato — disse ele com voz seca, sem entonação, depois de se certificar de que eu estava completamente desperto. — Você me prometeu que faria isso, lembra?

— Sim, lembro. Naquele dia não pude fazer o desenho, porque não tinha papel — respondi, também com voz seca e sem entonação. — Então, em vez de um retrato, lhe entreguei um amuleto no formato de pinguim.

— Verdade. Estou com ele aqui.

Ao fim dessas palavras, ele esticou o braço, que era muito comprido, e abriu a mão direita. Na palma, havia um pequeno pinguim de plástico. Era o pingente para celular usado como amuleto. O Homem Sem Face largou o amuleto sobre o tampo de vidro da mesa, com um pequeno ruído seco.

— Pode ficar com ele. Talvez você esteja precisando. Com certeza, servirá como amuleto para você proteger as pessoas queridas ao seu redor. Só que em troca quero que você faça o meu retrato.

Fiquei desnorteado.

— Mas… assim, de repente?… Nunca retratei uma pessoa sem rosto.

Minha garganta estava seca.

— Ouvi dizer que você é um excelente retratista. Além disso, para tudo há uma primeira vez — afirmou o Homem Sem Face.

Em seguida, riu. Ao menos, tive a impressão de que riu. Escutei um som *parecido* com um riso, como o eco vazio do vento no fundo de uma caverna.

Ele tirou o chapéu que cobria metade do seu rosto. No lugar da face, havia apenas um redemoinho de névoa leitosa, girando lentamente.

Me levantei e trouxe do ateliê um caderno de esboços e um lápis macio. Depois me sentei no sofá e tentei retratar o Homem Sem Face. No entanto, não sabia por onde começar, nem como buscar um ponto de partida. Afinal, o que havia ali era apenas o nada. Como eu poderia dar forma à *ausência de qualquer coisa*? Além do mais, a névoa leitosa que envolvia esse nada se modificava o tempo todo.

— É melhor você se apressar — disse o Homem Sem Face. — Não posso demorar aqui.

Meu coração batia com um som seco. Não tenho muito tempo. Preciso ser rápido. Ainda assim, os dedos que seguravam o lápis estavam paralisados no meio de um gesto e não queriam se mover de jeito nenhum, como se tudo abaixo do meu pulso estivesse dormente. Ele estava certo, eu tinha pessoas para proteger e, de resto, desenhar era a única coisa que eu sabia fazer. Apesar disso, não conseguia de jeito nenhum desenhar o rosto daquele Homem Sem Face. Fiquei encarando, impotente, a névoa que se agitava.

— Sinto muito, mas o tempo acabou — observou o Homem Sem Face depois de um momento, antes de soltar um longo suspiro pela boca da sua face inexistente, exalando o ar como a neblina que paira sobre um rio.

— Espere, por favor! Só mais um pouco e eu…

O homem colocou o chapéu preto de volta na cabeça, escondendo mais uma vez metade do rosto.

— Qualquer dia, farei uma nova visita. Quem sabe então você seja capaz de me desenhar. Até lá, guardarei este amuleto de pinguim.

Assim, o Homem Sem Face desapareceu, em um piscar de olhos, como o nevoeiro varrido subitamente por uma rajada de vento. Restaram apenas a poltrona vazia e a mesa, já sem o amuleto de pinguim sobre o tampo de vidro.

Tudo parecia ser apenas um breve sonho, mas eu sabia muito bem que não estava sonhando. Se aquilo fosse um sonho, então o próprio mundo em que eu vivia deveria ser também um sonho.

Quem sabe um dia eu serei capaz de fazer o retrato do nada, da mesma maneira que certo pintor foi capaz de criar o quadro *O assassinato do comendador*. Até lá, eu preciso de tempo. Preciso que o tempo seja meu aliado.

1.
Se a superfície estivesse turva

De maio daquele ano até o começo do ano seguinte, morei no alto de uma montanha, nas imediações de um vale estreito. Durante o verão, chovia sem parar dentro do vale, mas fora quase sempre fazia sol. Esse fenômeno acontecia por conta do vento sudoeste que soprava do mar, trazendo as nuvens carregadas para dentro do vale. Quando essas nuvens subiam ao longo das encostas, faziam chover. Como a casa ficava bem na fronteira do vale, costumava bater sol na frente enquanto caía uma chuva pesada no jardim dos fundos. No começo, eu achava aquilo bem estranho, mas com o tempo me habituei, até que passei a achar que era muito natural.

Retalhos de nuvens baixas ficavam presos às montanhas próximas. Às vezes, quando ventava, esses fiapos vagavam sobre a encosta, como almas penadas vindas do passado em busca de lembranças desaparecidas. Outras vezes, uma chuva branca como neve fina dançava silenciosamente, movida pelo vento. Ventava quase o tempo todo, então passei um verão agradável mesmo sem ar-condicionado.

A casa era pequena e antiga, mas tinha um jardim bastante grande. Se ficasse largado, o mato crescia alto, e foi assim que uma família de gatos passou a viver escondida entre as ervas daninhas. Depois um jardineiro veio e cortou tudo, e os gatos se mudaram para outro lugar. Acho que ficaram desconfortáveis. Era uma gata tigrada com três filhotes. Tinha uma cara brava e parecia sobreviver por um fio, de tão magra.

A casa ficava no cume da montanha. Do terraço voltado para o sudoeste dava até para ver um pedaço de mar por entre a mata. Era um nadinha, como a superfície da água dentro de uma tigela. Uma pequeníssima migalha do gigantesco Oceano Pacífico. Um conhecido meu, corretor de imóveis, me contou que o preço dos terrenos muda muito em função da vista ou não para o mar, mesmo que a vista seja um pedacinho insignificante como aquele. Mas eu não me importava de ver ou não o mar. De longe, aquele fragmento do oceano parecia apenas um bloco desbotado de chumbo. Eu não compreendia por que as pessoas queriam tanto assim ver o oceano. Particularmente, gostava muito mais da vista das montanhas ao redor. Contempladas de dentro do vale, elas mudavam constantemente de expressão, de acordo com as estações e o clima. Eu não me cansava de observar, dia a dia, essas transformações.

Naquela época, minha esposa e eu estávamos separados. Chegamos a assinar os documentos oficializando o divórcio, mas muita coisa aconteceu, e no fim acabamos retomando a vida conjugal.

Não foi um processo muito simples, longe disso, e as relações de causa e efeito envolvidas não estão claras nem para nós. Se eu tentasse sintetizar, diria apenas um clichê como "resolvemos dar outra chance ao amor". Pouco mais de nove meses se passaram entre esses dois casamentos (que eu poderia chamar de casamento anterior e posterior), mas eles se abrem num sulco profundo, como um canal que corta um istmo escarpado.

Pouco mais de nove meses — não consigo avaliar se é um período longo ou curto para uma separação. Olhando para trás, às vezes parece quase uma eternidade, e outras, apenas um instante. Minha impressão muda dependendo do dia. Em fotos, é comum colocarem um maço de cigarros ao lado dos objetos para dar uma noção de tamanho. Mas nos registros da minha memória esse maço parece encolher e esticar, dependendo do meu humor. Assim como as coisas e os acontecimentos gravados na minha memória se movem e se transformam, essa régua que deveria ser inalterável também parece se mover e se transformar sem parar, como que em uma competição.

Quer dizer, não é como se todas as minhas memórias se mexessem, esticassem e encolhessem desse jeito. No geral, minha vida sempre funcionou de maneira bastante lógica, coerente e tranquila. Somente *nesses nove meses* me vi em uma situação caótica e completamente inexplicável, como um banhista que estivesse aproveitando o mar sereno e, do nada, fosse carregado para um gigantesco e misterioso redemoinho.

Deve ser por isso que, quando me lembro desse período (sim, estou escrevendo essas linhas me recordando de coisas que se passaram há muitos anos), o peso, a perspectiva e a conexão entre os fatos parecem incertos e oscilam o tempo todo. Por isso a sequência lógica das coisas parece mudar num piscar de olhos, sempre que me distraio. Ainda assim, vou me esforçar para narrar da maneira mais sistemática e mais lógica possível. Talvez seja um esforço inútil. Seja como for, continuarei agarrado com toda a força a essa régua precária que fabriquei com o que tinha à mão, como um náufrago esgotado que se agarrasse a um pedaço de madeira trazido ao acaso pela correnteza.

A primeira coisa que fiz antes de me mudar para aquela casa foi comprar um carro usado e barato. Precisava de um porque tinha rodado com o anterior até o carro não prestar mais e acabar no desmanche. Como passaria a morar sozinho no interior, no alto de uma montanha, um carro seria indispensável para as compras do dia a dia. Então fui a um revendedor de usados da Toyota, nos subúrbios de Odawara e encontrei uma perua Corolla a um preço atrativo. O vendedor disse que ela era azul-pastel, mas aquela cor me lembrava o tom de pele de uma pessoa adoentada. Apesar de ter apenas trinta e seis mil quilômetros rodados, a perua estava com um desconto generoso, pois já tinha sofrido alguns acidentes. Fiz um test drive para checar freios e pneus, que estavam aceitáveis, considerando que eu não pretendia dirigir por grandes rodovias.

O dono da casa era Masahiko Amada, um colega da faculdade de artes. Masahiko era dois anos mais velho que eu, mas se tornou um dos meus poucos amigos próximos e continuamos nos encontrando depois de formados. Assim que terminou o curso, ele abandonou a carreira de artista e foi trabalhar como design gráfico para uma empresa de publicidade. Ao saber que eu havia me separado, saído de casa e que não tinha para onde ir, ele me perguntou se eu não gostaria de morar na casa do seu pai, que estava vazia. Seu pai, Tomohiko Amada, era um pintor famoso do estilo tradicional japonês *nihon-ga* e usava aquela casa de montanha, nos subúrbios de Odawara, como ateliê. Depois que sua esposa morreu, ele foi viver lá sozinho e levou uma vida despreocupada por cerca de uma década. Porém, pouco tempo antes, descobriram que estava sofrendo de Alzheimer em fase já avançada e o internaram em um asilo de luxo na região de Izu-Kogen. A casa estava desocupada desde então, havia alguns meses.

— Olha, a casa fica enfiada lá no alto da montanha, então, sabe como é, não dá para dizer que seja um lugar dos mais práticos. Mas garanto que é bem silencioso. Acho que é o ambiente perfeito para pintar, até porque você não vai ter nenhuma distração... — disse Masahiko.

O valor do aluguel que ele cobrou era quase simbólico.

— Se a casa ficar vazia ela começa a apresentar problemas, pode ser invadida ou atingida por algum incêndio... Então fico até mais tranquilo com alguém morando lá. Agora, se for de graça, pode ficar meio constrangedor para você, não é? Então podemos fechar por esse valor que acabei de falar. Em compensação, talvez eu peça para você sair de repente.

Eu não tinha nenhuma objeção. De qualquer jeito, todos meus pertences cabiam no porta-malas de um carro pequeno. Se ele me pedisse, eu poderia liberar o espaço em vinte e quatro horas.

Me mudei para aquela casa no começo de maio, logo depois de um feriado prolongado. A casa poderia ser chamada de chalé: era pequena e aconchegante, de um só andar, em estilo ocidental. Para uma pessoa, era mais do que suficiente. Ficava cercada pela mata, no cume de uma montanha não muito alta, e nem Masahiko soube me dizer ao certo onde terminava seu terreno. No jardim havia um grande pinheiro, estendendo os espessos galhos em todas as direções, algumas pedras decorativas espalhadas aqui e ali, e uma bela bananeira japonesa, ao lado de uma lanterna feita de pedra.

Como Masahiko dissera, era um lugar realmente bem silencioso. Porém, pensando em tudo o que aconteceu, eu jamais poderia dizer que *não tive nenhuma distração*.

No período de cerca de oito meses em que vivi naquele vale, depois de me separar da minha esposa, tive relações sexuais com duas mulheres. Ambas eram casadas. A primeira era mais nova do que eu, e a segunda, mais velha. Ambas frequentavam minhas aulas de pintura.

Eu aproveitava quando surgia uma oportunidade e fazia os convites (algo que um tímido como eu nunca faria em circunstâncias normais), e de modo geral elas não recusavam. Não sei por quê, mas convidá-las para a cama me parecia algo natural e razoável. Embora fossem minhas alunas, não sentia quase nenhum peso na consciência. Ter relações com elas me parecia uma coisa tão normal quanto perguntar as horas para alguém na rua.

A primeira aluna com quem me relacionei era alta, tinha grandes olhos negros e estava com quase trinta anos. Tinha seios pequenos e quadril estreito, testa larga, cabelos lisos e bonitos, orelhas grandes em relação ao corpo. Talvez não se encaixasse no padrão tradicional de beleza feminina, mas seu rosto era interessante e único, do tipo que instiga um pintor (inclusive, fiz diversos esboços dela). Ela não tinha filhos. Seu marido dava aulas de história em uma escola particular de ensino médio, e em casa batia nela. Pelo jeito, descontava na esposa a frustração por não poder ser violento na escola. No entanto, nunca batia no rosto, e foi só ao despi-la que descobri os hematomas que cobriam seu corpo. Ela não queria que ninguém visse as marcas, por isso sempre apagava todas as luzes do quarto antes de tirar a roupa e ir para a cama.

Não tinha quase nenhum interesse por sexo: sua vagina nunca ficava molhada o suficiente e ela reclamava de dor na penetração. Mesmo se eu caprichasse nas preliminares ou se usasse lubrificante, não adiantava. Ela sentia uma dor intensa e incessante, a ponto de às vezes chegar a gritar.

Ainda assim, queria transar comigo — ou pelo menos não se incomodava com isso. Por que será? Talvez desejasse a dor. Talvez desejasse a *ausência* de prazer. Talvez desejasse se punir de alguma maneira. Afinal, as pessoas buscam coisas muito diferentes nas suas vidas. Seja como for, uma coisa ela com certeza não buscava: intimidade.

Ela não queria que fosse na minha casa, nem que fosse na casa dela, então sempre íamos no meu carro até um motel, numa avenida um pouco afastada da cidade, perto da costa. Nos encontrávamos no estacionamento de um restaurante qualquer, chegávamos ao motel por volta da uma hora da tarde e saíamos às três. Nessas ocasiões ela sempre usava grandes óculos escuros, mesmo que o dia estivesse nublado ou chovendo. Certo dia, porém, ela não apareceu e também deixou de comparecer às aulas. E foi o ponto final do nosso caso, curto e quase sem emoções. Acho que, ao todo, transamos quatro ou cinco vezes.

A outra aluna casada com quem me relacionei levava uma vida feliz. Ou, pelo menos, não parecia ter nenhuma insatisfação específica. Na época, tinha quarenta e um anos (se não me falha a memória), cinco a mais do que eu. Era pequena, de feições bem desenhadas e se vestia sempre com bom gosto. Fazia ioga dia sim, dia não, por isso seu corpo era bem firme. Ela dirigia um Mini Cooper vermelho, um carro novo em folha, recém-comprado, e nos dias de sol eu conseguia enxergá-lo brilhando de longe. Tinha duas filhas, matriculadas em uma escola particular cara, em Shonan. Ela própria havia estudado naquela escola. Seu marido era administrador de alguma empresa, mas não cheguei a perguntar qual, nem de que ramo (também não queria saber muito, é claro).

Não sei por que ela não recusou na hora meu convite descarado para o sexo. Talvez na época meu corpo estivesse emitindo algum magnetismo particular que (por assim dizer) atraiu seu espírito, como pequenos fragmentos de metal. Ou, quem sabe, magnetismo e espírito não tivessem nada a ver com aquilo. Talvez ela simplesmente buscasse algum estímulo fora de casa e, por coincidência, eu fosse o homem que estava mais próximo.

De qualquer maneira, seja lá o que ela estivesse buscando, era algo que pude oferecer com naturalidade. No começo, ela também parecia encarar nosso caso como algo perfeitamente natural. Falando sobre a parte física (e não há muitas outras partes para falar além dessa), nossa relação também transcorreu com muita harmonia. Nós praticávamos esses atos de maneira direta e cristalina, tão cristalina que alcançavam um nível quase abstrato, e ao me dar conta disso fiquei bastante surpreso.

Mas em algum momento ela deve ter recobrado o juízo. No começo do inverno, numa manhã muito luminosa, ela me ligou e declarou, como quem lê um texto em voz alta:

— Acho melhor nós não nos encontrarmos mais. No fim das contas, não temos futuro.

... Ou alguma coisa do gênero.

Ela tinha razão. De fato, nós não apenas não tínhamos futuro, como mal tínhamos passado.

Na minha época de estudante na faculdade de artes, fazia sobretudo pinturas abstratas. Esse rótulo de "pintura abstrata" é bastante amplo, e não sei muito bem como explicar todos os estilos ou os conteúdos dessas obras. Seja como for, se tratava de quadros não figurativos, pintados de maneira livre, sem restrições. Cheguei a ganhar alguns pequenos prêmios em exposições. Apareci em algumas revistas de arte. Havia professores e colegas que elogiavam minhas obras e me encorajavam. Eu não chegaria a afirmar que tinha um futuro promissor, mas acho que demonstrava um talento razoável como artista. Entretanto, eu pintava a maioria dos quadros a óleo em telas grandes, o que exigia uma quantidade considerável de tinta e tornava os custos de produção altos. E, desnecessário dizer, a chance de surgir algum excêntrico querendo comprar grandes pinturas abstratas de um artista desconhecido é praticamente nula.

Como era impossível ganhar a vida pintando apenas o que gostava, depois de me formar comecei a pintar retratos sob encomenda, para pagar as contas. Eu pintava, de maneira totalmente figurativa, presidentes de empresas, grandes nomes da academia, parlamentares, figurões de cidades do interior... enfim, essas pessoas que costumam ser chamadas de "pilares da sociedade" (embora a circunferência de cada pilar variasse bastante). Nesses casos, esperavam de mim um estilo sóbrio, solene e realista: pinturas totalmente pragmáticas, para enfeitar a parede de salas de recepção ou de escritórios de CEOs. Como não deve ser difícil de imaginar, os quadros que eu pintava a trabalho estavam no extremo oposto das minhas ambições como artista. Não creio que seria mera arrogância artística acrescentar que eu fazia essas pinturas sem grande entusiasmo.

Havia um pequeno escritório especializado em encomendas de retratos no bairro de Yotsuya, em Tóquio. Graças à recomendação de um professor, fechei com eles um contrato de exclusividade e, embora não me pagassem um salário fixo, se eu pintasse um bom número de retratos, ganhava o suficiente para sobreviver. Eu era solteiro e levava uma vida modesta. Pagava o aluguel de um apartamento pequeno ao lado da linha de trem Seibu Kokubunji, tentava fazer três refeições por dia, às vezes comprava um vinho barato ou ia ao cinema com uma amiga. Definia um período para focar no trabalho e, quando conseguia guardar o bastante para cobrir as despesas, passava um tempo pintando apenas o que queria. Consegui viver assim por alguns anos. Naturalmente, eu via a pintura desses retratos apenas como uma estratégia para pagar as contas e não pretendia continuar fazendo isso para sempre.

Com certa dedicação, pintar os tais retratos era uma tarefa bem fácil. Trabalhara por algum tempo em uma empresa de mudanças, na época de faculdade. Também já fora funcionário em uma loja de conveniência. Pintar retratos exigia muito menos do que essas atividades, tanto na parte física quanto na emocional. Depois que peguei o jeito, bastava repetir o processo. Não precisava de muito tempo para terminar um retrato. Não era diferente de dirigir um avião no piloto automático.

Porém, menos de um ano depois que entrei para essa área, percebi que meus retratos estavam alcançando um sucesso inesperado. O nível de satisfação dos clientes era altíssimo. Como é natural, se os retratos de um artista são alvo de muitas reclamações, ele passa a receber menos encomendas do escritório e, em alguns casos, pode ter o contrato cancelado. Por outro lado, se as críticas forem boas, o volume de trabalho aumenta e o valor por obra também fica um pouco mais alto. O mercado de retratos é um negócio razoavelmente sério. Embora eu tivesse começado há pouco e fosse quase um novato, as encomendas não paravam de chegar. Minha renda também aumentou. O agente do escritório elogiava meu desempenho, e os clientes diziam que minhas obras tinham "um toque especial".

Eu não conseguia imaginar por que meus retratos eram tão bem recebidos. Do meu ponto de vista, estava apenas fazendo o que me pediam, um quadro depois do outro, sem grande inspiração. Sinceramente, hoje não consigo me lembrar do rosto de uma única pessoa que retratei. Ainda assim, como eu não deixava de ter minhas aspirações artísticas, quando me via diante da tela, com o pincel na mão, não conseguia fazer algo totalmente sem valor, qualquer que fosse o tipo de pintura. Do contrário, estaria desonrando meu próprio espírito artístico e fazendo pouco-caso da profissão que eu tinha escolhido. Mesmo que jamais fosse me orgulhar daquelas obras, também não conseguiria pintar algo que me envergonhasse. Talvez isso seja algum tipo de ética profissional. Para mim, era apenas a coisa natural a fazer.

Além disso, desde o começo eu seguia sem desvios um método próprio para pintar os retratos. A primeira particularidade é que eu não pintava usando a pessoa de carne e osso como modelo. Quando recebia a encomenda, meu primeiro passo era marcar uma entrevista com o cliente (a pessoa que seria retratada). Pedia que disponibilizassem cerca de uma hora para um encontro olho no olho. Era só para conversar: naquele momento eu não elaborava rascunhos nem nada do gênero. Fazia uma série de perguntas e o cliente me respondia. Quando e onde nasceu, como era sua família, como foi sua infância, onde estudou, com o que trabalha, como é sua casa, como chegou onde está, esse tipo de coisa. Também perguntava sobre sua rotina e seus hobbies. A maioria das pessoas se abria e me contava tudo com grande entusiasmo (talvez porque ninguém além de mim quisesse ouvir essas histórias). Às vezes, uma entrevista prevista para durar uma hora se estendia por duas ou três. Logo depois, eu pedia cinco ou seis fotos da pessoa. Fotos comuns, tiradas casualmente no dia a dia. E, em alguns casos (não fazia isso sempre), eu pegava minha própria câmera e tirava algumas fotos do rosto do cliente, de diferentes ângulos. Só isso.

— Não preciso me sentar e posar sem me mexer por horas? — perguntavam muitos, preocupados.

Todos estavam preparados para ter que aturar algo assim, quando decidiam encomendar um retrato. O pintor — que atualmente já não deve mais usar uma boina — se posta diante da tela com uma expressão bem compenetrada e o pincel na mão, enquanto o modelo se senta imóvel à sua frente, sem poder se mexer nem um milímetro. Todos conheciam essa cena, de filmes ou do que for, e esperavam por isso.

— Você gostaria de fazer dessa maneira? — eu respondia com outra pergunta. — Posar para uma pintura é uma tarefa bastante exaustiva para quem não está habituado. Você precisaria passar muito tempo na mesma posição, o que, além de ser tedioso, também dá bastante dor nas costas. Mas, se desejar, podemos fazer dessa maneira, sem problemas.

Obviamente, noventa e nove por cento dos clientes não desejavam posar. De modo geral eram pessoas muito atarefadas, no auge da carreira, ou então já aposentadas, em idade avançada. Preferiam, se possível, evitar esse tipo de sofrimento inútil.

— Para mim, essa nossa conversa é suficiente — eu procurava tranquilizá-los. — Garanto que o resultado da pintura não será afetado, mesmo que você não pose. Caso não fique satisfeito, me responsabilizo por refazer a obra.

Depois da entrevista, eu pintava o retrato em cerca de duas semanas (porém ainda levaria alguns meses até a tinta secar totalmente). O que eu precisava não era ter uma pessoa de carne e osso à minha frente (pelo contrário, essa presença podia até atrapalhar meu trabalho), mas apenas me lembrar com nitidez dela. Ter uma memória tridimensional de como ela se portava. Depois, bastava transferir essa lembrança para a tela. Aparentemente, eu tinha de nascença uma memória visual muito apurada — talvez possa dizer um dom —, o que se mostrou bastante útil para um retratista profissional.

Durante todo esse processo, era fundamental que eu sentisse ao menos um pouco de afeição pelo cliente. Por isso, durante aquela hora de entrevista, eu me esforçava para achar dentro do interlocutor algum elemento, qualquer coisa, que pudesse me causar empatia. Claro que, com algumas pessoas, eu tinha muita dificuldade para encontrar algo do gênero. A mera ideia de conviver com alguns daqueles clientes me arrepiava. Porém, se eu olhasse para eles como "visitas", pessoas com quem eu precisava interagir por apenas uma hora, em local determinado, geralmente conseguia achar uma ou duas qualidades amáveis. Quem procura com atenção, até o fundo, percebe que qualquer pessoa tem dentro de si alguma coisa que brilha. Então eu dava um jeito de encontrar essa coisa. Se a superfície estivesse turva (e acho que na maioria dos casos estava), a polia com uma flanela até que voltasse a brilhar. Tinha todo esse cuidado porque esse tipo de sentimento acabava naturalmente transparecendo nas minhas pinturas.

E foi assim que, quando percebi, era um artista especializado em retratos. Meu nome era até um pouco conhecido nesse pequeno mundo particular. Ao me casar, cancelei o contrato com a empresa de Yotsuya para ter mais independência. Passei a receber as encomendas por uma agência especializada no mercado de artes, com condições mais vantajosas. O agente era capacitado e ambicioso, cerca de dez anos mais velho do que eu. Foi ele quem sugeriu que eu rompesse com a Yotsuya e me dedicasse a trabalhos exclusivos. Depois disso, passei a pintar muitos retratos (sobretudo de figurões conhecidos do mercado financeiro ou da política, mas normalmente desconhecidos para mim) e consegui uma renda razoável. Ainda assim, não era como se eu tivesse me tornado um "mestre" no ramo. O mundo dos retratos é totalmente diferente do mundo das artes e também do mundo da fotografia. Há fotógrafos especializados em retratos que são admirados e conhecidos nos quatro cantos, mas isso não acontece com pintores de retratos. Aliás, é raríssimo que nossas obras sejam vistas pelo público geral. Elas não aparecem em revistas nem são expostas em galerias. Ficam só penduradas em alguma sala de visitas, juntando poeira e caindo no esquecimento. E, mesmo que alguém lance para elas um olhar atencioso (via de regra, alguém com muito tempo para esperar), com certeza não vai perguntar o nome do artista.

Às vezes eu me sentia como uma prostituta de luxo dentro do universo da pintura. Eu dominava a técnica e executava com cuidado as ações, com a maior boa vontade possível. Assim, deixava meus clientes satisfeitos. Eu tinha esse talento. Era extremamente profissional, embora agisse apenas de maneira mecânica. Tinha razoável dedicação ao trabalho. Não cobrava barato, mas todos pagavam sem reclamar, até porque quem solicitava meus serviços não se preocupava com a conta. E assim minha fama se espalhava boca a boca e eu sempre tinha clientes. Minha agenda vivia lotada. De minha parte, porém, não havia motivação alguma. *Nem uma migalha.*

Não foi por escolha que me tornei um artista assim, ou uma pessoa assim. Apenas me deixei levar pelas circunstâncias e, quando percebi, já não pintava mais nada para mim. O casamento e a necessidade de mais estabilidade contribuíram para isso, mas não foram os únicos motivos. Acho que, mesmo antes, eu já não sentia mais um desejo tão forte de "pintar para mim". Talvez a vida conjugal tenha sido apenas um pretexto. Eu não era mais tão jovem, e algo — como uma chama que ardesse no peito — já vinha enfraquecendo havia algum tempo. Não me lembrava mais direito da sensação de aquecer todo o corpo com o calor dessa chama.

Talvez eu devesse ter desistido de ser daquele jeito em algum momento. Talvez eu devesse ter tomado alguma providência. Mas continuei adiando. E então foi minha esposa quem desistiu, antes de mim. Eu tinha trinta e seis anos.

2.
Talvez todo mundo acabe indo para a lua

— Eu me sinto péssima por isso, mas acho que não consigo mais viver com você — começou minha esposa, com voz muito monótona, antes de se calar por um longo tempo.

Essa declaração foi feita à queima-roupa, de maneira totalmente inesperada. Como eu não sabia o que responder, só esperei que ela prosseguisse. Não imaginava uma continuação muito alegre, mas naquele momento eu não podia fazer nada a não ser esperar.

Estávamos sentados frente a frente, à mesa da cozinha. Era uma tarde de domingo de meados de março. Dentro de um mês, faríamos seis anos de casados. Uma chuva gelada caía desde a manhã. Minha primeira reação ao ouvir aquelas palavras foi voltar o rosto para a janela e contemplar a chuva, uma chuva silenciosa e constante. Quase não ventava, mas a chuva trazia um frio penetrante que se infiltrava pelas roupas e avisava que a primavera ainda estava distante. Em meio à chuva eu via o contorno cor de abóbora da Tokyo Tower. Não havia nenhum pássaro no céu: deviam estar quietinhos sob algum beiral, esperando a chuva passar.

— Não me pergunte por quê, por favor — pediu ela.

Balancei a cabeça de leve. Não era um sim nem um não. Eu não sabia o que falar e não pensava em nada. Só movi a cabeça por reflexo. Ela vestia um suéter lilás, fino, de gola larga. Dava para ver, sobre as clavículas salientes, as alças finas e macias de uma regata branca, que pareciam fios de algum tipo especial de macarrão.

— Tenho uma pergunta — consegui dizer, enfim, com voz tensa, seca e inalterada, enquanto fitava sem interesse aquelas alças.

— Se eu puder responder…

— É culpa minha?

Ela refletiu um pouco. Depois, como alguém que estivesse submerso por muito tempo, ergueu o rosto e respirou devagar.

— Não diretamente, eu acho.

— Não *diretamente*?

— Pois é. Acho que não.

Tentei avaliar a sutileza de suas palavras, como quem tentasse adivinhar o peso de um ovo sobre a palma da mão.

— Quer dizer que... indiretamente... tenho culpa?

Minha esposa não respondeu.

— Há alguns dias tive um sonho — disse ela. — Um sonho muito vívido, daqueles que você não sabe se está sonhando ou não. Quando acordei, pensei, ou melhor, me convenci de que não podia mais continuar vivendo com você.

— Que tipo de sonho?

Ela balançou a cabeça.

— Desculpe, mas não posso contar.

— Por que é particular?

— Talvez.

— Eu estava nesse sonho? — perguntei.

— Não, não estava. Então, nesse sentido, você também não tem culpa direta.

Tentei sintetizar o que ela estava dizendo. É uma antiga mania que tenho, sintetizar o que acabo de ouvir quando não sei o que falar (nem preciso dizer que muitas vezes isso irrita os outros).

— Ou seja, há alguns dias você teve um sonho muito real e, quando acordou, soube que não poderia mais viver comigo. Só que você não pode me contar o que se passou nesse sonho, porque é particular. Certo?

— Certo — respondeu ela, assentindo com a cabeça.

— Mas isso não explica nada.

Com as duas mãos apoiadas na mesa, ela encarava o interior da xícara de café à sua frente. Era como se um papelzinho com a sua sorte boiasse lá dentro e ela estivesse lendo o que ele revelava: pelo seu olhar, algo bem abstrato e ambíguo.

Os sonhos sempre tiveram muita importância na vida da minha esposa. Ela costumava tomar decisões ou mudar de opinião de acordo com o que sonhava. Contudo, por mais importantes que fossem seus sonhos, um único sonho muito vívido não podia apagar o peso de seis anos de casamento.

— Claro que o sonho foi apenas um gatilho — observou ela, como se lesse meus pensamentos. — Depois, várias coisas ficaram claras para mim. Só isso.

— Quando você puxa o gatilho, dispara a bala.

— Como assim?

— O gatilho é uma peça fundamental de um revólver. Não acho que "apenas um gatilho" seja uma expressão apropriada.

Ela me encarou sem dizer nada. Não parecia ter entendido direito minha comparação. Na verdade, nem eu tinha entendido muito bem.

— Você tem outro? — perguntei.

Ela fez que sim.

— Está dormindo com ele?

— Estou. Sinto muito.

Talvez eu devesse perguntar quem era ou desde quando, mas não tinha esse interesse. Na verdade, não queria nem pensar sobre isso. Olhei outra vez pela janela e contemplei a chuva que caía. Por que será que eu não tinha percebido aquilo antes?

— Mas isso é apenas uma das coisas — prosseguiu minha esposa.

Olhei para a cozinha ao redor. Aquele deveria ser um cômodo conhecido e familiar, mas já estava se transformando em uma paisagem estranha e fria.

Apenas uma das coisas?

Refleti seriamente sobre o significado daquelas palavras. Ela estava transando com outro homem, mas aquilo era *apenas uma das coisas*. Que outras coisas poderiam existir?

— Daqui a alguns dias vou para outro lugar. Você não precisa fazer nada. Como foi uma decisão minha, é justo que eu saia.

— Você já tem para onde ir?

Ela não respondeu minha pergunta, mas parecia já ter uma ideia. Provavelmente já havia tomado diversas providências antes daquela conversa. Quando pensei nisso, fui invadido por uma intensa sensação de impotência, como se estivesse andando no escuro e pisasse em falso. As coisas já vinham sendo traçadas em linhas invisíveis para mim.

— Sei que estou decidindo tudo sozinha — continuou ela —, mas pretendo encaminhar a papelada para o divórcio o mais rápido possível, e queria que você aceitasse.

Parei de contemplar a chuva e olhei para o rosto dela. Mesmo vivendo por seis anos sob o mesmo teto, pensei, eu não havia compreendido quase nada sobre aquela mulher, como quem enxerga a lua no céu todas as noites, mas não entende nada sobre ela.

— Só quero pedir uma coisa — falei. — Se você aceitar, pode decidir tudo como quiser e eu assino a papelada do divórcio sem reclamar.

— O quê?

— Quem vai sair sou *eu*. E hoje mesmo. Prefiro que você fique.

— Hoje mesmo? — repetiu ela, surpresa.

— Bom, quanto antes, melhor, não é?

Ela refletiu por algum tempo, antes de falar:

— Se é o que você prefere.

— Sim, é o que prefiro. Essa é minha única condição.

Eu não estava pedindo da boca para fora. Faria qualquer coisa para não ficar sozinho naquele lugar deprimente como uma ruína, no meio de uma fria chuva de março.

— Tudo bem se eu levar o carro? — acrescentei.

Nem era preciso perguntar. Era um carro velho, de câmbio manual, que um amigo me vendera por um preço irrisório, quase de graça, antes do meu casamento. Já passara há muito tempo dos cem mil quilômetros rodados. Além do mais, minha esposa nem tinha carteira de motorista.

— Depois eu venho pegar meu material de pintura, as roupas e o resto. Pode ser?

— Pode, mas "depois" quando?

— Não sei — respondi.

Não tinha condições de pensar sobre coisas tão distantes. Mal havia chão para pisar onde eu estava e me esforçava ao máximo só para permanecer em pé.

— É que talvez eu não fique mais muito tempo aqui — explicou ela, um pouco relutante.

— Talvez todo mundo acabe indo para a lua — disse eu.

Pelo jeito ela não escutou direito.

— O que você disse?

— Deixe para lá. Não foi nada importante.

* * *

Antes das sete horas da noite daquele mesmo dia, enfiei alguns pertences em uma sacola grande de nylon e a coloquei no pequeno porta-malas do meu Peugeot 205 vermelho. Estava levando algumas roupas, artigos de toalete, alguns livros e um diário, assim como um kit simples para camping que eu sempre carregava quando ia subir alguma montanha. Também peguei um caderno de esboços e um conjunto de lápis de desenho. Não fazia ideia do que mais levar. Bom, se faltasse algo, era só comprar. Quando saí de casa com a sacola a tiracolo, minha esposa continuava sentada à mesa da cozinha, na mesma posição. Ela observava com o mesmo olhar o interior da xícara de café, que ainda estava sobre a mesa.

— Escute, eu também queria pedir uma coisa — disse ela. — Será que podemos continuar amigos mesmo se nos separarmos desse jeito?

Não consegui compreender direito o que ela queria dizer. Fiquei olhando para ela, os sapatos calçados, a sacola pendurada no ombro e uma mão sobre a maçaneta.

— Continuar amigos? — repeti.

— Queria encontrar você de vez em quando para conversar...

Eu seguia sem compreender o sentido daquelas palavras. Continuar amigos? Me encontrar de vez em quando para conversar? Conversar sobre o quê? Me sentia diante de uma charada. O que será que ela estava tentando me dizer? Que não me queria mal?

— Hum... Não sei — respondi.

Não encontrei nada melhor para falar. Acho que se passasse uma semana imóvel ali, pensando, ainda não encontraria. Então abri a porta e saí.

Nem reparei na roupa que estava usando ao sair de casa. Desconfio que não teria percebido nem se estivesse vestindo um roupão por cima do pijama. Só descobri mais tarde, diante de um espelho retangular no banheiro de um restaurante de estrada, que eu vestia um suéter usado para pintar, uma parca cor de laranja berrante, jeans e botas pesadas. Estava com um velho gorro de lã na cabeça. O suéter, verde e de gola redonda, tinha manchas de tinta branca e vários fios puxados. A única peça de roupa nova era a calça jeans, e seu azul brilhante chamava demais a atenção. O visual todo era peculiar, mas não chegava a ser estranho. Só me arrependi de não ter apanhado um cachecol.

Quando saí da garagem do prédio, a chuva fina de março continuava caindo sem fazer barulho. Os limpadores de para-brisa do Peugeot se moviam com um som rouco, como uma tosse de velho.

Como eu não sabia para onde ir, dirigi por algum tempo sem rumo pelas ruas da cidade, seguindo o primeiro impulso. No cruzamento da Nishi-Azabu peguei a avenida Gaien-Nishi em direção à Aoyama, depois virei à direita na Aoyama Ichome em direção à Akazaka e continuei dobrando uma ou outra esquina até chegar na Yotsuya. Parei então em um posto de gasolina para encher o tanque do carro. Aproveitei para conferir o óleo e calibrar os pneus, e também completei o reservatório do limpador de para-brisa. Talvez eu fosse dirigir por muito tempo. Talvez eu fosse até a lua.

Paguei com cartão de crédito e voltei a rodar pelas ruas. Era um domingo chuvoso, e a cidade estava vazia. Liguei o rádio, mas só falavam de temas chatos demais, com vozes estridentes demais. No compartimento de CD estava o último álbum de Sheryl Crow. Ouvi três faixas, depois desliguei.

Quando dei por mim, estava na avenida Mejiro. Demorei para descobrir para que sentido ia, mas entendi depois de um tempo que me dirigia de Waseda para Nerima. Quando não suportei mais o silêncio, voltei a ligar o rádio e ouvi outras faixas do álbum de Sheryl Crow. Depois desliguei de novo. O silêncio era espesso demais, e a música, barulhenta demais. Mas o silêncio ainda era um pouco melhor. Apenas o som seco dos limpadores gastos e o *shaaa* constante dos pneus sobre o asfalto molhado chegavam aos meus ouvidos.

Imerso naquele silêncio, imaginei minha esposa nos braços de outro homem.

Pelo menos isso eu poderia ter percebido antes, pensei. *Por que será que essa possibilidade nunca me ocorreu?* Já fazia meses que nós não transávamos. Quando eu tentava alguma investida, ela inventava mil desculpas e recusava. Na verdade, acho que mesmo antes ela já tinha perdido o interesse pelo sexo. Pensei que era algo normal, que não passava de uma fase: ela devia estar muito cansada do trabalho ou com algum incômodo. Mas ela estava dormindo com outro homem, é claro. Desde quando as coisas estavam assim? Vasculhei a memória. Há uns quatro ou cinco meses, mais ou menos, ou seja, desde outubro ou novembro.

Seja como for, por mais esforço que fizesse, eu não conseguia lembrar o que tinha acontecido em outubro e novembro do ano anterior. Na verdade, mal me lembrava do que tinha acontecido no dia anterior.

Continuei tentando me lembrar dos acontecimentos do último outono, tomando cuidado para não passar nenhum semáforo fechado nem me aproximar demais da traseira dos carros à minha frente. Pensei tanto que comecei a sentir a cabeça ferver. Minha mão direita trocava as marchas automaticamente, de acordo com o fluxo do trânsito. Meu pé esquerdo acompanhava esses movimentos, pisando de vez em quando na embreagem. Nunca fui tão grato por dirigir um carro manual como naquele dia, porque, em meio aos pensamentos sobre a traição de minha esposa, eu era obrigado a usar minhas mãos e meus pés em ações concretas.

Afinal, o que tinha acontecido em outubro ou novembro?

Imaginei um homem tirando a roupa da minha esposa sobre uma cama enorme, em uma tarde de final do outono. Pensei nas alças finas e brancas da sua regata e nos mamilos cor-de-rosa que se escondiam embaixo. Eu não queria continuar imaginando todos esses detalhes, mas não conseguia interromper a corrente dos meus pensamentos. Soltei um suspiro e parei o carro no estacionamento de um restaurante à beira da estrada. Abri a janela, respirei fundo o ar úmido e esperei até que as batidas do coração voltassem ao normal. Com a cabeça protegida pelo gorro de lã, desci do carro e caminhei sob a chuva fina até o restaurante. Entrei e me sentei em um canto no fundo do salão.

O restaurante estava vazio. Quando uma garçonete se aproximou da minha mesa, pedi um café e um sanduíche de presunto e queijo. Enquanto tomava o café quente, fechei os olhos e tentei me acalmar, procurando a todo custo afastar da mente aquela cena da minha mulher e outro homem na cama. Mas não era fácil, a imagem insistia em ficar.

Fui até o banheiro, lavei bem as mãos com sabonete e examinei meu rosto no espelho sobre a pia. Meus olhos estavam vermelhos e aparentemente menores do que de costume. Eu parecia um animal selvagem esfomeado, perdendo pouco a pouco a vitalidade. Enfraquecido e assustado. Sequei as mãos e o rosto com meu lenço e me olhei no espelho de corpo inteiro da parede. Vi um homem de trinta e seis anos exausto, em um suéter acabado e manchado de tinta.

Para onde vou?, me perguntei, fitando meu reflexo no espelho. Mais do que isso, *onde vim parar*? Que lugar é esse? E, mais importante ainda, quem sou eu?

Me vendo no espelho, pensei em fazer um autorretrato. Como será que me retrataria? Será que conseguiria encontrar algum fragmento de afeto pessoal? Conseguiria encontrar ali algo que brilhasse, por mais ínfimo que fosse?

Voltei para a mesa sem chegar a uma conclusão. Quando terminei o café, a garçonete se aproximou e serviu outra xícara. Pedi a ela para embalar para viagem o sanduíche intocado: provavelmente eu ficaria com fome mais tarde. Mas, naquele momento, não conseguia comer nada.

Deixei o restaurante, voltei para a estrada e segui em frente, até avistar uma placa indicando a saída para a rodovia Kan-Etsu. Vou pegar a rodovia e seguir para o norte, pensei. Embora não soubesse o que havia no norte, por algum motivo senti que ir para o norte era melhor do que para o sul. Queria ir para algum lugar gelado e límpido. De qualquer maneira, o mais importante era me afastar o máximo possível daquela cidade.

Abri o porta-luvas e encontrei cinco ou seis CDs. Um era do Octeto de Mendelssohn, interpretado pelo grupo I Musici, que minha esposa gostava de ouvir quando passeávamos de carro. Trata-se de uma composição estranha, com dois quartetos exatamente iguais, mas sua melodia é bonita. Minha esposa me contou que Mendelssohn tinha apenas dezesseis anos quando compôs essa obra. Era um menino prodígio.

O que você fazia aos dezesseis anos?

Só pensava em uma menina da minha sala, respondi, relembrando aquela época.

Sua namorada?

Não, eu mal falava com ela. Ficava só olhando, de longe. Nunca teria coragem de puxar conversa. Então voltava pra casa e a desenhava. Fiz uma infinidade de desenhos.

Quer dizer que desde aquele tempo você faz quase a mesma coisa, não é?, perguntou minha esposa, rindo.

É, eu sempre fiz mais ou menos a mesma coisa.

É, eu sempre fiz mais ou menos a mesma coisa. Repeti, para mim mesmo, o que dissera aquele dia.

Tirei o CD da Sheryl Crow de dentro do aparelho e coloquei um do Modern Jazz Quartet. *Pyramid.* Enquanto ouvia os belos solos de blues de Milt Jackson, segui pela rodovia, rumo ao norte. Embora às vezes parasse em um posto para descansar, urinar demoradamente e tomar algumas xícaras de café preto, passei praticamente a noite toda rodando. Me mantive sempre nas faixas mais lentas e só ultrapassava quando aparecia algum caminhão muito devagar. Curiosamente, não sentia sono. Estava tão desperto que imaginava que jamais sentiria sono de novo. E assim, antes do dia raiar, avistei o mar do Japão.

Quando alcancei a província de Niigata, virei à direita e subi rumo ao norte, ao longo da costa. Passei por Yamagata até chegar a Akita e depois segui por Aomori e atravessei para a ilha de Hokkaido. Durante todo o trajeto, eu nunca pegava vias expressas, sempre dirigindo devagar por estradas comuns. Não tinha pressa naquela viagem, em sentido algum. À noite, procurava um hotel barato ou uma pousada simples, fazia check-in e dormia na cama estreita. Por sorte, não demorava a pegar no sono, independentemente do lugar ou da cama.

Na manhã do segundo dia, quando estava na cidade de Murakami, província de Niigata, liguei para meu agente e informei que não pintaria retratos durante algum tempo. Eu ainda tinha algumas pendências, mas não estava em condições de trabalhar.

— Assim fica complicado... Já aceitamos essas encomendas! — exclamou ele, em tom seco.

Pedi desculpas.

— Não tem jeito. Por favor, invente alguma desculpa para os clientes. Diga que sofri um acidente de carro ou qualquer coisa assim. Você tem outros artistas disponíveis, não?

Ele se calou. Até aquele dia, eu jamais atrasara um único retrato. Ele sabia muito bem que eu não era irresponsável.

— Sabe, tive alguns imprevistos e eu vou me ausentar de Tóquio por um tempo. Durante esse período, não vou conseguir pintar. Lamento.

— De quanto tempo estamos falando?

Eu não sabia o que responder. Desliguei o celular, parei o carro na metade da ponte e arremessei o aparelho pela janela. Sinto muito, mas não quero ninguém tentando falar comigo. Quero que pensem que fui para a lua.

Na cidade de Akita parei diante de um caixa eletrônico, saquei algum dinheiro e conferi minha conta. Ainda havia um saldo razoável. Eu poderia pagar o cartão de crédito. Concluí que dava para continuar viajando daquela maneira por algum tempo, até porque eu não gastava muito por dia, só com gasolina, comida e hospedagem em algum lugar barato.

Em um outlet nos arredores de Hakodate, comprei um saco de dormir e uma barraca simples, assim como algumas roupas térmicas tipo segunda pele, já que em Hokkaido ainda fazia frio no começo da primavera. Então passei a acampar sempre que encontrava um camping disponível, para economizar ao máximo. Embora ainda restassem trechos cobertos pela neve dura e a temperatura caísse ao entardecer, depois de passar tantas noites fechado em quartos minúsculos e abafados, o interior da barraca me parecia arejado e me dava a impressão de liberdade. Embaixo havia o solo duro, acima o céu infinito, onde brilhavam milhares de estrelas. Fora isso, não havia mais nada.

Durante três semanas, rodei sem rumo por diversas cidades de Hokkaido. Naquele ano a neve demorou a derreter, mesmo depois da chegada do mês de abril. Apesar disso, a cor do céu mudava a olhos vistos, e os brotos das plantas começavam a se abrir. Quando eu passava por regiões de termas, me hospedava em alguma pequena pousada, tomava um banho demorado nas banheiras de águas termais, lavava os cabelos, fazia a barba, comia uma refeição decente. Ainda assim, tinha perdido uns cinco quilos desde que saíra de Tóquio.

Não lia jornais nem via televisão. O rádio do carro também começou a apresentar problema mais ou menos quando cheguei a Hokkaido, até parar de funcionar completamente. Eu não sabia de nada do que estava acontecendo no mundo e também não fazia muita questão de saber. Em Tomakomai, aproveitei para lavar toda a roupa suja em uma lavanderia expressa e, enquanto esperava, entrei em uma barbearia nas imediações, para cortar o cabelo, que já estava grande, e fazer a barba. Então, pela primeira vez em muito tempo, vi o noticiário da NHK na televisão, ou melhor, ouvi a voz dos apresentadores, que entrava por meus ouvidos à força, mesmo que eu estivesse de olhos fechados. Mas todas aquelas notícias, da primeira à última, soavam para mim como acontecimentos de outro planeta, sem nenhuma relação comigo. Ou como histórias inventadas.

A única notícia que senti que poderia ter alguma relação comigo foi a da morte de um senhor de setenta e três anos, que procurava cogumelos sozinho em uma montanha de Hokkaido e fora atacado por um urso. Os ursos são perigosíssimos quando acabam de despertar da hibernação, pois estão famintos e irritados, informou o apresentador. Como às vezes eu dormia na barraca e caminhava sozinho pelas montanhas, a pessoa atacada pelo urso poderia muito bem ter sido eu. *Por acaso* tinha sido aquele senhor e não eu. Mesmo assim, por algum motivo essa notícia não despertou em mim nenhuma compaixão pelo senhor atacado. Não consegui me compadecer ao imaginar a dor, o medo e o choque que ele deve ter sentido. Pelo contrário, cheguei a sentir mais simpatia pelo urso do que por aquele homem. Pensando bem, não era exatamente simpatia. Talvez estivesse mais para uma sensação de cumplicidade.

Não estou bem, pensei, olhando para meu reflexo no espelho. Experimentei verbalizar essas palavras, em voz baixa. Pelo jeito, eu não estava no meu perfeito juízo. *Melhor continuar assim, longe de todo mundo.* Ao menos por algum tempo.

Em meados de abril, comecei a ficar um pouco farto do frio. Então deixei Hokkaido para trás e voltei para a ilha principal do Japão. Acompanhei a costa do Pacífico, de Aomori para Iwate, de

Iwate para Miyagi. À medida que seguia para o sul, a primavera se delineava mais ao meu redor. Eu continuava pensando em minha esposa, é claro. Minha esposa sobre os braços de um desconhecido que, talvez naquele exato instante, a abraçava em alguma cama. Não queria ficar ruminando essa cena, mas não conseguia pensar em mais nada.

Eu estava perto de fazer trinta anos quando vi minha esposa pela primeira vez. Ela era três anos mais nova do que eu, trabalhava em um escritório de arquitetura perto da estação Yotsuya Sanchome, tinha passado em um exame de qualificação de arquitetos e era colega e amiga da minha namorada na época. Tinha o cabelo liso e comprido, usava maquiagem discreta e parecia uma mulher tranquila (mais tarde descobri que não era tão tranquila quanto parecia, mas isso é outra história). Eu estava jantando com minha namorada em um restaurante qualquer quando nos encontramos por acaso. Depois que minha namorada nos apresentou, me apaixonei quase instantaneamente por ela.

Seu rosto não tinha nada de excepcional, nenhum defeito aparente, nenhuma particularidade que surpreendesse ou atraísse olhares. Ela era pequena, tinha cílios longos, um nariz delicado, um belo corte de cabelo na altura das escápulas (ela cuidava muito bem do cabelo). Tinha lábios carnudos e no canto da boca uma pinta pequena, que se movia de maneira inusitada acompanhando suas expressões. Essa pintinha era bastante sensual, mas o tipo de detalhe que só quem prestasse bastante atenção reparava. No conjunto, minha namorada na época seria considerada muito mais bonita. No entanto, assim que olhei para minha esposa foi amor quase à primeira vista, como se eu tivesse sido fulminado por um raio. Por quê? Demorei muitas semanas para entender o motivo, mas certo dia compreendi, de repente. Ela me lembrava muito minha falecida irmã mais nova.

Não se tratava de uma semelhança física. Ninguém que visse a foto das duas diria que elas tinham algo em comum. Por isso eu demorei tanto para perceber. O que me lembrava minha irmã não eram os traços, e sim as expressões, em particular os movimentos e o brilho dos olhos. Era como se meu passado ressurgisse como um passe de mágica diante dos meus olhos.

Minha irmã, que também era três anos mais nova do que eu, tinha um problema congênito nas válvulas do coração. Durante a infância, passara por várias cirurgias, que foram bem-sucedidas mas deixaram sequelas, que nem os médicos sabiam se iriam passar ou se poderiam resultar posteriormente em um problema fatal. Minha irmã acabou morrendo quando eu tinha quinze anos. Passou toda a breve vida lutando contra essa falha genética, sem jamais perder a alegria e o otimismo. Nunca deixou escapar um lamento ou uma reclamação. Sempre elaborou planos para o futuro, que não incluíam a própria morte. Era inteligente e sempre tirou notas ótimas (foi uma estudante muito melhor do que eu). Também era muito determinada e, quando tomava uma decisão, não voltava atrás. Quando discutíamos por alguma coisa — situação bastante rara —, era sempre eu quem acabava cedendo. Nos últimos anos, ela já estava com o corpo debilitado e franzino, mas mantinha olhos brilhantes e cheios de vida.

Foram precisamente os olhos da minha esposa que me atraíram. *Alguma coisa* que consegui entrever no fundo deles. Assim que vi aqueles olhos, meu coração disparou. Não quer dizer que eu desejasse aquela mulher como uma tentativa de reviver minha falecida irmã. Tinha noção de que, se buscasse esse tipo de coisa, encontraria apenas decepção. O que eu desejava, ou melhor, o que eu precisava, era capturar aquela centelha de determinação otimista que vi ali, como uma fonte de calor confiável para a vida. Algo que me era muito familiar e talvez, ao mesmo tempo, que eu havia perdido há muito tempo.

Dei um jeito de descobrir o contato dela, sem levantar suspeita. Quando a convidei para sair, naturalmente ficou surpresa e hesitou. Afinal, eu era namorado de uma amiga. Mas não desisti facilmente. Disse que queria só conversar. Seria apenas um encontro para uma conversa. Nada mais do que isso. Marcamos em um restaurante tranquilo e falamos sobre muitas coisas, sentados frente a frente. A conversa começou tímida e desajeitada, mas foi engrenando aos poucos. Não faltava assunto, pois eu queria saber uma infinidade de coisas. Descobri que apenas três dias separavam o aniversário dela e o da minha irmã.

— Posso desenhar você? — perguntei.

— Agora? — disse ela, olhando ao redor.

Estávamos na mesa do restaurante e tínhamos acabado de pedir a sobremesa.

— É. Termino antes de trazerem a sobremesa — respondi.

— Bom, pode ser... — concordou ela, duvidando um pouco.

Tirei da bolsa um caderno pequeno que sempre levava comigo e fiz um esboço rápido do seu rosto, com um lápis 2B. Terminei antes que trouxessem a sobremesa, como o prometido. O mais importante eram aqueles olhos, é claro, que desde o começo eu queria desenhar. Dentro deles, se abria um mundo profundo e além do tempo.

Mostrei o esboço. Ela pareceu gostar.

— Ficou muito expressivo.

— É porque você é expressiva — observei.

Ela passou um bom tempo olhando para o desenho, admirada, como se estivesse descobrindo em si mesma algo que desconhecia.

— Se gostou, pode ficar. É presente.

— Posso mesmo? — perguntou ela.

— Claro. É só um esboço.

— Obrigada.

Depois desse encontro saímos mais algumas vezes, até que começamos a namorar. Tudo transcorreu com muita naturalidade. Porém, para minha ex-namorada, me perder para uma amiga parece ter sido um choque considerável. Acho que cogitava se casar comigo. Sua irritação era compreensível (embora eu nunca tivesse demonstrado intenção de me casar com ela). Além disso, minha esposa também estava em um relacionamento na época e terminar não foi muito simples. Apesar de todos os empecilhos, em seis meses estávamos casados. Fizemos uma pequena festa só para amigos e fomos morar em Hiroo, em um apartamento do tio dela, que o alugou por um bom preço. Transformei um quartinho desse apartamento em ateliê e passei a me dedicar seriamente aos retratos. Agora, não se tratava apenas de um trabalho provisório, já que eu precisava contribuir para sustentar a casa e toda minha renda vinha de pintar retratos. Todos os dias, minha esposa pegava o metrô e ia trabalhar no escritório de arquitetura. Como eu ficava em casa, acabei me tornando responsável pelas tarefas domésticas, o que estava longe de ser um tormento para mim. Não me incomodava em cuidar da casa e achava uma boa distração em meio à pintura. Ao menos achava muito mais divertido do que passar o dia todo em um escritório, soterrado pela papelada.

Creio que os primeiros anos de casamento foram tranquilos e satisfatórios para nós dois. Logo estabelecemos uma rotina agradável e nos ajustamos naturalmente a ela. Nos finais de semana ou feriados eu não pintava e nós saíamos para passear. Visitávamos exposições, fazíamos trilhas ou perambulávamos pela cidade. Sempre reservávamos tempo para conversas sobre assuntos pessoais, quando revelávamos, sem esconder nada, quase todas as coisas por que havíamos passado. Trocávamos opiniões e impressões sobre tudo isso.

Da minha parte, só não mencionei uma coisa à minha esposa: que seus olhos me lembravam vividamente os da minha irmã, que morrera aos doze anos, e que essa particularidade foi o que mais me atraiu nela. Se ela não tivesse aqueles olhos, com certeza eu não teria me dedicado tanto a conquistá-la. Esse era meu único segredo. Não sei se ela tinha algum, mas imagino que sim.

O nome de minha esposa era Yuzu, como a fruta cítrica usada para cozinhar. Às vezes, quando estávamos na cama, para brincar, eu a chamava de *sudachi*, outra fruta. Sussurrava aquilo no ouvido dela, que ria, mas ficava um pouco brava.

— Não é *sudachi*, é *Yuzu*. São parecidas, mas não é a mesma coisa.

Quando será que as coisas começaram a desandar? Agarrado ao volante, de posto em posto, de hotel em hotel, rodando apenas por rodar, eu continuava refletindo sobre essa questão, sem conseguir identificar o momento exato da virada da maré. Sempre acreditei que tudo corria bem entre nós. Claro que tínhamos nossas diferenças, como qualquer casal do mundo, e às vezes discutíamos. Nossa principal divergência era sobre ter ou não filhos. Mas ainda não precisávamos ter pressa e podíamos adiar a decisão por enquanto. Fora esse tema (que por assim dizer podia ser engavetado por mais algum tempo), nossa vida em comum era sadia e nos encaixávamos bem, tanto física quanto emocionalmente. Ao menos eu acreditava nisso, até o último instante.

Como pude ser tão otimista? Ou melhor, como pude ser tão idiota? Sem dúvida meu campo de visão tem algum tipo de ponto cego.

Parece que estou sempre deixando escapar algum detalhe, o tempo todo. E esse *detalhe* costuma ser justamente a coisa mais importante de todas.

Toda manhã eu me despedia da minha esposa quando ela saía para o trabalho, depois me concentrava nos retratos até o começo da tarde, almoçava, saía para caminhar um pouco e aproveitava para passar no mercado. Ao entardecer, deixava tudo preparado para o jantar. Duas ou três vezes por semana, nadava em um clube na vizinhança. Quando minha esposa voltava, eu preparava e servia o jantar. Então tomávamos uma cerveja ou um vinho. Se ela escrevesse avisando que faria hora extra e jantaria qualquer coisa perto do trabalho, eu me sentava sozinho à mesa e comia uma refeição simples. Nossos seis anos de casado foram, basicamente, uma repetição dessa rotina. De minha parte, não havia nenhuma insatisfação com isso.

O trabalho no escritório de arquitetura era muito puxado, e de vez em quando Yuzu precisava ficar até mais tarde. As noites em que eu jantava sozinho foram ficando cada vez mais frequentes. Alguns dias, ela chegava quase à meia-noite.

— Estamos com muitos projetos — explicava ela, acrescentando que um colega havia mudado de empresa inesperadamente e que ela estava cobrindo a parte dele enquanto procuravam um substituto, processo que estava demorando.

Quando chegava tarde, sempre cansada, ela só tomava um banho e desabava na cama, dormindo em seguida. Naturalmente, passamos a transar bem menos. Às vezes, ela não conseguia terminar algum projeto e precisava ir para o escritório durante o fim de semana. Eu aceitava todas as suas explicações sem questionar. Afinal, não tinha nenhum motivo para desconfiar dela.

Mas a verdade é que talvez ela não estivesse fazendo hora extra nenhuma. Talvez, enquanto eu jantava sozinho em casa, ela estivesse na cama de algum hotel por aí, aproveitando algumas horas com seu amante.

Minha esposa era inteligente, sagaz, relativamente extrovertida e precisava de uma boa dose de interação social. Como era algo que eu não podia oferecer, ela costumava se encontrar com as amigas para jantar (ela tinha muitas amigas) ou sair para beber com os colegas depois do trabalho (ela tinha mais resistência do que eu para bebida). Nunca me queixei sobre isso. Pelo contrário, creio que cheguei a incentivar Yuzu a sair sozinha para se divertir.

Pensando bem, a relação que eu tinha com minha irmã era semelhante. Eu, que nunca gostei muito de sair de casa, voltava da escola e me enfiava no quarto para ler ou desenhar. Já minha irmã tinha uma natureza sociável e ativa. Então, no dia a dia, raramente havia uma convergência de interesses e atividades. No entanto, nos compreendíamos muito bem e nos respeitávamos. Conversávamos muito sobre tudo, o que pode não ser comum para irmãos dessa idade. No primeiro andar da nossa casa havia um cantinho para secar roupas, onde sentávamos juntos, fosse inverno ou verão, e conversávamos por horas a fio. Adorávamos contar histórias engraçadas. Era nosso assunto preferido, e rolávamos de rir de piadas e acontecimentos cômicos.

Não sei dizer se tudo isso tinha alguma coisa a ver, mas eu me sentia completamente tranquilo com o tipo de relação que levava com minha esposa. Enxergava meu papel no casamento — o papel de um coadjuvante que falava pouco — como natural e inequívoco. Talvez Yuzu enxergasse diferente. Com certeza, sentia falta de algo em nosso casamento. Afinal, ela e minha irmã eram pessoas diferentes. E também, claro, eu já não era um adolescente.

Quando maio chegou, eu já estava ficando cansado de dirigir sem rumo, dia após dia. Era tempo demais atrás do volante, remoendo os mesmos pensamentos. Tudo o que fazia era repetir as mesmas perguntas, sem nunca chegar a uma resposta. Também estava começando a sentir dor nas costas, depois de tantos dias rodando no Peugeot 205, um carro popular, com bancos não muito confortáveis. Além disso, a suspensão estava piorando sensivelmente e ficar encarando o brilho do asfalto por horas a fio me dava uma dor constante nos olhos. Percebi de repente que já havia passado mais de um mês na estrada, dirigindo sem parar, como se estivesse fugindo de algo.

Então, quando encontrei uma pequena e rústica estância termal entre as províncias de Miyagi e Iwate, resolvi interromper por um momento a viagem. Aquelas termas desconhecidas ficavam dentro de um vale profundo, e havia uma pousada onde os locais se hospedavam por longos períodos para convalescer. A diária era barata e o lugar disponibilizava uma cozinha compartilhada para o preparo de refeições simples. Eu ficava de molho nas termas até fartar e dormia à vontade. Descansava da viagem largado no quarto, lendo romances. Quando não queria mais ler, pegava o caderno de rascunhos na mochila e desenhava. Pela primeira vez em muito tempo, senti vontade de desenhar. Primeiro desenhei as flores e as árvores do jardim, depois os coelhos, que eram criados soltos. Embora fossem apenas esboços simples a lápis, as pessoas gostavam e elogiavam meu trabalho. Então, atendendo a pedidos, comecei a retratar seus rostos. Dos outros hóspedes, dos funcionários. De quem passava por mim. Pessoas que provavelmente nunca mais veria. Quando pediam, eu dava os desenhos de presente.

De repente, me dei conta de que já era hora de voltar a Tóquio. Se continuasse rodando daquele jeito, não chegaria a lugar nenhum. Além disso, queria pintar de novo. Não retratos por encomenda, nem esboços rápidos. Queria me concentrar e pintar algo para mim mesmo, como não fazia há anos. Não sabia se daria certo ou não, mas era preciso dar o primeiro passo.

Pretendia voltar a Tóquio atravessando a região de Tohoku. No entanto, perto da cidade de Iwaki, na rodovia 6, o Peugeot encontrou seu fim. O tubo de combustível rachou e não havia jeito de o motor pegar. Como até aquele momento eu não tinha feito quase nenhuma manutenção no carro, nem podia reclamar. Por sorte, ele quebrou próximo à oficina de um mecânico muito gentil, que me explicou que conseguir peças para um modelo antigo como aquele era tarefa quase impossível por ali e que, mesmo que fosse possível encomendar, o pedido demoraria a chegar. Além disso, o mecânico avisou que, mesmo consertando aquele defeito, logo apareceria outro. A correia do ventilador estava nas últimas, e as pastilhas de freio também já estavam chegando ao limite. Para não falar da suspensão, cheia de ferrugem.

— Olha, não vou mentir. O melhor a fazer é deixar esse carro partir em paz.

Fiquei triste por ser obrigado a me despedir de meu companheiro de um mês e meio de estrada, com seu hodômetro que já chegava aos cento e vinte mil quilômetros. Mas tive que deixá-lo para trás. Ele se foi no meu lugar, pensei.

Dei a barraca e o material de acampamento para o mecânico, como agradecimento por ele se desfazer do carro por mim. Então, fiz um último desenho do Peugeot 205 e, carregando apenas a sacola de nylon a tiracolo, peguei um trem da linha Joban e voltei para Tóquio. Ao chegar, telefonei para Masahiko Amada e expliquei rapidamente minha situação.

— Meu casamento deu errado e precisei viajar durante algum tempo, mas agora estou de volta a Tóquio. Não tenho para onde ir no momento. Por acaso você tem algum local para me indicar?

— Você não vai acreditar, mas acho que tenho uma casa perfeita para você — disse ele. — Estou falando da casa onde meu pai costumava morar. Ela está vazia há algum tempo, desde que tivemos que interná-lo em um asilo na região de Izu-Kogen. Está mobiliada e tem tudo para entrar e morar. Só a localização é um pouco inconveniente, mas o telefone ainda funciona. Você pode ficar lá, se achar uma boa ideia.

— É mais do que eu poderia esperar — respondi. Realmente, aquilo era muito mais do que eu poderia esperar.

E foi assim que começou minha nova vida, em um novo lugar.

3.
Não passa de um reflexo físico

Alguns dias depois de me acomodar naquela casa, no topo de uma montanha perto de Odawara, liguei para a minha esposa. Precisei fazer cinco tentativas, até conseguir falar com ela. Pelo jeito, o trabalho continuava corrido como sempre e ela chegava tarde em casa. Ou talvez tivesse saído com alguém. Em todo caso, isso já não era mais da minha conta.

— Onde você está? — perguntou Yuzu.

— Bom, acabei alugando a casa que Amada tem em Odawara — respondi, e expliquei brevemente por que tinha ido morar lá.

— Liguei muitas vezes para o seu celular!

— Não estou mais com ele — expliquei, pensando que, a essa altura, talvez o aparelho já tivesse chegado ao mar do Japão. — Eu queria um dia desses dar uma passada aí para pegar minhas coisas, pode ser?

— Você ainda tem a chave de casa, não tem?

— Tenho, sim. — Eu considerei jogar a chave no rio junto com o celular, mas pensei bem e desisti, pois talvez tivesse que devolvê-la. — Você não se incomoda se eu entrar quando você não estiver?

— E por que me incomodaria? A casa também é sua, e você pode entrar quando quiser — disse Yuzu. — Mas, afinal, onde foi que você se meteu durante todo esse tempo?

Respondi que tinha passado viajando e resumi a viagem. Passava os dias dirigindo sozinho, rodando por diversas regiões frias. Até que o carro não aguentou e morreu, então o mandei para o desmanche.

— Hum... Quer dizer que, no fim, ficou tudo bem com você?

— Sim, estou vivo — brinquei. — Foi só o carro que morreu.

Yuzu passou algum tempo calada. Depois falou:

— Sonhei com você outro dia.

Não perguntei como tinha sido o sonho. Não tinha muita vontade de saber detalhes sobre minha participação. Ela também não tocou mais no assunto.

— Quando eu for, já deixo a chave — sugeri.

— Como quiser. Por mim tanto faz.

Falei que deixaria na caixa de correio, ao sair.

— Você se lembra do desenho que fez de mim, no nosso primeiro encontro?

— Lembro.

— Às vezes pego esse desenho e fico olhando. É muito bem-feito. Parece que estou vendo meu verdadeiro eu.

— Seu verdadeiro eu?

— Aham.

— Mas você já não se vê no espelho, todas as manhãs?

— Não é a mesma coisa. O que vejo no espelho não passa de um reflexo físico — explicou Yuzu.

Depois de desligar, fui até o banheiro e olhei para o espelho. Ali estava o reflexo do meu rosto. Fazia muito tempo que eu não me analisava assim, com calma. Para Yuzu, aquela imagem não passava de um reflexo físico, mas para mim o rosto diante dos meus olhos era uma parte de mim que em algum momento havia se ramificado. Aquele "eu" não passava de uma das inúmeras possibilidades, uma versão *que eu não tinha escolhido*. Não chegava nem mesmo a ser um reflexo físico.

Dois dias mais tarde, depois do almoço, dirigi a perua Corolla até o prédio em Hiroo e peguei meus pertences. Como da outra vez, chovia sem parar, desde cedo. Estacionei o carro no subsolo do prédio e senti o cheiro característico das garagens em dias de chuva.

Subi de elevador, abri a porta e entrei no apartamento pela primeira vez em quase dois meses, me sentindo um pouco como um invasor. Tinha vivido ali por quase seis anos, e cada canto deveria ser familiar. Porém, ao passar pela porta, já não havia espaço para mim naquele cenário. O escorredor estava cheio, mas de louça usada apenas por ela. As roupas que secavam ao lado da máquina de lavar eram todas dela. Espiei dentro da geladeira, sem reconhecer nada. Praticamente só havia pratos prontos, que não precisavam de preparo. O leite e o suco de laranja eram de marcas diferentes das que eu costumava comprar. O freezer estava lotado de congelados. Eu nunca comprava congelado. Incrível como tanta coisa pode mudar em menos de dois meses.

Tive muita vontade de lavar a louça na pia, dobrar (e também passar) as roupas do varal e organizar a geladeira. Mas claro que não fiz nada disso. Estava na casa de outra pessoa. Não devia mexer em nada.

O que tomava mais espaço, das coisas que eu pretendia levar, era o material de pintura. Em uma caixa grande de papelão, guardei o cavalete, as telas, pincéis e tintas variadas. Em cima, coloquei as roupas. Eu não preciso de grande quantidade de roupas. Não me incomodo em vestir sempre a mesma coisa. Não tenho ternos nem gravatas e, com exceção de um casaco grosso de inverno, o resto cabia em uma mala grande.

Peguei alguns livros que ainda não tinha lido e uma dúzia de CDs, assim como minha caneca de café preferida, um calção de banho, óculos e touca de natação. Basicamente era tudo o que eu precisava por enquanto. Na verdade, mesmo essas coisas não me faziam tanta falta.

No banheiro, encontrei tudo como havia deixado: minha escova de dente, meu kit de barbear, um creme hidratante, um protetor de sol e um tônico capilar. Mas não me animei a levar esses itens e deixei no mesmo lugar. Minha esposa podia jogá-los fora se quisesse.

Depois de guardar minhas coisas no porta-malas do carro, voltei para a cozinha, fervi água na chaleira, preparei um chá preto de saquinho e me sentei à mesa para beber. Yuzu provavelmente não se incomodaria com isso. O apartamento estava totalmente imerso em silêncio, um silêncio que meio que pesava no ar, como se eu estivesse sentado sozinho no fundo do mar.

Fiquei lá dentro por cerca de meia hora. Durante esse período ninguém tocou a campainha, nem telefonou. Só o termostato da geladeira desligou uma vez e depois ligou de novo. Em meio ao silêncio, apurei os ouvidos e sondei a atmosfera da casa, como se mergulhasse um peso para medir a profundidade da água. Era, sem dúvida, a casa de uma mulher que morava sozinha e vivia muito atarefada com o trabalho, praticamente sem tempo para as tarefas domésticas, deixando para resolver tudo no fim de semana. Corri os olhos por todos os cantos e vi apenas objetos dela. Não havia rastro de outra pessoa (meu próprio rastro era quase imperceptível). Ao que tudo indicava, ela não costumava receber outro homem ali. Deviam se encontrar em outro lugar.

Não sei explicar muito bem, mas, durante todo o tempo que passei sozinho dentro do apartamento, tive a sensação de estar sendo observado. Como se alguém acompanhasse meus movimentos por uma câmera escondida. Claro que não havia nada parecido por ali. Minha esposa era péssima com tecnologia. Não conseguia nem trocar as pilhas de um controle remoto. Nunca teria a habilidade para instalar e operar câmeras escondidas. Eu estava com a sensibilidade à flor da pele, só isso.

Ainda assim, durante todo o tempo que passei no apartamento, agi como se uma câmera imaginária estivesse registrando meus movimentos. Não fiz nada que não deveria, nada inadequado. Não abri as gavetas de Yuzu, embora soubesse que, no fundo da gaveta de meias-calças na cômoda, ela guardava um pequeno diário e cartas importantes. Não toquei em nada disso. Também sabia a senha do seu notebook (se ela não tivesse mudado, é claro), mas não o liguei. Aquilo tudo já não tinha mais relação comigo. Lavei e sequei com um pano de prato apenas a xícara que usei, antes de guardá-la no armário e apagar a luz. Então parei ao lado da janela e contemplei por um tempo a chuva que continuava caindo. A Tokyo Tower cor de abóbora despontava ao longe, difusa. Depois saí, deixei a chave na caixa de correio e dirigi de volta para Odawara. Era um trajeto de cerca de uma hora e meia, mas tive a impressão de que havia feito uma viagem de ida e volta a um país estrangeiro.

No dia seguinte, telefonei para meu agente e contei que havia retornado a Tóquio, mas que já não pretendia trabalhar com retratos.

— Quer dizer que nunca mais vai fazer retratos?

— Pois é, talvez.

Ele reagiu com poucas palavras. Não reclamou muito, nem me deu nenhum sermão. Ele já sabia que, quando eu tomava uma decisão, não costumava voltar atrás.

— Se algum dia você mudar de ideia, pode entrar em contato comigo. Será um prazer agenciar você outra vez — encerrou ele.

— Obrigado — agradeci.

— Sei que não é da minha conta, mas... como você pretende ganhar a vida, daqui para a frente?

— Ainda não sei — admiti. — Como estou vivendo sozinho, não preciso de muita coisa. Também ainda tenho algumas reservas, então por enquanto dá para levar.

— Pretende continuar pintando?

— Acho que sim. Não sei fazer muita coisa além disso...

— Espero que dê tudo certo.

— Obrigado — voltei a agradecer. — Tem alguma coisa que eu deva saber? — acrescentei, num impulso

— Alguma coisa que você deva saber?

— Sim. Como posso dizer... algum conselho de profissional?

Ele pensou por um momento, antes de responder:

— Você parece ser uma dessas pessoas que demora mais do que a maioria para se convencer das coisas. Mas, pensando a longo prazo, talvez o tempo seja seu aliado.

Parece o título de uma velha canção dos Rolling Stones, pensei.

— Outra coisa — continuou ele —, acredito que você tenha um talento raro como retratista, uma capacidade intuitiva de sondar a alma de quem está retratando e extrair o que está lá dentro. Poucas pessoas têm essa capacidade, então me parece um verdadeiro desperdício você não usar esse talento.

— Bom, é que no momento não tenho nenhum desejo de pintar retratos.

— Sim, eu entendo. Mas com certeza esse talento voltará a ser útil algum dia. Espero que dê tudo certo.

Espero que sim, pensei. Espero que o tempo seja meu aliado.

Masahiko Amada me levou em seu Volvo para mostrar a casa, nas montanhas de Odawara.

— Se você gostar da casa, já pode se instalar hoje mesmo — observou ele.

Seguimos a rodovia Odawara-Atsugi até quase o final, depois pegamos uma estradinha asfaltada em direção às montanhas. Ao redor havia plantações, estufas de hortaliças e, de vez em quando, algumas ameixeiras. Durante o caminho vimos pouquíssimas casas e não passamos por nenhum semáforo. Depois, em marcha lenta, subimos por muito tempo uma estradinha íngreme e sinuosa, que desembocava na entrada de uma casa. Essa entrada era composta apenas de duas colunas imponentes, como se alguém tivesse começado a construir um portão e mudado de ideia. De repente perceberam, a meio caminho, que este tipo de coisa não seria necessário num local como aquele. Em uma das colunas havia uma placa, elegante como um letreiro de loja, indicando o sobrenome do proprietário: AMADA. Logo adiante avistei a casa, um pequeno chalé em estilo ocidental, com uma chaminé de tijolos descoloridos se erguendo das telhas de ardósia. O telhado era surpreendentemente alto para uma casa de um só andar. Como se tratava do lar de um pintor de *nihon-ga*, eu imaginava que obviamente seria uma velha construção em estilo japonês, mas estava enganado.

Paramos o carro na espaçosa marquise diante da casa e abrimos as portas. Em revoada, alguns pássaros pretos que pareciam gaios saíram de uma árvore no bosque ao lado, soltando gritos agudos. Não pareciam felizes com a presença de dois invasores. Quase toda a casa era rodeada pela mata, exceto na parte oeste, que se descortinava para a vista imensa do vale.

— E aí? Não falei que não tinha nada por aqui?

Olhei ao redor. De fato, não tinha absolutamente nada. Era surpreendente que alguém tivesse mandado construir uma casa naquele fim de mundo. Realmente o pai de Masahiko devia detestar interagir com outras pessoas.

— Você cresceu aqui? — perguntei.

— Não, eu só vinha de vez em quando. Nunca passei muito tempo aqui. No máximo, uma parte do verão, para fugir do calor. Eu morava em Mejiro, com minha mãe. Quando meu pai não estava pintando, ia pra Tóquio e ficava com a gente, mas logo voltava para cá e retomava o trabalho. Depois eu saí de casa, minha mãe morreu, e desde então, há uns dez anos, ele passou a viver o tempo todo aqui, isolado, quase como um ermitão.

Uma senhora de meia-idade, que morava mais ou menos perto e tinha ficado cuidando da casa enquanto estava vazia, apareceu para me mostrar tudo: como ligar os eletrodomésticos da cozinha, como pedir a entrega de mais gás ou de querosene, onde estavam guardados as ferramentas e os utensílios, os dias e os lugares certos para a coleta de cada tipo de lixo etc. Aparentemente, o pai de Masahiko levava uma vida muito simples, com poucos apetrechos. Eu quase não precisei de instruções, e a senhora disse que, em caso de dúvida, era só ligar para ela (no fim, não precisei ligar nenhuma vez).

— Que bom que alguém vai ficar morando aqui! Uma casa vazia envelhece muito rápido. Sem falar que pode ser roubada. Além do mais, quando percebem que não há movimentação de gente, macacos e javalis começam a aparecer.

— Tem muitos deles por aqui — acrescentou Masahiko.

— Tome cuidado com os javalis, viu? — recomendou a senhora. — Eles aparecem na primavera para comer brotos de bambu. As fêmeas com filhotes são as mais bravas e desconfiadas. As vespas também são um perigo. Às vezes fazem colmeias nas ameixeiras. Já teve até gente que morreu pelas picadas...

Cômodo central da casa, a sala de estar era relativamente grande e tinha uma lareira. A sudoeste dessa sala se abria um amplo terraço coberto, e ao norte havia um ateliê, quadrado, onde o artista costumava pintar. A leste, uma cozinha compacta com uma pequena copa, um banheiro, um espaçoso quarto e um quarto de hóspedes um pouco menor. No quarto de hóspedes havia uma escrivaninha e estantes repletas de livros velhos. O pai de Masahiko devia gostar de ler e, pelo jeito, usava aquele quarto como escritório. A casa estava limpa e era agradável, apesar de velha. Porém, curiosamente (ou talvez nem tanto assim) não havia um único quadro nas paredes. Todas, sem exceção, estavam totalmente nuas.

Como Masahiko Amada mencionara, a casa tinha tudo — móveis, eletrodomésticos, louça, roupas de cama — e era só entrar e morar. Realmente eu podia chegar sem nada. Até a lenha para a lareira já estava cortada, empilhada sob o beiral do depósito. Embora não tivesse televisão (Amada disse que o pai odiava televisores), havia um excelente aparelho de som na sala de estar, com enormes caixas Autograph da

Tannoy e um amplificador valvulado original da Marantz. Sem falar de uma impressionante coleção de LPs, com muitas opções de ópera.

— Só não tem tocador de CD — disse Amada. — Meu pai não gostava de novidades... Só confia em coisas que existem faz tempo. Você também não vai encontrar nem sombra de sinal de internet, é claro. Se precisar, o jeito é descer até a cidade e usar um cybercafe.

Comentei que provavelmente não precisaria acessar a internet.

— Para saber o que está acontecendo no mundo — prosseguiu ele —, só ouvindo o rádio transistorizado, na prateleira da cozinha. Não pega muito bem por causa das montanhas, então mal e mal vai dar para ouvir a NHK de Shizuoka. De qualquer maneira, já é melhor do que nada.

— Tudo bem. Não me interesso tanto assim pelo mundo.

— Que bom. Acho que você se daria bem com meu pai.

— Ele era apaixonado por ópera?

— Era. Apesar de pintar em estilo japonês, ele sempre trabalhava ouvindo ópera. Parece que assistiu a muitos espetáculos em sua temporada em Viena. Você ouve ópera?

— Às vezes.

— Sabe, eu não suporto. Acho comprido e chato demais. Você viu que tem um monte de discos velhos por aí. Pode ouvir o que quiser. Meu pai ficaria feliz de saber que alguém está ouvindo, já que para ele não faz mais diferença.

— Não faz mais diferença?

— É, a doença já está em estado muito avançado. Hoje ele não consegue distinguir mais uma ópera de uma frigideira.

— Você mencionou Viena agora há pouco. Seu pai foi estudar *nihon-ga* em Viena?

— Não, claro que não. Por mais excêntrico que alguém possa ser, ir até Viena para estudar pintura japonesa seria demais. Ele foi porque no começo da carreira pintava no estilo ocidental. Pintava a óleo, quadros muito modernos para a época, sabe? Mas, pouco depois de voltar para o Japão, ele se converteu para a pintura *nihon-ga*. Esse tipo de coisa acontece de vez em quando... Depois de viver no exterior, algumas pessoas começam a dar mais valor para a identidade do seu povo.

— Verdade. E ele teve muito sucesso com o *nihon-ga*.

Amada encolheu os ombros de leve.

— Pois é, aos olhos da sociedade... Como filho, eu só enxergava um sujeito rabugento, um pai que dava atenção apenas para sua arte e levou a vida fazendo somente o que queria. Claro que agora não sobrou mais nem vestígio desse homem. Enfim...

— Quantos anos ele tem hoje?

— Noventa e dois. Dizem que levou uma vida muito boêmia na juventude. Mas não conheço muitos detalhes...

— Muito obrigado por tudo. Você realmente salvou minha pele — agradeci.

— Quer dizer que gostou?

— Gostei. Vou ficar muito feliz por poder morar aqui por um tempo.

— Que bom. Seja como for, confesso que estou torcendo para que você e Yuzu voltem.

Não fiz nenhum comentário sobre isso. Masahiko não era casado. Eu tinha ouvido boatos de que ele era bissexual, mas não sabia até que ponto eram verdade. Apesar de nossa longa amizade, nunca tínhamos conversado sobre essas coisas.

— Vai continuar pintando retratos? — perguntou ele, quando estava de saída.

Expliquei que tinha me aposentado de vez dos retratos.

— E como pretende ganhar a vida daqui para a frente?

Masahiko fez a mesma pergunta que meu agente.

Dei a mesma resposta: disse que iria reduzir meus gastos o máximo possível e viver por algum tempo das minhas economias. Disse ainda que, pela primeira vez em muito tempo, estava com vontade de pintar o que quisesse, livremente.

— Hum... isso é bom — comentou ele. — Fazer o que quiser, durante um tempo, é uma boa ideia. Mas que tal pegar também um bico como professor de pintura? Perto da estação de Odawara tem uma escola de artes que oferece aulas de técnicas de pintura. A maioria dos cursos é para crianças, mas também tem alguns para adultos. Cobrem só desenho e aquarela, não pintura a óleo. O administrador dessa escola é conhecido do meu pai e sei que lá não trabalham apenas por dinheiro. Parece que estão com dificuldade pra encontrar professores, então provavelmente ficariam felizes se você pudesse dar umas aulas. Não devem pagar muito, mas é sempre uma ajudinha no orçamento. E acho que não seria muito cansativo, só uns dois dias por semana.

— Mas eu nunca ensinei técnicas de pintura e não entendo muito de aquarela...

— Ah, é coisa simples. Ninguém pretende formar profissionais por lá. Você ensinaria só o básico do básico. Em um dia já pega o jeito. Dar aulas, principalmente para crianças, pode ser um ótimo estímulo. Sem contar que, se você vai morar sozinho por aqui, é melhor ter que descer para a cidade e interagir com outras pessoas pelo menos uma ou duas vezes por semana. Caso contrário vai ficar maluco. Você não quer terminar como o cara de *O iluminado*, quer?

Masahiko fez uma careta imitando Jack Nicholson. Ele sempre fora muito bom com imitações.

— Não sei se vai dar certo — respondi, rindo —, mas posso tentar.

— Pode deixar que falo com eles.

Depois disso, fomos juntos até a loja de usados da Toyota, próxima à estação, e comprei a perua Corolla à vista, em dinheiro. E foi assim que começou minha vida solitária no alto da montanha em Odawara. Depois de quase dois meses em constante movimento, sempre com o pé na estrada, passei a levar uma vida absolutamente estática. Uma mudança bastante brusca.

Na semana seguinte, comecei a dar aulas no curso de pintura às quartas e sextas. Graças à indicação da família Amada, fui contratado sem burocracia, após uma breve entrevista. Eu dava duas aulas para adultos, além de uma aula para crianças. Logo me acostumei com as aulas infantis e me divertia vendo os desenhos dos alunos. Como dissera Masahiko, era um ótimo estímulo. Em pouco tempo, criei laços afetivos. Tudo o que eu precisava fazer era circular pela sala e ver os desenhos, dar pequenos conselhos técnicos, buscar pontos positivos para elogiar e incentivar. Procurava fazer as crianças desenharem o mesmo motivo o máximo de vezes possível, para mostrar que bastava mudar um pouco o ângulo para que um mesmo objeto se transformasse em algo totalmente diferente. Os objetos têm várias facetas, assim como as pessoas, e as crianças logo compreenderam como isso podia ser divertido.

Já ensinar desenho aos adultos era um pouco mais difícil. Minhas aulas eram frequentadas por senhores aposentados ou donas de casa que tinham um pouco de tempo livre porque os filhos já estavam crescidos. Naturalmente, suas mentes já não eram tão flexíveis quanto as das crianças, e eles não aceitavam minhas sugestões com tanta facilidade. Mas alguns alunos tinham mais sensibilidade ou desenhavam coisas razoavelmente interessantes. Eu dava conselhos quando me pediam, mas de modo geral me limitava a deixar que desenhassem o que quisessem e procurava encontrar e elogiar os pontos positivos, o que aparentemente deixava todos bastante satisfeitos. Para mim, se eles conseguissem desenhar com satisfação, já era suficiente.

Graças a essas aulas comecei a ter relações com duas mulheres casadas. As duas frequentavam os cursos de desenho sob minha "orientação", ou seja, eram minhas alunas (aliás, até que as duas desenhavam bem). É difícil julgar se aquele comportamento poderia ser perdoado em um professor — ainda que eu fosse um professor improvisado e sem qualificações. Eu não via problema algum em um homem e uma mulher adultos manterem relações sexuais de maneira consensual, mas sem dúvida aquela conduta não seria aplaudida pela sociedade.

Ainda assim, sem querer me justificar, naquele momento eu não tinha cabeça para avaliar se minhas atitudes eram corretas ou não. Estava apenas sendo levado pela correnteza, agarrado a um pedaço de madeira. Tudo ao meu redor estava imerso na escuridão, e no céu não havia lua nem estrelas. Se me mantivesse agarrado àquela madeira, conseguiria escapar do afogamento, ainda que jamais soubesse dizer onde estava ou para onde estava indo.

Foi depois de alguns meses vivendo nesta casa que *descobri* a pintura de Tomohiko Amada intitulada *O assassinato do comendador*. Não tinha como saber na época, mas aquela obra acabaria transformando completamente minha situação.

4.
Vistas de longe, quase todas as coisas são bonitas

Em certa manhã ensolarada, já no final de maio, levei meu material de pintura para o ateliê que fora usado pelo artista Tomohiko Amada e, pela primeira vez em muito tempo, me postei diante de uma tela em branco (como não havia mais nenhum material do velho artista lá, imaginei que Masahiko devia ter organizado tudo e levado para algum lugar). O ateliê era um cômodo de cerca de cinco metros quadrados, com piso de madeira e paredes pintadas de branco. O chão não tinha nenhum tapete. Uma janela grande, com uma cortina branca e simples, se abria para o norte, e outra, pequena, sem cortina, para o leste. Como no resto da casa, não havia nenhuma decoração nas paredes. Em um canto ficava uma grande pia de louça para lavar pincéis, de muito uso, como provavam as manchas multicoloridas. Ao lado, havia um antigo aquecedor a querosene e, no teto, um ventilador. O cômodo também contava com uma bancada de trabalho e uma banqueta de madeira. Na estante embutida havia um aparelho de som estéreo compacto, para que Amada pudesse ouvir ópera enquanto pintava. O vento que entrava pela janela trazia um perfume fresco de mato. Sem dúvida, aquele era um espaço onde um pintor podia se concentrar. Tinha tudo que era necessário, sem nada supérfluo.

Tendo à disposição aquele novo ambiente, o desejo de *pintar alguma coisa* foi crescendo dentro de mim, como pontadas discretas. Agora eu contava com um tempo quase ilimitado, não tinha mais a obrigação de pintar só para pagar as contas, nem de preparar o jantar para minha esposa (cozinhar não me incomodava, mas não deixava de ser uma obrigação). Agora eu podia escolher se queria cozinhar ou não e, se me desse na veneta, podia inclusive não comer nada e morrer de fome. Estava absolutamente livre para fazer apenas o que quisesse, o quanto quisesse, sem me preocupar com ninguém.

Apesar disso, no fim das contas, não consegui pintar nada. Por mais tempo que ficasse plantado diante da tela, encarando aquele branco absoluto, não me ocorria nem um vestígio de ideia. Não sabia por onde começar e não conseguia produzir nenhuma centelha. Ficava parado no meio daquele cômodo quadrado e vazio, desorientado como um escritor que tivesse perdido as palavras ou um músico sem seu instrumento.

Nunca tinha enfrentado nada parecido antes. Até aquele momento, bastava lançar um olhar para a tela para que minha mente se afastasse quase no mesmo segundo do horizonte cotidiano e *algo* brotasse na minha imaginação: às vezes, uma ideia sólida e fecunda, outras, uma ilusão que não servia para nada. De qualquer maneira, alguma coisa sempre brotava. E então tudo o que eu precisava fazer era agarrar a ideia mais apropriada, transferi-la para a tela e seguir em frente, obedecendo à minha intuição. Se eu fizesse isso, a obra tomava forma por conta própria. No entanto, naquele momento, eu não conseguia enxergar o *algo* que daria início ao processo. Por maior que fosse meu desejo de pintar, por mais pontadas que sentisse no peito, era imprescindível algo concreto para começar.

Eu acordava cedo (quase sempre acordo antes das seis horas), preparava um café na cozinha e levava uma caneca para o ateliê. Sentado na banqueta diante da tela, procurava me concentrar, apurando os ouvidos para os sons que ecoavam na minha mente e tentando vislumbrar a imagem que deveria estar ali. Sempre em vão. Depois de tentar me concentrar durante algum tempo, eu desistia, sentava no chão do ateliê e, encostado na parede, escutava óperas de Puccini (por algum motivo, naquele período ouvi muito Puccini). Minhas preferidas eram *Turandot* e *La Bohème*. Eu observava o ventilador que girava desanimado no teto, enquanto aguardava a chegada de uma ideia ou de um tema. Mas não chegava nada. Apenas o sol do começo de verão se movia sem pressa pelo céu.

Qual seria meu problema? Talvez tivesse passado tempo demais pintando retratos sob encomenda, o que podia ter enfraquecido minha intuição, como a areia da praia que vai sendo levada aos poucos pelas ondas. Seja como for, em algum momento a correnteza tinha começado a fluir para o lugar errado. Hum, ainda vai levar algum tempo, pensei. Preciso ter paciência. *Preciso fazer com que o tempo seja meu aliado*. Se tudo der certo, alguma hora vou reencontrar o fluxo. Vou me aproximar dessa correnteza outra vez. Mas, na verdade, eu não tinha tanta certeza.

Foi nessa época que comecei a me relacionar com mulheres casadas. Provavelmente estava em busca de alguma válvula de escape emocional. Queria de qualquer maneira sair da minha estagnação e precisava de algum estímulo (qualquer estímulo) para varrer a poeira de meu espírito. Também estava começando a me cansar de viver sempre sozinho. E fazia muito tempo que não me deitava com uma mulher.

Olhando para trás, percebo que aqueles dias transcorriam de maneira muito estranha. Eu acordava cedo, entrava naquele ateliê de paredes brancas e ficava olhando para a tela em branco. Depois, sem ter qualquer vislumbre próximo de uma inspiração, me sentava no chão para ouvir Puccini. No terreno da criação, eu estava diante do mais puro *nada*. Claude Debussy escreveu em algum lugar, sobre um período em que não conseguia avançar com suas composições de ópera: "Todos os dias, produzo apenas o *rien*, o nada". Foi isso o que fiz durante aquele verão. Me dedicava dia após dia à "produção do *rien*". Confesso que me habituei àquele cotidiano de criar o *rien*. Talvez tenha até ficado íntimo dele.

Mais ou menos duas vezes por semana a segunda mulher casada com quem me relacionei aparecia durante a tarde, dirigindo seu Mini Cooper vermelho. Íamos direto para a cama e, enquanto a tarde caía, nos perdíamos no corpo do outro, até cansar. Naturalmente, isso não gerava apenas o *nada*. Naquelas ocasiões, tinha diante de mim um corpo indiscutivelmente de carne e osso, que podia tocar com as mãos ou percorrer com os lábios. Desta forma, passava os dias em idas e vindas entre o obscuro e esquivo *rien* e aquela presença física intensa, como se ligasse e desligasse uma chave na minha consciência. Ela me contou que já fazia cerca de dois anos que seu marido não a tocava. Ele era dez anos mais velho do que ela, trabalhava muito e costumava voltar tarde para casa. Por mais que ela tentasse seduzi-lo, ele não se animava.

— Por que será? Você é tão atraente — observei.

Ela encolheu de leve os ombros.

— Estamos casados há mais de quinze anos e temos duas filhas. Acho que já deixei de ser uma novidade para ele.

— Bom, para mim você é uma grande novidade...

— Hum, obrigada. Mas falando assim parece até que fui reciclada.

— Reutilização dos recursos naturais...

— Pois é.

— Recursos naturais importantíssimos! — brinquei. — Muito úteis para a sociedade.

Ela riu baixinho.

— Desde que sejam separados corretamente...

E então, depois de uma pausa, voltamos a dedicar muito entusiasmo à utilização dos recursos recicláveis.

Para ser franco, no começo não senti nenhuma atração particular por aquela mulher. Nesse sentido, ela se diferenciava das outras mulheres com quem já tinha me relacionado. Não tínhamos muito o que conversar, nem nada em comum no nosso presente ou passado. Como não sou de falar muito, quando estávamos juntos ela acabava conduzindo as conversas. Ela me contava sobre sua vida e eu esboçava algum tipo de emoção, mas aquilo não chegava a ser uma conversa de verdade.

Era a primeira vez que algo assim me acontecia. Nos outros relacionamentos, sempre surgia primeiro a afinidade pessoal e só depois a relação física. No caso dela foi diferente: tudo começou pela atração física, o que não era de todo mau. Me diverti de verdade no tempo que passamos juntos, e acho que ela também. Ela teve muitos orgasmos, e eu gozei muitas vezes dentro dela.

Ela me contou que era a primeira vez que dormia com outro homem desde que tinha se casado. Talvez não estivesse mentindo. Também era a primeira vez que eu dormia com outra mulher desde que tinha me casado (não é verdade... antes, uma única vez, *excep-*

cionalmente, dividi a cama com outra mulher, mas não por iniciativa minha. Entrarei em detalhes mais tarde).

— Todas as minhas amigas que regulam de idade comigo são casadas e parece que todas traem os maridos — me disse certa vez. — Elas sempre me contam as histórias.

— Reciclagem — resumi.

— Pois é... Só que nunca pensei que me tornaria uma delas.

Eu olhei para o teto e pensei em Yuzu. Estaria fazendo o mesmo que eu com outro homem, em algum lugar?

Depois que ela ia embora, eu ficava sozinho em casa, sem saber o que fazer. O colchão ainda conservava o formato do corpo dela. Eu me esticava em uma cadeira no terraço e lia sem vontade, só para matar o tempo. Nas estantes do pintor Amada só havia livros antigos. Alguns deviam ser até raridades, livros que fizeram bastante sucesso em determinada época mas depois caíram no esquecimento, sendo quase completamente ignorados hoje. Eu gostava de ler aquelas velharias. Dividia dessa forma com o ancião desconhecido a sensação de ter sido deixado para trás pela passagem do tempo.

Quando caía a noite, eu abria uma garrafa de vinho (o único luxo que me permitia vez ou outra naquela época, ainda que nunca fossem vinhos caros) e escutava velhos LPs. A coleção toda era de música clássica, em sua maioria ópera ou música de câmara. Os discos não apresentavam um único risco, prova de que sempre foram manuseados com muito cuidado. Durante o dia, eu escutava sobretudo óperas e, à noite, quartetos de corda de Beethoven ou Schubert.

Creio que dividir regularmente a cama com uma mulher mais velha e de carne e osso contribuiu para que eu me acalmasse um pouco. O toque macio daquela pele madura amenizava, ao menos em parte, a sensação desconfortável que eu carregava no peito. Enquanto me deitava com ela, eu conseguia deixar de lado minhas hesitações e incertezas. Apesar disso, continuava sem fazer ideia do que pintar. Às vezes, na cama, fazia rápidos esboços a lápis daquele corpo nu, sobretudo em cenas pornográficas: meu órgão dentro dela, ela com meu pênis na boca. Ela enrubescia ao olhar esses rascunhos, mas abria um sorriso. A maioria das mulheres ficaria contrariada, brava ou desconfiada se alguém fotografasse esse tipo de situação, mas com esboços era diferente, sobretudo se fossem bem-feitos. Deve ser porque desenhos transmitem melhor o calor humano ou ao menos não têm a frieza das câmeras. Porém, por mais precisão que eu colocasse nesses esboços, continuava sem enxergar nem uma nesga do que gostaria de pintar.

As chamadas "obras abstratas", que eu costumava pintar na época de estudante, agora me interessavam muito pouco. Já não me sentia atraído por esse tipo de pintura. Olhando para trás, eu tinha a impressão de que aquelas obras, pintadas com tanto entusiasmo, não passavam de uma "busca pela forma". Na juventude, me interessava muito pelo equilíbrio da forma e por sua beleza estética. Não há nada de errado com isso, é claro. Porém, eu não alcançava a profundidade espiritual que existe para além dessas coisas. Hoje, conseguia enxergar isso com clareza. O que conseguia atingir naquela época só era interessante do ponto de vista formal, num nível mais raso. Não havia nada comovente de verdade naquelas obras. O que havia ali era, no máximo, "perspicácia".

Agora eu estava com trinta e seis anos, me aproximava dos quarenta. Antes de chegar a essa casa, precisava de alguma forma garantir um universo de obras que me fosse próprio como artista. Há tempos sentia essa necessidade. Os quarenta anos são um dos divisores de águas da vida. Ninguém pode passar essa linha e continuar igual. Me restavam quatro anos, mas quatro anos passam em um piscar de olhos. E, com tanto tempo perdido pintando encomendas, eu já tinha feito um desvio bastante grande. Precisava de algum jeito fazer com que o tempo fosse meu aliado.

Enquanto vivi naquela casa no meio da montanha, comecei a querer saber mais sobre o proprietário, Tomohiko Amada. Como nunca me interessei muito pelo estilo *nihon-ga*, não sabia quase nada sobre esse pintor e suas obras, embora tivesse ouvido falar de seu nome e não ignorasse que, por uma dessas coincidências, era pai de um amigo meu. A única coisa que eu sabia era que, apesar de sua fama no mundo da pintura *nihon-ga*, ele não se importava com sua reputação, levava uma vida solitária e tranquila — ou, para ser mais exato, bastante excêntrica — e nunca aparecia nos holofotes.

Entretanto, agora que eu ouvia sua coleção de discos, pegava livros de sua biblioteca, dormia em sua cama, cozinhava em sua cozinha, entrava e saía de seu ateliê, passei a ter interesse — talvez a palavra seja "curiosidade" — por esse personagem. Originalmente pintor modernista, Tomohiko Amada chegou a estudar em Viena, mas depois voltou ao Japão e se converteu de repente à pintura japonesa. Essa trajetória de "retorno às origens" atiçava minha curiosidade. Mesmo sendo leigo no assunto, eu podia imaginar que aprender o estilo *nihon-ga* depois de tantos anos pintando com tinta a óleo não era nada fácil. Seria preciso muita determinação para abandonar, de uma só vez, toda a técnica absorvida com tanto esforço e, depois, recomeçar do zero. Para Tomohiko Amada escolher espontaneamente este caminho tortuoso, deveria haver bons motivos.

Certo dia, antes da aula no curso de desenho, passei na biblioteca municipal de Odawara para pesquisar sobre o artista. A biblioteca contava com três belos livros sobre a sua obra, talvez por se tratar de um pintor local. Um dos três volumes trazia, como "material de referência", algumas obras de estilo ocidental pintadas por Tomohiko na época de seus vinte anos. Para minha surpresa, esses quadros pintados na juventude de certa forma lembravam minhas antigas "pinturas abstratas". Os estilos não tinham uma semelhança concreta (suas obras do pré-guerra apresentavam grande influência do cubismo), mas a postura refletida, uma busca voraz pela forma em si, tinha algo em comum com minha antiga postura. Naturalmente aquelas obras exibiam muito mais densidade e muito mais vigor do que as minhas, já que pintadas por um futuro grande artista. A habilidade técnica também era admirável, e provavelmente aquelas pinturas fizeram muito sucesso na crítica da época. Porém, *faltava alguma coisa.*

Sentado diante de uma mesa da biblioteca, examinei com atenção aquelas obras. O que será que estava faltando? Eu não era capaz de dizer ao certo. De qualquer maneira, para ser franco, *se aquelas pinturas não existissem, não fariam falta alguma.* Ninguém ficaria chateado se desaparecessem para sempre. Talvez seja um pouco cruel expor assim, mas é verdade. Vendo com distanciamento, setenta anos depois, era algo evidente.

Depois de analisar suas pinturas de juventude, virei as páginas do livro e acompanhei a trajetória das obras pós-"conversão" ao *nihon-ga*. As primeiras, ainda um pouco desajeitadas, copiavam o estilo dos antecessores. No entanto, aos poucos, mas de maneira constante, Tomohiko foi criando seu estilo próprio, em um processo que dava para retraçar com bastante clareza. Mesmo em períodos de tentativa e erro, ele nunca abria mão de sua linha. As obras pintadas pós-conversão traziam *algo que apenas ele poderia criar*, e o próprio Amada parecia ter essa noção, seguindo confiante e determinado em direção ao âmago deste *algo*. Ao contrário das pinturas do período ocidental, aquelas obras não passavam a sensação de insuficiência. Mais do que uma conversão, o que Tomohiko fez foi uma espécie de *sublimação*.

No começo, Tomohiko retratava paisagens e flores, como a maioria dos pintores de *nihon-ga*, mas em determinado momento passou a focar em cenas da antiguidade japonesa (algo deve ter provocado essa mudança). Às vezes pintava temas dos períodos Heian ou Kamakura, mas tinha preferência pelo século VII do calendário cristão, ou seja, pela época do imperador Shotoku Taishi no período Asuka. Com traços audaciosos e precisos, recriava na tela as paisagens, os fatos históricos e as atividades das pessoas comuns da época. Naturalmente, Tomohiko não havia testemunhado essas cenas. Ainda assim, devia *enxergá-las* com muita clareza na sua mente. Embora eu não soubesse o motivo de sua devoção pelo período Asuka, este acabou se tornando seu mundo particular e seu estilo próprio. Ao mesmo tempo, ele aperfeiçoou suas habilidades técnicas no *nihon-ga*, alcançando um nível extraordinário.

Ao observar detidamente as obras, tive a impressão de que, a certa altura, ele se tornara capaz de desenhar qualquer coisa e, depois desse ponto, seu pincel parecia dançar sobre a tela de maneira livre e fluida. O mais admirável das suas obras eram os espaços vazios. Pode parecer paradoxal, mas o mais importante era o que *não estava desenhado*. Através dessas omissões ele conseguia dar destaque ao que queria retratar. Aliás, esse talvez seja um dos pontos fortes do *nihon-ga*. Eu, pelo menos, nunca vi espaços vazios tão audaciosos nas obras ocidentais. Comecei a entender por que Tomohiko Amada se convertera a este estilo, embora sem conseguir estabelecer quando e como havia tomado essa decisão, pondo em prática uma conversão tão ousada.

Chequei a cronologia no fim do volume. Tomohiko nasceu na cidade de Aso, em Kumamoto, em uma família bastante próspera. Proprietário de terras, seu pai era muito influente na região. Desde cedo, Tomohiko se destacava por sua habilidade para o desenho. Jovem promissor, se formou na Escola de Artes de Tóquio (que posteriormente passaria a se chamar Universidade de Artes de Tóquio) e foi estudar em Viena, do final de 1936 até o começo de 1939. Depois voltou para o Japão em um navio que partiu do porto de Bremen, pouco antes do início da Segunda Guerra Mundial. Neste período, entre 1936 e 1939, Hitler detinha o poder político sobre a Alemanha. Em março de 1938 aconteceu o chamado "Anschluss", a anexação da Áustria à Alemanha. Logo, o jovem Tomohiko Amada estivera em Viena bem no meio desse período conturbado, tendo sem dúvida presenciado uma série de acontecimentos históricos.

O que poderia ter vivido naqueles anos?

Passei os olhos por um longo artigo intitulado "Uma análise de Tomohiko Amada", que só serviu para confirmar que quase nada se sabia a respeito dos tempos do pintor em Viena. O texto se debruçava sobre sua trajetória *nihon-ga* pós-retorno ao Japão, trazendo apenas vagas e infundadas suposições sobre os motivos e o processo de conversão, que supostamente teria acontecido em Viena. Esta questão permanecia um mistério.

Tomohiko voltou ao Japão em fevereiro de 1939 e se instalou em Tóquio, em uma casa alugada no bairro de Sendagi. Aparentemente, já tinha abandonado por completo a produção de obras ocidentais a essa altura, mas conseguia se manter sem dificuldades graças à mesada generosa que recebia dos pais (sua mãe, em particular, era muito apegada a ele). Foi então que começou a aprender a técnica do *nihon-ga* de maneira praticamente autodidata. Tentou mais de uma vez ser aprendiz de algum artista, mas não teve sucesso, pois a humildade nunca fora um traço de sua personalidade. Manter relações amistosas com os outros não parecia ser um dos seus fortes. O isolamento foi se convertendo aos poucos em seu leitmotiv.

Depois do ataque a Pearl Harbor, em 1941, que marcou efetivamente a entrada do Japão na guerra, Tomohiko deixou para trás a agitação de Tóquio e voltou para Aso, sua terra natal. Por ser o segundo filho homem, estava livre das obrigações da família e das responsabilidades do primogênito. Depois de receber dos pais uma pequena casa com uma criada, levou uma vida tranquila, praticamente alheia à guerra. Para bem ou para mal, tinha um defeito congênito nos pulmões e não precisava se preocupar com um alistamento (ou talvez sua família tivesse usado a influência para garantir que ele não fosse chamado para a guerra, e o defeito congênito não passasse de uma justificativa oficial). Também não precisava se preocupar com a fome alarmante que afligia a maioria da população japonesa e, por estar escondido nas montanhas, não corria o risco de ser atingido por um bombardeio do exército dos Estados Unidos, salvo algum gigantesco erro de cálculo. Assim, ele viveu enclausurado nas montanhas de Aso até o final da guerra em 1945. Com todo o contato com a sociedade cortado, deve ter se dedicado de corpo e alma ao aprendizado do *nihon-ga*. Durante este período, Tomohiko Amada não expôs uma única obra. Para ele, que ganhara destaque como jovem promessa da pintura ocidental e fora até Viena para estudar, não deve ter sido fácil guardar silêncio por seis anos e ser esquecido totalmente pelo mundo das artes. De qualquer maneira, não era do tipo que desanima com facilidade. Então, quando o fim da longa guerra foi anunciado e as pessoas tentavam sair do caos, um renascido Tomohiko Amada fez uma nova estreia, como pintor de *nihon-ga*, e começou a expor aos poucos as obras produzidas durante a guerra.

Ao contrário de muitos artistas japoneses famosos da época, que pintavam heroicas obras nacionalistas e, sob a ocupação dos Estados Unidos, se viram forçados a se calar e a viver quase reclusos, as obras de Tomohiko ganharam grande visibilidade, se tornando um exemplo do potencial de inovação do *nihon-ga*. Pode-se dizer que o momento histórico foi seu aliado.

Não há muito a acrescentar sobre sua carreira depois disso. A vida de quem já alcançou o sucesso pode ser bastante tediosa. Claro, existem artistas que, mal alcançam o sucesso, se lançam impetuosamente a uma esplendorosa destruição, mas esse não foi o caso de Tomohiko Amada, que ficou conhecido e ganhou inúmeros prêmios (embora tenha recusado a condecoração da Ordem da Cultura, dizendo que "seria uma distração ao trabalho"). O valor de suas obras aumentava sem parar e muitos de seus quadros foram expostos em espaços públicos. As encomendas nunca cessavam. Sua fama chegou ao exterior. Em poucas palavras, tudo corria de vento em popa. Mesmo assim, Tomohiko quase não aparecia em público e recusava categoricamente todos os cargos que lhe ofereciam. Não ia a evento nenhum, dentro ou fora do Japão, apesar de receber inúmeros convites. Vivia apenas para a pintura, recluso na sua casa no alto de uma montanha em Odawara (ou seja, na casa em que eu estava vivendo).

E hoje, aos noventa e dois anos, estava internado em um asilo em Izu-Kogen, sem poder distinguir uma ópera de uma frigideira.

Fechei a coletânea de obras e devolvi o volume no balcão.

Quando o tempo estava bom, depois do jantar eu me esticava em uma das espreguiçadeiras do terraço, com uma taça de vinho branco na mão. Olhando as estrelas que brilhavam no céu, refletia se havia algo a aprender com a vida de Tomohiko Amada. Sem dúvida havia algumas lições: a coragem para não ter medo de mudar de vida, a capacidade de fazer do tempo um aliado e, acima de tudo, a importância de encontrar uma temática e um estilo próprios na criação artística. Claro que nada disso é fácil. Porém, é um desafio que qualquer artista deve encarar, mais cedo ou mais tarde. Se possível, antes de chegar aos quarenta anos...

Como teriam sido os anos de Tomohiko em Viena? Que cenas teria testemunhado? O que teria levado o artista promissor a tomar a decisão de abandonar para sempre a pintura a óleo? Imaginei as bandeiras vermelhas e pretas com a suástica nazista flamulando por Viena, e o jovem Tomohiko Amada caminhando pelas ruas da cidade. Na minha imaginação era inverno, não sei por quê. Ele vestia um sobretudo pesado, tinha um cachecol enrolado no pescoço e uma boina enfiada na cabeça. Seu rosto estava encoberto. Um bonde dobrava a esquina e se aproximava em meio à neve úmida que começava a cair. Enquanto ele caminhava, exalava um hálito branco, que me parecia a própria materialização do silêncio. Dentro dos salões aquecidos dos cafés, os clientes bebiam xícaras de café com rum.

Experimentei sobrepor as cenas do período Asuka que Amada pintaria mais tarde àquela imagem da velha cidade de Viena. No entanto, por mais que me esforçasse, não conseguia identificar nenhuma intersecção entre as duas paisagens.

O lado oeste do terraço se abria para o vale estreito e mais adiante se descortinava uma cadeia de montanhas, mais ou menos da mesma altura daquela em que eu estava. Na encosta era possível avistar algumas casas, longe umas das outras, cercadas pela mata abundante. Uma dessas casas, na diagonal direita, se sobressaía das demais: grande e moderna, de concreto branco e vidros azuis, ficava no topo da montanha e tinha ares de tamanho requinte e luxo que seria mais apropriado chamá-la de mansão. Com três andares que acompanhavam a inclinação da encosta, devia ter sido projetada por um arquiteto de renome. Naquela região, muitos imóveis eram usados como casas de veraneio, mas pelo jeito havia alguém morando o ano todo naquela casa, pois todas as noites as luzes se acendiam por trás das vidraças. Claro que poderiam ser ativadas por um timer, como medida de segurança, mas eu desconfiava que não era o caso, pois não seguiam um padrão: se em algumas noites todas as janelas estavam acesas, resplandecentes como vitrines, em outras a casa ficava imersa na escuridão, exceto por algumas luzes tênues no jardim.

No terraço da mansão voltado para o vale (que parecia o deque de um navio), às vezes eu podia avistar um vulto, normalmente depois que caía a noite. Pela distância e pela contraluz, eu não poderia afirmar se era um homem ou uma mulher, mas desconfiava que fosse um homem, pelos contornos e movimentos. Seja como for, aquela pessoa estava sempre sozinha. Talvez não tivesse família.

Quem será que morava em uma casa assim? Eu imaginava uma série de cenários para matar o tempo. Será que aquela pessoa morava sozinha naquele cume isolado? O que fazia da vida? Sem dúvida, parecia levar uma vida elegante e livre naquela mansão luxuosa. Era de se pensar que não dirigia todos os dias daquele lugar pouco acessível até a cidade para ir trabalhar. Talvez tivesse uma situação privilegiada e não precisasse se preocupar com seu ganha-pão. Porém, se alguém olhasse daquele mesmo terraço para a casa onde eu morava, talvez também pudesse pensar que eu levava uma vida tranquila, sem preocupações. Vistas de longe, quase todas as coisas são bonitas.

Naquela noite, a silhueta voltou a aparecer. Sentou-se numa espreguiçadeira, como eu, e ficou quase imóvel. Parecia estar olhando para as estrelas que brilhavam no céu e ponderando sobre alguma coisa, como eu. Devia ser alguma questão complexa, do tipo que não se resolve por mais que a gente pense. Pelo menos era o que me parecia. Por melhor que seja a vida de uma pessoa, sempre existe alguma questão para ponderar. Inclinei de leve minha taça, num gesto secreto de solidariedade com aquele vulto além do vale.

Naturalmente, naquela época, eu jamais poderia imaginar que em breve aquela pessoa entraria e mudaria completamente o rumo da minha vida. Se não fosse por essa pessoa, com certeza eu não teria passado por tantas coisas. Por sinal, talvez eu tivesse sucumbido sozinho no escuro, sem que ninguém ficasse sabendo.

Vista em retrospecto, a vida parece uma coisa bastante extraordinária, repleta de coincidências inacreditáveis e acontecimentos imprevisíveis e tortuosos. No entanto, é muito difícil notar no dia a dia qualquer elemento fora do comum, por mais atentamente que se olhe. Aos nossos olhos, em meio à rotina, talvez pareça apenas que as coisas seguem acontecendo com muita naturalidade, por mais que escapem totalmente a qualquer lógica. Porém, só conseguimos enxergar de verdade se algo era lógico ou não com o passar do tempo.

De qualquer maneira, com ou sem lógica, em geral o que confere sentido às coisas são as consequências, visíveis para todos e capazes de repercussão. No entanto, precisar as causas que levaram a determinada consequência não é fácil, e agarrá-las com as mãos e mostrá-las às pessoas é tarefa ainda mais difícil. Naturalmente, as causas estão em algum lugar. Não existe consequência sem causa, assim como não existe omelete sem ovo. Como em um efeito dominó, primeiro uma peça (causa) derruba outra peça (causa), que por sua vez derruba mais uma peça (causa). Depois que a reação em cadeia prossegue por algum tempo, perde-se de vista a possível causa original. Ou talvez as pessoas apenas deixem de se importar. Talvez não queiram mesmo saber. E então tudo se resume a "no final das contas, todas as peças caíram". Pode ser que o que vou contar agora siga um padrão similar.

Seja como for, preciso começar abordando — ou melhor, preciso começar apresentando as primeiras duas peças — o vizinho misterioso que morava na montanha do outro lado do vale e a pintura intitulada *O assassinato do comendador*. Primeiro, vou falar sobre a pintura.

5.
Deixa escapar o último suspiro, as extremidades estão frias

A primeira coisa que estranhei quando me mudei para aquela casa foi a ausência de tudo que pudesse lembrar um quadro. Não só nas paredes, como também no depósito e nos armários, não encontrei uma única pintura, nem do próprio Tomohiko Amada, nem de outros artistas. Todas as paredes estavam nuas, e não se via nem mesmo uma marca de prego onde algum dia um quadro pudesse ter sido pendurado. Sejam suas ou de outros artistas, a maioria dos pintores acaba se cercando de obras, em maior ou menor quantidade. Para quem pinta, quadros são como a neve: por mais que se limpe, ela continua se acumulando.

Certa vez, ao telefonar para Masahiko Amada por um motivo qualquer, aproveitei para sanar minha curiosidade. Por que não há nenhum quadro nesta casa? Alguém levou as pinturas embora?

— Meu pai não gostava de ter as próprias obras por perto — explicou Masahiko. — Assim que terminava um quadro, pedia ao marchand que fosse buscar. Se alguma pintura não saía como gostava, ele queimava num incinerador no jardim. Então não é surpresa que não haja quadro nenhum na casa.

— Mas ele não tinha quadro de outros artistas?

— Tinha uns quatro ou cinco quadros antigos, de Matisse, Braque, coisa assim. Eram todos quadros pequenos, que ele comprou na Europa antes da guerra. Acho que comprou de conhecidos e não pagou muito caro. Hoje valem uma fortuna, é claro, então deixei aos cuidados de um marchand, quando meu pai foi internado. Não dava para largar tudo na casa vazia... Agora devem estar guardados em algum depósito especializado em obras de arte, com temperatura adequada. Nunca vi outras obras na casa além dessas. Na verdade, meu pai não gostava muito dos colegas de profissão. Digamos que fosse um lobo solitário, para usar uma imagem bonita. Ou, se você preferir algo menos poético, um corvo desgarrado.

— Seu pai viveu em Viena entre 1936 e 1939, não é?

— Isso mesmo. Passou uns dois anos por lá. Como ele tinha admiração particular pelos pintores franceses, não sei ao certo por que escolheu Viena…

— Depois de voltar para o Japão, ele se converteu de repente para a pintura tradicional japonesa — continuei. — O que levou seu pai a tomar uma decisão dessas? Aconteceu alguma coisa no período em Viena?

— Hum… isso é um mistério, porque ele quase não falava sobre sua época em Viena. Às vezes contava uma ou outra história… sobre o zoológico, as comidas, as óperas. Mas falava muito pouco sobre as próprias experiências, e eu também nunca fiz questão de perguntar. A gente não vivia na mesma casa e só se encontrava de vez em quando, sabe? Ele parecia mais um tio que aparece vez ou outra para uma visita do que um pai. Na adolescência, comecei a achar aquela presença cada vez mais irritante e passei a evitá-lo. Nem pedi a opinião dele quando resolvi estudar artes na faculdade. Nossa família não chegava a ser problemática, mas também não era lá muito normal. Você consegue ter uma ideia, não é?

— Consigo, sim. Dá para imaginar.

— Enfim, seja como for, as memórias que meu pai guardava do passado sumiram de vez. Se não sumiram, agora estão perdidas no fundo de um pântano. Ele já não responde a nenhuma pergunta, não me reconhece e imagino que não saiba nem quem ele mesmo é. Às vezes, penso que devia ter aproveitado para conversar mais com ele antes de isso acontecer… Mas agora é tarde.

Masahiko se calou por algum tempo, refletindo, depois continuou:

— Bom, mas por que você queria saber sobre isso? Aconteceu alguma coisa para despertar essa curiosidade?

— Não, nada específico — respondi. — Mas agora vivo nesta casa e sinto uma espécie de sombra do seu pai pelos cantos. Então fui à biblioteca e li um pouco sobre ele.

— Uma espécie de sombra?

— Isso, como o rastro de uma presença…

— E isso incomoda você?

Balancei a cabeça ao telefone.

— Não, nem um pouco. É só uma impressão de que o espírito de Tomohiko Amada continua pairando por aqui. No ar.

Masahiko voltou a ficar pensativo.

— Entendo. Meu pai viveu e trabalhou nessa casa por muito tempo. Talvez reste mesmo um pouco da presença dele pelos cantos. Confesso que é por coisas desse tipo que não gosto muito de ir sozinho para aí.

Continuei escutando, em silêncio.

— Acho que já falei isso antes — prosseguiu ele —, mas para mim Tomohiko Amada não passava de um sujeito difícil e ranzinza. Estava sempre enfiado no ateliê, de cara amarrada, pintando. Era muito calado, e nunca dava para saber o que estava pensando. Quando eu era pequeno, minha mãe vivia me advertindo para não atrapalhar o trabalho dele. Eu não podia correr pela casa nem falar alto. Para o mundo, ele podia ser um artista renomado, mas para uma criança era apenas um incômodo. Depois que comecei a estudar artes, foi ainda pior. Toda vez que eu me apresentava, perguntavam se eu tinha algum parentesco com "*aquele* Tomohiko Amada". Pensei até em mudar de nome! Hoje, com distanciamento, vejo que ele não era má pessoa. Deve ter tentado, do jeito dele, ser carinhoso comigo, mas não era daqueles pais que demonstram sentimento, sabe? Fazer o quê? É a vida. Para ele, nada era mais importante do que seus quadros. Vai ver todo artista é assim.

— Pois é.

— Essa vida de artista não é para mim, não mesmo — disse Amada, suspirando. — Talvez tenha sido a única coisa que aprendi com meu pai.

— Outro dia você mencionou que seu pai foi um jovem irresponsável e fazia o que bem entendia, certo?

— Certo. Quando eu era pequeno, já não havia mais vestígios dessa época, mas parece que ele teve uma juventude bem desregrada. Era um sujeito talentoso, alto, bonito, um filhinho de papai de uma família importante na região... As mulheres davam mole, claro. Entretanto ele não tinha um dedo muito bom pra escolher parceiras. Parece que meus avós tiveram até que desembolsar um bom dinheiro para resolver algumas situações embaraçosas. De qualquer maneira, todos na família contam que ele voltou da temporada na Europa parecendo outra pessoa.

— Outra pessoa?

— Exatamente. Quando retornou, já não saía mais, ficava enclausurado em casa, pintando. Também não tinha mais o mesmo trato social. Ele viveu sozinho por muito tempo depois de voltar para Tóquio e, quando seus quadros começaram a render o suficiente para pagar as contas, resolveu de repente se casar com uma parente distante da sua cidade natal. Como se quisesse fechar o balanço da vida, sabe? Foi um casamento muito tardio, e eu nasci dessa união. Não sei se ele teve casos com outras mulheres depois do casamento, mas com certeza já não levava uma vida irresponsável como antes.

— Hum, é uma transformação bem grande...

— Pois é... Bom, mas parece que meus avós ficaram felizes com a mudança, porque não precisaram mais resolver encrencas com mulheres. De qualquer maneira, ninguém da família sabe o que aconteceu em Viena, nem por que ele abandonou a pintura a óleo e passou para o *nihon-ga*. Sobre todos esses assuntos, meu pai sempre guardou segredo, como uma ostra fechada no fundo do mar.

E agora, mesmo que alguém forçasse e abrisse aquela ostra, já não devia haver mais nada lá dentro. Agradeci a Masahiko e desliguei.

Foi por total coincidência que descobri o quadro de Tomohiko Amada com o estranho título de *O assassinato do comendador*.

Às vezes, na calada da noite, eu escutava um leve farfalhar vindo do sótão, acima do quarto. No começo, achei que fosse algum rato ou esquilo, mas aquele som não parecia o de passos de um pequeno roedor, nem o de uma cobra se arrastando. Lembrava um pouco o ruído de papel vegetal amassado com as mãos. Embora não chegasse a ser tão alto a ponto de me impedir de dormir, a ideia de algo desconhecido dentro daquela casa me incomodava. Poderia ser algum animal nocivo.

Procurei por toda a casa até encontrar uma entrada para o sótão, dentro de um armário embutido no fundo do quarto de hóspedes. Era um alçapão quadrado de cerca de oitenta centímetros. Peguei uma escadinha de alumínio no depósito e, com uma lanterna na mão, empurrei a tampa de madeira. Com cuidado, coloquei a cabeça para dentro do sótão e dei uma olhada ao redor. O cômodo era maior do que eu imaginava e estava na penumbra. Um pouco da luz do dia entrava pelas pequenas saídas de ar à direita e à esquerda. Iluminei todos os cantos com minha lanterna e não encontrei nada. Pelo menos, nada que se movesse. Então tomei coragem e subi.

O ar cheirava um pouco a pó, mas isso não chegava a me incomodar. Pelo jeito, o ambiente era ventilado, pois não havia muita poeira acumulada sobre o chão. Dava para andar sem dificuldade, apesar das diversas vigas grossas do telhado. Caminhei com cuidado até as duas saídas de ar e inspecionei cada uma. Ambas eram protegidas por telas de metal, para impedir a entrada de animais, mas a do lado norte apresentava um buraco. Talvez algo tivesse se chocado e rasgado a tela, ou talvez algum animal tivesse feito aquela abertura de propósito, para entrar no forro. Seja como for, um pequeno animal passaria pelo buraco sem dificuldades.

Enquanto continuava a inspeção, encontrei de repente, escondida no escuro, sem fazer barulho, em cima de uma das vigas, a responsável pelo ruído que eu escutava durante a noite: uma pequena coruja cinza. Pelo jeito, estava dormindo, de olhos fechados. Apaguei a lanterna e observei a ave, mantendo a distância para não assustá-la. Era a primeira vez que via uma coruja de perto. Parecia mais um gato coberto de penas do que um pássaro. Era um belo animal.

Provavelmente dormia no sótão durante o dia e, quando caía a noite, se esgueirava pela saída de ar e ia caçar nas montanhas. Era com o ruído de quando ela entrava e saía que eu devia despertar. Aquela coruja não fazia mal a ninguém e, morando ali, não havia perigo de ratos ou cobras se instalarem no sótão. O melhor a fazer era deixá-la em paz. Senti uma simpatia espontânea por aquela ave. Por assim dizer, nós dois estávamos ocupando por empréstimo aquela casa. Decidi deixá-la à vontade e, depois de admirá-la por mais algum tempo, voltei na ponta dos pés para o alçapão. Foi quando reparei em um grande pacote, apoiado ao lado.

Bastava um olhar para perceber que o pacote era um quadro embrulhado. Tinha cerca de um metro por um metro e meio e estava cuidadosamente envolto em papel pardo, amarrado com diversas voltas de barbante. Não havia mais nada no sótão. Nada além da luz fraca que entrava pelas saídas de ar, da coruja cinza empoleirada sobre a viga e de um quadro embrulhado e apoiado contra a parede. Aquela combinação tinha algo de irreal e fascinante.

Com cuidado, experimentei erguer o pacote. Não era pesado. Devia ser uma pintura com moldura simples. Uma fina camada de poeira cobria o papel de embrulho. Provavelmente ninguém tocava naquele quadro havia muito tempo. No barbante que envolvia o embrulho estava presa uma etiqueta, com as palavras "O assassinato do comendador" escritas em uma caligrafia extremamente caprichada, com esferográfica azul. Devia ser o título da obra.

Claro que eu não fazia ideia de por que somente aquele quadro estava escondido no sótão. O mais correto a fazer seria deixá-lo onde estava. Afinal, eu estava na casa de Tomohiko Amada, aquele quadro era dele (provavelmente de sua autoria) e tinha sido escondido ali, longe de olhares curiosos, por algum motivo. Logo, o melhor seria deixá-lo em paz, junto com a coruja. Definitivamente, não era da minha conta.

Porém, ainda que eu soubesse de tudo isso, era difícil conter a curiosidade. O que mais despertava meu interesse era aquilo que parecia ser o título da obra: *O assassinato do comendador*. Como seria aquela pintura? E por que Tomohiko Amada escondera apenas aquele quadro — justamente aquele — em um canto do sótão da casa?

Peguei o embrulho e conferi se passava pela abertura do alçapão. Por uma questão de lógica, se o quadro tinha sido levado para cima, devia passar por aquela abertura, que afinal era a única do sótão. Mesmo assim, fiz o teste. Como eu desconfiava, o pacote passava, bem justo, pela diagonal do alçapão quadrado. Imaginei Tomohiko Amada erguendo aquele embrulho para o sótão. Ele devia estar sozinho, guardando algum segredo dentro do peito. Eu podia imaginar a cena com tanta clareza como uma testemunha ocular.

Provavelmente Tomohiko não vai ficar bravo se souber que tirei esta obra do sótão. Sua mente já está tão perdida no caos que, para usar a expressão de seu filho, ele não consegue distinguir mais uma ópera de uma frigideira. Sem falar que ele não vai retornar para esta casa. Além disso, se a pintura permanecer no sótão, com a saída de ventilação aberta, nada impede que acabe apodrecendo ou que seja roída por algum rato ou esquilo... Se for uma pintura do próprio Amada, seria uma perda irreparável para o mundo das artes.

Assim, desci o pacote até uma prateleira do armário embutido e em seguida, com um aceno discreto para a coruja que continuava dormindo encolhida sobre a viga, saí do sótão e fechei sem fazer barulho a tampa do alçapão.

Porém, não abri aquele pacote tão cedo e, durante dias, o deixei encostado em uma parede do ateliê. Eu me sentava no chão e encarava o papel pardo, hesitante, sem me decidir se podia ou não desfazer o embrulho. Não havia como negar que aquele quadro não era meu e que, por mais que eu tentasse encontrar uma justificativa, não tinha o direito de abri-lo sem permissão. No mínimo, eu precisava pedir permissão a Masahiko Amada. Mas, não sei por quê, eu não queria contar a Masahiko sobre aquela pintura. Tinha a impressão de que se tratava de um assunto apenas meu e de Tomohiko Amada. Não sabia de onde eu havia tirado essa ideia, mas era o que sentia.

Só depois de muita reflexão e de muitos dias encarando fixamente aquele embrulho pardo amarrado com barbantes resolvi abri-lo, vencido por minha curiosidade, que se provou muito mais forte do que qualquer decoro ou bom senso. Não sei avaliar se era uma curiosidade profissional, de artista, ou mera curiosidade humana. Seja como for, não consegui resistir à tentação de saber o que havia por trás do embrulho. Decidi que não fazia diferença o que fossem pensar de mim. Peguei uma tesoura, cortei o barbante bem esticado e desfiz a embalagem de papel pardo. Com cuidado, sem pressa, para conseguir refazer o embrulho se fosse preciso.

Sob muitas camadas de papel, encontrei um quadro emoldurado, envolto em tecido branco e macio, que desenrolei com delicadeza, como se tirasse as ataduras de alguém gravemente queimado.

Como eu desconfiava, o tecido protegia uma obra no estilo *nihon-ga*, retangular, horizontal. Apoiei a pintura sobre a estante e observei a certa distância.

Sem dúvida, era uma obra do próprio Tomohiko. Apresentava a marca de sua técnica e de seu estilo, com ousados espaços em branco e uma composição dinâmica. Também retratava um grupo de pessoas do período Asuka, a julgar pelas vestimentas e pelos penteados. Aquele quadro me surpreendeu profundamente, pois continha uma violência de tirar o fôlego.

Até onde eu sabia, Tomohiko Amada havia pintado pouquíssimas obras de temática violenta. Na verdade, eu arriscaria dizer que ele não chegara a pintar nenhuma. A maioria de seus quadros retratava cenas serenas e tranquilas, com uma atmosfera de nostalgia. Algumas telas abordavam acontecimentos históricos, mas mesmo nessas o estilo era inconfundível. Os personagens viviam em harmonia dentro dos limites da comunidade, rodeados pela natureza exuberante de épocas passadas. Suas individualidades se perdiam no caráter superior representado pela comunidade, pelo destino comum de todos. Talvez aquele mundo antigo fosse a utopia de Tomohiko, que sempre o pintava em suas obras, de diversos ângulos, de diversas perspectivas. Os críticos costumavam ver nesse estilo uma resistência à modernidade ou um retorno ao passado. Claro, havia também quem desaprovasse o artista, dizendo que não passava de uma fuga da realidade. Seja como for, depois de retornar da temporada em Viena e abandonar as antigas pinturas a óleo de inclinações modernistas, Tomohiko se fechou sozinho naquele mundo sereno. Sem uma única palavra de explicação ou justificativa.

Naquela pintura, entretanto, escorria — ou melhor, jorrava — sangue, de maneira muito realista. A tela retratava dois homens, um jovem, outro velho, se enfrentando com pesadas espadas antigas, aparentemente em um duelo. O jovem havia cravado sua espada no fundo do peito do velho. Tinha um bigode fino, negro, e vestia uma roupa verde-clara, ajustada ao corpo. O velho tinha uma grande barba branca, usava trajes brancos e trazia no pescoço um colar de contas. Havia largado sua espada, mas ela ainda não tocara no chão. O sangue esguichava de seu peito, tingindo suas vestes brancas, como se a lâmina tivesse acertado a aorta. Sua boca estava retorcida pelo sofrimento. Seus olhos arregalados se erguiam para o céu, aflitos. Ele acabava de compreender que havia perdido, mas a verdadeira dor parecia ainda não ter chegado.

Já os olhos do jovem encaravam de frente seu oponente, com total indiferença. Não havia naquele olhar nenhum sinal de arrependimento, nenhuma sombra de incerteza ou de temor, nenhum brilho de euforia. Suas pupilas só registravam, insensíveis, a iminente morte do adversário e a certeza da própria vitória. O sangue que jorrava era apenas uma evidência e não provocava nenhuma emoção.

Para falar a verdade, até aquele momento eu acreditava que as obras *nihon-ga* sempre retratavam o mundo de maneira estilizada e serena. Tinha a visão limitada de que a técnica e os motes desse estilo não se prestavam a expressar emoções intensas, fazendo parte de um mundo totalmente distinto do meu. Entretanto, ao ver *O assassinato do comendador*, me dei conta de que isso não passava de um preconceito infundado. Naquele duelo mortal retratado por Tomohiko Amada existia algo capaz de abalar profundamente o observador. Um homem vitorioso, outro vencido. Um homem que fere, outro que é ferido. O contraste era algo que chamava a atenção. *Aquela pintura tinha algo de especial.*

No quadro, além do velho e do jovem, havia outras pessoas acompanhando de perto o duelo. Uma dessas testemunhas era uma mulher jovem vestindo um elegante quimono branco. Seu cabelo estava preso no alto da cabeça, enfeitado com um grande adorno. Uma de suas mãos se aproximava da boca entreaberta, como se ela estivesse tomando ar, prestes a soltar um grito desesperado. Seus belos olhos estavam arregalados.

Havia também mais um homem jovem, com trajes mais rústicos, sóbrios e sem ornamentos. Calçava um tosco par de chinelos de palha. Devia ser um criado ou algo do gênero. Parecia carregar apenas uma adaga presa à cintura, não uma espada longa como os duelistas. Era baixo, atarracado e tinha um cavanhaque ralo. Segurava na mão esquerda um livro de registros, como um trabalhador de hoje seguraria uma carteira. Sua mão direita estava erguida como se quisesse agarrar alguma coisa, embora não agarrasse nada. Olhando a tela, não era possível afirmar se ele era criado do velho, do rapaz ou da moça, embora desse para perceber que o desenrolar do duelo tinha sido súbito, e seu resultado, inesperado para moça e para o criado. A surpresa no rosto dos dois era inconfundível.

Das quatro pessoas retratadas na cena, a única que não demonstrava surpresa era o rapaz bem-vestido. Talvez nada fosse capaz de surpreendê-lo. Ele não era um assassino nato, não sentia prazer matando. Porém, não hesitava em tomar a vida de alguém para alcançar seus objetivos. Jovem, apaixonado por seus ideais (não dava para saber quais), tinha força de sobra e bom manejo da espada. Por isso, não causava espanto que tivesse vencido um homem de idade, que já passara do apogeu das forças. Pelo contrário, era o desfecho natural e lógico.

Por fim, havia uma última e estranha testemunha. Na parte inferior da tela, à esquerda, como uma nota de rodapé acrescentada ao texto, despontava um homem espiando de dentro de um buraco. Ele erguia uma tampa no chão e colocava a cabeça para fora. A tampa, quadrada e de madeira, lembrava a do alçapão que levava ao sótão da casa de Tomohiko. De dentro do buraco, aquele espectador observava a cena.

Um buraco no chão? Seria a tampa de um bueiro? Impossível. Com certeza não havia canalização no período Asuka. Além disso, o duelo se passava em um local deserto, ao ar livre. Ao fundo, aparecia apenas um pinheiro de galhos baixos. O que um buraco no chão, com uma tampa, estaria fazendo num lugar como aquele? Aquilo não fazia sentido.

Para completar, o próprio homem que colocava o rosto para fora do buraco era uma figura estranhíssima. Tinha uma cabeça extremamente fina e comprida, curva como uma beringela. Metade do seu rosto estava coberta por uma escura, comprida e emaranhada barba. Ele lembrava um mendigo ou um ermitão. Parecia até que tinha algum problema mental. Seus olhos, porém, tinham um brilho inusitado, quase perspicaz, mas não a perspicácia da inteligência, e sim a de algum tipo de desvio ou de loucura. Como apenas seu pescoço e sua cabeça apareciam pelo buraco, não era possível ver suas roupas. Também ele assistia ao duelo, embora não parecesse muito surpreso com o final. Pelo contrário, observava os acontecimentos como se já esperasse e quisesse apenas confirmar os detalhes do desfecho. A moça e o criado não tinham reparado naquele homem de cara comprida. Com os olhos pregados no violento duelo, não tinham motivo para olhar para trás.

Quem poderia ser aquele homem? Por que estaria escondido sob o chão daquele período antigo? Por que Tomohiko Amada tinha acrescentado aquele personagem tão estranho no canto da tela, destruindo a harmonia da composição?

Aliás, por que a obra se chamava *O assassinato do comendador*, se aparentemente retratava o assassinato de alguém sem uma posição importante? O velho vestido em antigos trajes brancos nem de longe parecia um "comendador", que obviamente se tratava de um título usado na Europa, na idade medieval ou moderna, para um cargo que não existia na história japonesa. Seja como for, se Tomohiko Amada dera esse nome estranho à obra, devia ter lá seus motivos...

A palavra "comendador" despertou minha curiosidade. Vasculhei a memória, pois já tinha ouvido este termo, em algum lugar. Tentei seguir os vestígios da lembrança, como se puxasse um fio delicadíssimo. Tinha sido em um romance, talvez numa peça... Alguma obra famosa.

De repente, me lembrei: fora em *Don Giovanni*, uma ópera de Mozart. No começo, há uma cena intitulada "o assassinato do comendador". Fui até a estante de discos na sala, peguei essa ópera e passei os olhos pelo encarte. Realmente, o homem assassinado no começo da obra é chamado de comendador. O personagem não tinha nome, apenas o cargo.

No libreto em italiano, o personagem aparecia como "*Il commendatore*". A edição japonesa traduzira literalmente e assim havia ficado. Eu não sabia qual a posição ou a função de um comendador na época em que estava ambientada a ópera e nenhum dos comentários e das análises do encarte do disco tocava no assunto. Tratava-se apenas de um comendador sem nome, cuja principal função era ser assassinado por Don Giovanni no começo da ópera e depois, no final, reaparecer diante de seu assassino na forma de uma estátua, como um mau presságio que acaba arrastando Don Giovanni para o inferno.

Bom, agora tudo faz sentido, pensei. O belo jovem desenhado no quadro é o devasso Don Giovanni (em espanhol, seria Don Juan), e o ancião assassinado, um honrado comendador. A moça é sua linda filha, Donna Anna, e o criado é Leporello, servo de Don Giovanni. O documento que segura na mão é uma longa lista com o nome de todas as mulheres que seu patrão já tinha conquistado. Don Giovanni tentou seduzir Donna Anna à força, atraindo a suspeita do pai da moça e desencadeando o duelo, que tinha um fim trágico para o comendador. Era uma cena famosa. Por que eu não tinha me dado conta antes?

Provavelmente, eu não conseguira fazer a ligação porque uma ópera de Mozart e uma pintura *nihon-ga* retratando o período Asuka eram duas coisas distantes demais. Seja como for, uma vez realizada a conexão, tudo ficava claro. Tomohiko Amada criara uma "adaptação" da ópera utilizando como pano de fundo a antiguidade japonesa. De fato, um experimento interessante. Ainda assim, eu me perguntava qual a *necessidade* de semelhante adaptação. Aquele quadro era muito diferente da maioria das obras do artista. Por que estaria escondido dentro do sótão, em um cuidadoso embrulho?

E, acima de tudo, qual seria o significado daquele homem de rosto magro e comprido no canto esquerdo da tela, esticando a cabeça para fora de um buraco do chão? Naturalmente, não havia nenhum personagem assim no *Don Giovanni* de Mozart. Tratava-se de um acréscimo de Tomohiko. Além do mais, na ópera, Donna Anna não presencia o momento em que seu pai é assassinado. Ela corre para pedir ajuda a seu prometido, o cavaleiro Don Otávio, e quando volta encontra o ancião dando seu último suspiro. No quadro de Tomohiko Amada, a cena retratada é um pouco diferente, talvez para maior efeito dramático. De todo modo, aquele homem que espia de dentro do alçapão definitivamente não é Don Otávio. Trata-se de uma criatura grotesca, esquisita, não um formoso paladino da justiça, vindo salvar Donna Anna.

Seria por acaso um demônio saindo das profundezas? Estaria ali para conhecer Don Giovanni, que no final da ópera será arrastado para o inferno? Hum... mas ele não tinha cara de demônio nem de assombração, nem aqueles olhos com brilho tão estranho. Sem falar que essas criaturas não costumam erguer tampas de madeira no chão para espiar o que se passa na superfície. A existência daquele personagem era um verdadeiro mistério. Decidi, provisoriamente, chamá-lo de Cara Comprida.

Passei muitas semanas apenas observando em silêncio aquela pintura. Diante daquele quadro, meu desejo de pintar algo desapareceu por completo. Eu também não tinha muita fome, e me limitava a pegar alguma verdura na geladeira e comer com maionese, ou a abrir algum enlatado e esquentar numa panela. Então me sentava no chão do ateliê e, ouvindo a ópera *Don Giovanni*, ficava contemplando sem parar *O assassinato do comendador*. Quando caía a noite, bebia uma taça de vinho, sempre diante da tela.

Que pintura extraordinária! Apesar disso, até onde eu sabia, não figurava em nenhuma coletânea de Tomohiko Amada, o que significava que era desconhecida. Caso contrário, com certeza estaria entre suas obras mais famosas, daquelas selecionadas para pôsteres de exposições retrospectivas. E não apenas pela grande habilidade técnica. Sem dúvida, aquele quadro transbordava uma força incomum, que mexeria com qualquer pessoa com um mínimo de conhecimento sobre arte. Havia nele algo instigante, algo que alcançava os recônditos do coração do observador e convidava a imaginação para locais distantes.

E, por algum motivo, eu não conseguia desviar os olhos do rosto barbudo do "Cara Comprida", no canto esquerdo do quadro, como se ele estivesse erguendo aquele alçapão para me convidar, *pessoalmente*, para aquele mundo subterrâneo. Um convite pessoal para mim, e mais ninguém. Na verdade, eu não conseguia parar de pensar sobre o mundo que havia dentro daquele alçapão. De onde aquele homem teria vindo? O que estaria fazendo ali? Será que a tampa voltaria a se fechar ou continuaria aberta para sempre?

Eu olhava para o quadro e ouvia, sem parar, a terceira cena do primeiro ato de *Don Giovanni*, logo depois da Abertura. A tal ponto que acabei decorando quase todas as falas da cena.

Donna Anna:
Ai de mim! Aquele assassino matou meu pai!
Este sangue... Esta ferida...
A cor da morte já desponta em seu rosto,
Deixa escapar o último suspiro
As extremidades estão frias
Meu pai, meu querido pai!
Está perdendo a consciência,
Vai morrer...

6.
Por enquanto, é um cliente sem face

Perto do fim do verão, meu agente telefonou. Há muito tempo eu não recebia um telefonema. Durante o dia, ainda fazia calor, mas à noite esfriava, com o ar das montanhas. Os gritos das cigarras, antes tão ensurdecedores, estavam diminuindo aos poucos e começavam a dar lugar ao coro de outros insetos. A natureza tomava sem cerimônia o seu espaço, de uma maneira muito diferente ao que acontecia na cidade.

Primeiro, meu agente e eu colocamos em dia as novidades, embora não houvesse muito a dizer.

— E como vai a pintura? Caminhando bem?

— Sim, um passo depois do outro — respondi.

Era mentira, claro. Desde minha mudança, há mais de quatro meses, a tela sobre o cavalete continuava perfeitamente intocada.

— Que bom — disse ele. — Depois me mostre como está ficando. Talvez eu possa dar alguma ajuda.

— Obrigado. Qualquer hora eu mostro.

Em seguida ele explicou o motivo da ligação:

— Estou telefonando para pedir um favor. Você não estaria disposto a pintar mais um retrato, pela última vez?

— Já disse que não faria mais retratos.

— Sim, eu me lembro. Só que o cliente está disposto a pagar uma quantia extraordinária.

— Extraordinária?

— Isso, um valor exorbitante.

— De quanto estamos falando?

Quando o agente revelou a quantia, eu quase deixei escapar um assobio. Mas me contive, é claro.

— Olha, entendo, mas com certeza eu não sou o único retratista no mundo, sou? — perguntei, com voz calma.

— Não, não é. Há outros bons retratistas. Não muitos.

— Então é melhor você fazer esta proposta para eles. Qualquer um aceitaria sem pensar duas vezes.

— É que o cliente faz questão de que o retrato seja pintado por você. Fez essa exigência. Outro não serve.

Passei o telefone para a orelha esquerda e cocei atrás da direita.

O agente prosseguiu.

— Esse cliente viu diversos retratos que você pintou e ficou encantado. Disse que refletem uma vida que nunca viu em outros quadros.

— Hum, não sei... Aliás, para começo de conversa, como ele pode ter visto *diversos* dos meus retratos? Até parece que faço exposições todos os anos...

— Não sei de nada sobre isso — respondeu ele, um pouco atrapalhado. — Estou apenas repassando o pedido do cliente. Eu avisei que você não fazia mais retratos, que parecia determinado a não voltar atrás e que provavelmente seria inútil insistir. Mas ele não se deu por vencido e então... me passou o valor que estava disposto a pagar.

Sem tirar o telefone da orelha, considerei a proposta. Confesso que a cifra me seduzia, assim como o elogio às minhas obras — ainda que não passassem de obras feitas mecanicamente, sob encomenda — era um verdadeiro afago para o meu ego. Porém, eu havia feito a promessa de que nunca voltaria a pintar retratos por encomenda. Tinha decidido fazer do pé na bunda que levei da minha esposa uma oportunidade para um novo começo. Não podia abandonar minhas convicções da noite para o dia, assim que a primeira pessoa colocasse uma pilha de dinheiro à minha frente.

— Mas a que devo tanta generosidade?

— Sabe como é, mesmo na recessão atual, ainda tem gente com dinheiro sobrando. Muitos fazem fortuna aplicando em ações ou em empresas na área de tecnologia. Além do mais, retratos desse tipo podem ser deduzidos como despesa.

— Deduzidos como despesa?

— Isso. Do ponto de vista da contabilidade de uma empresa, retratos podem ser considerados parte da mobília de escritório, e não obras de arte.

— Saber disso tranquiliza meu coração.

Por mais dinheiro que sobrasse a essas pessoas que compram ações ou investem em empresas de tecnologia, por mais que pudessem deduzir o retrato como despesa, eu não conseguia conceber que alguém desse tipo quisesse um retrato para pendurar na parede do escritório, como *parte da mobília*. Esse pessoal costuma se orgulhar de ir para o trabalho com jeans desgastados e tênis da Nike, uma camiseta surrada e um blazer da Banana Republic, e de beber café do Starbucks num copo de papel. Um estilo de vida sem espaço para um solene retrato a óleo. Mas, bom, há gente de todo tipo neste mundo. Não dava para generalizar. Nada impedia que algum sujeito desejasse ser retratado tomando café (com grãos *fair trade*, é claro) em um copo de papel do Starbucks (ou coisa parecida).

— Bom, mas existe uma única condição — disse o agente. — O cliente quer posar para o retrato. Disse que vai encontrar o tempo que for preciso na agenda.

— Mas eu não costumo pintar assim.

— Sim, eu sei. Nada de modelo. Informei isso tudo, mas pediram que você abrisse uma exceção. É uma condição para o serviço.

— Qual seria o propósito disso?

— Não faço ideia…

— Sabe, é um pedido bem estranho. Por que será que faz questão de posar? Os clientes costumam me agradecer por não ter que passar por isso…

— É mesmo estranho. Concordo que é uma encomenda bem excêntrica, mas a remuneração compensa.

— Realmente, a remuneração é ótima.

— Enfim, a decisão é sua. Não estou sugerindo que você venda sua alma nem nada disso. Mas eu sempre disse que você tem muito talento como retratista, e agora esse talento está sendo reconhecido.

— Estou me sentindo como um assassino de aluguel aposentado — disse eu. — "Por favor, precisamos que você elimine um último alvo."

— Bom, mas não vai correr uma única gota de sangue neste trabalho. O que me diz? Aceita?

Não vai correr uma única gota de sangue neste trabalho, repeti mentalmente, e me lembrei da cena retratada em *O assassinato do comendador*.

— Escuta, como é essa pessoa que deseja ser retratada?

— Para falar a verdade, também não sei.

— Não sabe nem se é homem ou mulher?

— Não. Não sei de nada. Nem como se chama, nem quantos anos tem, nem se é homem ou mulher. Por enquanto, é um cliente sem face. Conversei apenas com um advogado, que me disse por telefone que era o intermediário.

— Mas é um negócio limpo?

— Claro, posso garantir que não existe nenhum esquema. O advogado trabalha em uma empresa séria e se comprometeu a depositar a entrada assim que o negócio estiver fechado.

Suspirei sem soltar o telefone.

— É uma proposta muito repentina. Não sei o que dizer. Gostaria de refletir um pouco.

— Está bem, reflita o quanto precisar. Disseram que não têm pressa.

Agradeci e desliguei. Como não tinha nada para fazer, caminhei até o ateliê, acendi a luz, me sentei no chão e fiquei contemplando *O assassinato do comendador*. Depois de um tempo, senti um pouco de fome, então fui até a cozinha e voltei com um pote de ketchup e um prato cheio de Ritz Crackers. Continuei contemplando o quadro enquanto comia os biscoitos com ketchup, uma combinação pouco tentadora, claro. Na verdade, tinha um gosto horrível. Mas naquele momento o sabor da comida não passava de um detalhe e, desde que aliviasse um pouco a fome, não fazia diferença.

A única coisa que fazia diferença era aquele quadro, que exercia uma atração enorme sobre mim, tanto no conjunto da obra como nos detalhes. Eu estava quase *aprisionado* dentro dele. Depois de passar semanas olhando para o quadro como um todo, agora experimentei me aproximar e conferir os detalhes, um a um. O que mais me espantava era a expressão no rosto dos cinco personagens. Decidi esboçar a lápis aquelas fisionomias, com cuidado — primeiro a do comendador, depois a de Don Giovanni, em seguida a de Donna Anna, a de Leporello e por fim a do Cara Comprida —, como um leitor voraz que copiasse em um caderno, letra por letra, suas passagens favoritas de um livro.

Era a primeira vez que eu tentava desenhar com meus traços personagens de um quadro *nihon-ga*, e não demorei a perceber que se tratava de uma tarefa muito mais desafiadora do que eu havia imaginado. O estilo *nihon-ga* é centrado nas linhas, o que resulta em uma expressão mais bidimensional. O caráter simbólico e representativo é mais importante do que o realismo. Essa concepção da pintura torna praticamente impossível adaptá-la a um modo de expressão da "linha ocidental". Ainda assim, depois de incontáveis tentativas e erros, tive certo sucesso. Não chegava a ser uma "recriação", mas exigia uma interpretação própria da obra e uma espécie de "tradução". Por isso, o primeiro passo foi captar a intenção que se escondia no original. Em outras palavras, eu precisava — em maior ou menor medida — compreender o ponto de vista e a maneira de ser de Tomohiko Amada, enquanto pintor. Para usar uma metáfora, eu precisava me colocar na pele dele.

Depois de me dedicar a esses esboços por algum tempo, comecei a pensar que talvez não fosse uma ideia tão ruim voltar a pintar um retrato, até porque, no fim das contas, eu não estava conseguindo criar nada. Não tinha sequer um vislumbre do que deveria ou do que gostaria de pintar. Talvez fosse bom colocar a mão na massa e fazer alguma coisa, mesmo um trabalho que não me agradava. Se eu mantivesse aquela rotina, sem conseguir criar absolutamente nada, tinha medo de acabar me tornando incapaz de pintar qualquer coisa. *Talvez me tornasse incapaz de pintar até mesmo retratos.* Além disso, o valor também me atraía, claro. Mesmo levando uma vida praticamente sem gastos, jamais conseguiria me sustentar apenas com a renda das aulas de desenho. Tinha passado muito tempo viajando, tinha comprado a perua Corolla... Minhas reservas estavam aos poucos se esgotando, e a possibilidade de ganhar aquela quantia significativa sem dúvida era uma tentação.

Telefonei ao meu agente e disse que, só desta vez, aceitaria o trabalho. Como era de esperar, ele ficou muito feliz.

— Agora, se o cliente pretende posar, terei que ir até ele...

— Não se preocupe com isso. Já me disseram que o cliente vai até sua residência, em Odawara.

— Em Odawara?

— Isso.

— Então essa pessoa sabe onde eu moro?

— Sabe. Aparentemente ele mora nas redondezas e sabe que você está morando na antiga casa do pintor Tomohiko Amada.

Fiquei sem reação por um momento, depois observei:

— Hum, que estranho... Se não me engano, quase ninguém sabe que estou morando em Odawara, muito menos na casa de Tomohiko Amada.

— Pois é. Eu também não sabia — disse o agente.

— Então como essa pessoa poderia saber?

— Bom... na verdade, não sei dizer. Mas hoje em dia é possível descobrir quase tudo pela internet. É uma tarefa quase impossível manter segredos, se alguém habilidoso quiser saber sobre você.

— Você disse que o cliente mora aqui perto. É só uma coincidência ou será que essa proximidade contribuiu para me escolherem?

— Também não sei dizer. Olha, quando vocês se encontrarem pessoalmente, faça todas as perguntas que quiser. Bom, quando você pode começar? — perguntou o agente.

— A qualquer momento.

— Certo, vou informar isso a eles e volto a entrar em contato.

Depois desse telefonema, me estiquei em uma das espreguiçadeiras no terraço e refleti sobre o rumo das coisas. Quanto mais eu pensava, mais perguntas tinha. Para começar, não gostei de descobrir que o cliente sabia que eu morava naquela casa. Senti que estava sendo observado, que todos os meus movimentos eram vigiados por alguém. Além disso, quem teria tanto interesse em um sujeito como eu, e por quê? Eu suspeitava de que aquela história era boa demais para ser verdade. Claro que meus retratos costumavam ser bem recebidos e que eu tinha certa confiança nas minhas habilidades. Apesar disso, não passavam de retratos, do tipo que se encontra em qualquer lugar. Não poderiam ser considerados "obras de arte" em hipótese alguma. Sem falar que eu era um pintor totalmente desconhecido. Mesmo partindo do pressuposto de que o cliente havia visto e apreciado diversas das minhas obras (eu tinha uma pulga atrás da orelha com essa história), desembolsaria um valor tão generoso assim?

Será que o cliente não era na verdade o marido da mulher com quem eu estava tendo um caso? Essa hipótese brotou no fundo da minha mente e, embora não existisse nenhuma prova, quanto mais eu pensava, mais me parecia que *não era de todo impossível.* Ao pensar em alguém desconhecido que morasse nas redondezas, a única pessoa que me ocorria era o tal marido. Mas por que alguém faria questão de pagar uma fortuna para ter seu retrato pintado pelo amante da esposa? Não fazia sentido. Só se fosse alguém extremamente excêntrico.

Bom, era melhor deixar para lá. Se aquela era a situação, melhor aceitar. Ainda que o sujeito tivesse alguma segunda intenção, eu pagaria para ver. Talvez fosse uma opção muito mais razoável do que continuar paralisado, no meio das montanhas. Além do mais, eu estava curioso. Como seria a pessoa que eu iria retratar? O que queria de mim, em troca de uma quantia tão grande de dinheiro? Decidi que veria com meus próprios olhos.

Depois que tomei essa decisão, me senti um pouco mais leve. Naquela noite, pela primeira vez em muito tempo, caí depressa em um sono profundo, sem pensar em nada. Tive a impressão de escutar, na calada da noite, o farfalhar das asas da coruja, mas talvez isso só tenha acontecido nos meus sonhos entrecortados.

7.
Para bem ou para mal, é um nome fácil de lembrar

Troquei muitos outros telefonemas com meu agente em Tóquio e ficou combinado que meu encontro com o cliente misterioso seria marcado para a tarde da terça-feira seguinte (mesmo a essa altura, ele continuava sem nome). Eu poderia usar parte de meu método habitual de trabalho, então no primeiro encontro ainda não começaria a pintar, iríamos apenas nos conhecer e conversar por cerca de uma hora.

Para pintar um retrato é preciso, obviamente, ser capaz de captar com precisão a fisionomia do modelo, ainda que, sozinha, essa habilidade não seja suficiente. Se o retratista conta apenas com essa capacidade, corre o risco de produzir uma mera caricatura. Para pintar um retrato com vida, é preciso compreender a essência escondida nas feições de cada pessoa. Em certo sentido, o rosto é como a palma de uma mão: não nasce pronto, ele vai sendo construído aos poucos, ao longo dos anos, pelo ambiente externo. Por isso, não há dois iguais no mundo.

Na manhã da terça-feira, arrumei e limpei a casa, decorei a sala com um vaso com flores que colhi no jardim e levei *O assassinato do comendador* para o quarto de hóspedes, cobrindo a pintura com o papel pardo original. Não queria expor aquele quadro para mais ninguém.

À uma e cinco da tarde, um carro subiu a ladeira íngreme até a minha casa, parando sob a marquise diante da porta. O som pesado e rouco do motor ressoou por algum tempo, como a garganta de um animal grande e satisfeito no fundo de uma caverna. Devia ser um carro de muitas cilindradas. Quando o motor enfim parou, o silêncio voltou a pairar entre as montanhas. Era um Jaguar esportivo prateado, modelo *coupé*. Os longos para-lamas encerados refletiam os raios do sol, que tinha acabado de surgir por entre as nuvens. Como não entendo muito de carros, não saberia dizer o ano exato daquele modelo, mas não era difícil adivinhar que se tratava de um dos mais recentes, com poucos quilômetros de estrada (seu hodômetro devia estar impecável). Custaria no mínimo vinte vezes o que paguei pelo meu Corolla usado. Para mim, não chegava a ser surpresa. Considerando que seu dono estava disposto a pagar uma fortuna pelo próprio retrato, não me espantaria nem se ele aparecesse num iate.

Quem desceu do carro foi um elegante homem de meia-idade. Usava óculos de sol de lentes verde-escuras, uma camisa de algodão branquíssima (não branca, *branquíssima*) e uma calça de sarja cáqui. Calçava *boat shoes* cor creme. Devia medir pouco mais de um metro e setenta de altura. Seu rosto tinha um leve e uniforme bronzeado. Parecia um homem muito asseado e bem cuidado, mas o que mais atraiu meu olhar foram seus fartos cabelos, levemente ondulados por uma permanente e absolutamente brancos, até o último fio. Não grisalhos ou acinzentados, e sim brancos, como neve que acabasse de cair.

Fiquei observando por uma fresta entre as cortinas aquele homem descer do carro, fechar a porta (com o ruído agradável e característico das portas de carros de luxo), guardar a chave no bolso sem acionar o alarme e caminhar até a entrada da casa. Andava com elegância, empertigado, usando com precisão cada um dos músculos. Com certeza aquele homem se exercitava todos os dias. Me afastei da janela, me sentei em uma cadeira da sala e esperei até que a campainha soasse. Então, caminhei devagar para atendê-lo.

Quando abri a porta, o homem tirou os óculos escuros, que guardou no bolso da camisa, e estendeu a mão para mim, sem dizer nada. Fiz o mesmo, quase por reflexo. Ele apertou minha mão com firmeza, como os norte-americanos costumam fazer. Com um pouco de firmeza demais para o meu gosto, mas não a ponto de ser um cumprimento doloroso.

— Prazer, eu sou Menshiki — se apresentou ele, com voz clara, como um palestrante que testasse o microfone antes de uma palestra e aproveitasse para cumprimentar a plateia.

— O prazer é meu. Você disse Menshiki, certo?

— Isso. Se escreve com os ideogramas *men* de "isenção" e *shiki* de "cor".

— Menshiki — repeti, juntando os dois ideogramas na minha mente. Era uma combinação peculiar.

— "Isento de cor" — disse ele. — Não é um nome muito comum. Não conheço quase ninguém, fora a minha família.

— Mas é fácil de lembrar.

— Ah, sem dúvida. Para bem ou para mal, é um nome fácil de lembrar — concordou ele, sorrindo.

Uma rala barba por fazer cobria a parte de baixo do seu rosto. Quer dizer, provavelmente não era uma barba por fazer. Ele devia deixar assim de propósito. Diferente do cabelo, metade dos fios da barba ainda eram pretos. Era curioso que só o cabelo fosse branco daquele jeito.

— Entre, por favor — convidei.

Com um pequeno aceno da cabeça, Menshiki descalçou os sapatos e entrou. Seus gestos eram elegantes, mas eu percebia neles uma leve tensão. Como um gato em um lugar desconhecido, cada um de seus movimentos era lento e cauteloso, enquanto seus olhos corriam depressa por tudo ao redor.

— Que casa agradável — comentou ele, ao se sentar no sofá. — É silenciosa e tranquila.

— Realmente, é um lugar muito tranquilo, apesar de não ser muito prático para fazer compras...

— Ah, sim. Mas deve ser perfeito para seu trabalho, não?

Me sentei na poltrona à frente dele.

— Ouvi dizer que você também mora na região.

— Sim, é verdade. A pé, seria um pouco longe, mas a distância em linha reta é bem curta.

— *Em linha reta* — repeti, estranhando suas palavras. — Curta quanto?

— A um aceno de distância.

— Então dá para ver sua casa daqui?

— Exatamente.

Enquanto eu procurava algo para dizer, ele continuou:

— Gostaria de ver onde moro?

— Se possível... — respondi.

— Se incomoda se eu for até o terraço?

— Por favor, fique à vontade.

Menshiki se levantou do sofá e saiu para o terraço, que se abria como continuação da sala de estar. Depois de se aproximar do parapeito, apontou para o outro lado do vale.

— Está vendo aquela casa branca, no topo da montanha, com os vidros refletindo a luz do sol?

Fiquei sem reação ao ouvir aquelas palavras. Era a mansão luxuosa que eu sempre via quando me deitava em uma das espreguiçadeiras do terraço, para tomar uma taça de vinho no fim da tarde. Uma casa enorme e bastante chamativa, um pouco à direita da minha.

— Fica um pouco longe, mas a um aceno de distância.

— Mas como você descobriu que eu morava nesta casa? — perguntei, sem tirar as mãos do parapeito.

Menshiki aparentou uma ligeira confusão. Não era uma confusão verdadeira, só a representação de uma. No entanto, ele não parecia estar fingindo, e sim querendo ganhar tempo.

— Obter informações é uma parte importante do meu trabalho. Lido com esse tipo de situação.

— Você trabalha com internet?

— Exatamente. Para ser mais preciso, a internet também é uma parte importante do meu trabalho.

— Mas quase ninguém sabe que estou morando aqui.

Menshiki sorriu.

— Se "quase ninguém sabe", paradoxalmente, *algumas pessoas* sabem.

Voltei os olhos para a mansão branca, na montanha oposta, antes de olhar outra vez para Menshiki. Provavelmente era o homem que aparecia quase todas as noites no terraço daquela grandiosa casa. Analisando bem, dava para ver que sua compleição e seus movimentos batiam perfeitamente com aquela silhueta. Eu não saberia dizer quantos anos ele tinha. Pelo cabelo branco como a neve, poderia estar no final dos cinquenta ou no começo dos sessenta. Porém, a pele era firme e lustrosa, sem uma única ruga no rosto, e os olhos mantinham o brilho de alguém ainda na faixa dos trinta. Por isso, era difícil reunir todos esses elementos e calcular sua idade. Se me dissessem que ele tinha qualquer idade entre quarenta e cinco e sessenta anos, eu acreditaria.

Menshiki voltou para o sofá na sala. Eu me sentei à sua frente e então tomei coragem:

— Posso fazer uma pergunta?

— Claro, pergunte o que quiser.

— O fato de eu morar perto tem alguma relação com a encomenda do seu retrato?

Menshiki pareceu um pouco sem jeito. Quando ele ficava sem jeito, pequenas e charmosas rugas apareciam ao lado dos seus olhos. Ele tinha olhos puxados, levemente fundos, a testa larga e elegante, sobrancelhas bem definidas, o nariz estreito e proeminente na medida certa. Feições que combinariam perfeitamente com um rosto pequeno. No entanto, seu rosto era um pouco largo, o que criava, de um ponto de vista puramente estético, certo desequilíbrio. A proporção entre a altura e a largura não era muito boa, embora não desse para afirmar que essa desproporção fosse um defeito. Pelo contrário, era apenas uma das suas características e chegava a ser um pouco reconfortante. Se ele tivesse um rosto perfeitamente simétrico, talvez sua beleza causasse certa antipatia e cautela nas pessoas. Mas aquelas feições tinham algo que tranquilizava à primeira vista, como se dissessem, com delicadeza: "Está tudo bem, pode ficar tranquilo, eu não sou má pessoa nem tenho segundas intenções".

Suas grandes orelhas espiavam, pontiagudas, por entre os cabelos brancos, passando uma impressão de vitalidade, como cogumelos silvestres espiando por entre as folhas caídas numa manhã de outono após a chuva. A boca era comprida, e os lábios finos, bem fechados, pareciam prestes a sorrir a qualquer momento.

Aquele homem poderia ser descrito como bonito, com certeza. Ainda assim, alguma coisa no seu rosto repelia esse adjetivo superficial, tornando o rótulo insignificante. Tratava-se de um rosto vívido demais, com movimentos minuciosos demais, para ser chamado de bonito. No entanto, seus movimentos não pareciam calculados. Eram naturais, espontâneos e, se havia alguma intenção escondida, eu estava diante de um ator e tanto. Mas algo me dizia que não era o caso.

Sempre estudo o rosto das pessoas no primeiro encontro e percebo diversas coisas nas suas feições. Já é um hábito. Na maioria das vezes, não tenho prova concreta, apenas minha intuição. De todo modo, como retratista, é justamente essa mera *intuição* que me auxilia.

— Sim e não — disse Menshiki, voltando para o alto as palmas das mãos, para depois pousá-las novamente sobre os joelhos.

Esperei, em silêncio, que ele continuasse.

— Eu sou o tipo de sujeito que se preocupa em saber quem mora nas redondezas — prosseguiu ele. — Bom, para ser mais exato, não é bem preocupação, e sim curiosidade. Ainda mais porque nos vemos com frequência, através do vale.

Embora eu considerasse um exagero esse *nos vemos com frequência*, não falei nada. Talvez ele tivesse um telescópio muito potente que usava para observar no anonimato a minha casa. Mas é claro que também não mencionei nada disso. De qualquer maneira, que motivo ele poderia ter para observar *alguém como eu*?

— Foi assim que descobri que você estava morando nesta casa — continuou ele. — Quando eu soube que você pintava retratos, fiquei interessado e procurei algumas de suas obras. Comecei pesquisando algumas imagens na internet, mas não fiquei completamente satisfeito, então pedi permissão para ver ao vivo três pinturas.

Não pude deixar de inclinar a cabeça, desconfiado, ao ouvir essas palavras.

— Como assim, ao vivo?

— Pedi permissão aos donos dos retratos. Todos foram muito solícitos. Aparentemente, as pessoas gostam bastante de mostrar seus retratos. E então, quando vi as pinturas ao vivo, lado a lado com as pessoas retratadas, senti algo muito curioso. Conforme eu olhava para os retratos e para as pessoas retratadas, fui deixando de saber qual dos dois era o verdadeiro. Não sei bem como explicar, mas seus quadros produzem um efeito inusitado no observador. À primeira vista, parecem retratos como outros quaisquer, mas quem examina bem percebe algo escondido neles.

— Algo escondido?

— Sim, algo. É difícil definir, mas talvez eu arrisque dizer que eles expressam uma personalidade verdadeira.

— Uma personalidade? — repeti. — Você se refere à minha ou à da pessoa retratada?

— As duas, eu acho. Creio que se misturam dentro dos quadros, se entrelaçam de maneira tão complexa que não é mais possível separá-las. Não dá para ignorar essa sensação. Mesmo que o observador veja um desses quadros só de relance e siga em frente, fica com a impressão de que deixou passar alguma coisa e acaba voltando atrás para olhar de novo. Foi esse *algo* que me atraiu.

Fiquei em silêncio.

— Então eu quis ter um retrato pintado por você e não demorei a contatar seu agente.

— Através de um intermediário.

— Isso. Costumo resolver muitas coisas através de intermediários. Um escritório de advocacia presta esse tipo de serviço para mim. Não tenho nada para esconder, só prefiro manter o anonimato.

— Afinal, você tem um nome fácil de lembrar...

— Exatamente — sorriu ele. Sua boca se alongou para os lados e as pontas das orelhas se moveram de leve. — Às vezes, prefiro que não saibam meu nome.

— Ainda assim, o valor oferecido pelo serviço me parece um pouco alto...

— Como você sabe, o valor é sempre uma questão relativa. Os preços são definidos em função da oferta e da procura. É o princípio do mercado. Se eu quiser comprar alguma coisa e você não quiser vender, o preço sobe. O oposto também é verdadeiro, claro, e nesse caso o preço cai.

— Sim, conheço o princípio do mercado. Mas você precisa tanto assim de um retrato pintado por mim? Talvez eu nem devesse dizer isso, mas um retrato não é algo imprescindível na vida, não acha?

— Acho, claro. Está longe de ser imprescindível. Mas sou um homem curioso e gostaria de ver o resultado de um retrato meu pintado por você. Em outras palavras: coloquei um preço na minha própria curiosidade.

— E aparentemente sua curiosidade custa bem caro.

Ele riu, satisfeito.

— Quanto mais pura, mais forte a curiosidade. E sim, ela pode custar bem caro.

— Aceita um café? — ofereci.

— Sim, obrigado.

— Posso servir o que passei agora há pouco?

— Sem problemas. Para mim puro, por favor.

Fui até a cozinha, servi duas xícaras de café e trouxe para a sala.

— Você tem uma coleção notável de discos de ópera — observou Menshiki, enquanto tomava o café. — É seu gênero preferido?

— Na verdade, esses discos não são meus, são do dono da casa. Mas, desde que me mudei para cá, tenho escutado muita ópera, sim.

— Por dono da casa você se refere a Tomohiko Amada, certo?

— Isso.

— Você tem alguma peça preferida?

Refleti um pouco.

— Ultimamente, por uma razão específica, tenho ouvido muito *Don Giovanni*.

— E que razão seria essa? Se não se incomoda em contar...

— Ah, não é nada de mais. Apenas uma questão pessoal.

— Também gosto e escuto bastante *Don Giovanni* — comentou Menshiki. — Certa vez, assisti a uma apresentação dessa ópera em um pequeno teatro em Praga. Se não me engano, pouco tempo depois da queda do regime comunista. O teatro era muito pequeno, a orquestra, reduzida e sem cantores famosos, mas foi uma apresentação magnífica. Naquele local, os cantores não precisavam erguer tanto a voz quanto nos teatros grandes, então conseguiam se expressar de maneira muito mais íntima. Não dá para fazer isso no Metropolitan de Nova York ou no Scala de Milão. Lugares assim exigem cantores de renome, com vozes poderosas. Às vezes as árias ficam parecendo performances de acrobacia... Mas o que as obras de Mozart pedem é um ambiente reservado, como a música de câmara. Você não acha? Nesse sentido, talvez a apresentação que eu assisti no teatro em Praga seja a forma ideal do *Don Giovanni*.

Ele tomou um gole de café. Calado, eu acompanhei seus movimentos.

— Já tive a oportunidade de ver *Don Giovanni* algumas vezes, em vários lugares do mundo — continuou ele. — Em Viena e também em Roma, Milão, Londres, Paris, Nova York, Tóquio. Com regência de Abbado, de Levine, de Ozawa, de Maazel... de quem mais? Acho que de George Prêtre. Mas curiosamente a apresentação de *Don Giovanni* que assisti em Praga foi a que mais me marcou, apesar de eu nunca ter ouvido falar daqueles cantores nem do maestro. Quando a apresentação acabou e eu saí do teatro, uma névoa densa cobria as ruas de Praga. Naquela época, as ruas tinham pouca iluminação, e quando anoitecia tudo ficava imerso na penumbra. Caminhei sem rumo por aquelas ruas desertas e acabei topando com uma velha escultura. Eu não sabia de quem se tratava, mas tinha todo o aspecto de um cavaleiro medieval. Na hora, tive vontade de convidá-lo para jantar… Mas não fiz esse convite, é claro.

Menshiki voltou a rir.

— Pelo jeito, você costuma viajar bastante ao exterior, não é? — perguntei.

— De vez em quando, a trabalho.

E então, como se tivesse se lembrado de alguma coisa, ele se calou de repente. Desconfiei que ele não queria entrar em detalhes sobre seu trabalho.

— Bom, e então, o que me diz? — indagou Menshiki, fitando meu rosto. — Passei no teste? Aceita pintar meu retrato?

— Ah, mas não é um teste, apenas uma conversa.

— Sabe, ouvi dizer que você sempre se encontra com o cliente antes de pintar um retrato e, se não gostar da conversa, não aceita o serviço.

Eu olhei para o terraço. No parapeito estava empoleirado um grande corvo, que abriu as asas lustrosas e levantou voo, como se tivesse sentido meu olhar.

— Sempre existe essa possibilidade, mas por sorte até hoje nunca encontrei ninguém que me desagradasse a ponto de recusar um serviço.

— Espero não ser o primeiro — comentou Menshiki, sorrindo.

Mas não havia sorriso nenhum em seu olhar. Ele estava falando bem sério.

— Não se preocupe. Para mim, será um prazer pintar seu retrato.

— Que bom. — Então ele se calou por um momento antes de recomeçar. — Mas gostaria de fazer um pequeno pedido, se permitir o capricho.

Encarei mais uma vez seu rosto.

— Que tipo de pedido?

— Se possível, gostaria que você me retratasse de maneira livre, sem as restrições de um retrato convencional. Claro, se você quiser pintar um retrato *comum*, tudo bem. Ficarei satisfeito com um quadro semelhante aos que você já pintou. Agora, fique à vontade se quiser fazer diferente, inovar.

— Inovar?

— Quero dizer que não me importo com o estilo, contanto que você pinte da maneira que tiver vontade.

— Ou seja, você não se importa se for retratado com dois olhos em um lado só do rosto, como algumas obras de Picasso?

— Se você escolher essa maneira, não farei nenhuma objeção. Deixo totalmente a seu critério.

— Mas você penduraria um retrato desses no escritório da sua empresa?

— No momento, não tenho nenhum lugar que possa chamar de empresa. Então provavelmente vou pendurar no meu escritório, em casa. Claro, se não for problema para você.

Não era, naturalmente. Para mim, não fazia muita diferença em que parede meus quadros iam parar. Refleti um pouco antes de responder àquele pedido.

— Fico feliz com sua proposta, mas não me ocorre nenhuma ideia concreta quando você me pede para pintar de maneira livre. Sou apenas um retratista e há muito tempo sigo o método que estabeleci. Você me pede para abandonar as restrições, mas essas restrições são, em certo sentido, parte da minha técnica. Então é provável que eu pinte um retrato *comum*, semelhante aos que fiz até hoje. Seria um problema?

Menshiki abriu as mãos.

— Não, problema algum. Faça como achar melhor. Só quero que você pinte com liberdade.

— Certo. Outra coisa, se você deseja posar para o retrato, vou precisar que venha diversas vezes ao meu ateliê e passe muitas horas sentado em uma cadeira. Vai conseguir fazer isso? Imagino que você seja um homem bastante ocupado.

— Não se preocupe. Já providenciei espaço na minha agenda. Afinal, posar pessoalmente foi um pedido meu. Virei ao seu ateliê e posarei sem sair do lugar pelo máximo de tempo que conseguir. Podemos aproveitar essas ocasiões para conversar. Você não se importa de falar enquanto trabalha, não é?

— Claro que não. Pelo contrário, será um prazer. Para mim, você segue sendo um completo mistério. Talvez eu precise de um pouco mais de informações.

Menshiki riu e balançou a cabeça. Seu cabelo branco se agitou com suavidade, como se o vento soprasse sobre uma campina no inverno.

— Acho que você está me superestimando... Não sou nenhum mistério. Só não falo muito sobre mim para não entediar as pessoas.

Ele sorriu, formando outra vez as pequenas rugas nos cantos dos olhos. Era um sorriso totalmente límpido, sem segredos. *Mas não pode ser apenas isso*, pensei. Existia algo escondido naquele homem. Um segredo guardado a sete chaves em uma caixa, enterrado bem fundo, há tanto tempo que a terra acima já estava coberta de grama macia. A única pessoa no mundo que sabia onde estava essa caixa era o próprio Menshiki. Eu não podia deixar de sentir, por trás do seu sorriso, a solidão de quem guarda um segredo profundo.

Ainda conversamos por mais uns vinte minutos sobre questões práticas, como os dias em que ele viria e o tempo das sessões. Ao ir embora, ele esticou a mão com naturalidade, e eu fiz o mesmo. Pelo visto, começar e terminar os encontros com este aperto de mão firme era um hábito dele. Fiquei olhando pela janela enquanto Menshiki colocava os óculos escuros, tirava a chave do bolso, entrava no Jaguar prateado (que lembrava um grande e domesticado animal) e desaparecia com o carro, elegante, estrada abaixo. Depois, fui até o terraço e olhei para a mansão branca no alto da montanha, para onde ele provavelmente estava voltando.

Era um homem muito peculiar. Não tinha sido rude, nem muito reservado. Porém, no final das contas, não dissera quase nada sobre si. Tudo o que eu sabia era que ele morava na mansão luxuosa do outro lado do vale, trabalhava com alguma coisa que envolvia tecnologia da informação e viajava com frequência para o exterior. E também que era um aficionado por ópera. Mais nada além disso. Eu não sabia se ele tinha família ou não, sua idade, onde nascera, nem desde quando morava no alto daquela montanha... Aliás, eu não sabia nem sequer o seu nome completo, só o sobrenome.

Afinal, por que ele desejava tanto que eu pintasse seu retrato? Adoraria atribuir isso a meu talento, a minha reputação, mas naturalmente não eram os únicos motivos. Talvez meus retratos tivessem de fato atraído sua atenção, em certo grau. Ele não parecia estar inventando toda aquela história. De qualquer maneira, eu não era ingênuo a ponto de acreditar cegamente em todas as suas palavras.

O que será que Menshiki queria de mim? Qual seria seu verdadeiro objetivo? Estaria tramando alguma coisa?

Mesmo depois do nosso encontro e da nossa conversa, eu continuava sem resposta para essas perguntas. Pelo contrário, o enigma só havia aumentado. Por que ele tinha um cabelo tão branco? Aquilo não era normal. Teria vivido algum terror profundo, como o pescador que no conto de Poe ficou com todos os fios de cabelo branco em uma só noite, depois de ser capturado por um enorme redemoinho?

Quando anoiteceu, luzes intensas se acenderam na casa de concreto do outro lado do vale. Uma profusão de luzes. A casa devia ter sido projetada por um desses arquitetos arrojados que não pensa nem por um segundo no preço da conta de luz. Ou talvez o proprietário sofresse de um medo extraordinário do escuro e tivesse pedido uma casa iluminada até o último canto. Seja como for, vista de longe, a residência lembrava um luxuoso farol aceso no mar da noite.

Me recostei na cadeira do terraço e fiquei olhando para aquela casa, enquanto tomava uma taça de vinho branco. Achei que talvez Menshiki aparecesse, mas naquela noite não avistei sua silhueta. De qualquer maneira, mesmo que aparecesse, o que eu poderia fazer? Deveria cumprimentá-lo com um aceno exagerado?

Provavelmente muitas coisas se esclareceriam com o tempo. Essa era a única expectativa que eu podia ter naquele momento.

8.
Uma bênção disfarçada

Na quarta-feira, depois da aula de uma hora e meia para adultos na escola de artes, entrei em um cybercafe próximo à estação de Odawara e pesquisei no Google "Menshiki". Para minha surpresa, não encontrei uma única ocorrência. Os resultados apenas apresentavam uma infinidade de páginas com as expressões "habilitação de motorista" (que usa o ideograma de *men*) e "daltonismo" (que usa o ideograma de *shiki*). Pelo visto, não havia nenhuma informação sobre Menshiki circulando pela internet. Ele estava falando sério quando disse que preferia manter o anonimato. Isso considerando que aquele fosse seu verdadeiro nome, é claro, mas minha intuição me dizia que ele não mentiria tanto assim. Além do mais, não faria sentido me contar até mesmo onde morava e depois mentir sobre seu nome. Aliás, se fosse para inventar um sobrenome, ele provavelmente escolheria um mais comum e discreto, a não ser que tivesse algum motivo muito específico.

Quando voltei para casa, telefonei para Masahiko Amada. Conversamos um pouco sobre amenidades e então perguntei se ele sabia alguma coisa sobre Menshiki, homem que morava do outro lado do vale. Mencionei a mansão branca no alto da montanha. Masahiko se lembrava vagamente daquela construção.

— Menshiki? — repetiu Masahiko. — Que tipo de nome é esse?

— Se escreve como "isento de cor".

— Parece uma descrição de pintura a nanquim.

— Não se esqueça que preto e branco também podem ser considerados cores.

— É verdade. De um ponto de vista lógico, podem mesmo. "Menshiki"... acho que nunca ouvi esse sobrenome. Bom, mas por que eu saberia alguma coisa sobre um sujeito que mora do outro lado do vale? Não sei nada nem sobre quem mora mais perto. Tem alguma coisa a ver com você?

— Sim. Acabamos nos conhecendo por certas circunstâncias — respondi. — Então pensei que talvez você soubesse alguma coisa sobre ele.

— Você já procurou na internet?

— Pesquisei no Google, mas não deu em nada.

— E no Facebook e outras redes sociais?

— Não entendo como funcionam essas coisas.

— Escute, enquanto você dorme no seu palácio no fundo do mar junto com os peixes, como Taro Urashima, a civilização segue fazendo grandes avanços, sabia? Bom, mas tudo bem. Pode deixar que pesquiso para você. Se eu descobrir alguma coisa, ligo.

— Obrigado.

Então Masahiko ficou quieto de repente. Dava para sentir, através do telefone, que ele refletia sobre alguma coisa.

— Espere um pouco. Você disse Menshiki?

— Sim, Menshiki. *Men* de "isenção" e *shiki* de "cor".

— Tenho uma vaga lembrança de já ter ouvido esse nome em algum lugar, mas pode ser só impressão…

— É um nome bem estranho, difícil de esquecer.

— Sim, por isso mesmo… Acho que pode ter se enganchado num canto da minha memória. Mas não consigo lembrar onde, nem quando… Que coisa! É como se estivesse na ponta da língua mas não saísse, como uma espinha entalada na garganta.

Pedi para Masahiko me ligar se lembrasse de algo, e ele prometeu que o faria.

Desliguei o telefone e preparei uma refeição leve. Enquanto comia, a mulher com quem eu estava tendo um caso me ligou. Queria saber se podia aparecer na tarde do dia seguinte. Eu disse que sim.

— Mudando um pouco de assunto, você sabe alguma coisa sobre um homem chamado Menshiki? — perguntei. — Ele mora aqui perto.

— Menshiki?! — repetiu ela. — Isso é um sobrenome?

Expliquei como se escrevia.

— Nunca ouvi nada parecido antes — respondeu ela.

— Sabe aquela mansão branca de concreto, na montanha do outro lado da minha casa?

— Sim, sei. Uma mansão bem chamativa, que dá para ver do terraço.

— Pois então, ele mora lá.

— O dono daquela mansão se chama Menshiki?

— Isso.

— E daí?

— Daí nada. Eu só queria saber se você conhecia ele.

Ela ficou com um tom de voz sério de repente.

— Tem alguma coisa a ver comigo?

— Não, nada.

Ela suspirou meio aliviada.

— Bom, passo aí amanhã de tarde. Lá pela uma e meia.

Eu disse que estaria esperando, desliguei o telefone e terminei de comer.

Pouco depois, Masahiko telefonou.

— Parece que algumas pessoas com o sobrenome Menshiki moram na província de Kagawa — disse ele. — Quem sabe a família desse sujeito é de lá. Mas não encontrei nenhum Menshiki na região de Odawara. Qual é o primeiro nome dele?

— Ele ainda não me contou. Também não sei o que faz da vida, só que tem alguma coisa a ver com tecnologia da informação. Aparentemente, os negócios vão de vento em popa. Fora isso, nada. Até a idade dele é um mistério.

— Entendi... Bom, nesse caso acho que vou desistir. Informação é como um produto e quem sabe usar bem seu dinheiro consegue apagar qualquer vestígio da própria existência. Ainda mais quem trabalha na área...

— Ou seja, você acha que Menshiki usa algum recurso para apagar todos os seus rastros, é isso?

— É, acho que sim. Eu procurei bastante, em milhares de sites, e não encontrei nem uma única ocorrência. Não é muito estranho que um sobrenome tão peculiar não apareça em lugar nenhum? Você é meio desligado e pode não saber, mas hoje em dia é muito difícil, para quem tem alguma atividade profissional, impedir que suas informações vazem para o mundo. Por exemplo, há várias informações sobre nós circulando por aí, e olha que somos dois ilustres desconhecidos. Para alguém importante, se esconder desse jeito é quase impossível. Goste ou não, é assim que as coisas funcionam hoje em dia. Aliás, você já experimentou pesquisar seu próprio nome?

— Não, nunca.

— Então é melhor não experimentar, mesmo.

Respondi que não tinha nenhuma intenção de fazê-lo.

Obter informações é uma parte importante do meu trabalho. Lido com esse tipo de situação. Foram essas as palavras de Menshiki. Se ele conseguia obter informações com facilidade, talvez também conseguisse apagá-las quando quisesse.

— Ah, a propósito, Menshiki disse que viu alguns dos meus quadros pela internet.

— E...?

— E pediu que eu pintasse seu retrato. Disse que adorou meu trabalho.

— Deixa eu adivinhar: então você disse que não pintava mais retratos e recusou, certo?

Fiquei em silêncio.

— Certo? — insistiu ele.

— Na verdade, eu aceitei.

— Por quê? Você estava tão determinado...

— O valor era atrativo demais. Então pensei que talvez pudesse pintar só mais uma vez.

— Por dinheiro?

— É, dinheiro foi um dos motivos. Já faz algum tempo que não tenho quase nenhuma renda, e cedo ou tarde teria que pensar sobre como me manter. No momento não gasto quase nada, mas sempre tem uma coisinha ou outra.

— Hum... Quanto ele ofereceu?

Revelei o valor. Masahiko deu um assobio.

— Realmente, é uma grana alta — concordou ele. — Acho que nesse caso vale a pena. Você deve ter levado um susto quando ouviu o valor, hein?

— Ah, sim. Fiquei surpreso.

— Sem querer ofender, mas você não acharia outro maluco no mundo disposto a pagar tudo isso por um retrato seu.

— É, eu sei.

— Não me leve a mal... Claro que você tem talento. Sempre trabalhou muito bem e criou uma boa reputação como retratista. Dos nossos colegas da faculdade, acho que hoje você é o único que consegue ganhar a vida trabalhando com pintura a óleo. Pode não ser uma vida de luxo, mas já é algo notável. Mas, desculpe a sinceridade, você não é nenhum Rembrandt ou Delacroix. Não é nem mesmo um Andy Warhol.

— Eu sei.

— Se sabe, então tem noção de que o valor oferecido por esse retrato é estratosférico, né?

— Tenho.

— E então, *por acaso*, o sujeito mora perto.

— Exatamente.

— "Por acaso" é um jeito bem delicado de dizer.

Eu não comentei nada.

— Você não acha que talvez tenha alguma coisa por trás dessa história? — perguntou ele.

— Considerei essa possibilidade, claro, mas não consigo imaginar o que poderia ser.

— Bom, e mesmo assim aceitou o trabalho?

— Aceitei. Vou começar depois de amanhã.

— Por causa do dinheiro?

— Isso pesou bastante, claro, mas não foi só. Para ser sincero, quero ver no que isso vai dar. Esse é o principal motivo. Quero ver com meus próprios olhos e entender por que o sujeito decidiu pagar uma fortuna dessas. Se tem alguma coisa por trás, quero descobrir o que é.

— Entendi — disse Masahiko, e fez uma pausa. — Já sabe: se tiver alguma novidade, me conte. Confesso que também fiquei meio curioso com essa história. É bem interessante.

De repente, me lembrei da coruja.

— Ah, esqueci de comentar, mas tem uma coruja no sótão da casa. Uma pequena coruja cinza. Durante o dia, ela dorme empoleirada numa viga. À noite, sai pela janelinha de ventilação para caçar. Não sei desde quando ela está lá, mas parece que virou sua toca.

— No sótão?

— Isso mesmo. Eu estava escutando uns barulhos no telhado, então subi lá durante o dia para ver o que era.

— Puxa, nem sabia que dava para entrar no sótão.

— Tem um alçapão dentro do armário do quarto de hóspedes. É bem apertado lá em cima. Mas para uma coruja é uma ótima casa.

— Bem, é uma boa notícia. Se tem uma coruja, quer dizer que não vão aparecer cobras ou ratos. Além disso, tenho a impressão de que ouvi em algum lugar que ter uma coruja em casa dá sorte.

— Talvez tenha sido essa sorte que me trouxe uma encomenda tão vantajosa.

— Tomara — disse ele, rindo. — Você conhece a expressão *blessing in disguise*?

— Não sou muito bom com línguas...

— Significa literalmente uma bênção disfarçada, mas seria mais adequado dizer "há males que vêm para bem". É uma expressão usada para coisas que parecem trazer azar mas na verdade trazem sorte. *Blessing in disguise*. Deve existir outra expressão que diga exatamente o contrário.

Pensei nessa possível outra expressão.

— Tenha cuidado — me advertiu Masahiko.

Respondi que teria.

No dia seguinte, minha amante chegou à uma e meia, e fomos direto para a cama, como de costume. Durante o sexo, não trocamos quase nenhuma palavra. Choveu durante a tarde, uma chuva forte e passageira, incomum para o outono. Lembrava as chuvas do auge do verão. Levadas pelo vento, gotas grossas se chocavam contra o vidro da janela, e trovões ressoavam no céu. Depois que as carregadas e escuras nuvens atravessaram o vale e a chuva parou, as montanhas brilharam em uma profusão de cores. Os pássaros saíram juntos de seus esconderijos e, cantando, passaram a caçar insetos. Aquele momento, depois da chuva, era como a hora do banquete para eles. O sol despontou por entre as nuvens e reluziu sobre as gotas d'água nos galhos das árvores. Enquanto chovia, estivemos entusiasmados com o sexo, sem prestar muita atenção a nada. Terminamos quase no mesmo momento em que parou de chover, como se a chuva estivesse apenas nos esperando.

Ainda nus, ficamos deitados na cama, enrolados no edredom fino, conversando. O boletim das filhas dela era a pauta principal. A mais velha estudava bastante e tirava notas boas. Era uma menina tranquila e não causava problemas. Já a mais nova odiava estudar e vivia fugindo dos deveres de casa. Porém, era uma menina alegre e até bem bonita. Não era tímida e todos gostavam dela. Também se saía bem nas atividades físicas. Você acha que devo parar de insistir para ela estudar e ver se ela pretende seguir carreira na televisão?, perguntou minha amante. Estou pensando em matriculá-la numa escola de formação de atores mirins...

No fundo, era uma situação curiosa. Ali estava eu, ao lado de uma mulher com quem saía há menos de três meses, escutando sobre as filhas dela, que eu não conhecia. Ela estava até pedindo minha opinião sobre o que deveria fazer. Para completar, estávamos completamente pelados. Ainda assim, eu não sentia remorso por espiar e poder tocar em retalhos da vida de pessoas praticamente desconhecidas, com quem nunca teria contato. Aquelas vidas pareciam tão próximas e, ao mesmo tempo, tão distantes. Enquanto falava, minha amante brincava com meu pênis flácido, que aos poucos foi endurecendo de novo.

— Você está pintando algum quadro?

— Não, não estou — admiti.

— Não tem vontade de criar nada?

— Bom, mesmo se tivesse, a partir de amanhã preciso me dedicar a uma encomenda — desconversei.

— Vai pintar um quadro por encomenda?

— Vou. Sabe como é, de vez em quando a gente precisa ganhar dinheiro...

— Que tipo de encomenda?

— Um retrato.

— Por acaso é um retrato daquele tal de Menshiki, que você mencionou ontem no telefone?

— É — respondi, surpreso, como às vezes acontecia, com a sagacidade dela.

— Agora está explicado por que você queria saber algo sobre esse Menshiki.

— Pois é. Por enquanto, ele é um mistério. Nos encontramos uma vez e conversamos um pouco, mas ainda não sei nada sobre ele. Como artista, fico curioso para saber um pouco mais sobre quem vou retratar.

— Por que você não pergunta para ele?

— Tenho medo de que ele não seja sincero. Talvez diga só o que achar mais conveniente.

— Posso descobrir para você, se quiser.

— Você sabe como?

— Tenho algumas ideias.

— Já vou avisando que não encontrei nada na internet, viu?

— A internet não funciona bem na selva — respondeu ela. — A selva tem sua própria rede de comunicação, como o rufar de tambores ou mensagens penduradas no pescoço dos macacos.

— Não sei muita coisa sobre a selva…

— Quando a modernidade não funciona, vale a pena tentar os tambores e os macacos.

Sob aqueles macios e ágeis dedos, meu pênis estava duro de novo. Então ela passou a usar os lábios e a língua, e por algum tempo o silêncio reinou entre nós. Enquanto os pássaros se ocupavam com seus afazeres, cantando alto, nós começamos a segunda rodada de sexo.

Depois de encerrar aquela tarde de sexo, entremeada por uma conversa, saímos da cama, recolhemos devagar as roupas do chão e nos vestimos. Depois fomos para o terraço e, tomando um chá quentinho, ficamos olhando para a grande casa branca na montanha do outro lado do vale. Sentados lado a lado nas espreguiçadeiras desbotadas de madeira, deixamos o ar fresco e úmido das montanhas preencher nossos pulmões. A sudoeste dava para ver, por entre a mata, uma nesga reluzente de mar, pequeno fragmento do gigantesco oceano Pacífico. As encostas das montanhas ao redor já se tingiam com as cores do outono, um elaborado matiz de tons amarelo e vermelho. Espalhadas aqui e ali, árvores de copas perenes formavam blocos verdes. Cercada por essas cores vibrantes, a mansão branca de Menshiki se destacava ainda mais. Sua brancura quase obsessiva dava a impressão de que nada — nem a chuva, nem o vento, nem a poeira, nem mesmo o tempo — jamais conseguiria sujá-la ou desgastá-la. *O branco também é uma cor*, pensei, de repente. Sem dúvida, a cor não estava ausente daquela casa. Passamos muito tempo calados, recostados nas cadeiras. O silêncio pairava naturalmente entre nós.

— Em uma fabulosa mansão branca, morava Menshiki — disse ela, depois de algum tempo. — Parece até o começo de um conto de fadas.

Porém, o que me esperava não era um conto de fadas, nem uma bênção disfarçada. No entanto, quando isso ficou claro, já era tarde demais para voltar atrás.

9. Troca de fragmentos entre nós

Sexta-feira, à uma e meia da tarde, Menshiki apareceu dirigindo o mesmo Jaguar. Ouvi o rugido do motor se aproximar conforme o carro subia a ladeira, até parar diante da casa. Menshiki bateu a porta do automóvel com o mesmo e característico som e tirou os óculos escuros, que guardou no bolso do blazer. Uma repetição dos gestos do último encontro. Porém, desta vez ele vestia um blazer de algodão azul-acinzentado sobre a camisa polo branca, uma calça bege de sarja e um *sneaker* de couro marrom. Todo o seu visual poderia ter saído diretamente das páginas de uma revista de moda, mas Menshiki não passava uma impressão "artificial". Tudo ali era relaxado, natural e discreto. Seu cabelo abundante tinha a mesma brancura imaculada da fachada de sua mansão. Como da outra vez, observei seus movimentos por uma fresta entre as cortinas.

Quando a campainha soou, abri a porta e o convidei a entrar. Para meu alívio, Menshiki não estendeu a mão para me cumprimentar, se limitando a um breve sorriso e a um ligeiro aceno de cabeça. No fundo, eu estava um pouco aflito com a perspectiva de ter a mão esmagada sempre que nos encontrássemos. Assim como da outra vez, acompanhei Menshiki até a sala e pedi que se sentasse no sofá. Depois fui até a cozinha e trouxe duas xícaras de café recém-passado.

— Eu não sabia com que roupa deveria vir... — começou ele, se desculpando. — Está bom assim?

— Por enquanto, pode ser qualquer roupa. Mais tarde, decidimos que estilo você prefere. Pode ser um terno ou uma bermuda e sandália... — Ou um copo do Starbucks, acrescentei mentalmente. — Enfim, sempre dá para arrumar depois.

— Confesso que essa história de posar me deixa um pouco nervoso — comentou Menshiki. — Sinto como se fosse ficar nu, mesmo sabendo que não vou precisar tirar a roupa.

— Em certo sentido, talvez você tenha razão. Muitas vezes, posar é como se expor, despido. Em alguns casos, essa nudez é literal, em outros, figurativa. O artista está sempre tentando enxergar, um pouco mais fundo, a essência do modelo à sua frente. Ou seja, ele tem que despir as camadas exteriores, a fachada que cobre o modelo. Mas para isso ele precisa, é claro, de uma visão primorosa e de uma intuição afiada.

Menshiki olhou por um momento para as mãos abertas sobre os joelhos, como se estivesse fazendo uma inspeção delas. Depois ergueu o rosto e falou:

— Ouvi dizer que você não costuma usar um modelo para pintar retratos.

— É verdade. Sempre marco um encontro com a pessoa para uma conversa, mas depois uso fotos.

— Tem algum motivo para preferir esse processo?

— Nenhum em particular. Por experiência pessoal, percebi que o trabalho flui melhor assim. Durante esse primeiro encontro, eu me concentro ao máximo para registrar a aparência da pessoa, o modo como suas feições se movem, suas manias e predisposições. Se eu fizer isso com cuidado, depois consigo recriar a imagem na memória.

— Hum, isso é muito interessante — observou ele. — Em outras palavras, você pega, reorganiza e reproduz em sua obra essa memória arquivada. Uma memória visual tão extraordinária assim é um dom.

— Não chega a ser um dom. Acho que a definição mais correta seria habilidade ou técnica.

— Que seja. De qualquer maneira, talvez seja por isso que eu tenha sentido que suas obras eram diferentes dos retratos comuns, feitos puramente como mercadoria. Sua arte tem uma espécie de vivacidade...

Menshiki tomou um gole de café, tirou um lenço de linho bege do bolso do blazer para limpar a boca, depois continuou:

— Mas desta vez você vai abrir uma exceção e pintar um retrato usando um modelo. No caso, eu.

— Sim, como você pediu.

Ele concordou com a cabeça.

— Confesso que é por uma questão de curiosidade. Queria ver com meus próprios olhos minha imagem sendo pintada. Não quero apenas o retrato como objeto, mas como experiência, como troca.

— Troca?

— Sim, entre nós dois.

Fiquei em silêncio por um momento, sem conseguir entender ao certo o que ele queria dizer com essa troca.

— Deixa eu explicar: é como uma troca de fragmentos entre nós — prosseguiu Menshiki. — Eu ofereço algo meu, e você algo seu. Não precisa ser nada transcendental, é claro. Pode ser qualquer coisa corriqueira, uma espécie de *símbolo*.

— Como crianças que trocam conchas?

— Isso mesmo.

Refleti um pouco sobre isso.

— É uma ideia interessante, mas desconfio que eu não tenha nenhuma concha para oferecer.

— Você ficou incomodado com o que eu disse? Por acaso prefere não usar modelos para evitar esse tipo de troca? Se for o caso, eu...

— Não, não é isso. Não costumo usar modelos apenas porque não tenho necessidade, e não para evitar trocas interpessoais. Estudei desenho por muito tempo e perdi a conta de quantos modelos-vivos já pintei. Se você não se importa de posar em uma cadeira dura, sem se mexer por uma ou duas horas, não vejo problema algum.

— Não me importo — respondeu Menshiki, erguendo um pouco as mãos, com as palmas voltadas para o alto. — Se quiser, podemos começar agora mesmo.

Passamos ao ateliê. Levei uma cadeira da mesa de jantar e pedi que Menshiki se sentasse na posição que preferisse. Depois me sentei diante dele, na velha banqueta de madeira (onde provavelmente Tomohiko Amada se sentava para pintar), para fazer alguns esboços do seu rosto, com lápis macio. Minha primeira providência era definir algumas diretrizes básicas sobre como daria forma àquele rosto sobre a tela.

— Deve ser uma chatice ficar sentado desse jeito... Gostaria de escutar alguma música? — perguntei.

— Seria ótimo, se você não se incomodar.

Ele foi até a estante, examinou os discos por uns cinco minutos e voltou com a ópera *O cavaleiro da rosa*, de Richard Strauss, com regência de Georg Solti à frente da filarmônica de Viena. Era uma caixa com quatro LPs e Régine Crespin e Yvonne Minton nos papéis principais.

— Você gosta de *O cavaleiro da rosa*?

— Ainda não ouvi.

— Ah, é uma obra curiosa. A trama tem um papel importante, como em toda a ópera, mas mesmo sem conhecer o enredo é possível se deixar levar pelo som e acabar envolvido pelo universo da história. Um universo de beatitude que Richard Strauss só alcançou no apogeu da vida. Dizem que na estreia a obra foi criticada como saudosista e conservadora, mas na realidade é muito inovadora, vigorosa. Cria um mundo musical estranho e único, apesar de apresentar certa influência de Wagner. É o tipo de música que acaba viciando depois que você pega o gosto. Costumo ouvir as interpretações conduzidas por Karajan ou Erich Kleber. Como nunca escutei essa com o maestro Solti, se você não tiver objeções, gostaria de aproveitar a oportunidade.

— Objeção alguma. Vamos ouvi-la.

Menshiki colocou o disco na vitrola, pousou a agulha e ajustou com atenção o volume das caixas, antes de voltar para a cadeira, acomodar o corpo em uma posição confortável e se concentrar na música. Rascunhei depressa seu rosto no caderno, de diversos ângulos. Embora elegantes, suas feições eram bastante características, não sendo difícil captar os detalhes de cada uma delas. Em cerca de meia hora, eu já tinha feito cinco desenhos, de ângulos distintos. No entanto, quando olhei com mais atenção para os esboços, fui por um instante invadido por uma estranha sensação de impotência. Embora retratassem bem as linhas da face, aqueles traços não passavam de "desenhos bem-feitos", nada mais. Todos estranhamente superficiais, sem profundidade. Quase nada diferenciava aqueles desenhos dos retratos feitos por um artista de rua. Fiz mais algumas tentativas, sempre com o mesmo resultado.

Aquela era uma situação raríssima para mim. Eu tinha muita experiência e certo orgulho de minha capacidade de reconstruir a fisionomia das pessoas no papel. Nunca sofria para conseguir definir a composição de uma obra, bastava parar diante de alguém com um lápis ou um pincel na mão para que o retrato surgisse sem dificuldade na minha mente. Porém, diante daquele homem chamado Menshiki, nem uma única imagem se materializava.

Eu sentia que estava faltando algum elemento importante. Talvez fosse algo que Menshiki estivesse escondendo de mim, com habilidade, ou talvez algo que simplesmente não existisse dentro dele.

Quando o lado B do primeiro disco de *O cavaleiro da rosa* estava chegando ao fim, desisti e apoiei o caderno e o lápis sobre a mesa. Ergui a agulha, tirei o disco do prato e voltei a guardá-lo na caixa. Então olhei para o relógio e soltei um suspiro.

— É muito difícil desenhar você — confessei.

Menshiki me olhou, espantado.

— Difícil? — repetiu. — Meu rosto tem algum problema, do ponto de vista artístico?

Balancei de leve a cabeça.

— Não, não é isso. Seu rosto não tem problema.

— Então o que é?

— Também não sei dizer. Só achei difícil. Pode ser que a "troca" que você mencionou antes não esteja funcionando direito. Quer dizer, a nossa troca de conchas ainda não está dando certo.

Menshiki sorriu um pouco atrapalhado.

— Tem alguma coisa que eu possa fazer?

Eu levantei do banco, fui até a janela e acompanhei com o olhar um pássaro voando sobre a mata.

— Será que você poderia fornecer só mais algumas informações sobre si? Na verdade, não sei quase nada sobre você.

— Posso, claro. Não tenho nada a esconder, nenhum segredo escabroso. O que você gostaria de saber, por exemplo? Acho que não terei problema de responder quase tudo.

— Seu nome, por exemplo.

— Ah, é verdade! — exclamou Menshiki, um pouco surpreso. — Esqueci completamente. Acho que estava tão animado que me esqueci de falar.

Ele tirou um porta-cartões de couro do bolso da calça e me entregou um cartão de visitas, que examinei. No papel branco de gramatura alta, estava escrito:

No verso, havia um endereço na província de Kanagawa, um número de telefone e um e-mail. Era tudo. Nada de nome de empresa, nada de cargo.

— Meu nome é Wataru, como o verbo que se usa em "atravessar um rio" — explicou Menshiki. — Não sei por que me deram esse nome. Até hoje, minha vida nunca teve muita relação com a água.

— Menshiki também não é um sobrenome muito comum.

— Ouvi dizer que ele tem origem na ilha de Shikoku, mas não tenho nenhuma conexão direta com essa região. Nasci, cresci e estudei em Tóquio. Como um bom nativo de Tóquio, gosto mais de macarrão tipo *soba* do que do tipo *udon* — observou ele, rindo.

— Poderia me dizer sua idade?

— Claro. Completei cinquenta e quatro anos no mês passado. Quantos anos você achava que eu tinha?

Balancei a cabeça.

— Para ser sincero, perguntei porque não fazia a menor ideia.

— Sem dúvida é culpa deste meu cabelo branco — sorriu ele. — Sempre me dizem que é difícil estimar minha idade por causa dele. Muitos mencionam aquele conto em que um homem fica com o cabelo todo branco em uma só noite, por causa do pavor, e me perguntam se por acaso aconteceu algo parecido comigo... Mas não passei por nenhuma experiência dramática como essa. Simplesmente tive desde cedo tendência a ficar grisalho e lá pelos quarenta e cinco anos já estava com a cabeça quase toda branca. O estranho é que meu avô, meu pai e meus dois irmãos mais velhos ficaram todos carecas. O único da família com cabelo todo branco sou eu.

— Se não for inconveniente, gostaria de saber qual é, concretamente, sua linha de trabalho.

— Inconveniente nenhum. Só não contei antes porque não sabia ao certo como explicar.

— Se for um assunto delicado...

— Não, não é bem isso... Só fico um pouco constrangido. Na verdade, no momento estou sem trabalho. Não vivo do seguro-desemprego, mas formalmente sou um cidadão desempregado. Passo algumas horas por dia negociando ações e câmbio on-line, no meu escritório em casa, mas não se trata de uma quantidade significativa. Serve mais como um entretenimento para passar o tempo, um mero exercício para não parar de usar a cabeça, como um pianista que treina as escalas todos os dias. — Menshiki respirou fundo e cruzou os braços. — Antigamente, criei e dirigi uma empresa de tecnologia da informação, mas algum tempo atrás tive um estalo, vendi todos os meus títulos para uma grande empresa de comunicações e saí da empresa. Graças a essa negociação, consegui o suficiente para passar algum tempo sem trabalhar, então aproveitei a oportunidade, vendi minha casa em Tóquio e me mudei para cá. Em poucas palavras, poderia dizer que me aposentei. Investi minhas economias em bancos de alguns países e, quando faço transferências de um lugar para outro, ganho uma pequena margem de lucro, de acordo com as taxas de câmbio.

— Hum, entendi. Tem família?

— Não. Nunca me casei.

— Vive sozinho naquela casa enorme?

Ele balançou a cabeça.

— Sim, vivo sozinho. No momento, sem empregados. Aliás, faz tanto tempo que moro sozinho que já estou acostumado a fazer as tarefas domésticas. Como a casa é muito grande e eu jamais conseguiria limpar tudo, contrato uma empresa de faxina uma vez por semana. Fora isso, faço tudo eu mesmo. E você?

Balancei a cabeça.

— Não faz nem um ano que moro sozinho, então ainda sou principiante.

Menshiki assentiu de leve, mas não fez qualquer pergunta ou comentário.

— A propósito, você conhecia Tomohiko Amada? — perguntou ele.

— Não, nunca conheci Tomohiko pessoalmente. Conheci o filho, meu amigo desde os tempos de faculdade. Aliás, foi ele quem me convidou para morar aqui e cuidar da casa, que estava vazia. Como passei por algumas situações e estava sem lugar para morar, aceitei e estou vivendo aqui temporariamente.

Menshiki baixou e levantou a cabeça algumas vezes.

— Esta região não é muito boa para quem precisa trabalhar fora todos os dias, mas para pessoas *como vocês* deve ser maravilhosa.

Sorri, constrangido.

— Ainda que eu também seja pintor, como Tomohiko Amada, essa comparação me deixa até sem jeito. Estamos falando de níveis muito diferentes.

Menshiki levantou o rosto e me encarou, com um semblante sério.

— Nunca se sabe. Você ainda pode se tornar um renomado artista.

Fiquei calado, sem saber o que dizer.

— De vez em quando, as pessoas podem sofrer uma grande transformação — prosseguiu ele. — Às vezes, decidem romper de vez com algo e renascem com força desses escombros. O próprio Tomohiko Amada fez isso. Ele pintava a óleo na juventude. Você deve saber disso, não é?

— Sim, claro. Antes da guerra, ele era um jovem promissor no estilo ocidental. Só que quando voltou de Viena, por algum motivo, se transformou em um pintor de *nihon-ga* e alcançou um estrondoso sucesso no pós-guerra.

— Acredito que momentos como este — disse Menshiki —, que exigem uma mudança radical, provavelmente surgem na vida de todas as pessoas. Quando chega o momento, precisamos nos agarrar a ele com força e sem soltar, como se fosse a cauda de um animal. Neste mundo, há pessoas que conseguem agarrar essas oportunidades e pessoas que não conseguem. Tomohiko Amada conseguiu.

Uma mudança radical. Ao ouvir essas palavras, me lembrei da cena de *O assassinato do comendador*. Do rapaz apunhalando o comendador.

— A propósito, você entende de *nihon-ga*? — perguntou Menshiki.

Fiz que não com a cabeça.

— Quase nada. Na faculdade, aprendi alguma coisa nas aulas de história da arte, mas meu conhecimento para por aí.

— Pode ser uma pergunta muito básica, mas qual é a definição de *nihon-ga*?

— Na verdade, definir *nihon-ga* não é uma tarefa tão simples. Em geral, é uma pintura feita com uma combinação de cola tipo *niwaka* com pigmentos e folhas de metal, e realizada com pincéis japoneses, como pincéis *fude* ou *hake*, e não com ocidentais. Então eu diria que o *nihon-ga* é definido pelos materiais utilizados. Claro que também existe uma tradição de técnicas, passadas de geração para geração há muitos séculos. Seja como for, existem obras de *nihon-ga* pintadas com técnicas *avant-garde*. Além disso, muitos dos pigmentos usados hoje em dia são feitos com matérias-primas novas. Logo, essa definição vem ficando mais ambígua com o tempo. No caso específico de Tomohiko Amada, dá para dizer que suas obras são exemplos do *nihon-ga* mais clássico e tradicional, quase um arquétipo. Falando em termos puramente técnicos, claro. O estilo de Tomohiko é muito particular.

— Em outras palavras, se a definição baseada na técnica e nos materiais vem ficando menos clara, o que resta é apenas o espírito?

— Talvez seja isso. Mas acho que ninguém conseguiria apontar categoricamente o "espírito" do *nihon-ga*, porque a própria origem do estilo já é eclética.

— Como assim, eclética?

Busquei nas profundezas da memória o conteúdo das minhas aulas de história da arte.

— Durante a Restauração Meiji, na segunda metade do século XIX, a influência ocidental chegou de repente ao Japão, inclusive na pintura. Até aquele momento, não havia um gênero de pintura chamado de *nihon-ga*, nem sequer existia esta palavra. Também quase não se usava o nome "*Nihon*" para se referir ao Japão. O conceito de *nihon-ga* só surgiu depois que a chamada pintura ocidental chegou, para se opor a ela, para se distinguir. Os diversos estilos de pintura que existiam no Japão até aquele momento foram todos colocados, deliberadamente, dentro do mesmo saco. Claro que algumas coisas ficaram de fora e acabaram entrando em declínio, como a pintura *suiboku-ga* em nanquim. O governo Meiji estabeleceu e cultivou o *nihon-ga* como uma espécie de "arte nacional", como parte da identidade cultural japonesa que precisava fazer frente à cultura europeia e norte-americana. Esse movimento se chamou então *wakon yosai*, isto é, estudar a cultura ocidental sem perder o espírito japonês. E assim, coisas que costumavam ser usadas no artesanato ou no design de objetos do dia a dia, como as decorações de cerâmicas ou as pinturas de biombos e portas de correr, começaram a ser emolduradas e exibidas em exposições de arte. Em outras palavras, os gêneros de pintura que existiam naturalmente em meio à rotina foram adaptados ao sistema da Europa ocidental e elevados ao status de "obra de arte".

A esta altura, fiz uma pausa e observei o semblante de Menshiki. Ele acompanhava, atento, minha explicação.

— Kakuzo Okakura e Ernest Fenollosa desempenharam um papel principal neste movimento, visto como um exemplo muito bem-sucedido da grande reorganização da cultura japonesa que aconteceu no período, numa velocidade espantosa. Processos bastante parecidos aconteceram também na música, na literatura, na filosofia. Os japoneses da época deviam estar muito atarefados, pois tinham uma quantidade enorme de trabalho a fazer em um período muito curto! Seja como for, olhando para trás, me parece que conseguiram fazer isso de maneira bastante habilidosa, porque de modo geral as uniões e divisões entre os aspectos europeus e não europeus transcorreram com harmonia. Talvez nós, japoneses, tenhamos facilidade nata para esse tipo de coisa. Bom, é por isso que, desde sua origem, o *nihon-ga* não tem uma definição clara. É um conceito baseado em um acordo vago. Não é marcado por uma linha clara, apenas por uma divisão que surge no contato entre a pressão interna e a externa.

Menshiki ficou sério por algum tempo, refletindo. Então falou:

— Esse acordo, ainda que vago, era necessário, certo?

— Exatamente. Ele surgiu a partir da necessidade.

— Então daria para dizer que a ausência de uma divisão clara representa, ao mesmo tempo, uma força e uma fraqueza do *nihon-ga*.

— Sim, acho que sim.

— Apesar disso, diante de certos quadros, percebemos à primeira vista quando se trata de uma obra *nihon-ga*, não é?

— É verdade. Elas têm um métier característico. Uma tendência, um tom. E também um tipo de consciência coletiva implícita. Mas às vezes é muito difícil definir isso em palavras.

Menshiki ficou calado por mais um tempo, depois perguntou:

— Se uma pintura japonesa não é de estilo ocidental, podemos dizer que é do estilo *nihon-ga*?

— Não necessariamente. Há obras de pintores ocidentais que não seguem à risca os padrões ocidentais.

— Entendo. Agora, se uma obra é *nihon-ga*, ela necessariamente vai ter, em maior ou menor grau, um aspecto não ocidental, certo?

Refleti sobre a questão.

— Certo. Nunca pensei por esse lado, mas acho que dá para dizer que sim.

— Para mim, parece óbvio. Mas é difícil expressar em palavras essa obviedade.

Concordei com a cabeça. Menshiki fez uma pequena pausa e continuou.

— No fundo, acontece algo muito parecido se alguém precisa se definir em relação a outra pessoa. Parece óbvio, mas é difícil expressar em palavras essa obviedade. Como você disse há pouco, é o resultado da "linha que surge no contato entre a pressão interna e a externa" — disse ele, sorrindo discretamente, antes de acrescentar baixinho, como se pensasse em voz alta: — Muito interessante.

De repente, me perguntei que tipo de conversa era aquela. Mesmo que o assunto fosse interessante, que sentido tinha? Seria apenas uma curiosidade intelectual por parte de Menshiki? Ou será que ele estava testando meus conhecimentos? Nesse caso, com que propósito?

— Aliás, eu sou canhoto — comentou ele sem mais nem menos, como se tivesse acabado de se lembrar. — Não sei se serve para algo, mas é outra informação sobre mim. Quando me dizem para seguir pela esquerda ou pela direita, escolho sempre a esquerda. É um hábito.

Às três da tarde, marcamos a data do próximo encontro. Seria dali a três dias, na segunda-feira, à uma da tarde. Combinamos que eu trabalharia cerca de duas horas no ateliê, tentando mais uma vez esboçar seu rosto.

— Não tenha pressa — disse ele. — Como eu disse antes, pode ir com calma. Tenho todo o tempo do mundo.

Depois, Menshiki foi embora. Observei pela janela enquanto ele entrava no Jaguar e desaparecia pela ladeira. Assim que ele partiu, peguei e examinei os desenhos por algum tempo, antes de largar tudo, balançando a cabeça.

A casa estava imersa em um silêncio absoluto e pesado. Saí para o terraço. Não havia vento, e o ar estava denso e gelado como gelatina. Parecia que ia chover.

Me sentei no sofá da sala e tentei repassar os passos da conversa com Menshiki. Ele me explicara por que queria posar para o retrato. Falara sobre a ópera *O cavaleiro da rosa*, de Strauss, assim como sobre a criação de sua empresa, a venda de suas ações, o bom dinheiro que ganhou na negociação e a aposentadoria precoce. Ele morava sozinho em uma casa enorme e se chamava Wataru, como em "atravessar um rio". Sempre fora solteiro e ficara grisalho na juventude. Era canhoto e tinha cinquenta e quatro anos. Pensei também no que me contara sobre a vida e a mudança de Tomohiko Amada, sobre agarrar e não soltar mais as oportunidades, como se fossem a cauda de um animal. Por fim, repassei a conversa sobre a definição de *nihon-ga* e a reflexão que ele fez sobre a definição de alguém em relação a outro.

O que, afinal, aquele homem queria de mim?

E por que será que eu não conseguia desenhá-lo direito?

Por uma única razão. *Eu ainda não tinha conseguido captar sua essência.*

Era surpreendente como eu estava agitado depois da nossa conversa e como minha curiosidade sobre ele só aumentava.

Cerca de meia hora depois, começou a cair uma chuva pesada. Todos os pássaros tinham se escondido.

10.
Abriríamos espaço entre o capim alto e verdejante

Minha irmã morreu quando eu tinha quinze anos. Uma morte repentina. Ela tinha doze anos e estava no sétimo ano. Sofria de uma doença cardíaca congênita, mas há alguns anos quase não apresentava sintomas, então estávamos mais confiantes e tranquilos. Tínhamos até começado a alimentar uma pequena esperança de que, talvez, ela pudesse continuar vivendo assim, sem sobressaltos. Porém, em maio daquele ano, de repente, ela passou a ter palpitações violentas, que pioravam na hora de deitar e a obrigavam a passar noites inteiras sem dormir. Ela foi examinada em um hospital universitário e fez uma série exaustiva de exames, mas não encontraram nada. Os médicos balançavam a cabeça, repetiam que o problema principal já deveria ter sido solucionado com as cirurgias.

— Evite exercícios pesados e tente manter uma rotina saudável. Com o tempo, vai melhorar de novo — disseram eles.

Acho que era tudo o que podiam dizer. Também receitaram alguns remédios, mas a arritmia não melhorou.

Muitas vezes, sentado à mesa de jantar diante de minha irmã, eu olhava para aquele peito e imaginava o coração imperfeito que ele guardava. Na época, seus seios estavam começando a crescer e, apesar do problema cardíaco, seu corpo seguia caminhando para a maturidade. Para mim, era um pouco estranho ver aquele crescimento. Tinha a impressão de que, até ontem, ela era apenas uma criança, então veio a primeira menstruação e agora os seios começavam a tomar forma. No entanto, atrás daqueles seios incipientes, seu coração continuava tendo um problema que nem os maiores especialistas conseguiam identificar. Era uma realidade que me afligia, sem trégua. Durante toda minha infância, a ideia de que minha irmã poderia morrer de uma hora para outra estava sempre presente, em um canto da minha mente.

Meus pais viviam repetindo, dia após dia, que minha irmã era frágil e que eu precisava cuidar bem dela. Por isso, na escola primária, eu estava sempre atento, pronto a sacrificar meu próprio corpo se fosse preciso, para protegê-la. Mas nunca aconteceu nada.

Certo dia, voltando da escola, minha irmã desmaiou nas escadas de uma estação da linha Seibu-Shinjuku e foi levada de ambulância para um pronto-socorro. Quando eu saí da aula e corri até lá, seu coração já havia parado de bater. Foi tudo muito rápido. Naquela manhã, havíamos tomado café da manhã juntos e nos despedido, antes de cada um tomar o caminho de sua própria escola. Então, quando voltei a vê-la, ela já não respirava. Seus olhos grandes estavam fechados para sempre, sua boca ligeiramente aberta parecia querer dizer alguma coisa. Seus seios, que mal começavam a tomar forma, já não cresceriam mais.

Voltei a vê-la dentro de um caixão, um caixão pequeno. Ela estava com seu vestido preferido de veludo preto, uma maquiagem discreta, os cabelos bem penteados e sapatos de verniz preto. A gola de renda do vestido era de um branco estranhamente imaculado.

Deitada ali, parecia estar apenas descansando, como se bastasse chamá-la baixinho para acordar. Mas era apenas impressão. Por mais que eu chamasse, ela nunca mais abriria os olhos.

Eu não queria que o corpo delicado da minha irmã fosse enfiado daquele jeito em uma caixa tão estreita. Deveria ter sido colocado em um lugar mais amplo, no meio de uma campina, por exemplo. Então, abriríamos espaço entre o capim alto e verdejante para ir vê-la, em silêncio. Ao redor sopraria o vento, agitando a relva da campina, enquanto pássaros e insetos cantavam. As flores silvestres espalhariam pelo ar perfumes rústicos e pólen. Quando a noite caísse, o céu ficaria salpicado por milhares de estrelas prateadas. Ao amanhecer, o sol faria reluzir as gotas de orvalho sobre o capim, como pedras preciosas. Mas a realidade era que ela estava ali, enfiada em um caixão pequeno. Os únicos enfeites eram agourentas flores brancas, cortadas com tesoura e enfiadas em vasos. A luz de uma lâmpada fluorescente iluminava o cômodo apertado e, das caixas de som escondidas no teto, saíam as notas artificiais de uma canção para órgão.

Não aguentei assistir à cremação. Quando fecharam o caixão e travaram a tampa, saí da sala do crematório. Também não participei do ritual de recolher os ossos entre as cinzas. Sozinho no pátio do crematório, deixei que as lágrimas escorressem em silêncio. E lamentei profundamente por não ter conseguido ajudar minha irmã uma única vez durante sua breve vida.

Minha família se transformou completamente depois da morte da minha irmã. Meu pai ficou ainda mais taciturno, minha mãe, ainda mais nervosa. Eu segui vivendo mais ou menos da mesma maneira. Participava do clube de montanhismo da escola, que ocupava boa parte do meu tempo, e nas horas vagas estudava pintura a óleo. Por recomendação do meu professor de artes, eu havia começado a frequentar uma escola de pintura e meu interesse pela área crescia cada vez mais. Acho que me esforçava para estar sempre atarefado, para não pensar sobre minha irmã.

Não sei ao certo quanto tempo se passou, mas por muitos anos depois de sua morte meus pais mantiveram seu quarto intocado: os livros escolares empilhados sobre a escrivaninha, junto de lápis, borrachas e clipes de papel, os lençóis esticados, o cobertor e o travesseiro, o pijama limpo e dobrado, o uniforme dentro do armário, tudo continuou igual. No calendário na parede, os compromissos estavam escritos com a caligrafia graciosa dela, aberto no fatídico mês, como se o tempo não tivesse avançado desde sua morte. Como se a qualquer momento minha irmã fosse abrir a porta e entrar. Às vezes, quando eu estava sozinho em casa, entrava naquele quarto, deitava com cuidado sobre a cama e ficava olhando ao redor. Mas nunca tocava em nada. Não queria desarrumar, nem um milímetro, aquelas provas silenciosas de que ela havia vivido.

Eu costumava imaginar que tipo de vida minha irmã teria se não tivesse morrido aos doze anos. Mas é claro que não tinha como saber. Se eu não conseguia nem imaginar o que seria da minha própria vida, como poderia imaginar o que seria da vida dela? Mesmo assim, eu sabia que, se ela não tivesse nascido com esse problema nas válvulas do coração, certamente se tornaria uma mulher bonita e inteligente. Teria muitos pretendentes, que provavelmente a amariam com carinho. Mas eu não conseguia visualizar essa cena porque, para mim, ela continuava sendo a irmãzinha três anos mais nova que eu precisava proteger.

Por algum tempo depois que ela morreu, desenhei obsessivamente seu rosto no caderno, em todos os ângulos que guardava na memória, para não me esquecer. Claro que eu não iria me esquecer, provavelmente nunca, das feições da minha irmã. No entanto, queria me lembrar do rosto dela *com a visão que eu tinha naquele momento*. Para isso, devia registrá-lo e lhe dar uma forma concreta. Eu tinha apenas quinze anos e não sabia quase nada sobre a memória, nem sobre desenho, nem sobre a passagem do tempo. A única coisa que sabia era que precisava agir logo para registrar a *recordação precisa*. Se eu ficasse de braços cruzados, ela acabaria desaparecendo. Por mais intensa que fosse aquela recordação, a força do tempo era ainda maior. Acho que eu compreendia isso instintivamente.

Então, deitado sobre a cama daquele quarto vazio, eu desenhava a imagem dela no caderno, refazendo os desenhos, de novo e de novo. Tentava de alguma maneira reproduzir no papel o que visualizava na mente. Eu não tinha experiência nem muita técnica, então claro que não era uma tarefa fácil. Eu desenhava e rasgava, desenhava e rasgava. Hoje, quando revejo esses desenhos (ainda guardo com cuidado os cadernos da época), sinto que estão carregados de tristeza verdadeira. Mesmo que sejam tecnicamente imaturos, mostram o esforço sincero da minha alma tentando invocar a alma da minha irmã. Sempre fico com os olhos marejados quando os vejo. Fiz muitos outros desenhos depois, mas esses são os únicos que me fazem derramar lágrimas.

A morte da minha irmã trouxe outra consequência: despertou em mim uma claustrofobia extrema. Desde que vi seu corpo naquele caixão apertado, com a tampa travada, sendo empurrado para o forno crematório, nunca mais suportei lugares pequenos e fechados. Por muito tempo, não consegui andar de elevador. Quando estava diante da porta de um deles, me perguntava o que aconteceria comigo se ficasse preso naquele espaço minúsculo, por conta de um terremoto ou algo do gênero. Só de imaginar a cena, eu entrava em pânico e passava a respirar com dificuldade.

Esses sintomas não apareceram logo após a morte da minha irmã, demoraram uns três anos para se manifestar. A primeira crise de pânico que tive aconteceu pouco depois do meu ingresso na faculdade de artes, quando eu fazia bico para uma empresa de mudanças, carregando e descarregando o caminhão. Certo dia, por acidente, fiquei preso dentro de um baú de carga, ao final do expediente. Eu estava checando se não havia esquecido nada, quando o motorista trancou a porta, sem conferir antes se havia alguém dentro.

Fiquei preso por cerca de duas horas, até que a porta se abrisse de novo e eu conseguisse sair. Durante este tempo, permaneci sozinho naquele lugar escuro e fechado. Digo "fechado", mas não era um refrigerador ou coisa assim, havia frestas por onde o ar circulava. Pensando de maneira racional, eu não corria nenhum perigo de morrer asfixiado.

Apesar disso, fui tomado por um pânico violento. Embora existisse ar de sobra lá dentro, por mais fundo que eu respirasse, o oxigênio não se espalhava pelo meu corpo. Minha respiração foi ficando cada vez mais acelerada e devo ter começado a hiperventilar. Fiquei desorientado, sem ar, abalado por um pavor intenso e inexplicável. Calma, está tudo bem. Só preciso ficar parado. Logo alguém me tira daqui. Não corro o menor risco de morrer asfixiado. Eu tentava me acalmar, mas não conseguia raciocinar direito. Não parava de pensar na minha irmã, fechada naquele caixão estreito, sendo colocada no forno crematório. Horrorizado, fiquei esmurrando as paredes do baú de carga.

O caminhão estava no estacionamento da empresa, e todos os funcionários já haviam encerrado o expediente e ido para casa. Ninguém tinha reparado na minha ausência e, por mais forte que eu batesse, não servia para nada. Na pior hipótese, eu poderia ficar ali até de manhã, e todos os músculos do meu corpo pareciam se desfazer quando eu pensava nisso.

Quem escutou as batidas e abriu a porta foi um guarda noturno, que veio fazer a ronda no estacionamento. Ao perceber que eu estava exausto e fora de mim, ele me levou para uma cama na sala de descanso e me serviu um chá quente. Não sei por quanto tempo fiquei deitado ali. Em determinado momento, minha respiração se normalizou e, como já estava raiando o dia, agradeci ao guarda e voltei para casa no primeiro trem da manhã. Quando cheguei, me enfiei sob as cobertas da cama e tremi violentamente por muito tempo.

Depois disso, não consegui mais entrar em elevadores. Esse episódio deve ter despertado um temor adormecido dentro de mim, sem dúvida relacionado a uma lembrança da minha irmã. Não se tratava apenas de elevadores: eu não conseguia mais entrar em qualquer espaço pequeno e fechado. Não podia assistir a filmes com submarinos ou tanques de guerra. Só de imaginar como seria se eu estivesse em um lugar apertado como aqueles, *só de imaginar*, eu ficava sem ar. Muitas vezes precisei me levantar e sair do cinema no meio de uma sessão, quando aparecia uma cena em que alguém ficava trancado. Por isso, quase nunca ia ao cinema.

Em certa ocasião, quando estava viajando por Hokkaido, fui obrigado a me hospedar por uma noite em um hotel-cápsula, mas fiquei sem ar ao entrar no cubículo e não consegui dormir. Acabei desistindo e passei a noite dentro do carro, no estacionamento. Era começo da primavera em Sapporo e fazia muito frio, então aquela noite foi um verdadeiro pesadelo.

Minha esposa sempre zombava desse meu pânico. Quando precisávamos subir até algum andar alto em um prédio, ela ia de elevador e me esperava. Assim que eu chegava sem ar depois de dezesseis lances de escada, ela sorria, brincalhona. Nunca expliquei para ela a origem desse pânico. Me limitei a dizer que desde pequeno tinha medo de elevadores.

— Bom, pelo menos é um medo que faz bem para a saúde! — brincava ela.

Também comecei a sentir quase temor em relação a mulheres com seios maiores do que a média. Não sei dizer ao certo se essa sensação tinha alguma relação com os seios da minha irmã, que estavam apenas começando a crescer quando ela morreu, aos doze anos. De qualquer maneira, sempre tive mais atração por mulheres de seios pequenos e, quando via ou tocava seios assim, sempre me lembrava da minha irmã. Não quero ser mal interpretado. Jamais tive algum tipo de atração sexual pela minha irmã. Acho que o que busco é uma espécie de circunstância e sentimento. Uma circunstância única, que desapareceu e nunca mais vai voltar.

* * *

Na tarde de sábado, estava com a mão no seio da minha amante, uma mulher casada. Não era pequeno nem grande. Tinha um tamanho bom e cabia bem dentro da mão. Eu podia sentir o mamilo, ainda um pouco rígido.

Ela raramente vinha no sábado, pois costumava passar os finais de semana com a família. Só que naquele o marido estava em Mumbai, a trabalho, e as filhas tinham ido dormir na casa de uma prima, em Nasu. Por isso, ela estava livre para se encontrar comigo. E então, como fazíamos nos dias de semana, transamos com calma, devagar, e agora estávamos imersos em um silêncio preguiçoso. Como sempre.

— Quer novidades sobre a rede de comunicação da selva?

— Rede de comunicação da selva? — repeti, sem conseguir me recordar do que ela poderia estar falando.

— Você já esqueceu? Estou falando sobre o homem misterioso que mora na mansão branca do outro lado do vale. O tal de Menshiki. No outro dia, você me pediu para ver o que eu conseguia descobrir, lembra?

— Ah, é mesmo! Lembro.

— Não é muito, mas descobri algumas coisas. Tenho uma amiga que mora perto da mansão dele e me passou algumas informações. Quer saber?

— Claro.

— Menshiki comprou aquela casa impressionante há mais ou menos três anos. Antes outra família morava no local. Foram eles que mandaram construir a casa, mas só viveram ali por dois anos. Então, sem mais nem menos, numa bela manhã ensolarada, eles empacotaram as coisas e se mudaram, e pouco depois apareceu Menshiki. Quer dizer, ele comprou a casa praticamente nova. Ninguém sabe como a coisa aconteceu.

— Quer dizer que não foi ele que construiu a casa...

— Não. Ele entrou em um recipiente que já existia, como um caranguejo-eremita.

Fiquei surpreso ao ouvir aquilo. Por algum motivo, desde o começo eu imaginava que o próprio Menshiki mandara construir a casa. A mansão branca no cume da montanha combinava naturalmente com sua imagem — talvez em virtude da perfeita branquidão do seu cabelo.

— Ninguém sabe o que ele faz da vida, só que nunca sai para trabalhar — prosseguiu ela. — Como ele passa quase o tempo todo em casa, deve trabalhar no computador. Disseram que ele tem um escritório cheio de computadores. Hoje em dia, se a pessoa leva jeito, consegue fazer qualquer coisa on-line. Conheço um cirurgião que trabalha de casa, porque é surfista e não quer sair de perto do mar.

— Ele consegue trabalhar como cirurgião sem sair de casa?

— Consegue. Mandam para ele todas as informações e fotos dos pacientes. Depois que ele analisa, faz os protocolos ou coisa do gênero, envia tudo para o paciente e monitora a cirurgia por vídeo, dando orientações, se precisar. Ele é capaz inclusive de operar à distância, usando um braço mecânico ligado no computador.

— Quanto progresso — comentei. — Pessoalmente, prefiro não passar por uma cirurgia assim.

— Vai ver Menshiki faz alguma coisa nessa linha… — disse ela. — Seja lá o que for, deve ganhar bem, já que mora sozinho naquela casa enorme e de vez em quando faz longas viagens. Deve ir para o exterior. Parece que a mansão conta com uma sala cheia de equipamentos de ginástica, como uma academia, onde ele faz exercício sempre que tem um tempo livre. O homem não tem um pingo de gordura no corpo! Ele gosta muito de música, sobretudo clássica, e tem um lounge com sistema de som completo. Não é uma vida de luxo?

— Como você sabe de tantos detalhes?

Ela riu.

— Acho que você está subestimando a capacidade feminina de conseguir informações.

— Talvez…

— Ele tem quatro carros. Dois Jaguar, um Range Rover, e um Mini Cooper. Pelo jeito, gosta de carros ingleses.

— Mas o Mini agora é produzido pela BMW, e se não me engano a Jaguar foi comprada por uma multinacional indiana. Tecnicamente, não sei se daria para dizer que são carros ingleses…

— Acontece que o Mini que ele tem é antigo. E, mesmo que a Jaguar tenha sido comprada, não deixa de ser um carro inglês!

— Mais alguma coisa?

— Quase ninguém entra ou sai daquela mansão. Parece que ele gosta de ficar sozinho, ouvindo música clássica e lendo. Dizem que quase nunca leva mulheres para lá, apesar de ser solteiro e rico. Vendo de fora, sua vida parece muito simples e organizada. Talvez seja gay, mas alguns sinais sugerem que não é o caso.

— Realmente, sua fonte de informações é uma mina.

— Até pouco tempo atrás, uma diarista ia lá algumas vezes por semana para cuidar da casa. Ela tirava o lixo, fazia compras no supermercado, essas coisas, então acabava conversando com outras mulheres.

— Entendi. E assim se forma a rede de comunicação da selva.

— Exatamente. De acordo com essa mulher, a mansão tem uma espécie de "quarto secreto", onde Menshiki disse que ela não podia entrar nunca. Parece que ele foi bastante categórico sobre isso.

— Parece a história do Barba-Azul.

— Parece mesmo. Não costumam dizer que todos nós temos um esqueleto no armário?

Ao ouvir essas palavras, pensei no quadro *O assassinato do comendador*, escondido no sótão. Talvez fosse uma espécie de esqueleto no armário.

— Essa diarista não fazia a menor ideia do que podia ter dentro daquele quarto — prosseguiu minha amante. — A porta estava sempre trancada. Seja como for, ela já não trabalha mais lá. Talvez tenha sido dispensada por falar demais... Parece que agora ele faz a maioria das tarefas de casa sozinho.

— Sim, isso ele me contou. Ele contrata uma empresa de faxina uma vez por semana, mas fora isso faz quase tudo sozinho.

— Pelo jeito, dá muita importância à privacidade...

— Pois é. Agora, mudando um pouco de assunto: se existe essa rede de comunicação da selva, não tem perigo de todo mundo ficar sabendo dos nossos encontros?

— Acho que não — respondeu ela, com tranquilidade. — Em primeiro lugar, tomo muito cuidado para que isso não aconteça. Em segundo, você não é Menshiki.

— Ou seja... — disse eu, tentando resumir suas palavras: — ele é um sujeito mais intrigante do que eu.

— Acho que devemos agradecer por isso, não? — perguntou ela, sorrindo.

Depois da morte da minha irmã, várias coisas começaram a dar errado. A empresa de metalurgia que meu pai administrava entrou em crise e, na tentativa de tirá-la da situação crítica, meu pai passava a maior parte do tempo fora. A atmosfera de casa ficou tensa, carregada por longos e pesados silêncios. Quando minha irmã estava viva, isso não acontecia. Para me manter o mais longe possível daquele ambiente, me dedicava cada vez mais à pintura, e comecei a cogitar fazer faculdade de artes e me especializar. Meu pai foi totalmente contra. Disse que eu jamais conseguiria pagar as contas pintando quadros, que nossa família não tinha condições de sustentar um artista sem um tostão. Tivemos muitas discussões por conta disso. Graças à intervenção de minha mãe, pude cursar a faculdade de artes, mas minha relação com meu pai nunca mais foi a mesma.

Às vezes, eu pensava que, se minha irmã não tivesse morrido, talvez as coisas fossem diferentes. Se ela estivesse viva, com certeza nossa família levaria uma vida muito mais feliz. Com sua morte repentina, o equilíbrio do nosso lar foi destruído, e a casa passou a ser um local onde só nos magoávamos mutuamente. Essas reflexões geravam em mim um sentimento de impotência profunda, porque eu sabia que não tinha sido capaz de preencher o vazio deixado por ela.

Em determinado momento, parei de desenhá-la. Depois do ingresso na faculdade, quando me postava diante de uma tela, eu queria desenhar objetos e temas sem significados concretos. Em outras palavras, quadros abstratos, onde todas as coisas tinham significado simbólico e, conforme se entrelaçavam, geravam novos significados. Mergulhei de corpo e alma nesse mundo que buscava um tipo de completude e, graças a ele, consegui pela primeira vez respirar sem preocupações.

Mas é claro que com esse tipo de quadro eu não conseguiria ganhar a vida. Durante o tempo que pintei telas abstratas, não tinha nenhuma fonte de renda à vista, mesmo depois de formado. Meu pai tinha razão. Para conseguir me manter (eu já tinha saído da casa dos meus pais e precisava de dinheiro para comer e pagar o aluguel), não me restou alternativa a não ser aceitar o emprego como retratista. Pintar quadros utilitários, dentro de um padrão específico, me permitiu sobreviver como artista, ainda que aos trancos e barrancos.

E agora eu estava prestes a pintar o retrato de um homem chamado Wataru Menshiki, que morava na mansão branca no alto da montanha do outro lado do vale. Um homem misterioso de cabelo branco, alvo de muitos boatos da vizinhança. Era um personagem interessante, sem dúvida. Ele havia requisitado meu serviço e pagaria uma quantia considerável. Porém, agora eu estava descobrindo que não era mais capaz *sequer de pintar retratos*. Não conseguia pintar nem mesmo um quadro utilitário como aquele. Pelo visto, havia se produzido um verdadeiro vazio dentro de mim.

Abrir espaço entre o capim alto e verdejante para ir vê-la, em silêncio — pensei, distraído. Como seria maravilhoso se eu pudesse fazer isso.

11.
Tudo estava iluminado pela bela luz do luar

Fui despertado pelo silêncio. Às vezes, isso acontece. As pessoas acordam quando um barulho inesperado interrompe o silêncio contínuo, mas também quando um silêncio inesperado interrompe um barulho contínuo.

Abri os olhos de repente, no meio da noite, e olhei para o relógio, na cabeceira. O mostrador digital marcava 1h45. Devaneei por algum tempo até compreender que era uma hora e quarenta e cinco da madrugada de domingo. Tinha passado a tarde de sábado naquela cama junto com minha amante. Ao anoitecer, quando ela voltou para casa, fiz uma refeição leve, li um pouco e fui me deitar, depois das dez. Tenho o sono pesado e, depois de adormecer, costumo dormir como pedra, até acordar naturalmente com a claridade. Raramente despertava daquela maneira, no meio da noite.

Deitado no escuro, me perguntei por que havia acordado àquela hora. Era uma noite qualquer. A lua, quase cheia, pairava no céu como um gigantesco e redondo espelho. Toda a paisagem estava esbranquiçada, como se tivesse recebido um banho de cal. Fora isso, não notei nada incomum. Sentei na cama e passei algum tempo escutando com atenção, até entender o que havia de estranho. *Tudo estava quieto demais*. O silêncio era excessivamente profundo. Não se ouvia nem sequer um inseto, apesar de ser uma noite de outono. Ali, no meio das montanhas, os insetos começavam seu coro ensurdecedor assim que o sol se punha e continuavam o alarido noite adentro (aliás, fiquei surpreso com isso, pois antes de viver na natureza eu achava que eles só cantavam no começo da noite), fazendo tanto barulho que pareciam ter dominado o mundo. Porém, quando acordei naquela noite, não escutei nem um único inseto, o que era bem estranho.

Como não consegui voltar a dormir, acabei desistindo de tentar, me levantei da cama e vesti um cardigã leve por cima do pijama. Fui até a cozinha, peguei a garrafa de uísque, me servi um copo com algumas pedras de gelo e tomei um gole. Depois, saí para o terraço e olhei as luzes das casas por entre a mata. Todos deviam estar dormindo, pois apenas algumas lâmpadas junto às portas de entrada estavam acesas, aqui e ali. A região do outro lado do vale, onde ficava a casa de Menshiki, também já estava imersa na escuridão. E os insetos continuavam calados. O que teria acontecido com eles?

De repente, ouvi um som desconhecido. Ou pelo menos tive essa impressão. Era algo muito tênue. Se os insetos estivessem cantando como de costume, com certeza eu não teria escutado. Prendi a respiração e agucei os ouvidos. Não era o som de nenhum inseto, nem da natureza, e sim algum tipo de instrumento ou objeto. Um som metálico, *tlim-tlim*. Como um guizo.

Soava a intervalos. Tudo estava em silêncio, o guizo soava, depois voltava a reinar o silêncio, e assim por diante. Como se alguém estivesse pacientemente enviando uma mensagem cifrada. Não se tratava de uma repetição regular: a duração dos intervalos de silêncio variava, assim como a frequência do soar do guizo (ou coisa do gênero). Eu não sabia se essa intermitência era planejada ou apenas um capricho. Era um som muito sutil, que só quem estivesse de ouvidos bem abertos poderia escutar. Apesar disso, depois de ouvir aquele barulho rasgando o profundo silêncio da madrugada, iluminada por uma lua atipicamente clara, não pude tirá-lo da cabeça.

Hesitei sobre o que fazer, mas acabei tomando coragem e decidi sair para averiguar a origem daquele ruído misterioso. Alguém devia estar tocando *essa coisa* em algum lugar. Estou longe de ser uma pessoa corajosa, mas naquela hora não tive medo de sair sozinho para a escuridão da madrugada. Acho que minha curiosidade falou mais alto. Além disso, a claridade do luar também pode ter contribuído.

Apanhei uma lanterna grande, destranquei a porta e saí de casa. A solitária lâmpada da entrada brilhava sobre minha cabeça, e seu halo amarelo atraía pequenos insetos voadores. Parei ali e escutei com atenção, tentando identificar a direção de onde vinha o som. Realmente parecia um guizo, mas um pouco diferente dos comuns, mais pesado e irregular. Talvez eu estivesse enganado e fosse um instrumento de percussão. De qualquer maneira, por que alguém estaria tocando uma coisa dessas no meio da madrugada? Além disso, a única casa por ali era a minha. Se alguém estava provocando aquele ruído tão perto, tinha invadido uma propriedade.

Olhei ao redor, procurando algo que pudesse servir como arma, mas não encontrei nada. Tudo o que tinha em mãos era a lanterna grande. Bom, melhor do que nada. Depois de segurá-la com mais força na mão direita, segui na direção de onde vinha o som.

À esquerda da porta de entrada da casa, havia uma pequena escada de pedra de sete degraus, que dava para o bosque. Uma trilha ligeiramente íngreme cortava a mata e levava, depois de uma caminhada, a uma clareira com um pequeno santuário xintoísta, muito antigo. Segundo Masahiko, esse santuário já estava ali quando seu pai, Tomohiko Amada, comprou a casa e o terreno de um amigo, na década de 1950. Tratava-se apenas de um altar pequeno — ou melhor, de uma caixa rústica de madeira em formato de altar —, disposto sobre uma pedra plana e protegido por um telhadinho triangular. Tinha cerca de sessenta centímetros de altura e quarenta de largura. Nos primórdios, devia ter sido colorido, mas agora estava completamente sem cor. Na parte da frente, havia uma portinhola dupla. Eu não sabia o que estava guardado ali dentro. Nunca tinha olhado, mas desconfiava que estivesse vazio. Diante da porta estava disposto um vaso branco de cerâmica, que guardava apenas as marcas deixadas pela água da chuva que se acumulara e evaporara, uma série interminável de vezes. Tomohiko Amada nunca havia tocado neste santuário. Não juntava as mãos para rezar quando passava por ele nem o conservava, se limitando a deixá-lo ali, exposto ao vento e à chuva. Para ele, aquilo não significava nada: era apenas uma caixa rústica de madeira.

— Meu pai nunca teve um pingo de interesse por nada relacionado à fé ou à religião — comentou Masahiko, certo dia. — Não dava a mínima para histórias de castigo divino e coisas do gênero. Achava isso tudo uma grande bobagem, uma superstição estúpida. Ele não chegava a ser desrespeitoso, mas sempre teve uma postura absolutamente materialista.

Masahiko me mostrou a clareira com o santuário na primeira vez que visitei a casa.

— Hoje em dia, uma casa com santuário é muito rara! — disse ele, rindo, e eu concordei. — Mas, desde pequeno, sempre achei meio desagradável ter um negócio despropositado desses perto da casa. Quando vinha passar algumas noites aqui, evitava ao máximo me aproximar dessa área. Sinceramente, ainda hoje prefiro não chegar muito perto.

Embora eu não fosse particularmente materialista, achava, assim como Tomohiko Amada, a existência daquele santuário irrelevante. Antigamente, as pessoas construíam santuários em todo canto. O mesmo ocorria com as estátuas em homenagem ao *bodisatva* Jizo ou às divindades protetoras dos viajantes, *dōsojin*, que vemos à beira das estradas no interior do Japão. Aquele santuário se misturava ao bosque ao redor e não me chamava a atenção quando eu saía para caminhar e passava por ali. Nunca tinha juntado as mãos para rezar diante dele nem feito oferenda. Não dava nenhum significado especial para sua presença nas imediações da casa. Era apenas parte da paisagem, como outra qualquer.

O som de guizo parecia vir da clareira onde ficava o santuário. Assim que me embrenhei na mata, o luar foi encoberto pelos galhos e tudo ficou escuro sobre a minha cabeça. Segui em frente devagar, iluminando o chão com a lanterna. De vez em quando, soprava uma lufada, como se de repente o vento tivesse se lembrado de mandar lembranças, agitando as folhas secas acumuladas pelo chão. Ainda que o bosque estivesse com um aspecto muito diferente do que tinha de dia — naquele momento estava regido pelas leis da noite —, minha curiosidade me levava a prosseguir. Eu queria descobrir a qualquer custo de onde vinha aquele barulho. A lanterna comprida em minhas mãos me tranquilizava um pouco.

A coruja também deve estar em algum lugar no bosque. Talvez esteja empoleirada em um galho, espreitando alguma presa. Pensei que seria bom se ela estivesse perto, pois em certo sentido éramos conhecidos. Só que não escutei nenhum crocito de coruja. Os pássaros da noite, assim como os insetos, estavam calados.

O som de guizo ficava mais alto e mais distinto à medida que eu me aproximava. Continuava soando sem regularidade, aparentemente da área atrás do santuário. Mesmo soando com mais nitidez do que antes, permanecia abafado, como se chegasse das profundezas de uma caverna. De repente, tive a impressão de que os intervalos estavam ficando mais longos, e de que o guizo soava cada vez menos entre uma pausa e outra, como se quem o tocasse estivesse começando a se cansar.

Na clareira, tudo estava iluminado pela bela luz do luar. Contornei o santuário tentando não fazer barulho. Atrás cresciam arbustos e capim. Seguindo o som, abri espaço entre o capim e descobri no meio um antigo montículo de pedras retangulares, empilhadas rusticamente. Talvez fosse um pouco baixo demais para ser chamado de montículo. Confesso que nunca havia reparado naquilo. Não costumava andar atrás do santuário. Além disso, as pedras estavam escondidas pela vegetação. Não dava para ver nada sem abrir espaço entre o capim.

Iluminei com a lanterna, bem de perto, cada uma das pedras. Embora antiquíssimas, sem dúvida haviam sido talhadas por mãos humanas, não eram rochas naturais. Alguém tivera o trabalho de carregar e empilhar todas elas. Tinham tamanhos variados, e a maioria estava coberta de musgo verde. Pelo que pude ver, não traziam nenhuma inscrição nem desenho. No total, eram cerca de vinte e duas ou vinte e três pedras. Talvez a pilha original fosse mais alta e organizada, como costumavam ser essas estruturas normalmente construídas em locais sagrados, e uma parte tivesse desmoronado em um terremoto ou algo assim. O som de guizo parecia estar escapando pelas frestas entre essas rochas.

Subi com cuidado nas pedras e procurei a origem do som. Porém, mesmo com a claridade do luar, aquela procura no meio da noite era uma tarefa difícil. Além do mais, mesmo que eu conseguisse identificar a origem do som, o que poderia fazer? Nunca seria capaz de erguer com as mãos aquelas pedras enormes.

Em todo caso, alguém parecia estar tocando um instrumento semelhante a um guizo embaixo das pedras. Quanto a isso, eu não tinha muita dúvida. Mas quem poderia ser? Foi neste momento que enfim senti um medo incomum correr por todo meu corpo. Soube institivamente que era melhor não me aproximar mais da origem daquele som.

Me afastei do local e, ouvindo o guizo às minhas costas, voltei pela trilha do bosque, com passadas largas. A luz da lua atravessava os galhos das árvores e projetava sombras e desenhos no meu corpo. Saí do bosque, desci os sete degraus de pedra, entrei em casa e tranquei a porta. Em seguida fui até a cozinha, me servi um copo de uísque sem gelo e bebi um gole. Só então recuperei o fôlego. Com o copo na mão, saí para o terraço.

O som do guizo mal chegava até ali, tão fraco que eu só escutava se apurasse bem os ouvidos. Mas ele continuava tocando, com intervalos de silêncio nitidamente mais longos do que no começo. Passei um tempo prestando atenção naquela repetição irregular.

O que haveria lá embaixo? Será que alguém estaria preso ali, tocando aquele guizo sem parar? Talvez fosse um pedido de socorro... Por mais que eu procurasse explicações, nada razoável me ocorria.

Talvez eu tenha passado muito tempo sentado ali, pensando. Talvez tenha sido apenas um momento. Não sei dizer. Diante da estranheza daquela situação, perdi a noção do tempo, afundado na espreguiçadeira, copo de uísque em uma mão, dando voltas e mais voltas nos labirintos da minha consciência. De repente, quando dei por mim, o som havia cessado, e tudo estava em silêncio profundo.

Me levantei, voltei para o quarto e olhei o relógio. Duas e trinta e um. Eu não sabia ao certo quando o guizo havia começado a soar. Porém, como eu tinha acordado à uma e quarenta e cinco, sabia que ele soara sem parar por pelo menos quarenta e cinco minutos. Pouco depois que o som enigmático parou, os insetos voltaram a cantar, hesitantes, como se ocupassem com prudência o novo silêncio, como se tivessem esperado até que o guizo parasse de tocar. Deviam estar alertas com a situação.

Fui até a cozinha, lavei o copo de uísque e voltei para a cama. A esta altura, os insetos já cantavam com todo o entusiasmo. Embora eu devesse estar muito agitado, peguei no sono assim que pousei a cabeça no travesseiro, talvez graças ao uísque. Dormi como uma pedra. Nem mesmo sonhei. Quando voltei a acordar, a janela do quarto já brilhava com a luz da alvorada.

Naquela mesma manhã, antes das dez, caminhei de novo até a clareira. O guizo misterioso não soava mais, mas eu queria ver o santuário e a pilha de pedras mais uma vez, à luz do dia. Levava comigo uma bengala de Tomohiko Amada, feita de madeira dura de carvalho, que encontrei no porta-guarda-chuva. A manhã estava bonita e sem nuvens, e o sol claro de outono fazia as sombras das folhas se agitarem pelo chão. Pássaros de bicos afiados pulavam de galho em galho, cantando, à procura de frutos. Uma revoada de corvos atravessou o céu em linha reta, em direção a algum lugar.

O santuário me pareceu muito mais deteriorado e decadente do que antes. Iluminado pela luz branca da lua quase cheia, transmitia um ar significativo, até um pouco agourento, mas agora não passava de uma caixa de madeira, tosca e desbotada.

Contornei o local, abri espaço entre o capim e parei diante do montículo de pedra, que também passava um aspecto diferente em relação à noite anterior. Agora, eu via apenas grandes pedras retangulares cobertas de musgo, abandonadas às intempéries da montanha há muito tempo. Já sob o luar da madrugada aquele lugar passava uma impressão quase mística, como se fizesse parte de uma ruína histórica. Fiquei de pé sobre as pedras, respirei fundo e apurei os ouvidos, mas não escutei nada. Fora o som dos insetos e o trinado ocasional de algum pássaro, tudo estava quieto ao meu redor.

De repente, ao longe, um som seco como o estampido de uma arma — *pow* — quebrou o silêncio. Talvez alguém estivesse caçando pássaros nas montanhas. Também podia ser um dispositivo automático que dispara sem balas, usado pelos agricultores para afastar pardais, macacos ou javalis das plantações. De qualquer maneira, o som ecoou da maneira característica do outono, se espalhando pelo céu límpido e pelo ar. Sentei nas pedras e pensei sobre o que poderia existir abaixo delas. Será que havia um espaço, e alguém estava preso ali dentro, tocando um guizo (ou algo assim) para pedir socorro? Do mesmo jeito que eu tinha batido violentamente contra as paredes do caminhão de mudança, quando fiquei preso? A imagem de alguém fechado em um ambiente escuro e apertado me agoniava.

Fiz uma refeição leve, vesti o uniforme de trabalho (isto é, qualquer roupa que não me importava de sujar) e fui para o ateliê retomar o retrato de Menshiki. Tinha vontade de trabalhar com afinco em alguma coisa, para me distanciar ao máximo do pensamento de alguém confinado em um lugar pequeno, pedindo socorro, algo que me causava falta de ar. Só me restava desenhar. Porém, decidi não usar lápis e caderno: desconfiava que não me serviriam em nada. Preparei tinta e pincéis, parei diante da tela e, olhando para o fundo branco, mentalizei Wataru Menshiki. Aprumei a coluna, reuni toda minha concentração e tentei afastar, tanto quanto possível, qualquer pensamento vago.

Precisava retratar um homem de olhos joviais e cabelos brancos, que tinha quatro carros ingleses, que morava e passava quase todo o tempo encerrado numa mansão com um quarto secreto (ou algo do gênero), no alto da montanha. Quando este homem esteve na minha casa, como agiu? Que expressões surgiram no seu rosto, o que ele falou, com que tom de voz? Como era seu olhar, e o que ele observou? Como suas mãos se moviam? Fui vasculhando na memória cada uma dessas lembranças e, embora tenha levado algum tempo, os pequenos fragmentos foram aos poucos se encaixando. De repente, senti Menshiki tomar forma e ser recriado organicamente dentro de mim.

Com um pincel fino e sem fazer esboço, comecei a reproduzir livremente sobre a tela a imagem de Menshiki que brotava na minha mente. Nas minhas lembranças, seu rosto estava um pouco virado para a esquerda, quase de perfil. Seus olhos se voltavam discretamente para mim. Por algum motivo, eu não conseguia imaginar nenhum outro ângulo. Para mim, aquele era o verdadeiro Wataru Menshiki, que precisava estar virado para a esquerda e com os olhos voltados para mim. Eu estava dentro do seu campo de visão. Aquela era a única composição possível para retratá-lo.

Me afastei um pouco e observei por um tempo a figura simples que havia desenhado, quase em transe. Não passava de um esboço com frágeis linhas curvas, mas eu pressentia ali a semente de uma criatura. Aquela semente iria brotar e crescer. Foi como se algo — o que poderia ser? — esticasse a mão em minha direção e ativasse um botão dentro de mim. Tive a sensação de que um animal adormecido em mim percebeu que era hora de despertar, como se a estação certa tivesse enfim chegado.

Enxaguei o pincel na pia do ateliê e lavei as mãos com óleo e sabão. Sem pressa, pensei. Está bom por hoje. Melhor não acelerar demais. Na próxima visita de Menshiki, diante do personagem real, seguirei dando forma a esta silhueta. Eu pressentia que aquele retrato provavelmente seria muito diferente de tudo que eu já havia pintado. *E, para isso, preciso ter o Menshiki de carne e osso diante de mim.*

Que estranho, pensei.

Como será que Wataru Menshiki já sabia disso?

Como na véspera, despertei de madrugada. O relógio marcava 1h46, quase o mesmo horário da noite anterior. Sentei na cama no escuro e escutei com atenção. Tudo estava quieto, como se eu estivesse no fundo do mar. Era uma repetição da noite anterior. Porém, lá fora, a paisagem estava imersa na escuridão. Essa era a única diferença. Nuvens carregadas cobriam o céu, escondendo completamente a lua quase cheia de outono.

Reinava um silêncio absoluto. Não, não é verdade. Não era um silêncio absoluto. Quando prendi a respiração e apurei os ouvidos, o som sutil de um guizo rasgou a calmaria e chegou até mim. Na escuridão, alguém fazia aquele barulho. De maneira intermitente, como na noite anterior. Eu já sabia de onde vinha aquele som: das pedras no meio do bosque. Não precisava checar outra vez. O que não sabia era *quem poderia estar fazendo o ruído, nem com que propósito*. Me levantei da cama e fui até o terraço.

Não ventava. Caía uma garoa fina, do tipo que molha o chão sem fazer barulho. Na mansão de Menshiki, as luzes estavam acesas. Do meu terraço, era impossível enxergar o interior da mansão, mas pelo visto Menshiki ainda estava acordado. Raramente as lâmpadas de sua casa ficavam acesas até tão tarde. Fiquei contemplando aquelas luzes e escutando o som distante do guizo, enquanto a garoa caía sobre a minha cabeça.

Aos poucos, a chuva foi ficando mais forte. Voltei para dentro da casa e, como não conseguia dormir, me sentei no sofá da sala e abri um livro. Embora se tratasse de uma leitura fácil, por mais esforço que eu fizesse, as palavras não entravam na minha cabeça. Eu me limitava a acompanhar as letras com o olhar, linha após linha. Era melhor do que ficar parado, de braços cruzados, escutando aquele guizo. Claro que eu poderia encobrir o som se colocasse uma música bem alta, mas simplesmente não era capaz de fazer isso: eu precisava escutar aquele guizo, *pois ele soava para mim*. Eu tinha certeza. E aquele guizo provavelmente continuaria soando para sempre, enquanto eu não fizesse algo. Continuaria, noite após noite, me sufocando e me roubando o sono.

Eu tinha que fazer alguma coisa. Precisava descobrir um jeito de interromper aquele barulho. O primeiro passo seria compreender o propósito daquele som — ou seja, o código enviado. Quem me enviaria um sinal daquele lugar tão estranho no meio da noite, e por quê? Ainda assim, me sentia sufocado demais, confuso demais para concatenar as ideias. Não era capaz de lidar com aquilo sozinho. Precisava conversar com alguém, e só me ocorreu uma pessoa.

Saí de novo para o terraço e olhei para a mansão de Menshiki. As luzes agora estavam apagadas. Aqui e ali, apenas algumas lâmpadas de jardim acesas.

O som do guizo parou às duas e vinte e nove da manhã, praticamente no mesmo horário da madrugada anterior. Logo depois, os insetos recomeçaram a cantar. Em pouco tempo, a cantoria da natureza voltou a preencher a noite de outono, como se nada tivesse acontecido. Tudo ocorrera na mesma ordem.

Eu me deitei na cama e adormeci ouvindo o coro dos insetos. Embora estivesse tenso, peguei no sono sem demora, como na noite anterior. Dormi como uma pedra e não tive sonhos, é claro.

12.
Como aquele carteiro desconhecido

Choveu nas primeiras horas da manhã, mas parou antes das dez. Depois, o céu azul foi despontando aos poucos, conforme o vento úmido vindo do mar carregava as nuvens para o norte. À uma da tarde em ponto, Menshiki chegou. A campainha tocou no exato momento em que o rádio anunciava a hora. Há milhares de pessoas que são pontuais, mas não deve existir muita gente que cumpra o horário marcado com semelhante grau de precisão. Além disso, Menshiki não estava parado diante da porta, checando o relógio de pulso e esperando dar uma da tarde para tocar a campainha. Ele tinha subido a ladeira, estacionado o carro, caminhado com os passos de sempre... e, quando tocou a campainha, o rádio anunciou uma hora. Fiquei admirado.

Acompanhei Menshiki até o ateliê e pedi que se sentasse na mesma cadeira da outra vez. Coloquei no toca-discos a ópera *O cavaleiro da rosa*, de Richard Strauss, e baixei a agulha no ponto onde havíamos parado. Tudo como na outra vez, com a diferença de que não lhe ofereci bebida e de que pedi para fazer uma pose específica: sentado e virando o rosto em diagonal para a esquerda, voltando apenas os olhos para mim.

Ele não se opôs, mas mesmo assim levamos bastante tempo para arrumar a postura. O ângulo exato do seu rosto e a maneira como ele olhava para mim nunca estavam exatamente como eu queria. A forma que a luz incidia também não era a que eu imaginava. Não costumo usar modelos-vivos, mas sempre que uso sou bastante exigente. Ainda assim, Menshiki mostrou paciência e atendeu a todos os meus pedidos, sem reclamar. Aguentava bem as provações, como se estivesse acostumado a sofrer alguma penitência.

— Será que você poderia permanecer assim pelo máximo de tempo que aguentar? — pedi, quando conseguimos enfim achar a posição. Menshiki se limitou a concordar com os olhos, sem dizer nada. — Farei o máximo para terminar o quanto antes. Imagino que seja uma posição desconfortável, mas tente ficar assim, por favor.

Novamente, ele reagiu apenas com os olhos. Depois, ficou parado, sem mover mais nenhum músculo, literalmente. Claro que precisava piscar de vez em quando, mas nem sequer o movimento da sua respiração era visível. Ele parecia de pedra, como uma escultura. Não pude deixar de admirar sua capacidade, pois nem modelos profissionais conseguem manter essa imobilidade.

Enquanto Menshiki se esforçava para manter aquela posição, parei diante da tela e procurei trabalhar do modo mais rápido e mais eficaz possível. Me concentrava para medir bem suas proporções e movia o pincel guiado pela intuição que sua imagem me despertava. Usei as linhas finas de um pincel pequeno, e tinta preta sobre a tela branca, para dar volume à silhueta já desenhada. Não podia fazer uma pausa para trocar de pincel. Tinha pouco tempo e precisava recriar, como desenho, todos os elementos da composição daquele rosto. A partir de determinado momento, entrei quase em modo piloto automático. Os movimentos dos olhos e das mãos se conectavam quase mecanicamente, sem pensar. Isso era importante, porque eu não tinha tempo para processar uma a uma, de maneira consciente, todas as coisas captadas por minha visão.

Aquela atividade exigia um processo bem distinto do que usara em retratos pintados até então — retratos pintados com calma, como artigos comerciais, usando de referência apenas fotos e a minha própria memória. Em cerca de quinze minutos, eu havia terminado de retratar Menshiki da cintura para cima. Ainda não passava de um rascunho, rudimentar e incompleto, mas já exibia certa força vital, pois eu havia conseguido captar os movimentos internos que criavam a presença de Wataru Menshiki. Porém, para usar uma analogia com a anatomia, na tela havia apenas o esqueleto e os músculos. Apenas o interior, audaciosamente exposto. Eu precisava acrescentar a carne e a pele.

— Obrigado. Bom trabalho — anunciei. — Terminamos por hoje. Já pode relaxar.

Menshiki sorriu e relaxou. Esticou os braços para o alto e respirou fundo, antes de massagear sem pressa o rosto, soltando os músculos contraídos. Eu estava ofegante. Demorou algum tempo até que eu parasse de agitar os ombros e minha respiração voltasse ao normal. Me sentia exausto como um corredor de curta distância que tivesse acabado de cruzar a linha. Fazia muito tempo que não exigia tanto da minha concentração e dos meus reflexos. Havia despertado e colocado todos os músculos adormecidos para trabalhar, em potência máxima. Apesar do cansaço, havia algo fisicamente agradável naquela sensação.

— Você tinha razão. Posar como modelo-vivo dá muito mais trabalho do que eu imaginava — comentou Menshiki. — Sabendo que estou sendo retratado, tenho a impressão de que estou sendo dissecado aos poucos.

— No mundo das artes não costumamos dizer que o modelo-vivo está sendo dissecado, apenas transplantado para outro local.

— Quer dizer, transplantado para um local mais permanente?

— Sim. Desde que o quadro alcance o status de obra de arte, é claro.

— Como aquele carteiro desconhecido nas obras de Van Gogh?

— Exatamente.

— Acho que ele jamais poderia imaginar que, cento e tantos anos mais tarde, as pessoas iriam até os museus ou abririam livros de arte para examinar sua imagem com tanto interesse.

— Com certeza, jamais deve ter imaginado.

— Na época, não passavam de uns quadros esquisitos, pintados no canto de uma cozinha qualquer em um vilarejo. E ainda por cima por um homem que não parecia muito equilibrado...

Concordei.

— É estranho — prosseguiu Menshiki. — Alguém que não entraria para a eternidade ganha, por um encontro fortuito, esse direito.

— Verdade, mas isso acontece raríssimas vezes.

E então, de repente, me lembrei do quadro *O assassinato do comendador*. Será que o "comendador" assassinado dentro da obra havia entrado para a eternidade pelas mãos de Tomohiko Amada? E, afinal, quem poderia ser esse comendador?

Perguntei a Menshiki se gostaria de um café e ele aceitou. Fui para a cozinha e coloquei o pó na cafeteira. Menshiki continuou sentado no ateliê, ouvindo o restante da ópera. O café ficou pronto mais ou menos quando o lado B do disco chegava ao fim, e fomos até a sala para tomá-lo.

— O que está achando? Meu retrato vai ficar bom? — perguntou Menshiki, enquanto sorvia com elegância um gole de café.

— Ainda não sei — respondi, com sinceridade. — Por enquanto, não dá para prever. Não faço ideia se vai dar certo ou não, já que o processo está sendo muito diferente do que eu costumava utilizar nos outros retratos.

— Por estar usando um modelo-vivo?

— Esse é um dos motivos, mas não o único. Sabe, não sei o que aconteceu, mas por alguma razão já não consigo pintar retratos convencionais como sempre fiz. Preciso de um novo método e de um novo processo, mas ainda não encontrei o caminho. Por enquanto, estou tateando no escuro.

— Em outras palavras, você está começando a se transformar, e estou servindo como catalisador. É isso?

— Talvez.

Menshiki refletiu por um momento, depois falou:

— Como eu disse, não me importo com o estilo final da obra. Você tem total liberdade. Sou uma pessoa sempre em movimento, em busca de transformação. Não faço nenhuma questão de um retrato convencional. Por mim, pode ser em qualquer estilo, com qualquer abordagem. Tudo o que desejo é que você registre minha imagem exatamente da maneira que seu olhar captar. Deixo a técnica e o processo a seu critério. De qualquer maneira, não tenho pretensão de entrar para a eternidade, como aquele carteiro de Arles entrou. Não tenho tanta ambição. O que me move é apenas uma curiosidade sadia. Quero saber que tipo de obra vai nascer quando você me retratar. Nada mais.

— Fico feliz ao ouvir isso. Mas gostaria de pedir um favor. Se no final eu não ficar satisfeito, gostaria de anular nosso acordo.

— Neste caso, você não me entregaria o quadro? É isso?

Assenti com a cabeça.

— E devolveria todo o dinheiro, é claro — acrescentei.

— Está bem. Deixo essa avaliação por sua conta. Mas tenho uma forte suspeita de que isso não vai acontecer — observou Menshiki.

— Tomara que sua suspeita esteja certa.

Menshiki me encarou e disse:

— Enfim, mesmo que esta obra nunca fique pronta, eu realmente me daria por satisfeito só de saber que contribuí de alguma maneira para a sua transformação.

— A propósito, Menshiki, gostaria de pedir sua opinião sobre um assunto que não tem relação com pintura — tomei coragem de falar. — É uma questão pessoal.

— Diga, por favor. Será um prazer se puder ajudar de alguma maneira.

Soltei um suspiro.

— É uma história estranha. Não sei se sou capaz de explicar tudo com clareza.

— Tome seu tempo e fale como ficar melhor. Então refletiremos juntos. Às vezes, duas cabeças pensam melhor do que uma.

Comecei a contar a história, desde o começo. Disse como acordei antes das duas da manhã sem saber por que e como, e, ao apurar os ouvidos, percebi um som estranho, cortando a escuridão. Um som muito distante, mas que pude ouvir pois todos os insetos e pássaros estavam calados. Era como alguém tocando um guizo. Saí para procurar a origem do ruído e, para minha surpresa, descobri que ele parecia escapar por entre as frestas de uma antiga pilha de pedras, dentro de uma clareira no bosque atrás da minha casa. O som continuou ecoando a intervalos irregulares por cerca de quarenta e cinco minutos, até parar completamente. Esse episódio tinha acontecido na noite passada e na retrasada. Talvez alguém estivesse tocando algum guizo embaixo daquelas pedras. Talvez fosse um código, um pedido de socorro. Mas, afinal, seria possível uma coisa dessas? Já não tenho mais certeza se estou em meu juízo perfeito. Será que o som que escutei não é apenas uma ilusão?

Menshiki ouviu tudo sem me interromper e continuou calado depois que terminei a narrativa. Sua expressão revelava que ele tinha me escutado com atenção e estava refletindo sobre minha história.

— Que caso interessantíssimo — comentou, depois de um momento. — Realmente, é algo bem incomum. Hum... se possível, gostaria de escutar este som de guizo com meus próprios ouvidos. Você se incomodaria se eu lhe fizesse uma visita durante a noite?

Fiquei surpreso.

— Você estaria disposto a vir até aqui de madrugada?

— Naturalmente. Se eu também ouvir esse guizo, será a prova de que não é apenas sua imaginação. Este é o primeiro passo. Depois, sabendo que se trata de um som real, podemos verificar juntos, mais uma vez, de onde ele vem. Em seguida pensaremos sobre as próximas providências.

— Sim, seria ótimo, mas...

— Se não for inconveniente — interrompeu ele —, podemos marcar hoje à meia-noite e meia.

— Para mim, não é inconveniente algum. Só não gostaria de dar tanto trabalho...

Menshiki abriu um sorriso simpático.

— Não se preocupe. Fico muito feliz em ajudar. Além do mais, como já disse algumas vezes, sou uma pessoa muito curiosa. Também quero saber o que significa esse guizo cortando a madrugada. Se alguém estiver produzindo esse ruído, quero saber quem é. O que me diz?

— Também quero saber, mas...

— Então está combinado. Venho esta noite. Aliás, essa história me lembrou de algo...

— Do quê?

— Falo sobre isso mais tarde. Antes, quero confirmar para ter certeza.

Menshiki se ergueu do sofá e alongou as costas. Depois estendeu a mão direita para mim. Fiz o mesmo e recebi um aperto de mão firme e decidido, como eu já esperava. Desta vez, ele parecia um pouco mais alegre do que de costume.

Depois que Menshiki se foi, passei a tarde inteira cozinhando. Gosto de tirar um dia só para cozinhar. Deixo a maioria dos pratos preparados, guardo uma parte na geladeira, outra no congelador, e vou retirando ao longo da semana. Aquela era a tarde de cozinhar.

Para o jantar, escolhi ensopado de repolho e linguiça com macarrão, e uma salada de tomate, abacate e cebola. Quando a noite caiu, me deitei no sofá para ler e ouvir música, como sempre. Depois fechei o livro e pensei em Menshiki.

Por que será que ele estava tão animado ao se despedir? Será que estava feliz *de verdade* por poder me ajudar? Mas por quê? Aquilo não fazia sentido para mim. Eu não passava de um artista desconhecido e sem recursos, abandonado pela esposa depois de um casamento de seis anos, afastado da família, sem casa própria nem patrimônio, alugando temporariamente, por um preço simbólico, a casa do pai de um amigo. Se fosse possível uma comparação entre nós (o que era até uma loucura), Menshiki já na juventude atingiu tanto sucesso nos negócios que fez fortuna suficiente para se sustentar pelo resto da vida. Ao menos, foi o que ele havia dito. Era um homem bonito, tinha quatro carros ingleses e levava uma vida de luxo em uma mansão no meio das montanhas, quase sem trabalhar. Que interesse alguém como ele poderia ter em um sujeito como eu? Por que desperdiçaria sua madrugada para me ajudar?

Balancei a cabeça e voltei para o livro. Aquelas perguntas não levariam a lugar algum. Poderia refletir por horas a fio, mas não chegaria a uma resposta. Era como tentar montar um quebra-cabeça em que faltam peças. Apesar disso, não conseguia deixar de pensar naquela situação. Soltei um suspiro, apoiei o livro sobre a mesa, fechei os olhos e foquei na música que tocava, o quarteto para cordas nº 15, de Schubert, interpretado pelo quarteto da Konzerthaus de Viena.

Desde minha mudança para aquela casa, eu ouvia música clássica praticamente todos os dias, sobretudo compositores alemães (ou austríacos), porque a coleção de discos de Tomohiko Amada era composta principalmente de música germânica. Tchaikovsky, Rachmaninoff, Sibelius, Vivaldi, Debussy e Ravel pareciam figurar ali só por obrigação. Sendo aficionado por ópera, claro que Tomohiko também tinha algumas obras de Verdi e Puccini, mas nem de perto a mesma profusão de óperas alemãs.

Talvez Tomohiko tivesse mergulhado tão fundo na música alemã porque suas memórias dos tempos de estudante em Viena eram muito intensas. Ou talvez sempre tenha gostado de música alemã e por isso escolhera Viena, e não Paris, como destino de seus estudos. Eu não saberia dizer o que era causa e o que era consequência.

De qualquer maneira, quem era eu para julgar a preferência por música alemã que reinava naquela casa? Eu não passava de um inquilino que, por acaso, tinha permissão para aproveitar a coleção de discos. Além do mais, gostava de escutar aquelas obras de Bach, Schubert, Brahms, Schumann e Beethoven. Sem esquecer Mozart, é claro. Todas eram obras complexas e de excelência, que eu nunca tivera oportunidade de ouvir com calma antes, pois vivia pressionado pelo trabalho. Também não teria dinheiro para formar uma coleção como aquela. Por isso, queria aproveitar a oportunidade e escutar com atenção tudo o que conseguisse.

Depois das onze, acabei adormecendo no sofá, ao som da música. Acho que cochilei por uns vinte minutos. Quando acordei, o disco já havia acabado, e o braço da agulha estava recolhido no toca-discos. Na sala havia dois aparelhos de som, um automático, e outro, mais antigo, manual. Eu sempre usava o automático, por segurança — isto é, para pegar no sono sem preocupações. Guardei e coloquei o disco de Schubert de volta na estante. Percebi que o canto estridente dos insetos entrava pela janela aberta. Se ainda estavam cantando, era sinal de que o guizo não ia tocar.

Esquentei uma xícara de café na cozinha, comi alguns biscoitos doces e escutei com atenção o coro de insetos que preenchia a noite nas montanhas. Pouco antes da meia-noite e meia, ouvi o Jaguar subindo a ladeira. Os faróis amarelos brilharam pelas janelas quando o carro fez uma curva. Ouvi o motor parar e a porta do carro bater com o ruído característico de sempre. Continuei sentado no sofá, tomando minha xícara de café e respirando fundo, à espera de a campainha soar.

13.
Por enquanto, não passa de uma hipótese

Nos sentamos na sala para conversar e matar o tempo até a fatídica *hora*. No começo, falamos sobre assuntos corriqueiros, mas depois de um momento de silêncio Menshiki me perguntou, com um misto de timidez e determinação:

— Você tem filhos?

Fiquei um pouco surpreso. Ele não parecia ser o tipo de pessoa que pergunta essas coisas, ainda mais com quem quase não tinha intimidade. Seu semblante parecia estampar "Eu não me meto na sua vida e em troca você não se mete na minha". Pelo menos, era como eu havia interpretado. No entanto, quando ergui o rosto e o encarei, percebi em seus olhos que não se tratava de uma pergunta espontânea, de impulso. Ele queria perguntar aquilo já fazia algum tempo.

— Não, não tenho. Fui casado por seis anos, mas não tenho.

— E nunca quis ter?

— Por mim, não fazia diferença. Era minha esposa que não queria.

Não entrei em detalhes sobre os motivos da escolha tomada por ela, pois àquela altura eu já não tinha certeza se eram verdadeiros ou não.

Por um instante, Menshiki pareceu hesitar, mas depois tomou coragem e disse:

— Me perdoe a indelicadeza, mas você já pensou na possibilidade de existir por aí um filho seu, com outra mulher?

Voltei a encarar seu rosto. Que pergunta estranha. Apenas por desencargo de consciência, busquei nas gavetas da memória, mas não encontrei nenhuma possibilidade de algo assim ter acontecido. Para começar, eu não havia me relacionado com tantas mulheres assim. E, se por acaso isso tivesse acontecido em algum desses casos, com certeza teria chegado aos meus ouvidos de alguma maneira.

— Pela lógica até é possível, claro. Mas, sinceramente, de um ponto de vista racional, diria que é bastante improvável.

— Entendo — se limitou a dizer Menshiki, e voltou a tomar seu café, imerso em pensamentos.

— Mas por que a pergunta?

Ele ficou calado, olhando pela janela. A lua pairava lá fora e, embora sem o brilho incomum de duas madrugadas atrás, iluminava bastante. Pequenos fiapos de nuvens atravessavam sem pressa o céu, do mar às montanhas.

— Como mencionei outro dia, eu nunca me casei — respondeu Menshiki, depois de um tempo. — Sempre fui solteiro. Em parte porque meu trabalho tomava muito tempo, mas também porque a ideia de dividir um teto com alguém não combina com minha personalidade nem com meu estilo de vida. Pode parecer que estou me gabando, mas a verdade é que sou do tipo de pessoa que só consegue viver só, para bem ou para mal. Acho essa ideia de laços de sangue uma bobagem e nunca senti desejo de ter filhos. Tenho minhas razões para isso, em grande parte ligadas à minha própria infância e ao meu contexto familiar.

Menshiki fez uma pausa, antes de continuar.

— Porém, de uns anos para cá, comecei a considerar... ou, melhor, as circunstâncias me obrigaram a considerar... a hipótese de talvez ter gerado uma criança.

Permaneci calado, aguardando o resto da história.

— Tenho consciência de que é estranho me abrir com você sobre um assunto tão pessoal, sendo que nos conhecemos há tão pouco tempo... — prosseguiu Menshiki, com um sorriso sutil nos lábios.

— Não se preocupe, não me incomodo com isso.

De repente, me dei conta de que, desde pequeno, pessoas com quem eu não tinha muita intimidade se abriam comigo. Vai ver eu tenho o dom de extrair segredos dos outros. Ou quem sabe apenas pareço um bom ouvinte. De qualquer modo, isso jamais me trouxe benefícios pois, depois que as pessoas revelavam seus segredos, sempre acabavam se arrependendo.

— É a primeira vez que conto essa história para alguém — falou Menshiki.

Assenti com a cabeça e esperei. Todos diziam isso.

Então Menshiki começou sua narrativa:

— Na época, eu estava chegando aos quarenta e ela à casa dos trinta. Ela era bonita, atraente e muito inteligente. Para os meus padrões, até que tínhamos um relacionamento sério, mas sempre disse que um casamento não estava nos planos. Deixei claro que *não pretendia me casar com ninguém*. Não gosto de dar falsas esperanças a ninguém. Por isso, falei que, se ela encontrasse um pretendente interessante, eu sairia de cena sem protestar. Ela compreendeu minha posição. Nos demos muito bem durante nosso relacionamento (de cerca de dois anos e meio). Nunca tivemos uma discussão. Viajamos juntos para diversos lugares, e ela costumava dormir bastante na minha casa. Deixava até algumas roupas por lá.

Menshiki se calou e refletiu por um momento. Depois continuou.

— Acho que se eu fosse um sujeito mais normal, quero dizer, minimamente mais normal, teria me casado com ela sem hesitar. Aliás, até cheguei a cogitar isso, mas... — Ele fez uma pausa e respirou fundo. — Mas no fim das contas escolhi esta rotina silenciosa e solitária que levo até hoje, e ela escolheu um projeto de vida mais saudável. Resumindo, se casou com um *homem muito mais normal do que eu*.

Menshiki contou que ela nunca avisou que iria se casar, nem no último momento. O último encontro entre eles aconteceu uma semana depois que ela fez vinte e nove anos (Menshiki lembrou que, no dia do aniversário dela, os dois haviam jantado em um restaurante em Ginza, e ela estava mais quieta do que de costume). Ele estava no escritório onde trabalhava na época, em Akasaka, quando ela ligou, disse que queria ter uma conversa e perguntou se poderia passar lá. Ele respondeu que sim, tudo bem. Até então, ela nunca havia visitado seu trabalho, mas na hora Menshiki não estranhou. Como naquele escritório trabalhavam apenas ele e uma secretária de meia-idade, não precisava se preocupar com ninguém. A época em que presidia grandes empresas e gerenciava um vasto contingente de pessoas tinha ficado para trás. Naquele momento, estava planejando uma nova rede de negócios e, durante a fase de planejamento, costumava trabalhar sozinho. Só contratava outras pessoas quando chegava o momento de implementar o projeto.

Ela chegou pouco antes das cinco da tarde. Eles se sentaram lado a lado no sofá e ficaram conversando. Quando o relógio marcou cinco horas, Menshiki dispensou a secretária. Ele costumava seguir trabalhando sozinho depois que a secretária saía e, muitas vezes, ainda estava imerso no trabalho quando a manhã chegava. Ele achou que iriam jantar juntos em algum restaurante ali perto, mas isso não aconteceu. A moça disse que não tinha tanto tempo, precisava sair logo para encontrar alguém em Ginza.

— Você comentou no telefone que gostaria de ter uma conversa ...

— Ah, não era nada de mais — respondeu ela. — Só queria ver você.

— Que bom — sorriu ele.

Ela raramente se expressava assim, sem rodeios: era mais dada a indiretas e insinuações. Mas ele não sabia o que aquilo significava.

Em seguida, sem dizer nada, ela escorregou o corpo no sofá e subiu no colo de Menshiki, passou os braços em volta do seu pescoço e lhe deu um beijo longo, um beijo de verdade, de língua. Depois a mão dela desceu até a calça de Menshiki, desafivelou seu cinto e buscou seu pênis. Ela o tirou de dentro da calça, já ereto, e o acariciou com as mãos por algum tempo, antes de se curvar para colocá-lo na boca, correndo a ponta da língua devagar por todo ele. Sua língua era quente e macia.

Aquela sequência pegou Menshiki de surpresa. Ela costumava ser mais passiva, e ele sempre achou que ela tivesse certa resistência, em particular, ao sexo oral — tanto para fazer quanto para receber. Naquele dia, no entanto, ela estava tomando a iniciativa. Menshiki ficou intrigado. O que teria acontecido?

Em seguida, ela chutou para longe os elegantes sapatos pretos que calçava, subiu as mãos por baixo do vestido e tirou depressa as meias-calças e a calcinha. Então voltou a se sentar no colo de Menshiki e guiou o pênis dele para dentro de sua vagina, com uma das mãos. Sua vagina estava muito molhada e se movia com delicadeza, como se tivesse vida própria. Tudo aquilo se passou em uma velocidade surpreendente (o que não era do feitio dela, que costumava ir devagar). Quando Menshiki percebeu, já estava com todo o pênis envolvido pela vagina dela, que fazia uma pressão lenta, mas firme.

Aquilo era diferente de tudo que já haviam tido. Ali, calor e frio, maciez e rigidez, receptividade e recusa pareciam coexistir. Menshiki experimentou todas essas sensações contraditórias sem conseguir compreender direito o que tudo aquilo significava. Ela subia e descia em cima dele, como se estivesse em um pequeno barco agitado por ondas violentas. Seus cabelos negros, cortados na altura do ombro, balançavam livremente, como os galhos de um salgueiro em uma ventania. Ela foi perdendo o controle e ofegava cada vez mais alto, a ponto de Menshiki se perguntar se havia trancado a porta do escritório. Achava que sim, mas não tinha certeza. De qualquer jeito, era tarde demais para checar.

— Não quer que eu ponha camisinha? — perguntou ele.

Ela sempre tinha sido muito cuidadosa com o assunto.

— Hoje não — sussurrou ela, ao seu ouvido. — Está tudo bem. Não precisa se preocupar.

Tudo nela estava diferente do usual, como se outra pessoa, até então dormente, tivesse acordado de repente e tomado o controle daquele corpo. Menshiki imaginou que talvez fosse um dia especial para ela, de alguma maneira. O corpo das mulheres guarda muitos mistérios que os homens não compreendem.

Os movimentos dela eram cada vez mais dinâmicos e ousados, e a única coisa que Menshiki podia fazer era se deixar levar. E assim chegaram à etapa final. Quando ele não aguentou mais e gozou, ela soltou um grito curto, como o canto de algum pássaro exótico, e seu útero recebeu e absorveu o sêmen, como se estivesse aguardando por aquele momento. Por uma fração de segundo, veio à mente de Menshiki a imagem de estar sendo devorado por um animal desconhecido no escuro.

Pouco depois, ela se levantou de um salto, quase como se descartasse o corpo de Menshiki. Em silêncio, arrumou a barra do vestido, pegou as meias-calças e a calcinha no chão e entrou no banheiro, com a bolsa na mão. Passou muito tempo lá dentro. Quando Menshiki já estava começando a ficar preocupado, ela finalmente saiu. Estava com a maquiagem refeita, a roupa alinhada e o cabelo arrumado. Estampava na boca o sorriso tranquilo de sempre.

Deu um beijo leve nos lábios dele e falou que precisava sair, pois já estava atrasada. Então saiu do escritório com passos apressados, sem dizer mais nada. Nem sequer olhou para trás.

O som dos saltos ficou ecoando nos ouvidos de Menshiki.

Esta foi a última vez que se viram. Ela não deu mais sinal de vida. Não respondeu aos seus telefonemas nem às suas mensagens. Dois meses depois, se casou, o que ele só soube mais tarde, através de um amigo em comum, que ficou muito surpreso quando Menshiki mencionou que não tinha sido convidado para o casamento e que nem sabia do assunto. Todos achavam que os dois eram bons amigos (ninguém sabia que estavam tendo um caso, pois eram muito cuidadosos). O noivo era um desconhecido. Menshiki nunca havia ouvido seu nome antes. Ela nunca comentara sobre planos de se casar, nem dera nenhum indício disso. Simplesmente tinha desaparecido da sua vida, sem nenhuma palavra.

Menshiki compreendeu que aquele encontro intenso no sofá do escritório provavelmente fora um ato de despedida, depois que ela já tinha decidido partir. Ele repassou muitas vezes na memória os acontecimentos daquele dia. Mesmo após tantos anos, aquela lembrança continuava surpreendentemente vívida e detalhada. Ele ainda era capaz de ouvir os rangidos do sofá, de relembrar como os cabelos dela balançavam, de sentir seu hálito quente próximo ao ouvido.

Se arrependia de tê-la perdido? Claro que não. Menshiki não era do tipo que fica se lamentando pelo que já passou. Tinha consciência de que não era apto a dividir o mesmo teto com ninguém. Jamais conseguiria dividir sua rotina com outra pessoa, por mais que a amasse. Precisava da solidão diária para se concentrar e não suportaria que essa concentração fosse perturbada. Se tentasse dividir sua rotina, corria o risco de acabar odiando. Pais, esposa, filhos. Pouco importa. E era isso o que ele mais temia. Não tinha medo de amar. Pelo contrário, tinha medo de odiar.

Porém, tudo isso não mudava o fato de que tinha amado profundamente aquela mulher, como nunca amara antes e provavelmente como não voltaria a amar.

— Ela ainda tem um lugar especial dentro de mim. Um lugar muito concreto. Um santuário, por assim dizer — explicou Menshiki.

Um santuário? Achei a escolha da palavra um pouco curiosa. Mas devia ser a palavra certa para ele.

Menshiki terminou de contar sua história. Embora ele tivesse entrado em detalhes de um acontecimento íntimo, eu quase não encontrava uma dimensão sexual, como se tivesse acabado de ouvir um laudo médico. Talvez fosse mesmo algo desta natureza.

— Sete meses depois do casamento, ela deu à luz uma menina em um hospital de Tóquio — prosseguiu ele. — Isso já faz treze anos, mas só fiquei sabendo muito tempo depois.

Menshiki olhou por um momento o interior da xícara vazia, como se lembrasse com saudade do tempo em que ela estava cheia.

— E existe uma possibilidade de que essa menina seja minha filha — acrescentou ele, com dificuldade.

Em seguida, me encarou, como se quisesse ouvir minha opinião. Precisei de algum tempo para compreender o que ele queria.

— Bem, as datas batem, não é? — perguntei.

— Sim, batem. Perfeitamente. A criança nasceu nove meses depois daquele encontro no escritório. Talvez ela tenha escolhido o período mais fértil pouco antes do casamento para me ver e... como posso dizer... *coletar* meu sêmen. Essa é a minha hipótese. Talvez, mesmo sabendo que não nos casaríamos, ela estivesse determinada a ter um filho meu.

— Mas não há nenhuma prova.

— Não, naturalmente não há nenhuma prova. Por enquanto, não passa de uma hipótese. Mas tenho uma boa *justificativa* para essa hipótese.

— Entendo. Mas seria um plano bastante arriscado para ela. Bastava a criança ter um tipo sanguíneo diferente para descobrirem que era de outro pai. Será que ela estaria disposta a correr esse risco?

— Meu tipo sanguíneo é A, como o dela e o da maioria dos japoneses. Os riscos eram mínimos, a não ser que fosse preciso fazer um exame de DNA por algum motivo. Ela era capaz de considerar todos esses fatores.

— Por outro lado, também seria preciso fazer um exame de DNA para confirmar se essa menina é sua filha ou não, certo? Ou perguntar diretamente para a mãe.

Menshiki balançou a cabeça.

— Isso não é mais possível. Ela faleceu há sete anos.

— Lamento muito. Ela devia ser ainda tão jovem…

— Ela morreu picada por um enxame de vespas enquanto caminhava por uma trilha de montanha. Era alérgica e não resistiu. Já estava desacordada quando a levaram para o hospital. Ninguém sabia que ela tinha alergia, creio que nem ela mesma. Deixou marido e uma filha, que hoje tem treze anos.

A mesma idade de minha irmã quando morreu, pensei.

— Você disse que tinha *uma boa justificativa* para supor que é pai dessa menina?

— Ah, sim. É que, pouco depois da morte dessa mulher, recebi uma carta póstuma — respondeu Menshiki, com a voz calma.

Certo dia, ele recebeu no seu escritório uma carta registrada. Era um envelope grande, enviado por um escritório de advocacia que ele não conhecia. Dentro havia duas cartas impressas e timbradas, além de um envelope rosa-claro. As cartas do escritório de advocacia eram assinadas por um representante. "Enviamos por meio deste a correspondência que nos foi confiada, em vida, pela sra.*** (a ex-namorada de Menshiki). A sra.*** nos instruiu para que, na ocasião de seu falecimento, entregássemos este documento ao senhor. Ela também exigiu que ninguém, exceto o senhor, tivesse acesso ao seu conteúdo."

Era o que dizia a carta impressa. Também estavam descritas, de maneira breve e burocrática, as circunstâncias da sua morte. Menshiki ficou sem reação por um bom tempo, mas se recompôs e abriu o envelope cor-de-rosa com uma tesoura. Eram quatro páginas de papel de carta, escritas em tinta azul, com uma letra muito bonita.

Querido Wataru Menshiki,

Não sei ao certo quando esta carta chegará às suas mãos, mas na hora em que isso acontecer eu não estarei mais neste mundo. Não sei por quê, mas sempre tive um pressentimento forte de que partiria relativamente cedo desta vida. Por isso, estou me prevenindo e já tomando providências para depois da minha morte. Claro que eu preferiria que todas as precauções fossem desnecessárias — mas, de qualquer maneira, se você estiver lendo essas palavras, significa que já estou morta, não é verdade? Essa ideia me entristece muito.

Para começar, gostaria de deixar claro (como se precisasse...) que não me considero tão importante assim, e que o mais apropriado para alguém como eu seria partir deste mundo sem fazer alarde, nem dizer nada. Apesar disso, creio que para você, Menshiki, eu tenha que dizer algumas palavras. Caso contrário, estaria perdendo para sempre a oportunidade de ser justa com você. Por isso, decidi enviar esta carta, através de um advogado da minha confiança.

Sinto muito, de verdade, por ter desaparecido da sua vida daquela maneira, por ter me casado com outro e por não ter dado nenhuma pista disso. Imagino que você tenha ficado muito surpreso, e quem sabe magoado. Ou talvez, sendo o homem sereno que é, não tenha chegado a se surpreender ou a se abalar com aquele sumiço. Contudo, eu não tinha alternativa naquele momento. Não vou entrar em detalhes, mas peço que entenda: eu não tinha quase nenhuma margem de escolha.

No entanto, ainda me restava um derradeiro sopro, um derradeiro ato. Você se lembra do nosso último encontro, naquele entardecer de começo do outono, quando apareci em seu escritório de repente? Não sei se dava para perceber, mas naquele momento eu estava desesperada, me sentindo totalmente encurralada, como se estivesse deixando de ser eu mesma. Porém, apesar de toda a minha confusão, tudo o que fiz foi por livre e espontânea vontade, do começo ao fim. E até hoje não me arrependo, nem por um segundo sequer, dessas ações, que tiveram um significado profundo para a minha vida. Talvez até mais profundo do que a minha própria existência.

Tenho esperança de que você compreenderá e me perdoará depois de tudo. E rezo para que isso não lhe traga nenhum fardo. Conheço você muito bem e sei que detesta esse tipo de situação.

Querido Menshiki, desejo que você tenha uma vida longa e feliz. E que uma existência maravilhosa como a sua se prolongue de algum modo, de maneira duradoura e fecunda.

****

Menshiki lera esta carta tantas vezes que tinha decorado cada palavra (e de fato recitou tudo para mim, do começo ao fim, sem titubear). Através daquelas linhas, os sentimentos e as insinuações formavam uma elaborada ilusão de ótica, como sombras e luzes, brilhos e trevas. Como um pesquisador de uma língua morta, Menshiki passara anos considerando todas as possibilidades escondidas naquela carta. Pegava, recombinava e misturava cada palavra, mudava a ordem de cada entrelinha. E, assim, chegou a uma conclusão: a menina a quem ela dera à luz sete meses depois de se casar era fruto daquele dia no sofá de couro do seu escritório.

— Eu mantinha boas relações com um escritório de advocacia e entrei em contato com eles, pedindo que investigassem a menina — explicou Menshiki. — A mãe dela tinha se casado com um homem quinze anos mais velho. Filho de antigos proprietários de terra, ele tem uma empresa no ramo imobiliário, cuja atividade principal é administrar os terrenos e prédios herdados por ele. Claro que a empresa também gerencia mais algumas propriedades, mas não tem uma área de atuação muito ampla. De qualquer maneira, ele tem patrimônio suficiente para viver bem sem trabalhar. A menina se chama Mariê, escrito no silabário *hiragana*, não com ideogramas. Depois que ele ficou viúvo, há sete anos, não voltou a se casar. Sua irmã mais nova, solteira, atualmente vive com eles e cuida das tarefas de casa. Mariê está no sétimo ano de uma escola pública municipal.

— Você já chegou a vê-la alguma vez?

Menshiki levou um tempo escolhendo as palavras.

— Já, algumas vezes, de longe. Mas nunca tive coragem de falar com ela.

— O que achou?

— Você está querendo perguntar se ela se parece comigo? Hum... difícil avaliar. Dependendo do ângulo, acho que somos iguaizinhos ou que não temos nada em comum.

— Você tem alguma foto dela?

Menshiki fez que não, devagar.

— Não tenho. Não seria difícil, mas nunca quis ter uma. Que diferença faria andar por aí com uma foto na carteira? O que eu quero é…

Ele não prosseguiu. Durante a pausa, o canto animado dos insetos preencheu o silêncio.

— Mas, Menshiki, você disse há pouco que achava a ideia de laços de sangue uma bobagem.

— Sim, é verdade. Antes, eu nunca tive interesse algum pelo assunto. Pelo contrário, queria era distância. Esse sentimento não mudou. Só que, ao mesmo tempo, não consigo mais desviar o olhar dessa menina. Simplesmente não consigo deixar de pensar sobre Mariê. Sei que não tem lógica…

Não encontrei nada apropriado para dizer. Menshiki continuou:

— É a primeira vez que algo assim me acontece. Sempre tive muito controle sobre esse sentimento, e me orgulhava disso. Mas agora muitas vezes me dou conta de como é difícil estar sozinho.

Tomei coragem e disse o que sentia:

— Menshiki, tenho a impressão de que você quer me pedir algum favor em relação a esta garota. Estou certo?

Menshiki concordou com a cabeça, depois de um tempo.

— Na verdade, não sei como dizer…

Neste momento, reparei de repente que o canto dos insetos, tão animado até há pouco, havia cessado por completo. Ergui o rosto e olhei para o relógio na parede. Havia passado da uma hora e quarenta e cinco. Levei um dedo aos lábios. Menshiki se calou na hora, e escutamos com atenção a quietude da noite.

14.
Mas é a primeira vez que vejo algo tão extraordinário assim

Menshiki e eu paramos de falar e apuramos os ouvidos, imóveis. Já nenhum inseto cantava mais, como nas madrugadas anteriores. Em meio àquele silêncio profundo, escutei o som tênue do guizo, que soava algumas vezes, parava por um tempo, depois recomeçava. Olhei para Menshiki, sentado no sofá à minha frente. Pela expressão estampada em seu rosto, soube que ele estava ouvindo a mesma coisa. Tinha as sobrancelhas franzidas, e os dedos das mãos, pousadas sobre os joelhos, se agitavam ligeiramente, como acompanhando o som do guizo. Não era apenas minha imaginação.

Depois de escutar com atenção por dois ou três minutos, Menshiki se levantou do sofá.

— Vamos até o local de onde vem este som — declarou, categoricamente.

Peguei a lanterna. Ele saiu, foi até o Jaguar e também pegou uma lanterna que havia trazido para isso. Em seguida subimos os sete degraus de pedra e entramos no bosque. A lua de outono não estava tão clara quanto a de duas noites atrás, mas iluminava bem o chão. Contornamos o santuário, abrimos espaço entre o capim e paramos diante do montículo de pedra. Então voltamos a apurar os ouvidos. O ruído misterioso escapava por entre aquelas pedras, sem dúvida.

Com cuidado, Menshiki contornou o montículo, iluminando as pedras com a lanterna e examinando tudo com atenção. Mas não encontrou nada de anormal. Eram apenas pedras arcaicas, cheias de limo, empilhadas rusticamente. Ele me encarou. À luz do luar, seu rosto me lembrou um pouco uma máscara antiga. Será que o meu também tinha esse aspecto?

— Na outra noite, o som também vinha daqui? — sussurrou ele.

— Sim — respondi. — Exatamente daqui.

— Parece que tem alguém embaixo dessas pedras, tocando algum tipo de guizo.

Assenti com a cabeça. Era um alívio saber que eu não estava ficando louco. Ainda assim, aquelas palavras concretizavam a possibilidade absurda insinuada ali. Tive que admitir que os encaixes da realidade pareciam ter *se deslocado* sutilmente.

— O que você acha que devemos fazer? — perguntei.

Menshiki continuava iluminando com a lanterna o lugar de onde escapava o som. Refletia sobre alguma coisa, com os lábios apertados. Em meio ao silêncio da noite, eu tinha a impressão de que podia ouvir as engrenagens da sua cabeça funcionando, a todo o vapor.

— Talvez alguém esteja pedindo socorro — murmurou Menshiki, como se estivesse pensando em voz alta.

— Mas quem poderia ter se enfiado embaixo dessas pedras enormes?

Menshiki balançou a cabeça. Havia questões que nem ele sabia responder.

— Acho que, por enquanto, o melhor é voltar para casa — disse ele, tocando de leve meu ombro. — Lá pelo menos conseguimos confirmar de onde vem o som e podemos conversar com calma.

Atravessamos o bosque e chegamos à frente da casa. Menshiki guardou a lanterna de volta no Jaguar e pegou uma pequena sacola de papel sobre o banco. Então entramos.

— Se você tiver um uísque, poderia me servir um pouco? — perguntou Menshiki.

— Pode ser um *scotch* comum?

— Claro. Puro, por favor. E um copo d'água sem gelo.

Fui até a cozinha, peguei uma garrafa de White Label no armário e servi dois copos, que levei para a sala junto com uma água mineral. Nos sentamos frente a frente e, sem dizer nada, tomamos o uísque puro. Quando Menshiki esvaziou o copo, eu trouxe a garrafa de uísque da cozinha e servi outra dose. Ele pegou o copo, mas não bebeu. No silêncio da madrugada, o guizo continuava ressoando, intermitente.

Era um som baixo, mas com uma intensidade penetrante, impossível de ser ignorada.

— Eu já vi muita coisa nessa vida, mas é a primeira vez que vejo algo tão estranho — disse Menshiki. — Por favor, não se ofenda, mas quando você falou sobre isso eu fiquei um pouco incrédulo. Nunca imaginei que essa história pudesse acontecer no mundo real!

Aquilo chamou minha atenção.

— Como assim, "no mundo real"?

Menshiki ergueu o rosto e me encarou por um momento.

— Eu já tinha lido uma história semelhante em um livro — respondeu ele.

— Quer dizer, uma história com um guizo tocando no meio da noite?

— Para ser preciso, na história não é um guizo, e sim um *kane*. Você sabe, aquele sino antigo, em forma de prato, em que se batia com um martelinho de madeira nos rituais budistas, enquanto eram recitadas orações. No livro, é este o instrumento que soa debaixo da terra, no meio da madrugada.

— É uma história de terror?

— Acho que a definição mais correta seria uma história sobrenatural. Você já leu *Contos da chuva de primavera*, de Ueda Akinari? — perguntou Menshiki.

Fiz que não com a cabeça.

— Não, este não. Dele, só li *Contos da lua e da chuva*, mas há muito tempo — respondi.

— *Contos da chuva de primavera* foi o último livro escrito por Akinari, já no fim da sua vida, cerca de quarenta anos depois de *Contos da lua e da chuva*, que foca mais nos enredos. Em *Contos da chuva de primavera* o mais importante é a filosofia do autor, como homem de letras. No livro há um conto curioso, chamado "Um destino para duas encarnações", cujo protagonista, um estudioso, filho de um agricultor rico, passa por uma situação semelhante à sua. Certa noite, enquanto está estudando, começa a ouvir o som irregular de um sino, vindo debaixo de uma pedra, em um canto do jardim. Ele acha aquilo estranho e, no dia seguinte, chama algumas pessoas para escavarem o local. Sob a terra, encontram uma pedra grande, a tampa de uma espécie de caixão.

Ao removê-la, se deparam com um homem, ressecado como um peixe seco e com cabelo na altura dos joelhos Esse homem move apenas as mãos, para bater com o martelinho em um kane. Ao que parece, era um monge, que decidiu morrer buscando alcançar a iluminação eterna, e para isso entrou vivo em um caixão e foi enterrado. Esse costume era chamado de *zenjō*. Depois que o corpo havia se mumificado, era desenterrado e adorado nos templos. A ação de ser enterrado desta forma era chamada de *nyūjō*. Aquele devia ser um monge muito importante... Depois que sua alma alcançou, como ele desejava, a fronteira do nirvana, apenas o corpo foi deixado para trás, ainda vivo. Como a família do protagonista vivia naquela terra já havia dez gerações, tudo aquilo teria acontecido muito antes, há centenas de anos.

Quando Menshiki terminou, perguntei:

— Resumindo, você acha que a mesma coisa está acontecendo aqui?

Menshiki balançou a cabeça.

— Pensando de maneira racional, não é algo possível. O conto só retrata uma história fantástica do período Edo. Mas tem uma semelhança misteriosa com o que estamos presenciando.

Ele agitou de leve o copo de uísque. O líquido cor de âmbar se moveu com delicadeza.

— Bom, mas o que aconteceu depois que desenterram esse monge mumificado? — perguntei.

— O resto da história é bastante peculiar — disse Menshiki, hesitando um pouco. — O conto reflete a visão de mundo muito particular do próprio Ueda Akinari no fim da vida. Uma visão bastante cínica, me arrisco a dizer. Akinari teve uma vida difícil e inúmeras inquietações, para dizer o mínimo. Mas acho que é melhor você tirar suas próprias conclusões do que eu tentar resumir a trama.

De dentro da sacola de papel que pegara no carro, Menshiki retirou um livro velho e me entregou. Tratava-se de um volume de uma coleção de literatura clássica japonesa, contendo todas as histórias de *Contos da lua e da chuva* e *Contos da chuva de primavera*.

— Lembrei dessa história assim que você me contou sobre o guizo e, como tinha o livro em casa, reli o conto. Se quiser, pode ficar com o livro para ler depois. É um conto breve, não deve tomar muito tempo.

Agradeci e peguei o livro.

— Vou ler, com certeza. É uma história muito curiosa e parece fugir totalmente do senso comum. Enfim, deixando isso de lado por enquanto, o que você acha que devo fazer? Não posso simplesmente ficar de braços cruzados e deixar tudo como está. Caso exista mesmo uma pessoa lá embaixo tocando um guizo, um sino, ou seja lá o que for, noite após noite, como um pedido de socorro, não posso deixar de prestar ajuda.

Menshiki franziu a testa.

— Mas nós jamais conseguiríamos mover todas aquelas pedras.

— Será que eu deveria chamar a polícia?

Ele levou a cabeça de um lado para o outro algumas vezes, com movimentos curtos.

— Com certeza não vai adiantar nada chamar a polícia. Ninguém vai levar a sério se você ligar dizendo que toda madrugada escuta um guizo saindo debaixo de uma pilha de pedras no meio do bosque. Vão achar que você não está bem da cabeça, o que vai complicar ainda mais a situação. Não acho que seja uma boa ideia.

— Mas se esse barulho continuar, noite após noite, acho que meus nervos não vão suportar. Não conseguirei mais dormir direito e acabarei tendo que ir embora desta casa. Tenho certeza de que esse som é uma espécie de apelo.

Menshiki refletiu por um tempo, antes de dizer:

— Para remover todas as pedras, precisamos de ajuda profissional. Tenho um conhecido que trabalha com paisagismo e está acostumado a lidar com isso. Temos uma boa relação. Talvez ele consiga uma escavadeira pequena para remover todas as pedras e depois abrir um buraco. Seria mais fácil. O que você acha?

— Sim, você tem razão. Mas haveria dois problemas. Em primeiro lugar, eu precisaria pedir autorização para Masahiko Amada, filho do proprietário, para escavar o terreno. Não posso fazer algo assim sem consultá-lo. E, em segundo, não tenho recursos para pagar por tudo isso.

Menshiki sorriu.

— Não se preocupe com o dinheiro. Posso arcar com os custos. Além disso, esse conhecido me deve um favor, então acho que faria um preço módico. Dinheiro não será problema. Fale com Masahiko Amada e explique o que está acontecendo. Imagino que ele dará permissão, não acha? Afinal, se realmente alguém estiver lá embaixo e acabar morrendo por negligência, o proprietário pode ser responsabilizado.

— Mas eu não me atreveria a pedir isso a você, que não tem nenhuma relação com este assunto...

Menshiki voltou as palmas das mãos para cima, erguendo-as sobre os joelhos, como se recolhesse água da chuva. Depois disse, com a voz calma:

— Como já mencionei, sou uma pessoa muito curiosa. Gostaria de saber no que vai dar esta história. Algo tão peculiar assim não acontece toda hora... Esqueça a questão do dinheiro, por favor. Entendo sua posição, mas peço que não se preocupe e me deixe lidar com isso.

Encarei seu rosto. Os olhos apresentavam um brilho que eu não tinha visto até então, como se dissessem, Preciso saber como vai terminar esta história, a qualquer custo. Talvez fosse um lema na vida daquele homem: ao se deparar com algo incompreensível, é preciso investigar até esclarecer a questão.

— Está bem — concordei. — Vou ver se falo com Masahiko ainda hoje, mais tarde.

— Combinado. Também vou entrar em contato com o paisagista ainda hoje — disse Menshiki.

E, depois de uma pausa, acrescentou:

— A propósito, posso fazer uma pergunta?

— Claro.

— Você costuma presenciar coisas... como posso dizer... estranhas ou extraordinárias?

— Não — respondi. — Esta é a primeira vez que presencio algo tão peculiar. Sou uma pessoa comum e sempre levei uma vida comum. Por isso estou tão desorientado. E você?

Ele deu um sorriso ambíguo.

— Eu já passei por muitas experiências extraordinárias. Já presenciei algumas coisas que escapam ao senso comum, mas é a primeira vez que vejo algo tão extraordinário assim.

Depois dessa confidência, passamos muito tempo escutando o som do guizo rasgando o silêncio.

Mais uma vez, o ruído cessou por completo pouco depois das duas e meia da manhã. Então o coro dos insetos voltou a preencher o ar das montanhas.

— Bem, agora vou me retirar. Obrigado pelo uísque. Entrarei em contato em breve — prometeu Menshiki.

Sob o luar, ele entrou no deslumbrante Jaguar prateado e partiu. Quando acenou discretamente pela janela aberta, retribuí o gesto. Só depois que o som do motor desapareceu ladeira abaixo me dei conta de que ele havia tomado apenas a primeira dose de uísque (a segunda permanecia no copo). De qualquer maneira, o álcool não havia lhe provocado nenhuma mudança aparente, como se ele tivesse bebido apenas água. Devia ter bastante resistência. Além disso, não dirigiria por uma distância longa, e as ruas da região praticamente só eram usadas pelos moradores locais. Àquela hora da madrugada, ele não encontraria ninguém.

Voltei para dentro de casa, levei os copos para a pia e me deitei. Imaginei pessoas chegando com grandes máquinas, movendo as pedras do montículo atrás do santuário e abrindo um buraco. Não conseguia materializar aquela cena. De qualquer maneira, antes de aquilo acontecer, eu precisava ler "Um destino para duas encarnações" de Ueda Akinari. Mas tudo podia ficar para depois do amanhecer. As coisas seriam diferentes à luz do dia. Apaguei a lâmpada de cabeceira e adormeci ao canto dos insetos.

Às dez da manhã, liguei para o escritório de Masahiko e expliquei a situação. Não mencionei o conto de Ueda Akinari, mas disse que, por via das dúvidas, havia pedido para um conhecido me fazer uma visita e confirmar que o som do guizo não era apenas uma alucinação.

— Que história estranha — comentou Masahiko. — Mas você acha mesmo que tem alguém tocando um guizo embaixo das pedras?

— Não sei. Mas não consigo deixar de pensar no assunto, pois escuto esse som todas as noites.

— E o que você vai fazer se cavar e encontrar alguma coisa esquisita?

— Que tipo de coisa?

— Sei lá... Qualquer coisa misteriosa que seria melhor deixar como está.

— Você pode vir até aqui e escutar com os próprios ouvidos, se quiser. Basta uma madrugada para entender que não dá para deixar como está.

Masahiko soltou um longo suspiro ao telefone.

— Não, prefiro passar. Desde pequeno, sempre fui muito medroso. Nunca gostei de filmes de terror e coisas assim. Não quero me meter nessa história sinistra. Deixo tudo com você. Ninguém vai se importar se você revirar umas pedras e abrir um buraco no meio do bosque... Pode fazer o que quiser. Só, pelo amor de deus, não vá desenterrar nada estranho demais.

— Não faço a menor ideia no que isso vai dar, mas volto a ligar para você quando tiver alguma notícia.

— Tudo bem. Agora, se fosse eu, só tapava os ouvidos... — disse Masahiko.

Após desligar o telefone, sentei numa poltrona da sala e li o conto "Um destino para duas encarnações", de Ueda Akinari, primeiro no dialeto antigo, depois no japonês moderno. A história era muito semelhante ao que estava acontecendo comigo, apesar de algumas pequenas diferenças. Na narrativa, o instrumento não era um guizo, e sim um daqueles sinos antigos, e soava na hora do boi (cerca de duas da manhã), mais ou menos como no meu caso. Além disso, os insetos não deixavam de cantar, e o protagonista escutava o som do sino em meio a essa cantoria. Porém, deixando de lado essas minúcias, o conto era tão parecido com o que eu estava vivendo que fiquei atônito.

A múmia desenterrada, apesar de totalmente ressequida, seguia movendo apenas as mãos, para tocar com persistência seu sino, movida por alguma força assustadoramente potente. Devia estar tocando o sino e cantando as invocações budistas quando foi enterrada. O protagonista vestia a múmia e molhava sua boca com água. Em pouco tempo, ela já conseguia comer uma papa de arroz e aos poucos começava a encorpar. Depois, se recuperava e voltava a ter a aparência de uma pessoa comum. Porém, nada indicava que o homem mumificado era um monge que alcançara a iluminação: ele não tinha sabedoria, nem conhecimento, nem vestígio de nobreza de caráter. Também havia perdido as memórias da vida pregressa e não se lembrava por que estivera enterrado por tantos longos anos. Com o decorrer do tempo, passava a comer carne e a ter desejos físicos. Encontrava uma esposa e um trabalho reles e submisso para sobreviver. Recebia o apelido de "Jōsuke do Nyūjō". Ao ver sua figura deplorável, os moradores iam perdendo o respeito pelo budismo. Seria este o resultado alcançado por alguém que se submeteu à ascese severa e dedicou a vida aos ensinamentos budistas? Por fim, passavam a desprezar todo tipo de fé e deixavam de frequentar o templo. Essa era a história e, como mencionara Menshiki, ficava evidente a visão de mundo cínica do autor. Não era um mero conto fantástico.

> Os ensinamentos do budismo pareciam ser tão vãos. Aquele homem com certeza havia passado mais de um século sob a terra, tocando seu sino. Todavia, tudo o que restara foram seus ossos. Não havia se operado nenhuma força milagrosa. Era uma situação absurda.

Depois de reler várias vezes o conto, fiquei perdido. E se, ao mover as pedras e cavar um buraco, encontrássemos uma múmia? Afinal, o que diabos eu faria?

Seria responsabilizado por tê-la trazido de volta à vida? Não seria mais inteligente, como sugeriu Masahiko, deixar tudo como estava e só tapar os ouvidos?

Porém, tapar os ouvidos não bastaria, nem se eu quisesse. Desconfiava que era impossível escapar daquele som, por mais que eu tentasse abafá-lo. Talvez ele até me perseguisse, se eu me mudasse para outro lugar. E eu também estava curioso, assim como Menshiki. Precisava, de qualquer maneira, saber o que estava escondido sob aquelas pedras.

Menshiki telefonou depois do meio-dia.

— Conseguiu a permissão de Masahiko Amada?

Contei que havia ligado, resumido a situação e que ele deixara tudo a meu critério.

— Que bom! — exclamou Menshiki. — Já combinei tudo com meu conhecido. Não mencionei o som misterioso, apenas que gostaria de mover algumas pedras grandes dentro do bosque e abrir um buraco. Sei que está corrido, mas ele disse que tem tempo livre e gostaria de fazer uma avaliação do local hoje à tarde, para já começar o trabalho com a equipe de paisagismo amanhã de manhã, se não houver problema. Tudo bem?

Respondi que podiam ficar à vontade.

— Depois da avaliação, eles devem providenciar o equipamento necessário. O trabalho mesmo levará apenas algumas horas. Vou acompanhar tudo.

— Eu também, é claro. Por favor, me mantenha informado — pedi, antes de me lembrar de outro assunto e acrescentar: — Sobre aquela questão que estávamos conversando ontem à noite, antes do guizo...

Menshiki pareceu não compreender a alusão.

— Que questão?

— A da menina de treze anos, Mariê, que talvez seja sua filha. Interrompemos a conversa quando o guizo começou.

— Ah, sim — disse Menshiki. — É verdade, estávamos falando sobre ela. Tinha me esquecido completamente. Sim, temos que continuar essa conversa mais cedo ou mais tarde. Mas não é nada urgente. Podemos voltar a falar sobre isso quando o assunto do guizo estiver resolvido.

Depois desse telefonema, não consegui mais me concentrar direito em nada do que fazia. Lendo, ouvindo música ou preparando a comida, eu estava sempre pensando no que poderia estar sob a antiga pilha de pedras no bosque. A imagem de uma múmia, ressecada como um peixe seco, não saía da minha mente.

15.
Isso é apenas o começo

À noite, Menshiki telefonou e me informou que o serviço estava marcado para as dez da manhã do dia seguinte, uma quarta-feira.

A quarta amanheceu com uma chuva fina, que caía, parava e voltava a cair, embora não fosse forte o suficiente para prejudicar o trabalho. Nem era preciso usar guarda-chuva: bastava um casaco impermeável e um chapéu ou capuz. Menshiki estava com um chapéu impermeável verde-oliva, do tipo que um inglês usaria para caçar patos. As cores das folhas das árvores, que começavam a mudar em razão do outono, estavam desbotadas por aquela chuva invisível.

A equipe trouxera uma pequena escavadeira até o alto da montanha, na carreta de um caminhão. Tratava-se de uma máquina compacta e com boa mobilidade, própria para espaços limitados. Além de Menshiki e de mim, havia quatro pessoas: o operador da escavadeira, um supervisor e dois operários. Todos tinham vindo no caminhão e vestiam as mesmas capas de chuva azuis, calças impermeáveis e grossas botas cheias de lama. Tinham na cabeça resistentes capacetes de plástico. Menshiki e o supervisor conversaram animadamente e pareciam próximos. Porém, apesar da aparente intimidade, notei que o supervisor mantinha sempre um tom respeitoso.

De fato, Menshiki devia ter uma influência considerável para mobilizar todo esse pessoal e maquinário em tão pouco tempo. Fiquei assistindo ao andamento do trabalho em um misto de admiração e perplexidade. Sentia certa resignação ao ver que as coisas já não estavam mais em minhas mãos. Às vezes, na infância, quando estava brincando com outras crianças pequenas, um grupo mais velho aparecia e tomava conta do jogo. Lembrei da sensação que eu experimentava nessas horas.

Usando pás, pedregulhos e tábuas, a equipe começou garantindo uma área plana para que a escavadeira pudesse trabalhar. Só depois eles começaram a remover as pedras. O capim alto logo foi esmagado pelas rodas. Fiquei observando, de longe, enquanto as antigas pedras eram transportadas, uma por uma, até uma área um pouco distante. Não havia nada de especial na atividade. Provavelmente era um serviço rotineiro, feito com naturalidade em todos os cantos do mundo. A equipe também trabalhava com tranquilidade, como um dia de expediente comum, seguindo os mesmos passos de sempre. De vez em quando, o operador da escavadeira estendia a cabeça para fora da máquina e, aos gritos, discutia algum ponto com o supervisor, mas aparentemente não estavam encontrando nenhuma grande dificuldade. As conversas eram curtas, e o motor nunca parava de funcionar.

Apesar disso, eu não conseguia manter a calma presenciando o andamento dos trabalhos. Minha tensão aumentava a cada pedra retangular removida, como se a robusta e inflexível pá daquela máquina estivesse revelando, camada por camada, um segredo sombrio, escondido do mundo por muito tempo. E o pior é que nem mesmo eu sabia qual era o segredo. Revelá-lo com uma máquina pesada não me parecia a melhor maneira de lidar com a questão, e cogitei muitas vezes interromper a atividade. Masahiko Amada estava certo, eu devia deixar todas essas "coisas misteriosas" para lá. Senti diversos impulsos de agarrar o braço de Menshiki e implorar para que a equipe parasse aquilo e devolvesse as pedras à posição original.

Mas é claro que era algo que eu não podia fazer. A decisão estava tomada, e o serviço já tinha começado. Agora havia uma equipe envolvida e dinheiro desembolsado (eu não sabia quanto, mas Menshiki já devia ter arcado com os custos). Não havia volta. O trabalho seguiria como planejado, independentemente da minha vontade.

Como se tivesse lido meus pensamentos, Menshiki se aproximou e tocou de leve em meu ombro.

— Não se preocupe — disse ele, com um tom de voz tranquilo. — Tudo está caminhando bem. Em breve, teremos respostas.

Me limitei a assentir com a cabeça, em silêncio.

Antes do meio-dia, eles já haviam terminado de remover a maioria das pedras. Os velhos blocos, antes em uma pilha desordenada como a ruína de um antigo montículo, agora formavam uma pequena pirâmide bem organizada, ainda que um pouco sem graça, em local um pouco afastado. Porém, depois que todos os blocos foram retirados, não encontramos o solo, e sim mais pedras, cuidadosamente dispostas, em uma área plana, como um piso quadrado, de uns dois metros de largura.

— O que devemos fazer? — perguntou o supervisor, se aproximando de Menshiki. — Imaginei que as pedras estivessem empilhadas sobre o solo... Parece que existe um espaço aberto embaixo dessas pedras do chão. Passei uma vareta por uma fresta e ela desceu bastante, mas ainda não sei a profundidade do buraco.

Acompanhei Menshiki e pisei, com receio, naquele chão. As pedras estavam escurecidas e úmidas, escorregadias em alguns pontos. Haviam sido dispostas por mãos humanas, mas com o tempo suas bordas tinham se arredondado, abrindo vãos nos encaixes. O som do guizo que eu ouvia todas as noites devia escapar justamente por aquelas frestas, que também permitiam a circulação de ar. Me abaixei e tentei espiar por uma das brechas, mas não vi nada além da escuridão.

— Vai ver é um poço antigo, que foi tapado com pedras... — comentou o supervisor. — Se bem que me parece uma abertura um pouco larga para um poço...

— Vocês conseguiriam remover essas pedras, também? — perguntou Menshiki.

— Hum... seria um pouco trabalhoso, pois eu não estava contando com isso, mas acho que conseguiríamos, sim. O ideal seria fazer o trabalho com um guindaste, mas não dá para trazer um até aqui. Uma pena. De qualquer maneira, separadamente, as pedras não parecem ser tão pesadas e, como há espaço entre elas, acho que dá para fazer tudo com a escavadeira. Vou aproveitar o intervalo do almoço para traçar um planejamento. Podemos já começar durante a tarde.

Voltei para a casa ao lado de Menshiki e preparei um almoço leve: sanduíches com presunto, alface e picles. Comemos no terraço, contemplando a garoa.

— Enquanto estamos tentando resolver esta história, o seu retrato, que era o mais importante, está ficando de lado... — observei.

Menshiki balançou a cabeça.

— Não tenho pressa nenhuma. Resolver este mistério é a prioridade agora. Depois, podemos retomar a pintura.

Será que aquele homem queria *mesmo* ser retratado?, não pude deixar de me perguntar. Não era a primeira vez que essa dúvida me ocorria. Ela sempre estivera presente em um canto da minha mente. Ele queria *mesmo* que eu pintasse seu retrato? Ou será que a pintura tinha sido apenas um pretexto para se aproximar de mim?

Porém, por mais que me esforçasse, não conseguia imaginar que outro objetivo Menshiki poderia ter. Seria abrir o buraco sob aquelas pedras? Não era possível. Ele não tinha como saber daquilo antes. O inesperado som do guizo só começara depois que eu já estava fazendo o retrato. Por outro lado, ele me parecia dedicado demais para alguém que tivesse acabado de descobrir a história. Havia inclusive investido uma soma considerável, apesar de não ter nada a ver com o assunto...

Menshiki interrompeu minhas reflexões, quando perguntou:

— Conseguiu ler "Um destino para duas encarnações"?

Respondi que sim.

— E o que achou? Uma história muito estranha, não?

— Ah, sim, sem dúvida — respondi.

Menshiki me encarou por um tempo, antes de dizer:

— Confesso que esse conto já me intriga há muito tempo e contribuiu para meu interesse por este caso.

Tomei um gole de café e sequei a boca com um guardanapo de papel. Dois grandes corvos atravessaram para o outro lado do vale, trocando grasnidos entre si. A chuva não era um incômodo. Só deixava suas asas um pouco mais escuras.

— Não sei muito sobre o budismo, então não entendo bem os detalhes — comecei. — Mas, se um monge faz o *nyūjō*, isso significa que ele escolhe por livre e espontânea vontade entrar em um caixão e morrer, certo?

— Exatamente. Como a expressão *nyūjō* também pode ser usada para "alcançar a iluminação", às vezes, para diferenciar, chamavam a prática de se enterrar de "*ikinyūjō*", isto é, "fazer *nyūjō* em vida". Nesses casos, preparavam uma câmara de pedra subterrânea, com um tubo de bambu para circulação de ar. Antes de se enterrar, o monge passava um período fazendo *mokujiki*, para preparar o corpo para que se transformasse em múmia depois da morte, em vez de se decompor.

— *Mokujiki*?

— Uma dieta à base de ervas e frutos, sem comida preparada nem cereais. A intenção seria eliminar do corpo, ainda em vida, o máximo possível de gordura e água, o que mudava a composição corporal e possibilitava que, após a morte, a pessoa fosse mumificada. Depois de purificar o corpo, o monge entrava na câmara subterrânea e, na escuridão, ficava jejuando e recitando os sutras, acompanhados por aquele sino mencionado no conto ou por um guizo. As pessoas escutavam o som do sino ou do guizo através do tubo de bambu. Até que, em determinado momento, ele cessava, sinal de que o monge tinha falecido. Depois, seu corpo ia sendo lentamente mumificado, ao longo de anos. Dizem que o prazo para desenterrá-lo era de três anos e três meses.

— Por que as pessoas faziam uma coisa dessas?

— Para se tornar um *sokushinbutsu*, um monge mumificado. Assim era possível alcançar a iluminação, chegar a um estado que ultrapassava o ciclo da vida e da morte. Ao fazer isso, o monge também contribuía para a salvação do mundo dos vivos. Depois de desenterrada, a múmia era preservada em um templo e, ao reverenciá-la, as pessoas podiam ser salvas.

— Para mim, é um tipo de suicídio.

Menshiki concordou.

— Por isso, durante o período Meiji, a prática foi proibida, e quem auxiliasse um monge no processo era considerado cúmplice de suicídio. Na verdade, o *nyūjō* continuou sendo feito, mas às escondidas. Talvez por isso tenha havido muitos casos de monges que permaneceram na terra, sem que ninguém soubesse.

— Você acha que aquela estrutura de pedras é o vestígio de um *nyūjō* secreto?

Menshiki balançou a cabeça.

— Só vamos saber depois da retirada das pedras. Mas não descarto essa possibilidade. Apesar da ausência de um tubo de bambu, a forma da estrutura permite a passagem de ar e som.

— Neste caso, você acha que ainda haveria alguém vivo embaixo das pedras, tocando um sino ou um guizo, noite após noite?

Menshiki balançou a cabeça mais uma vez.

— Não. Isso seria totalmente inconcebível.

— "Alcançar o nirvana" é algo muito diferente do simples ato de morrer, certo?

— Muito. Também não entendo os ensinamentos budistas a fundo, mas pelo que sei o nirvana é algo além da vida e da morte. Ainda que o corpo seja destruído, dá para pensar que a alma vai para algum lugar que transcende a mortalidade, não é? E que o corpo não passa de uma morada temporária.

— E se um monge que fizesse o *ikinyūjō* alcançasse o nirvana, poderia retornar para seu corpo?

Menshiki me encarou sem dizer nada. Depois deu uma mordida no sanduíche de presunto e tomou um gole de café, antes de perguntar:

— Como assim?

— Aquele guizo não estava tocando até uns quatro ou cinco dias atrás — expliquei. — Tenho certeza. Sem dúvida eu teria ouvido, se estivesse. Pode ser um som baixo, mas não passa despercebido. Tenho certeza de que começou há apenas alguns dias. Então, mesmo que tenha alguém sob aquelas pedras, essa pessoa não poderia estar tocando o guizo sem parar, o tempo todo.

Menshiki apoiou a xícara no pires e ficou olhando as duas peças, enquanto refletia. Depois disse:

— Você já viu um *sokushinbutsu* de verdade?

Fiz que não com a cabeça.

— Eu já vi alguns — comentou ele. — Na juventude, viajei sozinho por Yamagata e tive a oportunidade de vê-los, preservados nos templos. Não sei por quê, mas há muitos na região de Tohoku, sobretudo na província de Yamagata. Sinceramente, não é uma visão agradável. Não sei se é porque sou cético, mas não senti gratidão, nem reverência, nem nada do gênero. São figuras pequenas, marrons, esturricadas. Não é uma boa comparação, mas a cor e o aspecto lembram carne-seca. Realmente, o corpo não passa de uma morada temporária... Se há algo que os *sokushinbutsu* nos ensinam, é isso. Não importa o quanto nos esforçamos, somos apenas carne-seca.

Ele pegou a metade de sanduíche que restava e a encarou intrigado por um tempo, como se nunca tivesse visto um sanduíche na vida. Depois prosseguiu:

— Bom, por enquanto vamos esperar até eles retornarem do almoço. Tenho certeza de que, depois que removerem as pedras, descobriremos muitas respostas, para bem ou para mal.

Voltamos para o bosque à uma e quinze da tarde. A equipe já terminara de almoçar e tinha retomado o trabalho. Os dois operários enfiavam nas frestas entre as pedras uma espécie de cunha de metal, que a escavadeira puxava com uma corda. Depois amarravam a corda na pedra erguida dessa maneira, e a escavadeira a puxava de novo. Era um processo lento, mas as pedras foram sendo retiradas, uma a uma, e afastadas para o lado.

Menshiki foi falar com o supervisor e depois voltou para o meu lado.

— Como eles previam, as pedras no piso não são tão pesadas. Acham que vão conseguir erguer todas, sem problemas — explicou. — Embaixo parece que existe uma grade, como uma espécie de tampa. Ainda não sabem de que material é feita, mas é o que sustenta essas pedras. Não garantem que vão conseguir movê-la, mas para tentar precisam retirar todas as pedras. Também não fazem ideia do que pode existir abaixo. O supervisor sugeriu que esperássemos em casa, pois ainda vai demorar até a retirada de todas as pedras. Disse que avisa quando terminarem. O que me diz? De nada adianta ficarmos aqui parados…

Voltamos para casa. Poderíamos usar aquele tempo para adiantar o retrato, mas eu não me sentia em condições de me concentrar na pintura. Aquela atividade no bosque estava me deixando com os nervos à flor da pele. Sob o velho montículo, tinha surgido um piso quadrado de pedra, de dois metros, sustentado por uma grade. E, abaixo, havia um espaço. Eu não conseguia parar de pensar nisso. Menshiki tinha razão. Enquanto a questão não fosse resolvida, eu não seria capaz de prosseguir com mais nenhum projeto.

Menshiki perguntou se podia colocar uma música.

— Claro — respondi —, escolha o disco que quiser. Enquanto isso, vou para a cozinha preparar algo.

Ele colocou para tocar um disco de Mozart, *Sonatas para piano e violino*. As caixas Autograph da Tannoy não tinham muita potência, mas ofereciam um som estável e denso. Eram boas para música clássica e, por serem antigas, combinavam bem com o amplificador valvulado. O disco tinha George Szell no piano, e Rafael Druian no violino. Menshiki se sentou no sofá, fechou os olhos e se deixou levar pela música. Eu escutava de longe, enquanto preparava um molho de tomate. Tinha comprado tomates demais e queria aproveitá-los antes que estragassem.

Fervi água em uma panela grande e mergulhei os tomates ali para tirar as cascas, antes de cortá-los, separar as sementes e amassá-los. Depois os refoguei devagar em uma grande frigideira de ferro, com azeite de oliva e alho, eliminando com cuidado a espuma que se formava. Quando estava casado, costumava fazer esse molho de tomate. Embora seja demorado, no fundo é um processo bastante simples. Enquanto minha esposa estava no trabalho, eu ficava sozinho em casa, ouvindo música e cozinhando. Gostava de cozinhar ao som de jazz antigo. Ouvia muito Thelonious Monk. Meu álbum preferido era *Monk's Music*, pelos solos excelentes e pela participação de Coleman Hawkins e de John Coltrane. De qualquer maneira, preparar molho de tomate ouvindo música de câmara de Mozart também não era nada mal.

Ainda que não tivesse se passado muito tempo desde a época em que eu cozinhava ao som das curiosas melodias e harmonias de Thelonious Monk (não haviam transcorrido nem seis meses desde minha separação), aquelas tardes pareciam fazer parte de um passado distante. Como uma nota de rodapé de um acontecimento histórico de outra geração, lembrado apenas por um punhado de pessoas. O que minha esposa estaria fazendo agora?, me perguntei. Estaria morando com outro homem? Ou continuaria sozinha no apartamento em Hiroo? Àquela hora deveria estar no escritório de arquitetura, trabalhando. Será que ela achava a vida de agora, sem mim, muito diferente da vida de antes? Que sentimentos essa diferença provocaria nela? Fiquei divagando sobre tudo isso. Será que ela também tinha a impressão de que nossa vida a dois parecia parte de um passado distante?

Quando o disco acabou, ecoou um pequeno e repetitivo ruído. Fui até a sala e encontrei Menshiki dormindo no sofá, com os braços cruzados e o corpo levemente inclinado para a frente. Tirei a agulha do disco que continuava girando e desliguei o aparelho. Menshiki não acordou nem quando o som regular da agulha cessou. Devia estar exausto. Chegava a ressonar de leve. Voltei para a cozinha sem incomodá-lo, desliguei o fogo do molho e tomei um copo grande de água gelada. Como ainda tinha algum tempo sobrando, resolvi refogar umas cebolas.

Quando telefonaram, Menshiki já tinha acordado. Estava no banheiro, lavando o rosto e fazendo um gargarejo. Ao constatar que a ligação era do supervisor da equipe de paisagismo, passei o telefone para Menshiki, que trocou meia dúzia de palavras, disse que iríamos para lá em seguida e me devolveu o aparelho.

— Ele disse que praticamente já terminaram o serviço.

Não estava mais chovendo quando saímos de casa. O céu continuava encoberto, mas tudo estava um pouco mais iluminado. Pelo jeito, o tempo estava melhorando. Subimos a escada e atravessamos o bosque a passos apressados. Atrás do santuário, os quatro homens estavam parados ao redor de um buraco, olhando para baixo. O motor da escavadeira estava desligado, e ninguém se movia. O bosque estava tão profundamente imerso no silêncio que chegava a ser estranho.

Todas as pedras da estrutura haviam sido removidas, dando lugar a um buraco. A grade de madeira que servia como tampa também tinha sido erguida e estava apoiada ao lado. Era grossa, pesada e velha, mas não deteriorada. No local da grade, havia agora uma espécie de câmara de pedra, circular, com pouco menos de dois metros de diâmetro e cerca de dois metros e meio de profundidade. As laterais eram revestidas de pedra, mas o chão parecia ser de terra. O interior da câmara estava vazio. Nenhuma planta tinha crescido lá dentro. Não havia ninguém pedindo socorro, nem tampouco uma múmia com aparência de carne-seca. A única coisa que havia era um objeto parecido com um guizo, largado no chão. Não se tratava de um guizo comum, e sim de um instrumento antigo feito de alguns címbalos.

Tinha cerca de quinze centímetros de comprimento e um cabo de madeira. O supervisor iluminou o objeto, com um pequeno holofote.

— Só havia isso lá dentro? — perguntou Menshiki.

— Sim, só isso — confirmou o supervisor. — Apenas removemos a grade de madeira, como o senhor tinha pedido. Não tocamos em nada.

— Que estranho... — murmurou Menshiki, de si para si. — Tem certeza de que não havia mais nada?

— Tenho. Telefonei para o senhor assim que removemos a grade. Não entramos no buraco nem tocamos em nada.

— Sim, naturalmente — respondeu Menshiki, em tom de voz um pouco seco.

— Talvez fosse um poço — sugeriu o supervisor. — Deve ter secado e decidiram aterrar. Mas a abertura é bem larga, e as paredes de pedra são muito refinadas para um poço. Deve ter dado muito trabalho construir essa estrutura. Suponho que deve ter sido erguida para algo importante...

— Posso descer e dar uma olhada? — perguntou Menshiki.

O supervisor franziu a testa, um pouco confuso.

— Hum, neste caso talvez seja melhor eu descer antes, para garantir que não existe risco. Depois o senhor entra. Tudo bem?

— Claro — respondeu Menshiki. — Fique à vontade.

Os operários trouxeram do caminhão uma escada dobrável de metal, que apoiaram no fundo do buraco. O supervisor colocou um capacete, desceu os dois metros e meio e passou a examinar o local. Primeiro, ergueu os olhos em direção à superfície, depois iluminou com uma lanterna as paredes e o chão. Verificou com cuidado o instrumento caído no chão, mas à distância, sem tocar nele. Testou a firmeza do chão, esfregando e batendo com força a sola das botas. Também respirou fundo algumas vezes, para checar a presença de algum odor estranho. Ao fim de cinco ou seis minutos, voltou a subir pela escada.

— Ao que tudo indica, é seguro. O ar não parece viciado e não há nenhum inseto. O chão também está firme. O senhor pode descer — disse ele.

Menshiki tirou o casaco impermeável para ter mais agilidade e, de camisa de flanela e calça de sarja, pendurou sua lanterna no pescoço e desceu pela escada de metal. Da superfície, observamos seus passos em silêncio. O supervisor iluminava o local onde ele iria pisar. Ao chegar no fundo, Menshiki passou algum tempo imóvel, olhando ao redor, depois tocou as pedras das paredes, se abaixou e, com as mãos, checou a firmeza do chão. Em seguida, pegou o instrumento caído, iluminou com a lanterna e examinou com atenção, antes de agitá-lo de leve algumas vezes. O som era exatamente o mesmo que eu ouvira nas últimas noites. Não havia dúvida. Alguém estava tocando aquele instrumento dentro do buraco, no meio da madrugada. Porém, seja lá quem fosse, já não estava mais ali. Restava apenas o guizo. Menshiki balançou a cabeça algumas vezes, olhando intrigado para o instrumento. Então verificou mais uma vez as paredes, minuciosamente, para ver se não havia nenhuma abertura secreta, mas não encontrou nada. Parecia perplexo.

Ele apoiou um pé na escada, esticou o braço e me ofereceu o instrumento. Me abaixei para pegá-lo. O cabo de madeira estava gelado e úmido. Quando o agitei de leve, da mesma maneira que Menshiki fizera, um som inesperadamente alto e vibrante ecoou. Não fazia ideia de que era feita a parte de metal, mas estava intacta, sem nenhuma ferrugem, apesar de suja. Era um mistério que aquele objeto não estivesse enferrujado, depois de tanto tempo abandonado no chão.

— Que diabos é isso? — perguntou o supervisor.

Era um homem baixo e parrudo, de cerca de quarenta e cinco anos. Tinha o rosto bronzeado e uma leve barba por fazer.

— Não sei bem... Acho que é uma espécie de instrumento budista — respondi. — De qualquer forma, parece ser bem antigo.

— Era isso que estavam esperando?

Balancei a cabeça.

— Não, não era.

— Tudo é muito estranho. Não sei como explicar, mas esse local tem um ar meio misterioso. Por que será que construíram algo assim? Parece uma estrutura antiga, e na época com certeza não deve ter sido fácil trazer tantas pedras para o alto da montanha.

Não falei nada.

Depois de um tempo, Menshiki saiu de dentro do buraco. Então chamou o supervisor de lado, e os dois tiveram uma longa conversa.

Enquanto isso, eu continuava em pé ao lado da abertura, com o guizo na mão. Cogitei entrar também na câmara de pedra, mas desisti. Eu não era tão medroso quanto Masahiko Amada, mas achei que talvez o mais prudente fosse deixar as coisas como estavam. Coloquei o guizo diante do santuário e limpei várias vezes as mãos na calça.

Menshiki se aproximou.

— Pedi que fizessem um exame minucioso na câmara de pedra. À primeira vista, não passa de um buraco, mas por via das dúvidas quero uma verificação completa. Vai ver descobrem alguma coisa, ainda que me pareça pouco provável… — disse ele, e olhou para o guizo apoiado em frente ao santuário. — Sabe, é curioso que tenha sobrado apenas este guizo. Alguém tinha que estar lá dentro, para justificar o som no meio da noite.

— Vai ver o guizo soava sozinho… — sugeri.

Menshiki sorriu.

— Não deixa de ser uma teoria interessante, mas acho que não. Havia alguém no fundo daquele buraco, enviando uma mensagem. Talvez fosse uma mensagem endereçada para nós, talvez para qualquer um que pudesse ouvir. De qualquer maneira, seja lá quem fosse, desapareceu como fumaça… Ou então escapou.

Escapou?

Sim, sem que nós percebêssemos.

Não compreendi bem o que ele queria dizer.

— Afinal, a alma não é algo que se possa ver — acrescentou Menshiki.

— Você acredita na existência desse tipo de alma?

— Você acredita?

Fui incapaz de responder.

— Sou da teoria de que ninguém tem por que acreditar na existência das almas — prosseguiu Menshiki. — Por outro lado, isso significa também que ninguém tem por que não acreditar. Sei que estou sendo um pouco evasivo, mas você entende meu ponto de vista?

— Mais ou menos.

Menshiki pegou e tocou o guizo algumas vezes, sacudindo-o no ar.

— Talvez um monge tenha encerrado sua vida ali dentro, tocando este guizo e entoando invocações. Uma morte totalmente solitária, no escuro, em um poço aterrado e coberto por uma tampa pesada. Provavelmente, em segredo. Não faço ideia de quem seja esse monge, se era respeitado ou se não passava de um fanático religioso. Seja como for, alguém colocou todas essas pedras em cima. O que se passou depois é um mistério. Talvez todos tenham acabado se esquecendo dele. Talvez tenha acontecido um terremoto e as pedras acabaram assim. No grande terremoto de Kanto, em 1923, algumas regiões de Odawara foram bastante afetadas. E, então, tudo foi engolido pelo esquecimento.

— Neste caso, onde teria ido parar o *sokushinbutsu*?

Menshiki sacudiu a cabeça.

— Não sei. Vai ver a certa altura alguém abriu o buraco e removeu a múmia.

— Para isso, seria preciso tirar todas essas pedras e depois recolocá-las no lugar. Além do mais, quem estaria tocando o guizo até ontem à noite?

Menshiki balançou a cabeça mais uma vez, com um leve sorriso.

— Ai, ai... Trouxemos todas essas máquinas, removemos as pedras e, no fim das contas, não encontramos respostas. O saldo de todo esse esforço foi este velho guizo.

Após uma busca minuciosa, os homens não descobriram nada de esconderijo ou de passagem secreta na câmara de pedra. Era apenas um buraco, com um metro e oitenta de diâmetro e dois metros e oitenta de profundidade, paredes de pedra e o chão de terra. Depois de medir tudo com precisão, a equipe colocou a escavadeira no caminhão, reuniu equipamentos e ferramentas e foi embora. Restaram apenas o buraco e a escada de metal, que o supervisor fez a gentileza de deixar. Antes de partir, os homens cobriram o buraco com diversas tábuas grossas, para que ninguém caísse lá por descuido. Também firmaram as tábuas com algumas pedras. Pesada demais para ser movida, a grade de madeira continuou sobre o chão ali perto, coberta com uma lona.

Menshiki pediu ao supervisor que eles não mencionassem este trabalho a ninguém. Disse que se tratava de uma descoberta arqueológica significativa e que preferia manter no anonimato até uma publicação oficial a respeito.

— Tudo bem, isto fica apenas entre nós. Vou advertir a equipe para ninguém comentar nada — respondeu ele, com seriedade.

Depois que a equipe saiu com as máquinas e o silêncio da montanha retomou seu lugar, a escavação adquiriu o aspecto de uma dolorosa cicatriz aberta depois de uma cirurgia. O matagal antes tão viçoso estava completamente arruinado, e o chão apresentava as marcas das rodas da escavadeira. A chuva tinha parado de vez, mas o céu continuava estampando o mesmo tom de cinza, sem nenhuma abertura entre as nuvens.

Não devíamos ter feito isso, não pude deixar de pensar ao olhar as pedras, empilhadas ordenadamente em outro local. Por outro lado, *não havia escolha.* Afinal, eu não podia continuar ouvindo, todas as noites, aquele som absurdo. Ainda assim, se não fosse por Menshiki, eu não teria condições de abrir aquele buraco. Tudo só tinha sido possível graças a ele, que contatara seu conhecido e arcara com os custos do serviço.

Será que era tudo fruto do acaso? Teria sido apenas uma série de coincidências primeiro eu conhecer Menshiki, depois descobrir aquele lugar e, por fim, fazer a escavação? Tudo me parecia um pouco encaixado demais. Estaríamos seguindo algum tipo de trama preestablecida? Enquanto eu caminhava de volta para casa ao lado de Menshiki, essas perguntas martelavam em minha cabeça. Menshiki levava o guizo desenterrado e o apertava bem nas mãos, como se quisesse captar, com o tato, algum tipo de mensagem escondida.

— Onde devo colocar este guizo? — perguntou, assim que chegamos.

Como eu não fazia ideia, decidi deixá-lo no ateliê. Não me agradava dividir o mesmo teto com aquele misterioso objeto, mas nem por isso poderia simplesmente deixá-lo do lado de fora. Talvez fosse um instrumento de crença carregado de significado. Era preciso tratá-lo com delicadeza. Por isso, decidi guardá-lo no ateliê, que de certa maneira parecia um ambiente à parte do resto da casa. Abri espaço numa prateleira estreita e comprida, repleta de materiais de pintura, e o coloquei ali, ao lado de uma caneca cheia de pincéis. Ele ficou parecendo uma curiosa obra de arte.

— Que dia estranho — comentou Menshiki.

— Sinto muito, no fim você passou o dia todo às voltas com essa história — me desculpei.

— Por favor, não fale assim. Para mim, foi um dia interessantíssimo — respondeu ele. — De qualquer forma, nem tudo está terminado, não é?

Seu rosto estampava uma expressão curiosa, como se olhasse muito além.

— Ou seja, você acha que mais coisas ainda vão acontecer? — perguntei.

Menshiki escolheu as palavras com cuidado.

— Não sei muito bem como dizer, mas tenho a impressão de que isso é apenas o começo.

— Apenas o começo?

Menshiki voltou as palmas das mãos para cima.

— Não tenho certeza, é claro. Talvez não aconteça mais nada e nos reste apenas a lembrança de um dia muito estranho. Talvez esse seja o melhor desfecho. Mas, analisando bem, nada foi resolvido. Continuamos diante de muitas questões em aberto. E *questões consideráveis*. Por isso, tenho certo pressentimento de que ainda vão acontecer outras coisas.

— Em relação àquele buraco?

Menshiki olhou pela janela por um tempo, depois respondeu:

— Não sei. De todo modo, é apenas um pressentimento.

Porém, é claro que o pressentimento de Menshiki — ou sua profecia — se concretizaria. Aquele dia foi apenas o começo.

16.
Um dia relativamente bom

Naquela noite, demorei muito para pegar no sono. Tinha medo de que o guizo na prateleira do ateliê começasse a tocar de madrugada. O que eu poderia fazer se isso acontecesse? Seria melhor cobrir os ouvidos com o travesseiro e fingir que não estava ouvindo nada? Ou pegar uma lanterna e ir até lá para conferir? Nesse caso, o que será que encontraria?

Fiquei lendo na cama, sem conseguir decidir o que faria se o guizo tocasse. Mas ele não tocou, mesmo depois das duas da manhã. Apenas o canto dos insetos chegava aos meus ouvidos. Enquanto lia, verificava o relógio de cinco em cinco minutos. Só quando o mostrador marcou duas e meia pude respirar aliviado. O guizo não tocaria naquela noite. Fechei o livro, apaguei o abajur e adormeci.

Quando acordei, antes das sete da manhã, a primeira coisa que fiz foi ir ao ateliê olhar o guizo. Ele continuava no mesmo lugar do dia anterior. A luz do sol brilhava sobre as encostas das montanhas, e os corvos já começavam a crocitar, agitados. Visto sob a claridade da manhã, o guizo não parecia nada agourento. Não era nada mais que um instrumento rústico e bastante gasto, de tempos antigos.

Fui até a cozinha, passei um café na cafeteira e bebi uma xícara. Aqueci no pequeno forno elétrico um scone velho e já um pouco duro e comi. Depois fui para o terraço, enchi os pulmões com o ar da manhã e me debrucei no parapeito, para olhar a mansão de Menshiki, do outro lado do vale. As grandes vidraças refletiam a luz do sol com um brilho ofuscante. Talvez a limpeza de todas elas fizesse parte do serviço de faxina semanal, pois os vidros estavam sempre impecáveis e reluzentes. Observei por algum tempo a casa, mas Menshiki não apareceu no terraço. Embora estivéssemos "a um aceno de distância", ainda não havia surgido nenhuma oportunidade para nos cumprimentarmos.

Às dez e meia, peguei o carro e fui ao supermercado. Assim que voltei, guardei as compras e preparei um almoço simples: salada de tofu com tomate e um bolinho de arroz. Depois da refeição, tomei um chá verde bem forte. Então me deitei no sofá e escutei um belíssimo quarteto de cordas de Schubert. De acordo com o texto no encarte do disco, na primeira apresentação dessa peça houve certa resistência por parte do público, que a achou "inovadora demais". Não saberia dizer o que havia de "inovador demais" naquela obra, mas algo deve ter ferido a sensibilidade das pessoas da época.

Quando o primeiro lado do LP estava chegando ao fim, senti sono de repente, então me cobri com uma manta e adormeci no sofá, um sono breve, mas profundo. Não devo ter dormido por mais de vinte minutos. Tive vários sonhos, mas quando acordei não me lembrava de nenhum. Às vezes, isso acontece. Há sonhos em que diversos fragmentos desconexos se misturam. Cada fragmento, sozinho, tem certo peso, mas a mescla faz com que um acabe apagando o outro e assim por diante.

Fui até a cozinha, abri a geladeira e bebi um pouco de água mineral direto da garrafa, para expulsar as reminiscências do sono nos cantos do meu corpo, como nesgas de nuvens. Já bem desperto, voltei a constatar a realidade: me encontrava só, no meio das montanhas. Vivo sozinho aqui. O destino me trouxe até este lugar. Em seguida, me lembrei de repente do guizo. Afinal, quem raios poderia estar tocando aquele guizo dentro da câmara de pedra no meio do bosque? E onde raios essa pessoa estaria agora?

Quando vesti minha roupa de trabalho, entrei no ateliê e parei diante do retrato de Menshiki, os ponteiros do relógio já marcavam pouco mais de duas da tarde. Eu costumava pintar durante as manhãs, das oito ao meio-dia, porque era quando me concentrava melhor. Na minha época de casado, começava logo depois que me despedia de minha esposa, quando ela saía para o trabalho. Eu gostava da "quietude do lar" que existia nessas horas. Depois da minha mudança para uma casa na montanha, passei a apreciar também a luz brilhante e o ar límpido que a natureza abundante oferecia pela manhã. Trabalhar assim, todos os dias no mesmo lugar e no mesmo horário, sempre teve um significado importante para mim. A rotina cria um ritmo. Naquele dia, porém, em parte por não ter dormido direito, passei a manhã um pouco desorientado. Por isso, acabei indo para o ateliê durante a tarde.

Me sentei na banqueta de madeira, cruzei os braços e observei, a uns dois metros de distância, minha pintura inacabada. Primeiro eu desenhara apenas os contornos do rosto de Menshiki, com tinta preta. Depois, durante os quinze minutos em que ele posara, eu havia aproveitado para dar volume àquele rascunho, também com tinta preta. No momento, aquilo ainda não passava de um "esqueleto", mas eu sentia que tinha conseguido criar uma atmosfera. Uma atmosfera que brotava da própria existência de Wataru Menshiki. Era isso o que eu mais precisava.

Enquanto encarava aquele esqueleto em preto e branco, a cor que deveria ser acrescentada surgiu na minha mente, de maneira repentina, mas natural. Devia ser um tom de verde próximo à cor embotada das folhas das árvores em um dia de chuva. Misturei algumas tintas sobre a paleta para alcançar essa tonalidade. Depois de algumas tentativas, consegui encontrá-la e fui acrescentando sobre a figura já desenhada, sem pensar muito. Não podia prever de que maneira funcionaria no conjunto, mas sabia que aquele verde era uma importante cor de fundo para a obra. E também que o quadro estava se afastando cada vez mais dos retratos convencionais. Disse a mim mesmo, no entanto, que não havia nada a fazer, mesmo se ele acabasse não sendo um retrato. Se havia uma atmosfera ali, deveria me deixar levar por ela. Por enquanto, experimentaria pintar livremente (como era, aliás, o próprio desejo de Menshiki). Pensaria no resto depois.

Persegui as ideias que surgiam na minha mente, sem traçar planos nem objetivos claros, como um menino que persegue uma borboleta rara, correndo pela campina sem olhar onde pisa. Depois que terminei de usar aquela cor, pousei o pincel e a paleta, sentei de novo na banqueta a dois metros da tela e a contemplei. *Era mesmo a cor certa*, pensei. O verde do bosque molhado pela chuva. Até balancei a cabeça, em sinal de aprovação. Há muito tempo não sentia essa confiança (ou algo próximo) em relação à pintura. Sim, estava bom. Essa era a cor que eu buscava. Ou talvez a cor que o próprio "esqueleto" da pintura exigia. Em seguida, preparei algumas variações de cor a partir daquela e fui acrescentando pinceladas, conforme necessário, dando profundidade ao conjunto.

Enquanto eu olhava para a tela, a próxima cor me ocorreu naturalmente. Laranja. Não um laranja qualquer, e sim uma cor vibrante e cheia de vida, mas que contivesse também o prenúncio de decadência, como a de uma fruta no lento processo de amadurecimento e morte. Obter essa tonalidade foi ainda mais difícil do que no caso do verde, pois não era simplesmente uma cor. Ela precisava estar ligada, em sua essência, a um sentimento, o sentimento de algo preso a um destino, porém com certa estabilidade. Naturalmente, não era uma tarefa nada fácil. Ainda assim, acabei conseguindo. Então peguei um novo pincel e deixei correr a cor sobre a tela. Em alguns pontos, usei também uma espátula. O mais importante era *não pensar*. Fui acrescentando livremente aquela cor à obra, tentando ao máximo bloquear o fluxo de pensamentos. Enquanto eu me dedicava à pintura, todas as questões da realidade desapareceram. Eu não pensava em nada. Nem no som do guizo, nem na descoberta da câmara de pedra, nem na minha esposa, que tinha me abandonado e poderia estar dormindo com outro homem, nem na minha nova amante, uma mulher casada, nem nas aulas de artes na escola, nem no futuro. Não pensava nem sequer em Menshiki. Claro que aquela pintura começara como um retrato de Menshiki, mas agora nem seu rosto aparecia na minha mente. Menshiki não passava de um ponto de partida. O que eu estava fazendo era apenas pintar para mim mesmo.

Perdi a noção do tempo e, quando dei por mim, a sala já estava na penumbra. O sol de outono havia se posto atrás dos cumes das montanhas a oeste, mas eu seguia tão absorto na pintura que nem sequer acendi as luzes. Olhei para a tela e vi que havia cinco novas cores, sobrepostas em várias camadas. Em alguns pontos, elas se misturavam sutilmente, em outros, uma dominava e superava as outras.

Acendi a luz, sentei de novo na banqueta e voltei a olhar de frente para a tela. Sabia que aquela pintura ainda não estava finalizada. Uma espécie de erupção violenta brotava daquele quadro, com uma força bruta e estimulante. Uma força bruta que eu havia perdido por um longo tempo. Porém, só isso não bastava. Eu precisava de um elemento central para controlar e catalisar essa violência. Algo como uma *idea*, um conceito filosófico, que sintetizasse aquelas emoções. Mas para encontrar isso eu ainda precisava dar tempo ao tempo. Por ora, precisava deixar repousar aquela explosão de cores. Retomaria o trabalho no dia seguinte, sob a luz de outra manhã. O tempo provavelmente seria o melhor conselheiro. Eu devia esperar, como quem espera com paciência um telefonema. E para isso eu tinha que confiar que o tempo seria meu aliado.

Ainda sentado sobre a banqueta, fechei os olhos e respirei fundo, enchendo o peito. Naquele anoitecer de outono, senti com clareza que algo estava se transformando dentro de mim, como se meu corpo tivesse se desmanchado e agora recomeçasse a se reorganizar de outra maneira. Mas por que isso estaria acontecendo comigo *naquele momento*? Essa transformação teria sido desencadeada pelo retrato encomendo por Menshiki e por nosso encontro? Ou teria sido graças àquele guizo no meio da noite, à remoção da pilha de pedras e à descoberta da estranha câmara subterrânea? Ou será que esses fatos não tinham relação direta e simplesmente havia chegado o momento de eu me transformar? De qualquer maneira, eu não dispunha de provas em nenhum dos casos.

"Tenho a impressão de que isso é apenas o começo", dissera Menshiki, antes de se despedir. Será que eu havia atravessado o limiar do *começo* a que ele se referia? Em todo caso, fazia muito tempo que não me sentia tão estimulado pela pintura, a ponto de chegar, literalmente, a perder a noção das horas. Sentia um calor agradável na pele enquanto arrumava o material de trabalho.

De repente, bati os olhos no guizo apoiado na prateleira. Peguei o instrumento e toquei duas ou três vezes. O já conhecido som ecoou, vibrante, dentro do ateliê. Porém, desta vez não senti medo. Só fiquei surpreso, me perguntando como um guizo velho daqueles podia produzir um som tão forte. Devolvi o instrumento à prateleira, apaguei a luz do ateliê e fechei a porta. Em seguida fui para a cozinha, peguei uma garrafa de vinho branco e bebi uma taça, enquanto preparava o jantar.

Pouco antes das nove da noite, Menshiki telefonou.

— Como passou a noite? — perguntou ele. — Ouviu o guizo tocar?

Respondi que havia ficado acordado até as duas e meia da manhã, mas que o guizo não tocara.

— Que bom saber. Então não aconteceu mais nada de estranho?

— Acho que não — respondi.

— Isso é o que importa. Tomara que tudo continue assim... Se incomoda se eu fizer uma visita amanhã de manhã? — acrescentou Menshiki, depois de uma pausa. — Gostaria de olhar outra vez, com calma, aquela câmara de pedra... É um lugar interessantíssimo.

Respondi que não havia problema. Eu não tinha nenhum compromisso para a manhã seguinte.

— Certo, então vou passar por volta de onze horas.

— Tudo bem.

— A propósito, para você hoje foi um dia bom? — perguntou Menshiki.

Se para mim hoje foi um dia bom? Aquela frase soava como uma tradução automática de algum programa de computador.

— Acho que foi um dia relativamente bom — respondi, um pouco confuso. — Pelo menos, não aconteceu nada de ruim. O clima também estava bom... Foi um dia agradável. E para você? Hoje foi um dia bom?

— Aconteceu uma coisa boa e outra nem tão boa assim — respondeu Menshiki. — O fiel da balança está oscilando. Ainda não consigo determinar qual dos dois pratos é o mais pesado, se o da coisa boa ou o da coisa ruim.

Como eu não sabia o que dizer, fiquei calado. Menshiki continuou.

— Infelizmente, não sou um artista como você. Vivo no mundo dos negócios, da informação, onde normalmente apenas coisas que podem ser quantificadas têm valor. Por isso, peguei essa mania de transformar tudo em números, tanto as coisas boas quanto as ruins. Se o peso dos acontecimentos positivos for maior, por menor que seja, o resultado será um dia bom, mesmo que algo negativo também tenha acontecido. Ao menos em termos quantitativos é assim.

Continuei em silêncio, sem entender direito o que ele estava tentando dizer.

— Ontem — prosseguiu Menshiki —, ao abrir a câmara subterrânea, nós perdemos algo e ganhamos algo. O que ganhamos e o que perdemos? Essa questão está me importunando.

Ele parecia esperar uma resposta da minha parte.

— Não creio que ganhamos nada que possa ser quantificado — respondi, depois de refletir um pouco. — Até o momento, é claro. Nosso único ganho foi aquele instrumento usado em rituais budistas, mas acho que, na prática, ele não vale muito. Não é uma raridade nem tem valor histórico. Por outro lado, quantificar o que perdemos deve ser fácil. A equipe de paisagismo enviará a conta em breve.

Menshiki riu um pouco.

— Não é nenhuma fortuna, não se preocupe, por favor. O que está me importunando é que, na minha visão, ainda não recebemos *o que deveríamos ter recebido* daquele lugar.

— E o que deveríamos ter recebido?

Menshiki limpou a garganta.

— Como disse, não sou artista. Tenho certa dose de intuição, mas infelizmente não sou capaz de materializá-la. Não consigo transformar essa intuição, por mais apurada que seja, em algo universal como a arte. Não tenho essa capacidade.

Esperei, calado, que ele continuasse.

— Por isso busquei esse processo de quantificação, como um substituto para a forma universal e artística de dar materialidade às coisas. Pois para viver bem em qualquer circunstância as pessoas precisam de um eixo para se sustentar. Você não acha? No meu caso, alcancei relativo sucesso ao quantificar minha intuição, ou o que parece uma intuição, através de um sistema específico. E, de acordo com essa minha intuição...

Menshiki se calou por um momento, e eu quase podia apalpar aquele silêncio.

— De acordo com essa minha intuição, deveríamos obter alguma coisa da câmara de pedra subterrânea que abrimos.

— Que tipo de coisa?

Ele balançou a cabeça. Ao menos, tive a impressão, através do telefone, de que ele estava balançando a cabeça.

— Ainda não sei. Mas acho que temos que descobrir. E que descobriremos unindo nossas intuições e passando essas impressões por nossos processos de materialização ou quantificação.

Eu continuava sem entender bem qual era seu ponto de vista. O que raios aquele homem estava tentando me dizer?

— Bem, então até amanhã, às onze — disse Menshiki, desligando o telefone sem alarde.

Pouco depois, o telefone voltou a soar. Era minha amante. Fiquei um pouco surpreso, pois ela raramente ligava àquela hora da noite.

— Vamos nos ver amanhã, na hora do almoço? — perguntou.

— Desculpe, mas acabei de marcar um compromisso.

— Não é com outra mulher, é?

— Não. É com Menshiki. O homem do retrato.

— O homem do retrato... — repetiu ela. — Que tal depois de amanhã?

— Depois de amanhã estou totalmente livre.

— Ótimo. Pode ser no começo da tarde?

— Pode, claro. Só não se esqueça de que é sábado.

— Acho que consigo dar um jeito.

— Aconteceu algo? — perguntei.

— Por que teria acontecido?

— Não sei. Você não costuma telefonar a essa hora.

Ela respondeu baixinho, com uma voz do fundo da garganta, como se estivesse segurando a respiração:

— Estou no carro, sozinha. Ligando do celular.

— O que você está fazendo no carro a uma hora dessas?

— Queria ficar um pouco sozinha, então vim para o carro. Só isso. Às vezes as donas de casa precisam tirar uma folga. Algum problema?

— Não, claro que não. Problema algum.

Ela suspirou fundo, como se concentrasse naquele ato uma série de suspiros passageiros. Então disse:

— Sabe, gostaria que você estivesse aqui. Que estivesse aqui e me pegasse por trás. Nada de preliminares, porque já estou bem molhadinha. Queria que você metesse forte, com vontade.

— Parece ótimo... Mas talvez um Mini Cooper seja apertado demais para atos muito extremos.

— Não dá para querer tudo — disse ela.

— Podemos dar um jeito.

— Também quero que você segure meu peito com a mão esquerda e passe a mão direita na minha boceta.

— E, com o pé direito, faço o quê? Talvez eu consiga ligar o som do carro. Tony Bennett é uma boa opção de trilha?

— Não é piada! Estou falando bem sério.

—Tudo bem, desculpe. Vamos recomeçar. Que roupa você está usando?

— Quer saber que roupa estou usando, é? — sussurrou ela, em tom provocativo.

— Quero. Assim saberei o que tenho que fazer.

Ela descreveu o que estava vestindo, com uma profusão de detalhes. Nunca deixo de me surpreender com a variedade de roupas e acessórios que as mulheres usam. Ela foi despindo ao telefone cada uma dessas peças.

— E aí, ele já está bem duro? — perguntou ela.

— Como um martelo — respondi.

— Dá para bater um prego?

— Ah, se dá.

Quem foi mesmo que falou que no mundo existem martelos para bater em pregos e pregos para serem batidos por martelos? Nietzsche? Schopenhauer? Talvez não tenha sido ninguém.

Através da linha telefônica, entrelaçamos nossos corpos. Era a primeira vez que fazia algo assim com alguém. Porém, como ela dava descrições detalhadas e provocantes, o ato sexual imaginário foi, em certo sentido, até mais picante do que o ato físico. Nossas palavras eram explícitas em alguns momentos, insinuações eróticas em outros. Depois de um tempo, acabei gozando, e tive a sensação de que ela também havia alcançado o orgasmo.

Ficamos algum tempo recuperando o fôlego ao telefone, sem dizer nada.

— Bom, então nos vemos no sábado, no começo da tarde — disse ela, já recomposta. — Tem uma coisa que eu quero dividir com você sobre esse Menshiki.

— Conseguiu alguma informação nova?

— Consegui, e foi mais de uma. Pela rede de comunicação da selva. Mas prefiro contar pessoalmente... Quem sabe enquanto a gente faz alguma coisa indecente.

— Você vai voltar para casa agora?

— Claro. Já está na hora.

— Dirija com cuidado.

— Vou tentar. Ainda está tudo tremendo, lá embaixo.

Entrei no chuveiro e lavei meu pênis, que acabara de ejacular. Vesti o pijama, coloquei um cardigã e saí para o terraço, com uma taça de vinho branco barato na mão, para dar uma olhada em direção à casa de Menshiki. A enorme mansão branca, do outro lado do vale, ainda estava iluminada. Todas as luzes pareciam estar acesas. Claro que eu não tinha como saber o que ele estava fazendo lá dentro, (provavelmente) sozinho. Talvez estivesse diante da tela do computador, tentando quantificar suas intuições.

— Foi um dia relativamente bom — falei em voz alta.

Um dia relativamente bom e também estranho. Eu não fazia ideia do que o dia seguinte me reservava. De repente, pensei na coruja do telhado. Será que, para ela, também tinha sido um dia bom? Então me dei conta de que, para uma coruja, o dia estava apenas começando. Elas passam os dias dormindo em algum canto escuro e, à noite, saem para caçar. Precisaria perguntar a ela de manhã cedo se aquele tinha sido um dia bom.

Me deitei na cama e li por um tempo. Depois, às dez e meia, apaguei a luz e adormeci. Só voltei a acordar pelas seis da manhã, então suponho que o guizo não tenha tocado naquela noite.

17. Como deixei passar uma coisa tão importante?

Eu não conseguia esquecer as últimas palavras da minha esposa, quando eu estava saindo de casa: "Será que podemos continuar amigos mesmo se nos separarmos desse jeito?". Na hora (e por muito tempo depois), não compreendi ao certo o que ela queria dizer nem o que pretendia com isso. Fiquei sem saber o que fazer, como se estivesse mastigando um alimento sem sabor. Por isso, me limitei a responder: "Hum... Não sei". Foi a última coisa que eu disse. Como despedida, era algo lamentável.

Mesmo depois da separação eu sentia que estávamos conectados por uma veia fina. Uma veia invisível, mas que continuava pulsando de leve, levando e trazendo um líquido quente como sangue entre nossas almas. Pelo menos de minha parte, essa sensação existia. Mas provavelmente essa veia também seria cortada, em um futuro não muito distante. Se era inevitável, eu preferia romper a delicada linha de vida que ainda existia entre nós o quanto antes. Seria muito mais fácil suportar a dor do rompimento se esse vaso estivesse sem vida, seco como uma múmia. Por essa razão, eu precisava tentar esquecer tudo sobre Yuzu, o mais depressa possível, e fazia questão de não entrar em contato com ela. Telefonei apenas uma vez, quando voltei de viagem, para ir buscar minhas coisas, pois precisava do material de pintura que havia deixado para trás. Essa foi a única conversa que tivemos depois da separação, uma conversa bastante curta.

Não imaginava como poderíamos manter uma relação de amizade depois do casamento. Durante nossos seis anos de vida conjugal, dividimos muitas coisas: tempo, sentimentos, palavras e silêncios, dúvidas e certezas, promessas e concessões, prazer e tédio. Claro que escondíamos algumas coisas um do outro, que guardávamos segredos. Mas conseguimos dividir até mesmo essa sensação de coisas escondidas.

Tudo aquilo se tornou algo pesado que apenas o tempo pode cultivar. Nossos corpos se adaptaram àquela gravidade específica e levávamos a vida num equilíbrio sutil. Também tínhamos nossas próprias regras. Não dava para jogar fora tudo isso, abrir mão do peso, romper o equilíbrio, abandonar as próprias regras, para manter apenas uma relação de amizade.

Eu estava ciente disso. Ou melhor, havia chegado a essa conclusão depois de refletir muito durante minha solitária e longa viagem. Por mais que eu ponderasse, a conclusão era sempre a mesma. O melhor era me afastar ao máximo de Yuzu, cortando todos os laços. Como me parecia a atitude mais lógica e mais sensata, a coloquei em prática.

Também não houve nenhum contato da parte de Yuzu. Ela não me telefonou nenhuma vez, não me enviou nenhuma carta. Embora tivesse partido dela essa ideia de manter a amizade. E essa indiferença me magoou de maneira inesperada. Não é verdade... Para ser sincero, era eu mesmo que estava me magoando. Meus sentimentos oscilavam como um pêndulo cortante que, de um extremo a outro, traçava um grande arco invisível no silêncio interminável. Esse vaivém de sentimentos deixava feridas abertas. E, na prática, só havia uma maneira de esquecer essa dor: pintando, é claro.

Os cálidos raios do sol atravessavam a janela do ateliê e, de vez em quando, uma brisa balançava as cortinas brancas. O cômodo tinha o perfume das manhãs de outono. Depois que comecei a viver no alto da montanha, fiquei muito sensível às variações de aromas das estações. Quando vivia na cidade, mal me dava conta de que esses cheiros existiam.

Sentado na banqueta, encarei demoradamente o retrato incompleto de Menshiki. Era minha maneira de trabalhar. Sempre avaliava, com os olhos de um novo dia, o que fizera no dia anterior. Só depois começava.

Nada mal, pensei depois de um tempo. Nada mal. As diversas tonalidades vestiam bem o esqueleto de Menshiki, traçado com tinta preta e já meio escondido. Porém, ainda via com clareza o que se ocultava nas profundezas do esqueleto. O que eu precisava fazer era trazê-lo à tona, transformando aquela insinuação em afirmação.

Claro que o resultado daquela obra ainda era vago, no campo das possibilidades. Faltava alguma coisa. Algo que deveria existir protestava contra sua inexistência. Algo continuava faltando e batia no vidro da janela que separa a existência da inexistência. Eu podia ouvir seu grito surdo.

Enquanto contemplava a tela, senti sede, fui até a cozinha e bebi um copo de suco de laranja. Relaxei os ombros e estendi os braços para o alto. Inspirei e expirei fundo. Depois retornei ao ateliê, sentei na banqueta e olhei outra vez para a tela. Me sentindo renovado, voltei a concentrar a atenção sobre a pintura. Mas logo percebi que algo estava diferente: meu ângulo de visão havia mudado sensivelmente.

Me levantei, examinei a banqueta e percebi que sua posição estava um pouco diferente. Sem dúvida, ela tinha mudado de lugar. Como isso poderia ter acontecido? Quando eu saíra do ateliê, não movera o assento nem um centímetro. Tinha certeza de que havia me levantado devagar, cuidando para não mudar a posição da banqueta, e de que, ao voltar, havia me sentado sem fazer um ruído. Tinha certeza absoluta, pois sou extremamente metódico em relação à posição e ao ângulo de onde observo minhas pinturas. Sempre faço essas escolhas com cuidado — como um rebatedor de beisebol que escolhe sua posição ao pisar no box — e qualquer variação, por mais sutil que seja, me incomoda.

No entanto, a banqueta se deslocara cinquenta centímetros e seu ângulo em relação ao quadro também havia mudado. Só me restava pensar que, enquanto eu tomava o suco e me alongava na cozinha, alguém tinha entrado sorrateiramente no ateliê e se sentado na banqueta para olhar minha pintura, saindo na ponta dos pés antes da minha volta. E neste meio-tempo, de propósito ou por acidente, mudara a banqueta de lugar. Mas eu não havia passado nem cinco ou seis minutos na cozinha! Quem se prestaria a fazer uma coisa dessas e por quê? Ou será que a banqueta tinha ganhado vida e se mexido por conta própria?

Talvez eu esteja fazendo confusão. Devo ter mexido a banqueta e depois me esquecido. Devo estar passando tempo demais sozinho. Talvez esteja começando a embaralhar minhas lembranças.

Deixei a banqueta onde estava — isto é, a cinquenta centímetros da posição original e num ângulo um pouco diferente — e experimentei me sentar nela para olhar o retrato. O que vi daquele ângulo foi uma pintura um pouco diferente. Naturalmente, era o mesmo quadro, mas com pequenas discrepâncias. A luz incidia sobre a tela de outra maneira, e a textura da tinta não parecia a mesma. Era uma pintura repleta de vida, sem dúvida. Ao mesmo tempo, continuava faltando algo, mas tive impressão de que essa carência era diferente da que eu havia notado agora há pouco.

Qual seria a diferença? Foquei toda a atenção na pintura. Tinha certeza de que aquela diferença estava tentando me dizer algo, que eu precisava identificar. Peguei um giz branco e marquei o local dos três pés da banqueta no chão (posição A). Em seguida, levei o banco de volta à localização original (cinquenta centímetros para o lado) e também registrei com giz (posição B). Marcados os pontos, fiquei indo e vindo entre um e outro, observando a pintura.

Menshiki estava ali, sem dúvida. Apesar disso, percebi que era estranhamente diferente visto de cada ângulo, como se no mesmo plano convivessem duas personalidades distintas e ambas carecessem de algo em comum, um elemento que, apesar de sua ausência, paradoxalmente unia o Menshiki A e o B. Eu precisava descobrir essa "ausência mútua" entre a posição A, a posição B e eu mesmo. De que natureza seria essa ausência? Teria forma própria? Seria amorfa? Nesse caso, como eu poderia lhe dar forma?

Acho que é bastante elementar, não?, perguntou alguém.

Escutei com clareza essa voz. Não muito alta, mas bem nítida. Nem grave nem aguda. Parecia ter soado bem próxima ao meu ouvido.

Engoli em seco e olhei devagar ao redor, ainda sentado. Mas não vi ninguém, claro. O radiante sol da manhã formava uma poça de luz no chão. A janela estava escancarada, e o vento soprava baixinho, trazendo a melodia distante de um caminhão de lixo: "Annie Laurie" (não entendia por que os caminhões de lixo da cidade de Odawara tocavam logo uma canção folclórica escocesa para se anunciar). Fora isso, som algum.

Deve ter sido impressão, pensei. Devo ter pensado em voz alta e escutado o som da minha própria voz. *Acho que é bastante elementar, não?...* Mas era uma maneira bem estranha de falar. Tivesse ou não pensado em voz alta, eu não costumava falar daquele jeito.

Sem sair da banqueta, respirei fundo e olhei de novo o quadro, voltando toda minha atenção para ele. Aquele som não tinha passado de ilusão.

É elementar demais! De novo, soou aquela voz. De novo, bem próxima ao meu ouvido.

Elementar demais?, me perguntei. O que é elementar demais?

Não é só descobrir o que tem em Menshiki e não tem aqui?, disse a voz, muito nítida, como antes. Ela não reverberava nada, como se tivesse sido gravada em estúdio com isolamento acústico. Cada uma das sílabas soava com clareza, mas sem entonação, como um conceito materializado.

Olhei mais uma vez ao redor. Depois, desci da banqueta e fui até a sala. Por via das dúvidas, chequei todos os cômodos. Mas não havia ninguém dentro de casa. A única criatura que poderia estar ali além de mim era a coruja, no sótão. E corujas não falam, é claro. A porta da frente estava trancada.

Primeiro a banqueta, que tinha se mexido sozinha, e agora essa voz estranha. Seria uma voz do além, minha própria voz, ou a de um desconhecido? Vai ver eu estava perdendo a razão. Não podia deixar de considerar essa hipótese. Não tinha muita confiança no meu juízo desde que aquele guizo começara a tocar no meio da noite. Ao menos no caso do guizo, eu tinha contado com a ajuda de Menshiki, que também escutara o som, me fornecendo provas objetivas de que não era alucinação minha. Como sabia que minha audição estava funcionando bem, o que poderia ser aquela voz misteriosa?

Sentei outra vez na banqueta e olhei para o quadro.

Não é só descobrir o que tem em Menshiki e não tem aqui? Parecia uma charada, um atalho que um pássaro esperto ensina para uma criança perdida na mata. O que tem em Menshiki e não tem aqui... O que seria?

Demorou muito tempo. Os ponteiros do relógio corriam sem alarde, anunciando a passagem dos minutos. A luz do sol que entrava pela janela leste se movia em silêncio pelo assoalho. Passarinhos coloridos pousavam sobre os galhos do salgueiro, buscando algo com movimentos graciosos, depois iam embora chilreando. Nuvens brancas, achatadas e redondas, atravessavam em fila o céu. Um avião prateado passou em direção ao mar reluzente, um avião antissubmarino das Forças de Defesa, com quatro hélices, cujo dever era enxergar aquilo que estava oculto. Fiquei ouvindo o som daquele motor se aproximar e depois se distanciar.

Até que de repente, enfim, percebi algo. Algo, literalmente, claríssimo. O que não existia no meu retrato de Menshiki? Elementar: *seu cabelo branco*. Aquele extraordinário cabelo branco, como neve que acabasse de cair. Era impossível descrever Menshiki sem mencionar isso. Como deixei passar uma coisa tão importante?

Dei um salto, busquei a tinta branca na caixa de material, peguei um pincel e fui acrescentando grossas pinceladas à tela, com gestos livres e arrojados, sem pensar em nada. Usei também uma espátula e os dedos. Pintei por cerca de quinze minutos, depois me afastei do cavalete, me sentei na banqueta e examinei a pintura.

Ali estava Menshiki. Sem sombra de dúvida. Suas personalidades estavam unidas e tangíveis dentro do quadro. Claro que eu não compreendia toda a natureza de Wataru Menshiki. Na verdade, não sabia praticamente nada sobre ele. Porém, como artista, eu tinha sido capaz de reproduzi-lo sobre a tela como uma figura unificada. Era como se Menshiki respirasse naquela pintura, que continha até seus mistérios.

Porém, aquela obra não poderia de maneira nenhuma ser considerada um "retrato", no sentido convencional. Aquele quadro conseguia (na minha opinião) fazer aflorar, em forma de pintura, a presença de Wataru Menshiki, sem se limitar (de maneira nenhuma) a retraçar meramente a aparência física dele. Havia uma diferença significativa. Aquela era, fundamentalmente, uma pintura que eu fizera *para mim mesmo*.

Não podia prever se Menshiki, como cliente, aceitaria aquele "retrato", que talvez estivesse a anos-luz de suas expectativas. Claro que ele mencionara no nosso primeiro encontro que eu poderia pintar como quisesse, que não faria nenhuma objeção quanto ao estilo. No entanto, *por pura casualidade*, aquela pintura poderia conter algum elemento negativo, cuja existência o próprio Menshiki não quisesse admitir. De qualquer modo, gostasse ele ou não, não havia volta. Aquela obra já estava finalizada, fora do alcance das minhas mãos e da minha vontade.

Ainda passei cerca de meia hora sentado na banqueta, contemplando a pintura. Mesmo sendo criação minha, ultrapassava muito as raias da minha compreensão e do meu raciocínio. Eu já não sabia como tinha sido capaz de pintar algo assim. Ao contemplá-la, a tela me parecia por vezes algo muito familiar, por vezes algo muito estranho. Porém, era incontestável que estavam ali as formas certas, nas cores certas.

Talvez eu esteja conseguindo vislumbrar a saída, pensei. Talvez enfim esteja prestes a atravessar a parede que se ergue diante dos meus olhos. Claro, as coisas estavam apenas começando. Por enquanto, eu tinha em mãos apenas algo que *parecia* ser uma pista. Precisava pintar os próximos quadros com muita atenção. Repetia essas palavras enquanto lavava devagar os pincéis e as espátulas que havia usado. Depois lavei as mãos, com óleo e sabonete, fui até a cozinha e bebi alguns copos d'água. Estava com uma sede surpreendente.

Afinal, quem teria movido a banqueta no ateliê? (Sem dúvida, ela fora movida.) Quem teria falado ao meu ouvido com aquela voz estranha? (Sem dúvida, eu ouvira aquela voz.) Quem teria insinuado o que faltava na obra? (Sem dúvida, fora uma sugestão muito útil.)

Só podia ter sido eu mesmo. Devo ter movido o banco, inconscientemente, e sugerido a resposta. De maneira indireta e estranha, cruzando as camadas superficiais e profundas da minha consciência... Era a única solução que me ocorria. Apesar de, naturalmente, não ser a verdade.

Às onze da manhã, quando eu estava perdido em reflexões sentado à mesa, tomando um café, o Jaguar prateado de Menshiki parou diante de casa. Até aquele instante, eu havia me esquecido completamente desse compromisso marcado na noite anterior. Estava concentrado demais na pintura. E também naquela voz que eu tinha a impressão de ter ouvido. Menshiki? O que ele está fazendo aqui?

"Gostaria de olhar outra vez, com calma, aquela câmara de pedra", me dissera ao telefone. Enquanto eu escutava o rugido característico do motor V8 diminuir, finalmente aquela frase voltou à minha lembrança.

18.
A curiosidade não mata só gatos

Saí e fui receber Menshiki. Era a primeira vez que eu fazia isso, mas não tive nenhum motivo específico. Só fiquei com vontade de sair, esticar as pernas e respirar um pouco de ar fresco.

As nuvens, redondas como discos, continuavam pairando no céu. Elas se formavam longe, em alto-mar, e eram carregadas devagar pelo vento sudoeste, até as montanhas. Como podiam ter formas tão perfeitas e tão belas, sem nenhuma intenção concreta, era um enigma. Talvez para um meteorologista não fosse enigma nenhum, mas para mim era. Desde que passara a morar no alto daquela montanha, eu me maravilhava sem parar com os fenômenos naturais.

Menshiki usava um suéter carmim de gola alta — feito de malha grossa, de qualidade — e uma calça jeans de um azul tão desbotado que parecia prestes a desaparecer, de corte liso e tecido macio. Eu tinha a impressão (mas talvez estivesse indo longe demais) de que ele escolhia de propósito roupas com tonalidades que destacavam seu cabelo branco. O suéter carmim combinava muito bem com seu cabelo, que como sempre estava no comprimento ideal. Não sei como Menshiki fazia essa mágica, mas seu cabelo nunca estava mais comprido, nem mais curto do que o ideal.

— Antes de qualquer coisa, eu gostaria de olhar o buraco, pode ser? — perguntou ele. — Quero entrar lá e ver se não tem nada de diferente.

Respondi que tudo bem. Como não me aproximava do buraco desde aquele dia, também queria ver como estava.

— Desculpe o incômodo, mas você poderia levar aquele guizo? — pediu ele.

Voltei para dentro de casa e busquei o velho guizo na prateleira do ateliê.

Menshiki foi até o Jaguar e pegou no porta-malas uma grande lanterna, que pendurou no pescoço. Depois partiu em direção ao bosque, e eu segui seu encalço. As árvores pareciam mais coloridas do que da outra vez. Naquela estação, as montanhas mudavam de cor todos os dias. Algumas árvores ficavam vermelhas, outras se tingiam de amarelo e outras tantas preservavam seu verde. Era uma bela paleta de cores. Mas Menshiki não parecia nem um pouco interessado na paisagem.

— Fiz algumas pesquisas sobre este terreno — comentou ele, sem parar de caminhar. — Sabe como é, os proprietários, o uso do local, esse tipo de coisa.

— Descobriu algo?

Menshiki balançou a cabeça.

— Não, quase nada. Eu desconfiava que existisse algo relacionado a rituais, mas aparentemente me enganei, pelo menos de acordo com minhas pesquisas. Não sei o motivo nem o contexto da construção daquele santuário e daquele montículo de pedra. Originalmente era apenas uma região montanhosa, nada mais. Em determinado momento, uma parte da mata foi desbravada e construíram uma casa, até que Tomohiko Amada comprou a propriedade, em 1955. Antes, era a casa de campo de um político que chegou a ser ministro, no pré-guerra. Creio que você não saiba de quem se trata. Enfim, no pós-guerra, esse político estava praticamente aposentado. Não consegui descobrir quem foi o proprietário antes dele.

— Que estranho, um político ter uma casa de campo num lugar tão remoto…

— Em certa época, muitos homens da política tinham casas de campo por aqui. Se não me engano, a do ex-primeiro ministro Fumimaro Konoe ficava em uma montanha nas proximidades. Essa região está no caminho para Hakone e Atami, e devia ser perfeita para pequenas reuniões secretas. Em Tóquio, é difícil um grupo de figurões políticos se reunir sem atrair olhares.

Erguemos as tábuas que faziam as vezes de tampa sobre o buraco.

— Vou descer por um momento. Poderia me esperar aqui? — perguntou Menshiki.

Respondi que sim.

Ele desceu até o chão, pela escada que os operários haviam deixado. A escada rangia de leve a cada passo. Fiquei observando Menshiki da superfície. Uma vez lá embaixo, ele tirou a lanterna do pescoço e esquadrinhou o ambiente ao redor, correndo as mãos sobre as paredes de pedra e batendo nelas.

— Essas paredes são sólidas e muito bem-acabadas... — disse Menshiki, erguendo o rosto na minha direção. — Não acho que seja apenas um poço aterrado. Se fosse, as paredes seriam mais simples, só de pedras empilhadas. Não teriam encaixes tão elaborados como esses.

— Então você acha que foi construído com outro objetivo?

Menshiki balançou a cabeça em silêncio, como se dissesse: eu não sei.

— De qualquer maneira, do jeito que foram construídas, essas paredes não podem ser escaladas. Não existe uma única fenda que sirva de apoio para os pés. O buraco não tem nem três metros de profundidade, mas seria quase impossível alcançar o topo.

— Quer dizer, você acha que fizeram desse modo para que ninguém conseguisse sair?

Menshiki voltou a balançar a cabeça. Não sabia. Não fazia ideia.

— Gostaria de pedir um favor — disse ele.

— Que favor?

— Será que você poderia tirar a escada e tampar o buraco com as tábuas, para que entrasse o mínimo de luz possível? Sei que é um favor trabalhoso, mas...

Por um momento, não consegui responder nada.

— Está tudo bem, não se preocupe — prosseguiu ele. — Só quero sentir na pele como é ficar fechado sozinho no fundo desse buraco, no escuro. Não tenho nenhuma intenção de virar múmia.

— Quanto tempo pretende ficar?

— Quando eu me cansar, tocarei este guizo. Ao ouvi-lo, pode abrir a tampa e recolocar a escada. Se mais de uma hora se passar e você ainda não tiver ouvido o guizo, abra mesmo assim. Não pretendo ficar aqui por mais de uma hora. Ah, e por favor, não se esqueça de mim! Se por algum motivo você se esquecer, aí sim posso acabar virando uma múmia.

— O caçador de múmias, mumificado.

— Exatamente — riu Menshiki.

— Jamais me esqueceria. Mas você tem certeza de que é uma boa ideia?

— É só curiosidade. Quero experimentar passar um tempo sentado no fundo desse buraco. Bom, vou levar minha lanterna até você. Me passe o guizo, por favor.

Ele subiu alguns degraus da escada, me entregou a lanterna e recebeu o guizo, que agitou de leve, provocando seu som distinto.

Olhei para Menshiki, no fundo do buraco:

— Agora, o que você vai fazer se eu for atacado por um enxame de vespas no caminho e acabar desmaiando ou caindo morto? Vai ficar preso aí dentro! Nunca se sabe o que pode acontecer...

— A curiosidade sempre traz certa dose de risco. É impossível satisfazê-la sem correr nenhum. A curiosidade não mata só gatos.

— Certo. Volto daqui a uma hora.

— Tome bastante cuidado com as vespas — brincou ele.

— Você também tome cuidado. Só que com a escuridão.

Menshiki não respondeu, se limitando a me fitar lá debaixo por um tempo. Parecia querer ler meu rosto, mas havia algo nebuloso no seu olhar, como se ele estivesse tentando focar o olhar em mim, sem conseguir. Era um olhar hesitante, pouco característico de Menshiki. Por fim, como se mudasse de ideia, ele se sentou no chão e se apoiou na parede côncava de pedra. Então levantou discretamente uma mão para mim, sinalizando que estava pronto. Puxei a escada para a superfície, tampei bem o buraco com as tábuas e apoiei sobre elas algumas pedras. Uma nesga de luz ainda devia passar pelas frestas entre as madeiras, mas o interior do buraco com certeza estava bem escuro. Pensei em gritar alguma coisa para Menshiki, lá dentro, mas desisti. Ele estava buscando a solidão e o silêncio.

Voltei para casa, coloquei água para ferver e fiz um chá preto. Depois me sentei no sofá e retomei o livro que estava lendo. Porém, não conseguia me concentrar direito na leitura: estava sempre de ouvidos bem abertos, com receio de não ouvir o som do guizo. Conferia o relógio de cinco em cinco minutos. E imaginava Menshiki, sentado no chão daquele buraco, sozinho na escuridão. Que homem estranho, pensei. Tinha feito questão de chamar e pagar do próprio bolso uma equipe de paisagismo para remover uma pilha de pedras. Depois da descoberta do buraco misterioso, tinha decidido se fechar — ou melhor, tinha pedido para que *eu* o fechasse — ali dentro.

Bom, tudo bem. Não sei por que Menshiki tomou essa decisão (se é que havia algum motivo), mas é problema dele. O melhor a fazer é se deixar levar. Devo seguir os planos traçados por ele, sem pensar em nada. Desisti da leitura, fechei o livro e me deitei no sofá, fechando os olhos. Mas não adormeci, é claro. Jamais conseguiria adormecer numa hora dessas.

Uma hora se passou sem que o guizo tocasse. Ou, quem sabe, eu não tinha escutado seu toque. Seja como for, havia chegado o momento de abrir a tampa. Me levantei do sofá, calcei os sapatos, saí de casa e entrei no bosque. De repente, fiquei preocupado com a possibilidade de aparecer um enxame de vespas ou um javali, mas essa preocupação não se confirmou, e só um pequeno pássaro, um pardal ou algo do gênero, cruzou o ar diante dos meus olhos. Atravessei o bosque e contornei o santuário, antes de tirar as pedras que faziam peso e erguer só uma das tábuas.

— Menshiki? — chamei pela fresta aberta.

Não houve resposta. Lá embaixo, eu só enxergava a escuridão, sem conseguir identificar Menshiki.

— Menshiki? — voltei a chamar.

Mais uma vez, não houve resposta. Comecei a sentir aflição. Talvez ele tivesse desaparecido, como a múmia que deveria estar ali e tinha desaparecido. Pensando de maneira racional, era algo impossível, mas cheguei a considerar com angústia essa possibilidade.

Me apressei a erguer mais uma tábua. E mais uma. Logo a luz alcançou o fundo do buraco, e consegui enxergar a silhueta de Menshiki, sentado no chão.

— Menshiki, você está bem? — perguntei, um pouco aliviado.

Finalmente, ele pareceu voltar a si. Ergueu os olhos na minha direção e moveu ligeiramente a cabeça. Então cobriu o rosto com as mãos, como se a luz fosse fortíssima.

— Estou bem — respondeu, em voz baixa. — Mas você pode me deixar aqui só mais um pouco? Vou precisar de um tempo até meus olhos se acostumarem com a claridade.

— Já se passou uma hora. Se você quiser ficar mais tempo, posso recolocar a tampa...

Menshiki fez que não.

— Não, está bom. Já é o bastante. Acho melhor não ficar mais tempo aqui. Talvez seja perigoso demais.

— Perigoso demais?

— Depois eu explico.

E então esfregou o rosto, como se quisesse limpar a pele com as mãos.

Cerca de cinco minutos depois, ele se levantou vacilante e subiu pela escada, que eu havia descido outra vez. Ao chegar à superfície, espanou a poeira das calças e ergueu os olhos apertados para o céu. O céu azul de outono aparecia por entre os galhos das árvores. Menshiki o observou por muito tempo, com afeto. Assim que parou, nós recolocamos as tábuas e cobrimos o buraco como antes, para que ninguém caísse lá dentro. Em seguida, colocamos as pedras por cima, como peso. Memorizei bem a posição de cada uma delas. Caso alguém mexesse, eu saberia. Já a escada, deixamos lá dentro.

— Não escutei o guizo — comentei, enquanto caminhávamos.

Menshiki balançou a cabeça.

— Pois é. Eu não toquei.

Como ele não acrescentou mais nada, também não fiz mais perguntas.

Cruzamos o bosque e voltamos para a casa. Menshiki ia na frente, e eu tentava acompanhar seus passos. Sem dizer nada, ele guardou a lanterna no porta-malas do Jaguar. Depois, nos sentamos na sala e tomamos uma xícara de café quente. Ele continuava calado, como se estivesse obcecado com alguma coisa. Não apresentava um semblante fechado, mas dava para ver que estava com os pensamentos em um lugar bem distante. Provavelmente, um lugar apenas dele. Procurei não atrapalhar seus devaneios, como o dr. Watson diante de Sherlock Holmes.

Aproveitei o silêncio para pensar nos meus compromissos. No fim daquela tarde, teria que pegar o carro e ir até a escola de artes, próxima à estação de Odawara. Circularia pela sala vendo os desenhos dos alunos e dando conselhos. Daria uma aula para crianças e, na sequência, outra para adultos. Tratava-se praticamente da minha única oportunidade na semana de encontrar e interagir com outras pessoas. Se não fosse por isso, eu viveria naquela casa de montanha como um verdadeiro ermitão. E, se passasse muito tempo isolado, talvez acabasse ficando maluco, como sugerira Masahiko (talvez isso já estivesse começando a acontecer).

Por isso, em tese, eu deveria ser grato por essa oportunidade de manter contato com o mundo real. No entanto, na prática, eu não conseguia sentir essa gratidão. As turmas me pareciam compostas mais de sombras do que de pessoas de carne e osso. Eu chamava cada estudante pelo nome, com simpatia, e avaliava os trabalhos. Não, não chegavam a ser avaliações. Eram apenas elogios. Eu encontrava em cada desenho algum ponto positivo — se não houvesse nenhum, inventava — e fazia elogios.

Como resultado, aparentemente eu tinha uma boa reputação como professor. Segundo o diretor da escola, as turmas gostavam de mim, algo que era inesperado, porque jamais havia imaginado que pudesse levar jeito para ensinar alguma coisa. De qualquer maneira, não me importava com isso. Para mim, não fazia diferença se gostavam ou não de mim. Bastava dar as aulas da maneira mais acomodada possível e não arranjar problemas. Fazendo isso, cumpria minha obrigação para com Masahiko Amada.

Bem, claro que não havia apenas sombras nas turmas. Afinal, eu tinha escolhido duas alunas para manter relações íntimas. Depois que comecei a sair com cada uma delas, ambas deixaram de frequentar as aulas, provavelmente por constrangimento. Eu não deixava de sentir um pouco de culpa por isso.

A segunda aluna (a mulher casada mais velha do que eu) apareceria amanhã à tarde. E passaríamos um tempo na cama, unindo nossos corpos. Então, ela não era uma sombra, e sim uma pessoa de carne e osso. Ou seria uma sombra de carne e osso? Eu não sabia a resposta.

* * *

Tomei um susto quando Menshiki me chamou, me trazendo de volta à realidade. Aparentemente, eu também tinha mergulhado em pensamentos, sem perceber.

— Sobre o retrato...

Olhei para Menshiki. Ele tinha recobrado a expressão impassível de costume. O mesmo rosto bonito, sempre sereno e ponderado, capaz de tranquilizar qualquer um.

— Se você estiver sentindo falta que eu pose — continuou ele —, posso fazer isso agora mesmo. Se depender de mim, podemos continuar quando você quiser.

Continuei encarando seu rosto por algum tempo. Posar? Ah, sim, o retrato. Abaixei a cabeça, tomei um gole do café já meio frio e, depois de concatenar as ideias, pousei a xícara sobre o pires. Um pequeno ruído seco — *clank* — chegou aos meus ouvidos. Ergui o rosto e respondi.

— Lamento, mas hoje tenho que dar aulas na escola de artes.

— Ah, é verdade — disse Menshiki, e conferiu o relógio de pulso. — Tinha me esquecido completamente desse detalhe. Você dá aulas de desenho na escola em Odawara. Precisa sair em breve?

— Não, ainda tenho um tempo — respondi. — Aliás, preciso falar com você sobre uma questão.

— Que questão?

— Na verdade... a obra já está pronta. Em certo sentido.

Menshiki franziu quase imperceptivelmente as sobrancelhas. Depois olhou nos meus olhos, como se tentasse lê-los.

— O meu retrato?

— Sim.

— Que ótima notícia! — exclamou ele, estampando um sorriso discreto no rosto. — Realmente animadora. Mas o que você quer dizer com "em certo sentido"?

— Não é muito fácil de explicar. Nunca fui bom com explicações.

— Fale sem pressa, como achar melhor. Sou todo ouvidos.

Entrelacei os dedos das mãos sobre os joelhos.

Enquanto eu refletia sobre o que ia dizer, fomos envolvidos pelo silêncio, um silêncio tão profundo que quase dava para escutar o ruído do tempo passando. Naquelas montanhas, o tempo passava muito devagar.

— Aceitei sua encomenda e pintei um quadro tendo você como modelo — comecei. — Mas, para ser sincero, não poderia chamar essa obra de "retrato". No máximo, é uma obra em que usei você de modelo. Confesso que também não saberia avaliar o valor dessa pintura como produto. A única certeza que tenho é que era o quadro *que eu precisava pintar*. Fora isso, não sei de mais nada. Na verdade, estou muito confuso. A impressão que tenho é que talvez seja melhor não entregar a tela por enquanto, até que algumas questões sejam esclarecidas. Por isso, gostaria de devolver todo o valor que recebi. E peço sinceras desculpas por ter desperdiçado seu tempo precioso.

— Você diz que não se trata de um retrato... — mencionou Menshiki, escolhendo as palavras com cuidado. — Em que sentido não se trata de um retrato?

— Até hoje, ganhei a vida como retratista e sei que um dos preceitos básicos da profissão é retratar o modelo como ele quer ser retratado. Afinal, o modelo é o cliente e, se não ficar satisfeito, pode dizer que não aceita a obra e se recusar a pagar. Por isso, evitamos ao máximo retratar os aspectos negativos e sempre procuramos realçar os aspectos positivos da pessoa. Nesse sentido, a não ser que você esteja falando de um Rembrandt, na esmagadora maioria dos casos os retratos não são considerados obras de arte. Porém, no quadro em questão, embora você tenha posado, não pensei nem um pouco em você enquanto pintava. Pensei apenas em mim mesmo. Resumindo, esta pintura destaca muito mais o meu ego, como pintor, do que o seu, como modelo.

— Ora, para mim, isso não é problema — disse Menshiki, ainda com o sorriso no rosto. — Pelo contrário, até me alegra. Deixei claro desde nosso primeiro encontro que gostaria que você pintasse com liberdade e sem restrições, não?

— Sim, é verdade. Sei que você disse isso. O que me preocupa não é tanto o resultado da obra... e sim *o que retratei nela*. Priorizei meu ego e talvez tenha acabado pintando algo que não deveria. Esse é o meu receio.

Menshiki passou um tempo sondando meu rosto. Por fim, falou:

— Você está preocupado com a possibilidade de ter colocado na tela algo que existe dentro de mim e que não deveria ser retratado. É isso?

— Sim, é isso — respondi. — Talvez, por ter seguido apenas meus impulsos, eu tenha soltado um tipo de *amarra* que deveria continuar presa.

E assim talvez tenha trazido à tona, de dentro de você, algo que não devia, tive o impulso de acrescentar, mas mudei de ideia. Guardei essas palavras para mim.

Menshiki refletiu por muito tempo sobre o que eu havia acabado de dizer.

— Muito interessante. É um ponto de vista fascinante.

Permaneci calado.

— Me considero uma pessoa com *amarras* muito fortes. Em outras palavras, acho que tenho um grande autocontrole.

— Sei disso — respondi.

Menshiki pressionou de leve a têmpora, com a ponta dos dedos, e sorriu.

— Quer dizer que a obra já está finalizada? Esse meu "retrato"?

Concordei com a cabeça.

— Sim, sinto que já está pronta.

— Que maravilha! Será que eu poderia vê-la? Depois, pensamos sobre o que fazer. É possível?

— Claro.

Acompanhei Menshiki até o ateliê. Ele parou a dois metros e olhou a pintura de frente, com os braços cruzados. Diante de nós estava um retrato livre de Menshiki. Não, mais do que um "retrato livre", seria apropriado dizer uma "forma", criada pelas pinceladas lançadas contra a tela. O farto cabelo branco era um jorro violento de tinta branca, como uma rajada de neve. À primeira vista, não se distinguia seu rosto. O rosto que deveria estar ali fora completamente encoberto por muitas camadas de cor. Ainda assim, sem dúvida Wataru Menshiki estava presente naquele quadro — pelo menos, era o que eu sentia.

Menshiki ficou imóvel por um longo tempo, encarando o quadro. Não mexeu, literalmente, nem um músculo. Na verdade, era até mesmo difícil ter certeza se ele estava respirando. Parado ao lado da janela, fiquei observando. Não sei quanto tempo se passou, mas para mim pareceu uma eternidade. Todo tipo de expressão havia desaparecido daquele rosto que contemplava o quadro. Os olhos pareciam opacos e sem profundidade, como uma poça d'água parada que refletisse o céu nublado. Um olhar que rejeitava sumariamente qualquer aproximação. Eu não fazia ideia do que poderia estar se passando em sua mente.

Então, como alguém que despertasse da hipnose com um estalar de dedos, Menshiki se empertigou e balançou o corpo de leve. Em um instante, sua expressão voltou ao normal, e seus olhos recobraram o brilho característico. Ele caminhou devagar até onde eu estava, estendeu e apoiou a mão direita sobre meu ombro.

— É esplêndido — disse ele. — Simplesmente esplêndido. Não sei como dizer... mas era isso o que eu queria.

Fitei seu rosto e pude ver sinceridade nos seus olhos. Ele estava realmente admirado e comovido com minha obra.

— Esta pintura me representa com perfeição — prosseguiu ele. — Isso sim é um retrato. Você não se enganou. Fez um trabalho certíssimo.

Sua mão continuava pousada sobre meu ombro, de leve, mas transmitindo uma força particular.

— Mas como você descobriu esta pintura? — perguntou ele.

— Como assim?

— Sei que você é o autor. Dá para ver que é uma criação sua, mas ao mesmo tempo é como se você *a tivesse descoberto*. Ou seja, como se tivesse encontrado e extraído uma imagem encoberta dentro de si mesmo. Talvez eu possa dizer que *a desenterrou*. Não acha?

Vendo desta maneira, até que faz sentido, pensei. Claro que pintei este quadro com minhas mãos, escolhi as tintas, espalhei as cores com o pincel, a espátula ou os dedos. Por outro lado, talvez o modelo, Menshiki, tenha servido apenas como catalizador para que eu encontrasse e extraísse de dentro de mim alguma coisa que estava enterrada. Da mesma forma que usamos uma escavadeira para remover as pedras atrás do santuário, erguer a pesada grade de madeira e revelar aquela misteriosa câmara de pedra. Eu não podia deixar de sentir que existia alguma conexão entre esses dois processos, que aconteciam simultaneamente. Todos esses acontecimentos pareciam ter sido deflagrados pelo surgimento de Menshiki e pelo guizo que tocava no meio da noite.

— Eu diria que é como um terremoto com o epicentro nas profundezas do mar — continuou ele. — Um movimento intenso que acontece em um mundo que os olhos não podem ver e que a luz do sol não alcança, como se fosse o campo interno do inconsciente. Ainda assim, tudo isso produz uma reação em cadeia e chega à superfície da terra em uma forma visível. Não sou artista, mas compreendo em linhas gerais os princípios desse tipo de processo, pois as grandes ideias no mundo dos negócios também surgem através de processos semelhantes. As ideias mais extraordinárias costumam ser pensamentos que brotam, sem fundamento, da escuridão.

Menshiki voltou para diante do quadro e se aproximou, para olhar a tela bem de perto. Como quem lesse um mapa detalhado, examinou com atenção cada minúcia. Em seguida, se afastou uns três metros e apertou os olhos, para avaliar o conjunto. A expressão no seu rosto era próxima do arrebatamento. Ele parecia uma ave de rapina prestes a agarrar uma presa. Mas qual seria a presa? Meu quadro, eu, outra coisa? Eu não saberia dizer. De qualquer forma, aos poucos esse ar de enlevo foi desaparecendo até sumir de vez, como a névoa que paira sobre os rios ao amanhecer. O semblante reflexivo e simpático de sempre retomou seu lugar.

— Sabe, procuro não me vangloriar — disse ele —, mas devo admitir que fico orgulhoso de ver que não errei em meu julgamento. Posso não ter talento nem criatividade de artista, mas tenho um bom olhar para identificar obras de qualidade. Ou, pelo menos, acredito ter.

Não consegui aceitar de peito aberto aquelas palavras de elogio, nem me alegrar com elas. Talvez ainda estivesse incomodado com o olhar de ave de rapina que Menshiki exibira há pouco, ao observar a obra.

— Então você ficou satisfeito com o quadro? — perguntei, para confirmar.

— Nem preciso dizer! Sem dúvida, é uma obra de valor. Para mim, é uma alegria inesperada ter servido de modelo para uma pintura tão extraordinária e poderosa. Também nem preciso dizer que, como cliente, gostaria de ficar com ela. Posso, não posso?

— Sim. Eu só...

Menshiki ergueu a mão rapidamente e me interrompeu.

— Para celebrar a conclusão desta obra maravilhosa, gostaria de convidá-lo para uma visita à minha casa. O que me diz? Gostaria de fazer um brinde à sua saúde. Claro, caso não seja um inconveniente...

— Inconveniente algum. Mas você não precisa se dar ao trabalho, eu já...

— Não, não. Eu faço questão — insistiu ele. — Gostaria de celebrar este quadro. O que me diz de um jantar? Não prometo nada muito grandioso, mas podemos fazer uma pequena comemoração. Seríamos apenas nós dois. Além do chef e do bartender, é claro.

— O chef e o bartender?

— Ah, sim. Há muito tempo sou cliente de um restaurante de culinária francesa próximo ao porto de Hayakawa. Posso pedir ao chef e ao bartender que venham à minha casa em um dia de folga. É um chef muito talentoso e serve pratos interessantíssimos com peixes frescos. Na verdade, eu já vinha planejando esse convite e já tinha começado os preparativos. No fim, o *timing* foi perfeito.

Precisei fazer um esforço considerável para impedir que a surpresa transparecesse no meu rosto. Eu não podia nem imaginar quanto custaria um jantar daqueles, mas para Menshiki devia ser algo normal. Ou, no mínimo, não tão excepcional assim.

— O que acha de marcarmos daqui a quatro dias? — perguntou ele — Terça-feira, à noite. Se você estiver de acordo, preparo tudo.

— Não tenho nenhum compromisso para terça...

— Certo, então está combinado. A propósito, eu poderia levar a tela hoje mesmo? Se possível, gostaria de providenciar a moldura e já pendurar o quadro no lugar certo antes da sua visita.

— Menshiki, você realmente vê seu próprio rosto neste quadro?

— Claro que sim — respondeu ele, me lançando um olhar intrigado. — Claro que vejo meu rosto neste quadro. Com muita clareza. Que outra coisa poderia estar desenhada?

— Está bem — cedi. Era tudo o que eu podia fazer. — Você me encomendou o quadro. Se estiver satisfeito, é seu. Pode fazer o que quiser com ele. Só que a tinta ainda não está seca, então por favor tome cuidado ao carregá-lo. Também seria bom esperar um pouco antes de colocar a moldura. No mínimo duas semanas.

— Está bem. Vou tomar cuidado e deixar a moldura para mais tarde.

Ao se despedir, Menshiki esticou a mão para um cumprimento, algo que não fazia há um tempo. Trazia no rosto um sorriso aberto de satisfação.

— Bem, então até terça-feira. Enviarei um carro para buscá-lo por volta das seis da tarde.

— Por sinal, você não vai convidar também a múmia?

Não sabia por que tinha feito uma pergunta daquelas. A múmia surgiu de repente na minha mente e não pude deixar de mencioná-la.

Menshiki sondou meu rosto.

— Múmia? Do que você está falando?

— Da múmia que devia estar dentro daquela câmara de pedra, tocando o guizo todas as noites, mas que desapareceu em um passe de mágica, deixando para trás o instrumento. Talvez ela também mereça um convite, não acha? Como a estátua do comendador em *Don Giovanni*.

Depois de um instante, Menshiki pareceu compreender do que eu estava falando, e um sorriso alegre surgiu em seu rosto.

— Ah, entendi. Você está sugerindo que eu convide a múmia para jantar como Don Giovanni convidou a estátua do comendador?

— Exatamente. Talvez exista alguma conexão aí.

— Tudo bem, não vejo problemas. Se a múmia quiser participar, está convidada. Seria uma noite bem interessante. Que tipo de sobremesa devo servir, neste caso? — perguntou ele, rindo. — O único problema é que não estou vendo a tal da múmia em lugar nenhum. Se ela não aparecer, não tenho como fazer o convite.

— Claro. Mas nem toda a realidade se limita ao que é visível aos olhos, não acha?

Menshiki levou a pintura com cuidado, com as duas mãos. Primeiro pegou um cobertor velho no porta-malas do carro e o estendeu sobre o banco do passageiro, depois apoiou a tela com atenção, para que a tinta não encostasse em nada. Por fim, firmou tudo usando uma corda fina e duas caixas de papelão. Era muito meticuloso. Além do mais, aparentemente, havia de tudo naquele porta-malas.

— Talvez você tenha razão — murmurou ele, antes de partir, me encarando, com as duas mãos já sobre o volante de couro.

— Talvez eu tenha razão?

— Quer dizer, talvez existam momentos em que perdemos de vista a noção entre o que é real e o que não é. Às vezes parece que essa linha divisória está em movimento constante, como uma fronteira que muda a cada dia. Nessas horas, é preciso prestar muita atenção. Caso contrário, você pode não saber mais de que lado está. Era a isso que me referia hoje cedo, quando disse que seria perigoso passar mais tempo dentro daquele buraco.

Não encontrei as palavras adequadas para uma resposta. Menshiki também não se estendeu sobre o assunto. Acenou pela janela aberta e desapareceu do meu campo de visão com o retrato ainda fresco, embalado pelo ronco agradável do motor V8.

19.
Tem alguma coisa atrás de mim?

No sábado, à uma da tarde, quando minha amante chegou no seu Mini Cooper vermelho, saí de casa para recebê-la. Ela estava de óculos escuros verdes e com um leve casaco cinza sobre um vestido bege simples.

— E então? No carro ou na cama?

— Como você é bobo — respondeu ela, rindo.

— Não achei nada mal fazer no carro. Ter que improvisar dentro de um espaço apertado…

— Um dia desses a gente faz de novo.

Nos sentamos na sala de estar e tomamos chá preto. Contei que tinha terminado o retrato (ou algo semelhante a um retrato) de Menshiki, depois de algum tempo de trabalho. Também expliquei que a tela tinha saído bem diferente das que eu pintava antes. Ao ouvir essa revelação, ela ficou curiosa.

— Posso ver como ficou?

Fiz que não com a cabeça.

— Tarde demais. Você chegou com um dia de atraso… Bem que eu gostaria de saber sua opinião, mas Menshiki levou o quadro ontem mesmo. A tinta nem tinha terminado de secar, mas ele fez questão de sair com a tela. Parecia até que estava com medo que alguém fosse roubar.

— Bom, então ele gostou?

— Ele disse que sim, e não tenho motivo para duvidar de sua palavra.

— Então você conseguiu terminar seu quadro e o cliente ficou satisfeito. Deu tudo certo!

— Acho que sim — respondi. — E eu também fiquei satisfeito com o resultado. Foi um tipo de obra que nunca tinha feito antes e senti que me abriu novos horizontes.

— Você se refere a um novo estilo?

— Hum... não sei. Desta vez, consegui fazer essa pintura com Menshiki. Mas talvez tenha sido só uma *casualidade* que possibilitou esse resultado. Não sei se o mesmo processo funcionaria com outro modelo. Talvez tenha sido uma exceção pelo magnetismo transmitido por ele. De qualquer maneira, acho que o mais importante é que voltei a sentir vontade de pintar.

— Bom, parabéns pela obra!

— Obrigado. Ela também me rendeu um bom dinheiro.

— Graças à generosidade de Menshiki — brincou ela.

— Pois é... A propósito, ele me convidou para visitar a mansão. Vou jantar lá na terça-feira, para celebrar a conclusão do quadro.

Contei a ela os detalhes do jantar, mas deixei de fora o convite à múmia, é claro. Falei que seria um banquete, com direito a um chef e a um bartender.

— Quer dizer que você vai enfim entrar na mansão branca! — exclamou ela, admirada. — A misteriosa morada de um misterioso personagem. Preste bastante atenção em tudo, hein?

— Claro, em tudo o que estiver ao alcance dos meus olhos.

— Não se esqueça de nenhum dos pratos servidos.

— Farei meu melhor para decorar. Por sinal, outro dia você disse que tinha informações novas sobre Menshiki, não foi?

— Foi, direto da "rede de comunicação da selva".

— O que descobriu?

Ela hesitou um pouco. Ergueu a xícara e tomou um gole de chá.

— Não prefere deixar esse assunto para depois? Gostaria de fazer outras coisas antes...

— Que coisas?

— Coisas difíceis de dizer em voz alta.

Então fomos para o quarto. Como sempre.

Durante os seis primeiros anos de casamento com Yuzu (ou deveria dizer: durante a "primeira fase" da nossa vida conjugal?), nunca dormi com outra mulher. Não significa que tenham faltado oportunidades, mas naquela época eu me interessava mais por levar uma vida sossegada com minha esposa do que procurar aventuras. Além disso, estava satisfeito com minha vida sexual com Yuzu.

Porém um dia, sem aviso prévio (a meu ver), minha esposa anunciou: "Eu me sinto péssima por isso, mas acho que não consigo mais continuar vivendo com você". Uma decisão firme, que não deixava espaço para negociação ou conciliação. Ao ouvir aquela sentença, fiquei desorientado, sem saber como reagir. Não me veio nenhuma palavra à boca. De qualquer forma, compreendi que *não podia mais ficar ali.*

Então juntei às pressas alguns pertences, coloquei tudo no Peugeot 205 e parti em uma viagem sem rumo. Durante um mês e meio, dirigi pela região de Tohoku e Hokkaido, onde ainda fazia frio, apesar do começo da primavera. Rodei até o carro estragar. Durante toda a viagem, quando caía a noite, eu me lembrava do corpo de Yuzu. De cada pequeno recanto. De cada reação quando eu tocava determinadas partes, de cada som que ela fazia. Eu não queria me lembrar, mas era inevitável. Às vezes, conforme ia seguindo o fio dessas memórias, acabava ejaculando. Mesmo sem querer.

Apesar disso, durante aquela longa viagem, apenas uma vez tive relações com uma mulher de carne e osso. Por uma estranha e absurda série de coincidências, terminei dividindo a cama com uma jovem desconhecida. E não por iniciativa minha.

Esse fato aconteceu em uma pequena cidade costeira na província de Miyagi. Se não me engano, eu estava perto dos limites com a província de Iwate, mas não tenho certeza, porque na época eu me deslocava o tempo todo, passando por uma infinidade de cidadezinhas parecidas, sem conseguir decorar o nome de todas. Só me recordo que o lugar tinha um grande porto, e que o cheiro de óleo diesel e de peixe pairava por todos os cantos da cidade.

Numa estrada um pouco afastada da cidade, havia um grande restaurante popular. Eu estava ali, jantando. Era por volta de oito da noite. Tinha pedido camarão ao curry e uma salada da casa. Dava para contar na mão o número de clientes do restaurante. Eu estava sentado em uma mesa do lado da janela, comendo e lendo um livro de bolso, quando de repente uma mulher jovem se sentou na cadeira de vinil à minha frente, com um movimento muito rápido, sem titubear nem pedir desculpas, como se fosse a coisa mais natural do mundo.

Ergui o rosto, surpreso. Não reconheci aquela mulher, é claro. Nunca a tinha visto antes. Tudo se passou muito rápido, sem que eu entendesse o que estava acontecendo. Havia muitas mesas vazias ao redor, e eu não via a necessidade de dividir uma. Será que esse era um comportamento normal naquela cidade? Eu pousei o garfo, limpei a boca com o guardanapo e a encarei, perplexo.

— Finge que você me conhece — pediu ela, de maneira direta. — Finge que estava me esperando.

Acho que sua voz era um pouco rouca. Ou talvez estivesse falhando pelo nervosismo.

Prendi o marcador entre as páginas e fechei o livro. Ela devia ter uns vinte e cinco anos. Vestia uma blusa de gola redonda e um cardigã azul-marinho. Não me pareciam peças de qualidade. Também não se destacavam pela elegância. Era uma roupa bem comum, dessas que uma dona de casa vestiria para ir ao supermercado da esquina. Ela tinha o cabelo preto e curto, com franja. Usava pouca maquiagem. Colocara a bolsa de tecido preto sobre os joelhos.

Seu rosto não apresentava nenhuma característica marcante. Seus traços não eram feios, mas o conjunto não causava grande impressão. Ela tinha um desses rostos em que quase ninguém repara na rua, que desaparece da memória alguns passos depois. Seus lábios finos e longos estavam fechados, e ela respirava pelo nariz. Parecia estar um pouco sem fôlego, pois suas narinas se agitavam discretamente. Tinha um nariz pequeno, desproporcional à boca, como se a argila tivesse acabado e o escultor tivesse tirado um pouco do nariz da estátua.

— Entendeu? Finge que me conhece, o.k.? — repetiu ela. — Não fique com essa cara de espanto.

— O.k. — respondi, ainda sem entender nada.

— Continue agindo normalmente. Coma e finja que estamos em uma conversa animada.

— Sobre o quê?

— Você é de Tóquio?

Concordei com a cabeça. Peguei o garfo e comi um tomate-cereja. Depois tomei um gole de água.

— Dá para ver pelo jeito que você fala. Está fazendo o que em um lugar desses?

— Estou só de passagem — respondi.

A garçonete se aproximou da mesa, carregando nos braços o enorme cardápio. Tinha seios extraordinariamente grandes, e os botões do uniforme ocre pareciam prestes a voar longe. A mulher à minha frente não pegou o cardápio. Nem mesmo olhou para a garçonete. Sem deixar de me encarar, se limitou a dizer:

— Um café e um cheesecake.

Falava como se estivesse fazendo o pedido para mim. A garçonete assentiu em silêncio e se retirou, levando o cardápio.

— Você se meteu em alguma encrenca? — perguntei.

Ela não respondeu. Continuou só me encarando, como se avaliasse uma mercadoria.

— Tem alguma coisa atrás de mim? Está vendo alguém?

Olhei de relance atrás dela. Só havia gente normal, jantando. Nenhum cliente novo tinha entrado.

— Não. Nada nem ninguém — respondi.

— Fique de olho e, qualquer coisa, me avise. Enquanto isso, continue conversando comigo.

Daquela mesa, dava para ver o estacionamento do restaurante. Além do meu pequeno e velho Peugeot empoeirado, havia dois carros, um compacto prateado e uma van preta e alta. A van parecia nova. Ambos estavam estacionados há algum tempo. Não vi outro carro além desses. Aquela mulher devia ter chegado a pé, ou de carona com alguém.

— Então você chegou aqui por acaso? — perguntou ela.

— Foi.

— Está viajando?

— Mais ou menos.

— Que livro está lendo?

Entreguei o livro a ela. Era *A família Abe*, de Ogai Mori.

— *A família Abe* — leu ela, antes de me devolver o livro. — Por que você está lendo um negócio velho desses?

— Estava largado na recepção de um albergue onde me hospedei em Aomori. Dei uma olhada e me pareceu uma leitura interessante, então peguei, deixando em troca outros livros que tinha terminado.

— Hum… nunca li esse. É bom?

Eu já tinha lido aquele romance uma vez e estava relendo. Em parte, porque era uma história interessante, mas também porque eu não compreendia com que propósito e de que ponto de vista Ogai escrevera a obra. Que necessidade sentira de escrevê-la? Porém, se fosse explicar tudo isso a ela, a conversa se estenderia demais. Não era um clube de leitura, e ela estava só tentando puxar assunto para conversar comigo (ou para fingir para os outros que estávamos conversando).

— Sim. Acho que vale a pena ler.

— Trabalha com quê? — perguntou ela.

— Como assim? Ogai Mori?

Ela franziu as sobrancelhas.

— Não, quem se importa com Ogai Mori? Estou falando de você. Trabalha com quê?

— Faço quadros.

— É pintor — disse ela.

— Podemos dizer que sim.

— Que tipo de quadros você pinta?

— Retratos.

— Retratos? Esses quadros que ficam na parede do escritório de presidentes de empresa? Esses retratos de gente importante fazendo ares de importância?

— Exatamente.

— Só pinta isso?

Concordei com a cabeça.

Ela não falou mais nada sobre pintura. Deve ter perdido o interesse. Com exceção da pessoa retratada, quase ninguém se interessa por esse tipo de retrato comercial.

De repente, a porta automática do restaurante se abriu, e um homem alto de meia-idade entrou. Ele vestia uma jaqueta de couro preto e tinha um boné preto com o logo de uma marca de golfe. Parou diante da porta, correu os olhos por todo o salão, escolheu um lugar a duas mesas de nós e se sentou, voltado na nossa direção. Tirou o boné, alisou muitas vezes o cabelo e analisou sem pressa o cardápio trazido pela garçonete de seios grandes. Tinha o cabelo bem curto, com fios grisalhos aqui e ali. Era magro e estava muito bronzeado. Diversas rugas profundas traçavam ondas na sua testa.

— Entrou um homem — falei para ela.

— Como ele é?

Fiz uma breve descrição de sua aparência.

— Consegue fazer um desenho dele? — perguntou ela.

— Quer dizer, um retrato?

— Isso. Você é pintor, não é?

Tirei um bloco de notas do bolso e esbocei a figura do homem, com uma lapiseira. Fiz até sombreados. Não precisei olhar para ele enquanto desenhava. Sou capaz de captar e memorizar num instante as feições das pessoas. Em seguida, entreguei o desenho para ela, por cima da mesa. Ela pegou o papel, apertou os olhos e fez uma longa inspeção, como um caixa de banco que avaliasse um cheque suspeito. Depois deixou a folha sobre a mesa.

— Você desenha bem, hein? — disse ela, me encarando, aparentemente um pouco admirada.

— É meu trabalho. E, então, conhece esse homem?

Ela não disse nada. Se limitou a balançar a cabeça. Apertou os lábios fechados e não mudou mais de expressão. Depois dobrou o papel em quatro e guardou na bolsa. Não entendi por que ela guardou aquilo. Podia só amassar e jogar fora.

— Não conheço — disse.

— Mas ele está perseguindo você ou algo assim?

Ela não respondeu.

A garçonete trouxe o cheesecake e o café. A mulher à minha frente continuou em silêncio até que a garçonete se afastasse. Em seguida, cortou um pedaço da torta com o garfo e o empurrou de um lado para o outro no prato, como um jogador de hóquei no gelo se aquecendo antes de começar uma partida. Por fim, levou o pedaço à boca e mastigou devagar, impassível. Depois, colocou um pouco de creme no café, tomou um gole e afastou o prato de torta, como se não quisesse mais.

Uma SUV branca havia surgido no estacionamento. Um carro alto e robusto. Com pneus resistentes. Devia ser do homem que acabara de chegar. Estava estacionado de frente, e a capa do estepe preso ao bagageiro levava o nome do modelo: Subaru Forester. Terminei de comer o camarão ao curry. Quando a garçonete veio retirar os pratos, pedi um café.

— Faz tempo que você está viajando? — perguntou a mulher à minha frente.

— Faz, um bom tempo.

— Está se divertindo?

Eu não estava viajando por diversão. Mas, se respondesse isso, teria que entrar em uma explicação longa e complicada.

— O suficiente — falei.

Ela tinha os olhos cravados em mim, como se observasse um animal raro.

— Você não é de muitas palavras, não é?

Dependia com quem estivesse falando. Mas, se respondesse isso, teria que entrar em uma explicação longa e complicada.

Trouxeram o café e tomei um gole. O gosto era de café, mas não estava muito bom. Ao menos, estava quente, então era melhor do que nada. Depois, ninguém mais entrou. O homem meio grisalho de jaqueta de couro pediu, com voz clara, um hambúrguer no prato e uma porção de arroz.

Nas caixas de som tocava uma versão instrumental de "Fool on the Hill". Eu não conseguia lembrar se essa música era de John Lennon ou de Paul McCartney. Acho que era de Lennon. Fiquei pensando sobre coisas sem importância. Não sabia mais no que pensar.

— Você veio de carro?

— Vim.

— Que carro?

— Um Peugeot vermelho.

— Com placa de onde?

— De Shinagawa — respondi.

Ela fechou o rosto ao ouvir isso, como se tivesse alguma péssima recordação sobre placas de Shinagawa e Peugeot vermelhos. Depois arrumou as mangas do cardigã e conferiu se a blusa estava abotoada até em cima. Em seguida limpou a boca de leve, com um guardanapo.

— Vamos — declarou, de repente.

Ela bebeu metade do copo d'água e se levantou. O café e a torta, quase intocados, continuavam sobre a mesa, como os escombros de uma catástrofe.

Mesmo sem saber para onde iríamos, me levantei com ela. Peguei a comanda sobre a mesa e paguei no caixa. Embora o pedido dela estivesse incluído na minha conta, ela não agradeceu. Também não deu nenhuma indicação de que pagaria sua parte.

Quando saímos do restaurante, o homem de meia-idade e cabelo meio grisalho que entrara por último estava comendo seu hambúrguer, com ar de tédio. Ergueu um pouco o rosto e olhou de relance na nossa direção, mas foi tudo. Logo voltou a olhar para o prato e continuou comendo, com garfo e faca, impassível. Ela não olhou para ele nem por um segundo.

Ao passar por trás do Subaru Forester branco, reparei que tinha um adesivo no para-choque, com um desenho de peixe. Acho que era um marlim. Não faço ideia de por que alguém colaria um adesivo de marlim no carro. Talvez fosse pescador ou trabalhasse em algo relacionado à indústria pesqueira.

Ela não me disse para onde íamos, apenas se sentou ao meu lado e passou a me dar instruções breves, conforme eu dirigia. Parecia conhecer muito bem as ruas da região. Se não tinha nascido na cidade, já morava ali há bastante tempo. Me limitei a obedecer. Depois de alguns minutos, nos afastamos da cidade e chegamos a um motel anunciado por chamativos letreiros de neon. Seguindo suas instruções, entrei no estacionamento e desliguei o motor.

— Vou dormir aqui hoje — declarou ela. — Não posso voltar para casa. Venha comigo.

— Lamento, mas estou hospedado em outro lugar. Já fiz check-in e deixei minhas coisas.

— Onde?

Disse o nome de um hotel simples, próximo à estação de trem.

— Aqui é muito melhor — disse ela. — Aposto que seu quarto é do tamanho de um armário e cheira a mofo.

De fato, o quarto era do tamanho de um armário e cheirava a mofo.

— Além disso — prosseguiu ela —, não costumam aceitar uma mulher sozinha por aqui. Vão ficar desconfiados, achando que sou uma prostituta. Venha comigo, por favor.

Bom, pelo menos ela não é prostituta, pensei.

Paguei adiantado uma diária na recepção (como eu já esperava, ela não demonstrou nenhum sinal de gratidão por isso) e peguei a chave. Assim que entramos no quarto, ela abriu a água para encher a banheira, ligou a televisão e diminuiu a luz ambiente. A banheira era enorme. Realmente, aquele quarto era muito melhor do que o do meu hotel. Ela parecia já ter estado ali — ou em lugares parecidos — muitas vezes antes. Ela se sentou na cama e tirou o cardigã. Depois a blusa branca e a saia-envelope. Depois as meias-calças, ficando apenas de sutiã e calcinha. As duas peças eram brancas, não muito novas, dessas que uma dona de casa vestiria para ir ao supermercado da esquina. Então ela levou as mãos às costas e tirou habilmente o sutiã, que dobrou e colocou no criado-mudo. Seus seios não eram grandes nem pequenos.

— Venha — chamou. — Já que estamos aqui, vamos transar.

Aquela foi a única experiência sexual que tive durante minha longa viagem (ou peregrinação). Foi um sexo inesperadamente violento. Ela teve quatro orgasmos ao todo. Pode parecer mentira, mas tenho certeza de que foram todos de verdade. Já eu gozei duas vezes, mas estranhamente não senti muito prazer, como se estivesse com a mente em outro lugar enquanto transávamos.

— Escute, por acaso você não transava há um tempo? — perguntou ela.

— Há vários meses — confessei.

— Dá para notar — comentou ela. — Mas o que aconteceu? Você não me parece ter tanta dificuldade assim com mulheres.

— Tenho minhas razões.

— Tadinho... — disse ela, acariciando com delicadeza meu pescoço. — Tadinho.

Tadinho, repeti mentalmente. Ao ouvir isso, achei que eu era mesmo uma pessoa digna de pena. Estava numa cidade desconhecida, num lugar esquisito, sem entender nada do que estava acontecendo, nu com uma mulher de quem não sabia nem o nome.

Entre uma transa e outra, tomamos diversas cervejas do frigobar. Devia ser cerca de uma da manhã quando pegamos no sono. Acordei no dia seguinte e não a encontrei em lugar nenhum. Também não vi bilhete. Eu estava sozinho naquela cama excessivamente grande. O relógio marcava sete e meia, e lá fora o sol já brilhava forte. Abri a janela e avistei a estrada, que acompanhava o litoral. Grandes caminhões frigoríficos carregados de frutos do mar circulavam, fazendo barulho. Muitas coisas na vida fazem a gente se sentir vazio, mas poucas dão um vazio tão intenso quanto acordar sozinho em um motel, de manhã cedo.

De repente, tive um estalo e fui checar minha carteira, no bolso da calça. Estava tudo lá: dinheiro, cartões, documentos. Respirei aliviado. Se ela tivesse me roubado a carteira, eu estaria perdido, e com certeza isso podia ter acontecido. Eu precisava tomar mais cuidado.

Ela deve ter saído na ponta dos pés, enquanto eu dormia. Mas como fez para voltar para a cidade (ou para a casa onde morava)? Será que foi a pé? Chamou um táxi? Bom, não adianta pensar sobre isso, já não é da minha conta.

Devolvi a chave na recepção, paguei pelas cervejas e voltei até a cidade no Peugeot. Tinha que passar no hotel perto da estação, pegar minhas coisas e acertar tudo. No caminho, passei pelo restaurante onde tinha jantado na véspera e resolvi tomar o café da manhã. Estava faminto e queria um café preto. Enquanto estacionava o carro, reparei no Subaru Forester, um pouco adiante. Estava estacionado de frente e tinha o adesivo de peixe no para-choque. Com certeza, era a mesma SUV da noite anterior, em uma vaga diferente. Fazia sentido: ninguém passaria a noite inteira num lugar daqueles.

Entrei no restaurante. O salão estava deserto. Como eu imaginava, o mesmo homem do dia anterior estava tomando café da manhã em uma das mesas. Vestia a mesma jaqueta de couro preto e talvez estivesse sentado no mesmo lugar de antes. Sobre a mesa estava o mesmo boné Yonex. A única diferença da véspera é que agora, ao lado do boné, havia uma edição do jornal matutino. O homem tinha diante de si uma xícara de café e um prato com torradas e ovos mexidos. A comida devia ter acabado de chegar, pois o café ainda estava fumegando. Quando eu passei ao seu lado, ele ergueu a cabeça e me encarou, com um olhar muito mais penetrante e glacial do que na noite anterior. Até mesmo com um toque de censura. Pelo menos foi minha impressão.

Eu sei muito bem onde você estava e o que estava fazendo, parecia dizer.

Essa foi minha experiência em uma pequena cidade costeira na província de Miyagi. Até hoje não compreendo o que aquela mulher de nariz pequeno e dentes perfeitamente alinhados quis de mim naquela noite. Também não faço ideia se o homem de meia-idade do Subaru Forester a estava perseguindo ou se ela estava tentando escapar dele. Seja como for, eu estava naquele restaurante e, por uma estranha e absurda série de coincidências, acabei entrando com aquela mulher em um motel extravagante, onde tive relações com ela por apenas uma noite. E talvez esse tenha sido o sexo mais violento que já fiz em toda a minha vida. No entanto, nem sequer me recordo do nome daquela cidade.

— Você pode me pegar um copo d'água? — me pediu a mulher casada com quem eu estava tendo um caso.

Ela tinha acabado de acordar de um cochilo pós-sexo.

Era começo de tarde, e estávamos os dois na cama. Enquanto ela cochilava, eu tinha passado o tempo olhando para o teto, relembrando os estranhos acontecimentos que se sucederam naquela cidade pesqueira. Ainda não haviam se passado nem seis meses, mas para mim tudo parecia muito distante.

Fui até a cozinha, peguei uma garrafa de água mineral, servi um copo e voltei para a cama do quarto. Ela tomou metade em um gole só.

— Então, sobre Menshiki — começou ela, apoiando o copo sobre o criado-mudo.

— Sobre Menshiki?

— As informações que consegui sobre Menshiki — explicou. — Eu não disse que contaria depois?

— Ah, claro, a rede de comunicação da selva.

— Exatamente — disse ela, e tomou mais um gole d'água. — Segundo boatos, seu amigo passou um bom tempo no Centro de Detenção de Tóquio.

Me virei e olhei para ela.

— Menshiki, no Centro de Detenção de Tóquio?

— Pois é, aquele que fica em Kosuge.

— Por quê? Qual foi o delito?

— Não conheço os detalhes, mas acho que foi algo relacionado a dinheiro. Sonegação, lavagem de dinheiro, uso de informação privilegiada... uma coisa dessas. Ou quem sabe todas. Parece que essa detenção aconteceu seis ou sete anos atrás. Ele comentou com você alguma coisa sobre o tipo de trabalho que faz?

— Só que trabalhava com algo relacionado a informações — respondi. — Disse que no passado tinha aberto uma empresa de tecnologia da informação, mas que depois a vendeu, recebendo um bom dinheiro por sua parte das ações. Também mencionou que vive hoje de ganho de capital.

— "Algo relacionado a informações" é um jeito muito vago de falar... porque no mundo de hoje não existe praticamente nenhum trabalho que não esteja relacionado a informações.

— Quem contou para você sobre a prisão?

— Uma amiga. O marido dela trabalha com finanças. Não sei até onde isso é verdade. Pode ser só um boato que alguém ouviu de alguém e passou adiante. Mas, pela riqueza de detalhes, talvez não seja totalmente infundado.

— Se ele ficou no Centro de Detenção de Tóquio, quer dizer que foi acusado pela promotoria de Tóquio, certo?

— Isso, mas parece que ele acabou sendo inocentado, depois de passar bastante tempo preso e ser alvo de uma investigação minuciosa. Dizem que o período de detenção foi estendido algumas vezes, sem direito a fiança.

— Hum... mas ele acabou mesmo inocentado?

— Acabou. Parece que a promotoria não conseguiu comprovar a culpa. Dizem que ele não abriu a boca durante toda a investigação.

— Que eu saiba, a promotoria de Tóquio é composta pela elite dos promotores públicos. É uma corporação que tem muito orgulho do seu trabalho. Quando miram alguém, procuram se assegurar de provas consistentes antes de fazer a acusação. A taxa de condenação ao fim dos processos judiciais também é altíssima. Os interrogatórios no centro de detenção não são fáceis, e os réus costumam acabar desmoronando psicologicamente, depois escrevendo e assinando qualquer coisa. Manter o silêncio absoluto e sair ileso ao longo de um interrogatório desses não é para qualquer um.

— Bom, Menshiki conseguiu. Ele é determinado e tem muito autocontrole.

Realmente, Menshiki não era qualquer um. Era determinado e tinha muito autocontrole.

— Mas essa história me parece mal contada... — insisti. — Quando a promotoria de Tóquio prende alguém, seja por sonegação, lavagem de dinheiro ou o que for, sempre acaba virando notícia. Até pouco tempo atrás, eu lia muito jornais, e um nome tão curioso como Menshiki teria chamado minha atenção.

— Bom, só contei o que ouvi. Ah, e tem mais uma coisa. Acho que já comentei antes, mas Menshiki comprou aquela mansão há uns três anos de maneira obscura, quase forçada. Era o lar de outras pessoas, que não tinham a menor intenção de vender a casa que tinham acabado de construir. Mas Menshiki empregou muito dinheiro... ou, quem sabe, outros meios... para expulsar a família de lá e ficar com o lugar. Como um caranguejo-eremita mau caráter.

— Os caranguejos-eremitas não expulsam ninguém. São crustáceos pacíficos, que só usam conchas vazias, de outros caranguejos que já morreram.

— Pois é, mas nada impede que existam caranguejos de mau caráter no mundo.

— Mas não faz muito sentido — mudei de assunto, evitando debater a natureza dos caranguejos-eremitas. — Por que Menshiki estaria tão fixado *naquela casa*, a ponto de expulsar à força os antigos moradores? Custaria muito dinheiro e daria muito trabalho. Além disso, acho que aquela mansão é um pouco extravagante e chamativa demais para ele. Claro que é uma bela casa, mas tenho a impressão de que não combina muito com o gosto dele...

— Sem falar que é grande demais. Ele não tem empregada, vive sozinho, quase não recebe visitas. Não teria motivo para morar naquele lugar enorme. — Ela tomou o resto da água, depois continuou. — Vai ver existia alguma razão para ele querer aquela casa, a todo custo. Só não sei qual...

— Seja como for, recebi um convite para ir lá na terça-feira. Talvez as coisas fiquem mais claras depois dessa visita. Afinal, vou ver a casa com meus próprios olhos.

— Não se esqueça de checar o quarto secreto, como o do castelo do Barba Azul.

— Pode deixar.

— Que bom que, no fim das contas, tudo deu certo.

— Tudo o quê?

— Ah, você sabe. Você terminou o retrato, Menshiki gostou, você ganhou um bom dinheiro…

— É verdade. Isso tudo deu certo. Fiquei aliviado.

— Parabéns, mestre da pintura!

Não era mentira. Eu realmente estava aliviado. De fato, o retrato estava finalizado, Menshiki tinha gostado do resultado, e eu também. Além disso, eu havia recebido um bom dinheiro pela obra. No entanto, não conseguia sentir uma alegria genuína por tudo aquilo, porque ao meu redor havia muitas coisas sem solução, como que abandonadas no meio do caminho. Quanto mais eu tentava simplificar a vida, mais parecia perder o fio das coisas.

Como se buscasse alguma pista, estiquei o braço e abracei minha amante quase que de maneira inconsciente. Seu corpo era quente, e sua pele macia estava úmida de suor.

Eu sei muito bem onde você estava e o que estava fazendo, tive impressão de ouvir o homem do Subaru Forester branco dizer.

20.
O momento em que a existência e a não existência se misturavam

No dia seguinte, acordei de repente às cinco e meia da manhã. Era domingo e ainda estava totalmente escuro. Tomei um rápido café da manhã na cozinha, vesti uma roupa para trabalhar e fui para o ateliê. Quando o céu começou a clarear, apaguei a luz, escancarei as janelas e deixei entrar o fresco e gelado ar da manhã. Então coloquei uma nova tela sobre o cavalete. Os pássaros cantavam lá fora, e as árvores estavam encharcadas pela chuva que caíra durante toda a noite. Não fazia muito que havia estiado, e brechas brilhantes começavam a se abrir entre as nuvens. Sentado na banqueta, fiquei olhando para a tela em branco, com a xícara de café quente na mão.

Sempre gostei de olhar para uma tela branca, virgem, nas primeiras horas da manhã. Tinha até batizado a atividade como "o momento zen" da tela: não havia nada desenhado no tecido branco, mas não significava que ele estava vazio. Ali se escondia o que deveria vir à tona. Ao apertar os olhos, era possível visualizar inúmeras possibilidades, que aos poucos se materializavam em uma única pista promissora. Era um momento que eu sempre gostava: o momento em que a existência e a não existência se misturavam.

Porém, naquele dia, eu já sabia o que pintaria na tela branca: o retrato do homem de meia-idade do Subaru Forester branco. Aquele homem estivera até então em minhas lembranças, esperando com paciência sua vez de ser retratado. Eu podia sentir isso. Precisava pintar seu retrato para mim mesmo, para mais ninguém (não se tratava de uma encomenda, nem de nada para pagar as contas). Precisava retratar sua figura à minha maneira, para trazer à tona, como no caso do quadro de Menshiki, o significado daquela existência — ou, pelo menos, o significado que ela tinha para mim. Não sabia explicar por quê. Mas sabia que era uma necessidade.

Fechei os olhos e trouxe à mente a imagem do homem. Cada detalhe de suas feições estava gravado com nitidez na minha memória. Era a manhã seguinte da primeira vez em que nos vimos, e ele me encarava sem hesitar, de uma mesa do restaurante. Sobre a mesa havia um jornal dobrado e uma xícara de café ainda fumegante. A ofuscante luz da manhã entrava pelas grandes janelas, e o som de louça barata se chocando ecoava pelo salão. Aquela cena ressurgiu diante dos meus olhos, em cores vivas. E naquele cenário o rosto do homem começou a formar uma expressão.

Eu sei muito bem onde você estava e o que estava fazendo, diziam seus olhos.

Desta vez, resolvi começar com um esboço. Levantei da banqueta, peguei um carvão e parei diante do cavalete. Então passei a criar, no vazio da tela, um lugar para o rosto daquele homem. Sem nenhum plano e sem pensar em nada, a primeira coisa que fiz foi traçar uma linha vertical no centro, seria o princípio de tudo. O que desenharia a partir daquele ponto era o rosto de um homem magro e bronzeado. Uma testa marcada por rugas profundas. Olhos estreitos e penetrantes, acostumados a inspecionar a distante linha do horizonte, tingidos pelas cores do céu e do mar. Cabelo bem curto, com fios brancos aqui e ali. Aquele devia ser um homem taciturno e determinado.

A carvão, fui acrescentando uma série de linhas auxiliares ao redor da principal, dando contorno ao rosto. Me afastei alguns passos, olhei o que havia traçado e fiz correções. Também adicionei novas linhas. O mais importante era acreditar no que estava fazendo. Acreditar na força dos traços e dos espaços demarcados por eles. Eu não devia ter voz. Devia apenas transmitir a voz das linhas e dos espaços. Depois que as linhas e os espaços começassem a falar, seria a hora das cores. E assim algo plano se transformaria, aos poucos, em um objeto tridimensional. Tudo o que eu precisava fazer era encorajar e ajudar todos esses elementos. E, acima de tudo, não atrapalhar.

Segui trabalhando assim até as dez e meia. O sol se moveu devagar até o meio do céu, as nuvens cinzentas se desfizeram e seus fragmentos foram varridos, um a um, para além das montanhas. Já não havia mais gotas d'água na ponta dos galhos das árvores. Me afastei um pouco e examinei o esboço, de diversos ângulos. Ali estava o rosto do homem, conforme eu lembrava. Ou melhor, ali estava o esqueleto do rosto. Mas senti que havia linhas demais, que deveriam ser podadas. Mas essa seria uma tarefa para a manhã seguinte. No momento, era melhor parar.

Pousei o carvão, que já estava pequeno, e fui até a pia lavar as mãos tingidas de negro. Enquanto as secava com a toalha, o velho guizo sobre a prateleira atraiu meu olhar. Peguei o instrumento e o agitei, produzindo um som desagradavelmente seco e antigo. Não parecia um objeto misterioso, guardado por longos séculos sob a terra. Seu som estava muito diferente do que eu havia escutado no meio da noite. Talvez a escuridão e o silêncio profundo fizessem seu toque soar mais forte e mais intenso, potencializando o alcance.

Quem estivera tocando esse guizo sob a terra, no meio da noite, continuava sendo um mistério para mim. Alguém devia produzir esse toque todas as noites (provavelmente para enviar algum tipo de mensagem). Porém, esse alguém desaparecera por completo. Quando abrimos o buraco, encontramos apenas o guizo. Aquilo não fazia sentido, pensei, devolvendo o instrumento à prateleira.

Depois do almoço, saí de casa e entrei no bosque. Estava com uma grossa parca impermeável cinza e uma calça de moletom que usava para trabalhar, cheia de manchas de tinta. Avancei pela trilha molhada até o velho santuário e fui para a parte de trás. Sobre as tábuas que cobriam o buraco estavam amontoadas folhas de todas as cores e formas, encharcadas pela chuva da noite anterior. Aparentemente, ninguém tinha mexido nas tábuas nos últimos dois dias, quando estive ali com Menshiki. Era isso o que eu queria confirmar. Sentei sobre as pedras úmidas e, ouvindo o canto dos pássaros, passei algum tempo contemplando o cenário ao meu redor.

No silêncio do bosque, eu quase podia escutar o som do tempo que corria e da vida que passava. Uma pessoa se vai, outra toma o seu lugar. Um pensamento se vai, outro toma o seu lugar. Uma imagem se vai, outra toma o seu lugar. Eu mesmo avançava me desfazendo e renascendo ao longo dos dias. Nada permanecia no mesmo lugar. O tempo continuava desaparecendo. Às minhas costas, o tempo se transformava em areia, desmoronava, desaparecia, sem cessar. Sentado sobre as pedras, eu me limitava a escutar o som do tempo que morria.

Qual seria a sensação de ficar sentado, sozinho, no fundo daquele buraco? Ficar fechado por horas a fio dentro de um espaço escuro e apertado... Para piorar, Menshiki dispensara a lanterna e a escada. Sem a escada, seria praticamente impossível sair daquele buraco sem a ajuda de alguém — no caso, *a minha*. Por que ele teria se colocado, por livre e espontânea vontade, numa situação tão crítica? Será que os solitários dias de confinamento no centro de detenção e o interior daquele buraco se sobrepunham numa mesma imagem? Naturalmente, eu não sabia a resposta. Menshiki vivia no seu mundo, à sua maneira.

Eu só sabia de uma coisa: *eu jamais conseguiria fazer aquilo*. Nada me dava mais medo do que espaços acanhados e escuros. Se eu fosse colocado em uma situação como aquela, provavelmente entraria em pânico e não conseguiria respirar. Apesar disso, me sentia *fortemente* atraído por aquele buraco, como se ele me chamasse para perto.

Passei quase meia hora sentado sobre as pedras. Por fim, me levantei e voltei para casa, caminhando sob os raios de sol que se infiltravam entre os galhos, projetando desenhos.

Pouco depois das duas da tarde, recebi um telefonema de Masahiko Amada, que queria saber se poderia me fazer uma visita, pois estava resolvendo algumas questões nas redondezas de Odawara. Respondi que sim, é claro. Fazia tempo que não nos víamos. Ele chegou de carro antes das três horas e me trouxe uma garrafa de uísque *single malt*. Agradeci pelo presente, que chegava em boa hora, pois meu uísque acabara. Masahiko estava elegante como sempre, com o cabelo bem cortado e os habituais óculos de tartaruga. Seu estilo quase não mudara desde que nos conhecemos. Só a linha dos seus cabelos retrocedia aos poucos.

Nos sentamos na sala e contamos as novidades. Falei sobre como a equipe de paisagismo retirou as pedras do lugar com uma escavadeira e como descobrimos, embaixo, um buraco redondo de quase dois metros de diâmetro, dois metros e oitenta de profundidade e paredes de pedra. Esse buraco estava coberto por uma pesada grade de madeira e, quando a erguemos, havia um velho instrumento budista, uma espécie de guizo. Masahiko escutou meu relato com interesse, mas não demonstrou nenhuma vontade de ver a escavação com os próprios olhos. Nem o guizo.

— Bom, mas depois o guizo parou de tocar durante a noite, certo? — perguntou ele.

Respondi que sim.

— Isso que importa — disse ele, um pouco aliviado. — Não gosto nadinha desse tipo de história sinistra. Quero distância dessas coisas misteriosas.

— Quem não brinca com vespeiro não leva ferroada.

— Exatamente — concordou ele. — Bom, deixo você resolver esse assunto do buraco. Faça o que achar melhor.

Também contei a Masahiko que ultimamente vinha sentindo vontade de pintar, o que não acontecia há longo tempo. Era como se um bloqueio tivesse sido desfeito desde que terminei o retrato encomendado por Menshiki, dois dias antes. Talvez eu estivesse começando a dominar um novo estilo, um estilo original para retratos. O ponto de partida era o tradicional, mas o resultado acabava sendo muito distinto, embora *na essência* eles continuassem sendo retratos.

Masahiko quis ver como tinha ficado o retrato de Menshiki, e ficou desapontado ao saber que a pintura já não estava comigo.

— Mas a tinta ainda nem devia estar seca!

— Menshiki disse que não tinha problema, que deixaria a tinta secar — expliquei. — Estava com pressa para levar o quadro. Talvez tenha ficado com medo que eu mudasse de ideia.

— Puxa... — murmurou ele, admirado. — E você não tem outro trabalho novo?

— Acabei de começar um, hoje de manhã. Mas ainda é só um esboço a carvão... Acho que nem dá para entender direito.

— Ah, tudo bem. Posso ver mesmo assim?

Fomos até o ateliê e eu mostrei o esboço de *O homem do Subaru Forester branco*. Não passava de um esqueleto tosco feito com traços de carvão. Masahiko cruzou os braços e olhou demoradamente para a tela, de sobrancelhas franzidas.

— Interessante… — deixou escapar entredentes, algum tempo depois.

Continuei em silêncio.

— Não sei no que isso vai dar, mas realmente lembra o retrato de alguém. Quer dizer, parece a raiz de um retrato, uma raiz enterrada bem fundo na terra. — Ele se calou por um tempo. — É um lugar muito profundo e escuro — prosseguiu. — E este homem… é um homem, certo?… Por acaso ele está bravo? Fazendo algum julgamento?

— Hum, também não sei.

— Você também não sabe? — repetiu Masahiko, monocórdico. — Enfim, vejo aqui uma raiva intensa e uma tristeza profunda. Só que ele não consegue pôr esses sentimentos para fora. Sua raiva é um redemoinho interno.

Na faculdade, Masahiko Amada se especializou em pintura a óleo, mas para falar a verdade não se destacava muito como pintor. Era habilidoso, mas não tinha profundidade, e ele mesmo reconhecia isso, em certa medida. Em compensação, tinha um grande talento para identificar, em um relance, os pontos fortes e fracos das pinturas dos outros. Por isso, eu costumava pedir sua opinião quando estava inseguro com alguma obra em andamento. Seus conselhos eram sempre precisos, imparciais e úteis. Por sorte, ele nunca demonstrou uma gota de inveja ou de competitividade. Acho que aquela era sua personalidade inata. Sempre pude confiar nas suas opiniões. Como ele falava com franqueza e sem segundas intenções, curiosamente eu não me irritava nem quando suas críticas eram arrasadoras.

— Quando ficar pronto, posso ser o primeiro a conferir esse quadro, antes de você entregá-lo? — pediu ele, sem tirar os olhos da tela.

— Claro — respondi. — Não estou pintando por encomenda, só por vontade própria. Não pretendo entregá-lo a ninguém.

— Quer dizer que você voltou a ficar com vontade de *pintar para si mesmo*?

— É o que parece.

— Hum… Sabe, é uma espécie de retrato, mas não como os convencionais que você sempre pintou.

Concordei com a cabeça:

— Acho que dá para dizer isso.

— E talvez... talvez você esteja descobrindo uma nova direção a seguir.

— Gostaria de acreditar que sim — respondi.

— Ah, a propósito, outro dia esbarrei com Yuzu — disse Masahiko, quando estava de saída. — Nos encontramos por acaso e conversamos por uma meia hora.

Me limitei a assentir, em silêncio. Não sabia o que dizer.

— Ela me pareceu bem. Quase não falamos de você, como se estivéssemos evitando tocar no assunto. Sabe como é... Mas no final ela acabou me perguntando. Queria saber como você estava, esse tipo de coisa. Falei que você estava isolado em uma casa de montanha, provavelmente pintando quadros.

— Isolado, mas vivo — falei.

Tive a impressão de que Masahiko estava prestes a contar mais alguma coisa sobre Yuzu, mas desistiu. Yuzu sempre gostou de Masahiko e acho que pedia seus conselhos sobre vários assuntos, incluindo talvez nossa relação. Do mesmo jeito que eu pedia os conselhos dele sobre pinturas. Mas Masahiko nunca comentou nada. Era sua maneira de ser. Confiavam muita coisa a ele, que guardava tudo para si, como a água da chuva que escorre pelas calhas e se acumula numa cisterna. Era água que não ia a lugar nenhum e que também nunca transbordava, como se o nível da cisterna se ajustasse de acordo com a necessidade.

O próprio Masahiko não devia ter o hábito de revelar seus problemas e suas preocupações a ninguém. Era filho de um renomado artista de *nihon-ga* e chegou a cursar uma faculdade de artes, mas sabia que não tinha talento como pintor. Devia ter suas angústias sobre isso. Devia querer falar alguma coisa. No entanto, até onde eu conseguia me lembrar, ele nunca deixara escapar uma única reclamação em todos aqueles anos de convivência. Era sua maneira de ser.

— Acho que Yuzu tinha um amante — tomei coragem e falei. — Nos últimos tempos antes da separação, ela já não queria ter relações comigo. Sabe, eu devia ter percebido mais cedo...

Era a primeira vez que eu confessava aquilo para alguém. Escondia aquele segredo a sete chaves dentro de mim.

— Ah, é? — foi tudo o que Masahiko disse.

— Mas você já devia saber, não é?

Masahiko não respondeu.

— Estou enganado? — insisti.

— Tem coisas que é melhor não saber. É tudo o que posso dizer.

— Sabendo ou não, o resultado é o mesmo. Tudo o que muda é se você vai descobrir mais cedo ou mais tarde, se batem a porta com força ou com delicadeza, só isso.

Masahiko soltou um suspiro.

— É, talvez você tenha razão. Talvez o resultado seja o mesmo, sabendo ou não. Mesmo assim, há coisas que não posso contar.

Não falei nada.

— Seja qual for o resultado, tudo tem um lado bom e um lado ruim — prosseguiu ele. — Imagino que a separação tenha sido uma experiência muito dolorosa para você. Lamento muito, de verdade. Mas o resultado foi que você finalmente começou a pintar seus próprios quadros. Está descobrindo um estilo pessoal. Não dá para pensar nisso como um lado positivo?

Talvez ele tivesse razão, pensei. Se eu não tivesse me separado de Yuzu, ou melhor, se ela não tivesse se separado de mim, eu provavelmente estaria até hoje pintando retratos convencionais, por encomenda, para pagar as contas. Mas *não tinha sido uma escolha minha*, e esse era um ponto importante.

— Procure ver o lado bom! — sugeriu Masahiko. — Talvez não seja um conselho dos mais novos, mas se você estiver andando por uma rua é melhor ir pelo lado onde bate sol.

— E no copo ainda resta um dezesseis avos de água.

Masahiko deu uma gargalhada.

— Adoro seu senso de humor!

Eu não tinha falado aquilo para fazer graça, mas achei melhor não comentar.

Masahiko ficou quieto por um momento.

— Você ainda gosta de Yuzu, não é?

— Sei que deveria esquecer e seguir em frente, mas meu coração não deixa.

— Não tem dormido com outras mulheres?

— Mesmo dormindo com outras mulheres, não paro de pensar em Yuzu — respondi.

— Nesse caso, fica difícil...

Masahiko coçou a testa. Parecia realmente achar difícil. Ele entrou no carro para ir embora.

— Obrigado pelo uísque — agradeci.

Ainda eram cinco e meia, mas o céu já estava escuro. Naquela estação, as noites ficavam cada vez mais longas.

— Adoraria beber uma dose junto com você, mas, sabe como é, estou dirigindo... Vamos nos sentar para beber com calma uma hora dessas. Faz tempo, não é?

Respondi que poderíamos beber uma hora dessas.

Tem coisas que é melhor não saber, dissera Masahiko. Talvez ele tivesse razão. Tem coisas que é melhor não ouvir, mas não dá para ficar surdo para sempre. Quando chega a hora, o som faz vibrar o ar e consegue alcançar o coração, por mais que se tapem os ouvidos. É inevitável. A única solução para quem não gostar é ir viver em um mundo vazio.

Quando abri os olhos, era madrugada. Tateei para acender a lâmpada de cabeceira e olhei o relógio. O mostrador digital marcava 1h35. Um guizo estava tocando. Era *aquele* guizo, sem dúvida. Ergui o corpo e apurei os ouvidos para distinguir de onde vinha.

O som recomeçou. Alguém estava tocando o guizo no meio da noite — e era um som muito mais nítido, muito mais alto do que antes.

21.
É pequena, mas brota sangue de verdade quando corta

Me sentei na cama e, prendendo a respiração, escutei o guizo na escuridão da noite. De onde viria? Comparado com as outras vezes, o som era mais alto, mais intenso. Eu tinha certeza. Além disso, vinha de um lugar diferente.

O guizo só pode estar tocando dentro desta casa. Era a única alternativa. Em meio à minha confusão, consegui lembrar que eu mesmo tinha colocado o guizo em uma prateleira do ateliê, já há alguns dias, depois que o retiramos do buraco.

O som do guizo vem do ateliê.

Não havia sombra de dúvida.

Mas e agora? O que eu deveria fazer? Minha mente estava um caos. Eu sentia medo, é claro. Alguma coisa muito estranha estava acontecendo dentro daquela casa, sob o meu teto. Era de madrugada, e eu estava absolutamente só, em um lugar deserto, no meio da montanha. Não havia como não sentir medo. No entanto, ao relembrar aquele momento, percebo que sentia ainda mais perplexidade do que medo. Talvez o cérebro funcione dessa forma. Para aliviar o terror, para diminuir uma forte pressão, ele mobiliza outro sentimento ou outra sensação, como em um incêndio quando usamos todos os recipientes para carregar água.

Organizei as ideias o melhor que pude e considerei minhas opções. Podia simplesmente cobrir a cabeça com o cobertor e tentar voltar a dormir. Pelo menos, evitava me envolver com qualquer coisa misteriosa, como tinha sugerido Masahiko Amada. Também podia tentar pensar em outras coisas, procurando não ouvir nem ver nada. O problema é que eu *jamais* conseguiria voltar a dormir. Mesmo que me escondesse embaixo do edredom, mesmo que pensasse em outras coisas, seria impossível ignorar um guizo que tocava tão alto. Afinal, aquele toque vinha de dentro da casa.

Como de costume, o som do guizo era intermitente. Ele soava algumas vezes, parava um tempo, soava de novo. A duração desses intervalos era irregular, ora mais curta, ora mais longa. Essa descontinuidade tinha algo de estranhamente humano. O guizo não estava ecoando sozinho, nem tampouco era acionado por algum mecanismo. Estava nas mãos de alguém, que o agitava. Talvez para enviar uma espécie de mensagem.

Como eu já não podia continuar fugindo, só me restava reunir coragem e averiguar os fatos. Se aquele ruído continuasse todas as noites, destruiria meu sono e me impediria de levar uma vida decente. Por isso, eu precisava ir até o ateliê para ver o que estava acontecendo. Além do mais, sentia certa irritação (por que aquelas coisas tinham que acontecer comigo?) e também curiosidade. Queria ver, com meus próprios olhos, o que raios estava acontecendo.

Saí da cama, vesti uma malha por cima do pijama e, com uma lanterna na mão, fui até a entrada, onde peguei no porta-guarda-chuvas uma robusta e pesada bengala de carvalho, escura, deixada por Tomohiko Amada. Não esperava que aquela bengala fosse ter alguma utilidade, mas me sentia mais confiante com ela em mãos. Afinal, nunca se sabe.

Nem preciso dizer que estava apavorado. Embora descalço, não sentia quase nada na sola dos pés. Percebia que todo meu corpo estava tenso e, a cada movimento, tinha impressão de ouvir meus ossos rangerem. Alguém devia ter invadido a casa e agora estava tocando o guizo. Talvez a mesma pessoa que o tocava antes, no fundo daquele buraco. Eu não conseguia imaginar quem poderia ser. Ou *o quê*. Uma múmia? Se eu entrasse no ateliê e me deparasse com uma múmia ou com um homem ressequido, com a pele da cor de carne-seca, como deveria agir? Ergueria bem os braços e desferiria uma bengalada, com toda a força?

Que ideia! *Não posso fazer uma coisa dessas*. A múmia pode ser um daqueles monges, um *sokushinbutsu*. Não se trata de um zumbi qualquer.

Bom, então o que fazer? Eu continuava confuso. Ou melhor, estava cada vez mais confuso. Se não tomasse alguma atitude, será que não acabaria vivendo junto com a múmia, sob o mesmo teto? Teria que ouvir o guizo todas as noites naquele mesmo horário?

De repente pensei em Menshiki. Eu só estava passando por aquele apuro porque ele tinha feito algo que não devia. Afinal, de quem fora a ideia de chamar uma equipe, revirar as pedras e abrir aquele buraco misterioso? E agora eu estava preso naquela casa com o guizo e alguma criatura desconhecida. Cogitei telefonar para ele. Mesmo no meio da madrugada, ele provavelmente pegaria o Jaguar e viria correndo. Mas acabei mudando de ideia. Eu não tinha tempo para esperar, nem para perder. Aquela era uma questão que *eu teria que resolver, sem demora.* Era algo que precisava fazer sozinho, era *responsabilidade minha.*

Tomei coragem, entrei na sala e acendi a luz, mas mesmo assim o guizo continuou tocando. Sem dúvida, o som vinha do outro lado da porta do ateliê. Segurei melhor a bengala com a mão direita, atravessei a sala na ponta dos pés e pousei a mão esquerda sobre a maçaneta da porta do ateliê. Então respirei fundo e, determinado, girei a maçaneta. Assim que abri a porta, o som do guizo parou, como se estivesse aguardando por isso, e fui envolvido por um silêncio profundo.

O interior do ateliê estava totalmente escuro. Não dava para ver nada. Estendi a mão esquerda e tateei a parede, até encontrar e acender o interruptor. A luz pendente inundou o cômodo. Preparado para tudo, corri os olhos por todos os cantos, com os pés firmes na soleira da porta e a mão esquerda ainda sobre o interruptor. Estava com a garganta tão seca que não conseguia nem engolir saliva.

Não havia ninguém lá dentro. Não encontrei nenhuma múmia ressequida tocando o guizo. Não encontrei nada além do cavalete, solitário no meio do cômodo, e a tela em cima. Diante do cavalete, a velha banqueta de madeira de três pés. E mais nada. O ateliê estava vazio. Não dava para ouvir o canto de nenhum inseto. Nem o vento. As cortinas brancas estavam tão imóveis que chegava a ser estranho. Senti que minha mão direita, agarrada à bengala, tremia um pouco. Acompanhando esse tremor, a bengala tamborilava contra o chão, produzindo um ruído seco.

O guizo estava sobre a prateleira, como de costume. Me aproximei e o examinei com atenção. Não cheguei a pegá-lo, mas aparentemente não havia nada de diferente com ele. Nada indicava que o instrumento tivesse mudado de posição desde que eu o deixara ali, na manhã anterior, depois de agitá-lo de leve.

Me sentei na banqueta redonda diante do cavalete e olhei mais uma vez ao redor. Examinei cada canto da sala, com atenção. Não havia ninguém. Era o mesmo ateliê de sempre. Sobre a tela, o rascunho de *O homem do Subaru Forester branco* também continuava igual.

Olhei para o despertador apoiado sobre uma prateleira. Marcava duas da manhã, em ponto. Como eu tinha certeza que havia despertado com o som do guizo à uma e trinta e cinco, já haviam se passado vinte e cinco minutos... Mas, para mim, parecia que havia se passado menos tempo... cinco ou seis minutos no máximo. Minha noção de tempo não estava funcionando direito. Ou, quem sabe, o tempo não estivesse passando direito. Um dos dois.

Resignado, levantei da banqueta, apaguei a luz, saí do ateliê e fechei a porta. Parei diante da porta fechada e apurei os ouvidos por um instante, mas não escutei o guizo. Não escutei nenhum som. Apenas o silêncio. E não se trata de uma metáfora — no cume de uma montanha, o silêncio tem som próprio. Em pé diante da porta do ateliê, passei algum tempo escutando o silêncio.

De repente, me dei conta de que havia alguma coisa diferente sobre o sofá da sala. Algo do tamanho de uma almofada ou de uma boneca. Acontece que eu não me lembrava de haver nada assim sobre o sofá. Apertei os olhos e descobri que não era uma almofada, nem uma boneca. Era um ser humano pequeno. Devia ter cerca de sessenta centímetros de altura. Trajava uma estranha vestimenta branca e se agitava irrequieto sobre o sofá. Parecia muito desconfortável, como se sua roupa estivesse apertada. Eu conhecia aquela roupa de algum lugar. Era antiga e tradicional, usada pela elite na antiguidade japonesa. E não era só a roupa. Eu conhecia também o rosto daquele ser humano.

É o comendador, pensei.

Um calafrio percorreu minha espinha, como se um pedaço de gelo do tamanho de um punho subisse aos poucos pelas minhas costas. O comendador retratado por Tomohiko Amada no seu quadro estava sentado no sofá da minha sala — quer dizer, da sala de Tomohiko Amada —, com os olhos cravados em mim. Aquele homenzinho tinha exatamente os mesmos trajes e as mesmas feições do personagem no quadro. Era como se tivesse saído diretamente da tela.

Onde foi que deixei o quadro? Tentei me lembrar. Ah, sim, no quarto de hóspedes, escondido e coberto pelo papel pardo, para que ninguém o visse ao me visitar, já que isso poderia acabar gerando alguma confusão. Se aquele homenzinho realmente tinha saído do quadro, como estaria a tela agora? Será que os outros também partiram?

Mas seria possível um personagem pintado ganhar vida e sair de um quadro? Claro que não. Era impossível. Sem sombra de dúvida...

Estanquei ali, às voltas com pensamentos sem lógica, encarando o comendador, sentado no sofá. O tempo parecia ter parado, como se avançasse e recuasse, esperando que eu me acalmasse. Eu não conseguia desviar os olhos daquele estranho homenzinho, que parecia ter vindo de outro mundo. Do sofá, ele também me encarava. Eu permanecia calado, sem conseguir dizer nada. O susto tinha sido grande demais, e tudo o que eu podia fazer era respirar pela boca entreaberta, sem tirar os olhos daquele homem.

O comendador também não dizia nada, nem tirava os olhos de mim. Tinha os lábios bem fechados, as pernas curtas totalmente esticadas diante de si, as costas apoiadas no encosto. Sua cabeça nem alcançava o alto da almofada. Calçava pequenos sapatos de formato esquisito, com bicos pontudos e retorcidos, de uma espécie de couro preto. Trazia à cintura uma espada longa, de empunhadura enfeitada. Quer dizer, pelo formato era uma espada, mas seu tamanho era proporcional ao corpo do homenzinho, então o comprimento estava mais próximo ao de um punhal. De qualquer maneira, ainda podia ser uma arma letal. Claro, se a lâmina fosse de verdade.

— Ah, sim, é de verdade — disse o comendador, como se lesse meus pensamentos. Apesar da estatura diminuta, tinha uma voz potente. — É pequena, mas brota sangue de verdade quando corta.

Continuei calado, sem conseguir dizer uma palavra. O primeiro pensamento que me ocorreu foi, puxa, ele fala! O segundo foi que ele falava de um jeito muito estranho, que nenhuma pessoa normal falaria. Mas, pensando bem, um comendador de sessenta centímetros de altura que sai de dentro de um quadro estava longe de ser "uma pessoa normal". Então, seu modo de falar não deveria causar surpresa.

— Dentro do quadro *O assassinato do comendador*, de Tomohiko Amada, meu peito foi atravessado por uma espada, e eu me encontrava tragicamente à beira da morte — disse o comendador. — Sabem disso, não sabem, meus jovens senhores? Porém, neste momento, não tenho nenhum ferimento. Estão vendo? Nenhum. Imaginei que seria meio aborrecido e inconveniente, para os senhores, se eu andasse escorrendo sangue por toda a parte. Não gostaria de sujar o mobiliário e os tapetes. Então resolvi deixar o realismo um tanto de lado e omitir o ferimento. Assim, retirei a parte do "assassinato" do quadro. Se precisarem se referir a mim, meus jovens, não me incomodo de ser chamado de comendador.

Pelo visto, o comendador não era dos mais reservados, apesar do seu estranho jeito de falar. Pelo contrário, era até bem tagarela. De minha parte, eu continuava sem conseguir dizer uma palavra, incapaz de determinar o que era real.

— Não seria o caso de largar essa bengala? — perguntou o comendador. — Não me parece que estejamos prestes a duelar, meus jovens.

Olhei para minha mão direita. Continuava agarrando com firmeza a bengala de Tomohiko Amada. Abri os dedos. A madeira de carvalho se chocou contra o tapete, fazendo um baque surdo.

— E, a título de constatação, eu não saltei para fora de quadro nenhum — disse o comendador, lendo outra vez a minha mente. — Aquela pintura (que a propósito é bem interessante) continua como estava, com o comendador à beira da morte e muito sangue brotando de suas entranhas. Por enquanto, estou apenas tomando de empréstimo a aparência daquele personagem. Afinal, haveria de ter alguma aparência para poder conversar com os senhores, certo? Por comodidade, escolhi a figura daquele comendador. Não se trata de problema, se trata?

Continuei em silêncio.

— Não obstante, é uma questão menor, certo? O mestre Amada já está nos estertores da morte, vagando por um mundo de paz, e o comendador também não é uma marca registrada. Se eu assumisse a forma do Mickey Mouse ou da Pocahontas, a Walt Disney por certo faria a gentileza de me processar por uma fortuna, mas enquanto comendador não corro esse risco.

Ao terminar essa frase, ele soltou uma grande gargalhada, sacudindo os ombros.

— Particularmente, não me importaria em aparecer como múmia, mas ponderei que essa forma poderia ser desaconselhável pois iria assustar os senhores. Esbarrar no meio da noite com uma criatura ressequida e cor de carne-seca, tocando um guizo na escuridão, poderia muito bem desencadear um infarto, certo?

Concordei, quase que por reflexo. Realmente, um comendador era bem melhor do que uma múmia. Se eu tivesse esbarrado com uma múmia, era capaz de ter infartado mesmo. Encontrar o Mickey ou a Pocahontas tocando um guizo no escuro também teria sido bem desagradável. No fim das contas, talvez um comendador usando roupas do período Asuka fosse a opção menos pior.

— Você é algum tipo de assombração? — perguntei, num impulso. Minha voz soou rouca e seca, como a de um enfermo.

— Boa pergunta! — declarou o comendador, esticando para o alto um minúsculo dedo indicador. — Boa, não. Excelente. Excelente pergunta, meus jovens! O que sou eu? Por ora, a resposta é: um comendador. Nada além de um comendador, ainda que de forma temporária. Da próxima vez, não sei. Mas afinal, ao fim e ao cabo, o que sou eu? De resto, e os senhores, meus jovens, o que são? De momento, os senhores têm esta forma, mas o que são? Se semelhante pergunta lhes fosse formulada, os senhores ficariam confusos, certo? Comigo não é diferente.

— Você consegue ter a aparência que quiser?

— Não, não é tão simples assim. Não posso assumir senão formas limitadíssimas. Não posso me transformar em qualquer coisa. Em suma, *meu vestuário é restrito*. Não sou capaz de ter nenhuma aparência que não seja necessária. E, para esta ocasião, tudo o que pude escolher foi esse diminuto comendador. Não havia remédio. Pelo tamanho da pintura, acabei ficando desta estatura. Quanto ao mais, essa vestimenta é extremamente desconfortável! — exclamou ele, agitando o corpo dentro da roupa. — Enfim, retornando à pergunta, sou eu uma assombração? Nã-nã-não, jovens senhores, nada disso. Não sou assombração. Sou apenas uma IDEA. Por essência, uma assombração se refere a algo sobrenatural com liberdade irrestrita, o que não é o meu caso. A minha existência tem inúmeras restrições.

Eu queria perguntar muitas coisas, ou melhor, *eu deveria querer* perguntar muitas coisas. Porém, não sei por quê, não me ocorria pergunta nenhuma. Se eu era apenas uma pessoa, por que ele se dirigia a mim como "jovens senhores"? Não, essa pergunta era trivial demais. Nem valia a pena ser feita. Talvez o "você" não existisse no mundo das IDEAS.

— Tenho inúmeras e diligentíssimas restrições — prosseguiu o comendador. — Por exemplo, só posso corporizar por um limitado período a cada dia. Aprecio as incertas horas da madrugada, de modo que costumo tomar corpo entre a uma e meia e as duas e meia da manhã. Com efeito, corporizar à luz do dia é demasiado exaustivo. Nas horas em que não assumo forma concreta, estou por toda a parte, descansando, como uma ideia amorfa. À semelhança da coruja no sótão. De resto, sou por natureza incapaz de ir aonde não fui convidado. De toda sorte, os senhores fizeram a gentileza de abrir o buraco e trazer o guizo para cá, de modo que eu pude entrar nesta casa.

— Você estava preso dentro daquele buraco esse tempo todo? — perguntei, com voz ainda meio rouca, mas já um pouco melhor.

— Não sei, na medida em que não tenho memória propriamente dita. Não obstante, diria que é verdade, em certo sentido, que eu estava preso naquele buraco. Estava preso e, sabe-se lá por quê, não podia sair. Porém, estar preso não me apresentava nenhum problema em particular. Por minha própria natureza, não vejo sofrimento ou incômodo em passar algumas dezenas de milhares de anos fechado em um buraco escuro. Todavia, sou grato aos senhores por terem me tirado de lá, pois é bem mais agradável ser livre do que não ser livre. Nem é preciso dizer. De resto, também sou grato àquele homem, Menshiki. Sem o amparo dele, não teria sido possível abrir o buraco.

Assenti com a cabeça.

— É verdade.

— Acho que pressenti que algo assim poderia acontecer. Refiro-me à possibilidade da abertura do buraco. Pensei então com os meus botões: bem, chegou a hora!

— Por isso você começou a tocar o guizo no meio da noite, há um tempo.

— Exatamente. Então o buraco foi totalmente aberto e, para completar, Menshiki teve a delicadeza de me fazer o convite para um jantar.

Assenti de novo. De fato, Menshiki havia convidado o comendador, embora tenha usado o termo "múmia", para o jantar de terça-feira em sua casa, imitando Don Giovanni, que na ópera convidara a estátua do comendador para um banquete. Para Menshiki, aquele convite devia ter sido apenas uma brincadeira, mas já não tinha mais graça.

— A propósito, sou incapaz de ingerir qualquer alimento — continuou o comendador. — Também não bebo. Aliás, nem tenho sistema digestivo. Chega a ser uma lástima, um desperdício... um banquete tão luxuoso. Porém, aceito o convite com grande satisfação. Afinal, nem sempre uma IDEA é convidada para jantar na casa de alguém.

Foram as últimas palavras ditas pelo comendador naquela noite. Em seguida, ele se calou de repente e foi fechando os olhos, devagar, como se mergulhasse aos poucos em uma meditação. De olhos fechados, tinha uma expressão muito pensativa. Seu corpo também não se moveu mais nem um milímetro. Por fim, sua imagem começou a esvanecer depressa, seus contornos foram ficando cada vez mais vagos, até que, segundos depois, desapareceram por completo. Olhei para o relógio, por reflexo. Duas e quinze da manhã. O período limitado de tempo para ele "corporizar" devia ter chegado ao fim.

Me aproximei do sofá e toquei de leve no local onde ele estivera sentado. Não senti nada. A almofada não estava quente, nem afundada. Não restava nenhum vestígio de que alguém tivesse se sentado ali. Talvez as IDEAS não tivessem peso nem temperatura, já que sua forma não passava de uma aparência emprestada. Me sentei ao lado de onde o comendador estivera e respirei fundo. Depois esfreguei o rosto com as mãos.

Tudo aquilo parecia ter acontecido em um sonho. Só podia ter sido um sonho longo e realista, pensei. Talvez aquele mundo ainda fosse a continuação do sonho. Eu estava preso dentro dele. Era o que me parecia. No entanto, eu sabia muito bem que não tinha sido apenas um sonho. Talvez não fosse a realidade, mas também não era um sonho. Sem querer, Menshiki e eu havíamos libertado o comendador — ou uma IDEA que assumia a forma do comendador — de dentro daquele buraco. E agora ele estava morando dentro daquela casa, como a coruja no sótão. Eu não sabia o significado de tudo aquilo, nem no que resultaria.

Levantei, peguei a bengala de Tomohiko Amada caída no chão, apaguei a luz da sala e voltei para o quarto. Tudo estava quieto. Não se ouvia nenhum som. Tirei a malha, deitei de pijama sob as cobertas e pensei no que deveria fazer. O comendador pretendia ir à casa de Menshiki na noite de terça-feira, pois fora convidado. O que aconteceria durante o jantar? Quanto mais eu refletia sobre o assunto, mais confuso ficava, como uma mesa com pés desiguais, impossível de firmar.

Por fim, fui invadido por um sono terrível, como se minha cabeça estivesse empregando todos os seus esforços para me fazer dormir, tentando me arrancar, à força, daquela realidade caótica e sem sentido. Era impossível resistir. Antes de adormecer, ainda pensei na coruja. Como será que ela estava?

Hora de dormir, meus jovens senhores, sussurrou o comendador, ao pé do meu ouvido.

Mas talvez essa voz tenha sido parte do sonho.

22.
O convite ainda está de pé, é claro

O dia seguinte era segunda-feira. Quando acordei, o relógio marcava 6h35. Me sentei na cama e repassei na mente o que acontecera há algumas horas no ateliê: o guizo tocando, o comendador em versão miniatura, nossa estranha conversa. Queria pensar que tudo aquilo tinha sido um sonho, um sonho longo e realista. Nada mais. E realmente, sob a claridade da manhã, tudo parecia ter sido um sonho. Eu me lembrava com muita clareza de cada detalhe mas, quanto mais analisava, mais tudo parecia ter se passado em um mundo a anos-luz da realidade.

No entanto, por mais que me esforçasse para me convencer de que fora apenas um sonho, eu sabia que não era verdade. *Aquilo podia até não ser a realidade, mas também não era um sonho*. Eu não sabia o que era, mas sabia que não era um mero sonho. Era algo de natureza distinta.

Me levantei, tirei o papel pardo que embrulhava *O assassinato do comendador*, de Tomohiko Amada, e levei o quadro para o ateliê. Depois de pendurá-lo na parede, me sentei na banqueta e passei muito tempo olhando para ele. Como o comendador afirmara na noite anterior, nada mudara na pintura. O comendador não tinha fugido de dentro do quadro e continuava com uma espada atravessada no peito, jorrando sangue, à beira da morte. Tinha os olhos erguidos para o céu e a boca retorcida. Talvez soltasse um grito de sofrimento. O cabelo, a roupa, a espada em mãos e os estranhos sapatos pretos eram idênticos aos do comendador que surgira diante de mim na noite anterior. Ou melhor, analisando a situação pela a ordem *cronológica*, o comendador personificado era idêntico ao do da pintura.

Era realmente incrível que aquele personagem fictício, criado por Tomohiko Amada com pincéis e pigmentos, tivesse surgido no mundo real (ou em um mundo parecido com o real), dotado de corpo sólido e movimentos próprios. No entanto, pouco a pouco, enquanto eu contemplava aquele quadro, comecei a achar que não era de todo impossível. Deve ser porque as pinceladas de Tomohiko são vibrantes e vívidas, pensei. Quanto mais eu contemplava, mais indefinida me parecia a linha entre o real e o imaginário, o plano e o tridimensional, o concreto e o figurativo. Era como o carteiro da obra de Van Gogh que, apesar de não ter sido pintado em um estilo realista, parecia cada dia mais vivo, ou como os corvos do pintor, meros traços grosseiros, mas que pareciam estar voando de verdade pelo céu. Observando *O assassinato do comendador* não pude deixar de admirar, mais uma vez, a profundidade do talento de Tomohiko Amada. Era possível que aquele comendador (quer dizer, aquela IDEA) tivesse "tomado de empréstimo" a imagem do comendador da pintura justamente por reconhecer a excelência e a força daquela obra. Assim como os caranguejos-eremitas escolhem como morada as conchas mais bonitas e resistentes que encontram.

Depois de apreciar a pintura de Tomohiko por cerca de dez minutos, fui até a cozinha, coloquei água na cafeteira e tomei um café da manhã simples, ouvindo o noticiário no rádio. Nenhuma das notícias era relevante. Na verdade, de modo geral, as notícias diárias já não tinham mais significado para mim. Ainda assim, eu procurava ouvir o noticiário das sete da manhã todos os dias. Afinal, se o mundo estivesse à beira da destruição, por exemplo, e eu não ficasse sabendo, podia ser meio constrangedor.

Depois de tomar o café da manhã e confirmar que o mundo, apesar de todos os seus problemas, continuava girando, voltei para o ateliê com uma caneca de café. Abri as janelas e deixei o ar circular. Então parei diante da minha tela e passei a trabalhar. Por ora, não fazia diferença se o "comendador" era real ou não, se ele apareceria no jantar do Menshiki ou não — tudo o que eu podia fazer era focar no trabalho.

Me concentrei e visualizei a imagem do homem de meia-idade do Subaru Forester branco. Sobre a sua mesa no restaurante, havia uma chave com o logo da Subaru e um prato com torradas, ovos mexidos e salsichas. Ao lado do prato, embalagens de ketchup (vermelho) e mostarda (amarelo). O garfo e a faca estavam lado a lado: ele ainda não tinha tocado na comida. A luz da manhã incidia sobre todas as coisas. Quando passei por ele, o homem ergueu o rosto bronzeado e cravou os olhos em mim.

Eu sei muito bem onde você estava e o que estava fazendo, diziam aqueles olhos, cujo brilho frio e pesado reconheci. Talvez eu já tivesse visto um brilho semelhante em outro lugar, mas não conseguia me lembrar onde nem quando.

Fui passando essa imagem e sua mensagem silenciosa para a tela. Primeiro, usando um pedaço de pão como borracha, apaguei uma a uma as linhas em excesso no esqueleto desenhado a carvão. Após essa depuração, acrescentei algumas linhas que estavam faltando. O que surgiu sobre a tela foi uma imagem mumificada (por assim dizer) do homem de meia-idade do Subaru, que naquelas toscas linhas pretas aparecia encolhido, ressecado, com o aspecto de carne-seca. Claro que ainda era apenas um rascunho, mas dentro da minha mente a imagem que surgiria na tela já estava tomando forma.

— Ora, ora, até que não está ficando nada mal! — exclamou o comendador.

Olhei para trás e ali estava ele. Sentado na estante ao lado da janela, me encarando. Sua silhueta se destacava contra a luz da manhã. Como eu esperava, ele vestia a mesma roupa branca antiga e trazia à cintura uma espada proporcional à sua estatura. *Não era um sonho, claro que não*, pensei.

— Claro que não — confirmou ele, lendo meus pensamentos. — Não sou um sonho. Diria que sou uma existência mais próxima da vigília do que do sonho.

Eu não disse nada. Da banqueta onde eu estava, fiquei só observando sua silhueta.

— Creio que mencionei isso na noite de ontem, mas corporizar à luz do dia, como agora, é algo extenuante — prosseguiu ele. — Contudo, eu não poderia deixar de observá-los em ação, meus jovens, ao menos uma vez. Lamento a indiscrição, mas estou presenciando esta cena já há algum tempo. Será um aborrecimento para os senhores?

Eu também não tinha resposta para essa pergunta. Por sinal, que diferença faria se fosse um aborrecimento ou não? Como alguém de carne e osso poderia tentar argumentar com uma IDEA?

Sem esperar pela minha resposta (ou, quem sabe, tomando meus pensamentos como resposta), o comendador continuou:

— Os senhores estão desenhando com bastante maestria, não? Pode-se ver a essência desse homem despontando na tela.

— Você sabe alguma coisa sobre esse homem? — perguntei, surpreso.

— Naturalmente — respondeu ele. — Naturalmente que sei!

— Nesse caso, poderia me contar algo sobre ele? Quem é, o que faz da vida, onde está agora?...

— Hum, não sei... — disse o comendador, inclinando hesitante a cabeça, com uma expressão sombria. Quando fechava o semblante daquele jeito, lembrava um pouco um duende. Ou Edward G. Robinson, em um velho filme de gângster. Vai ver o comendador tomara "de empréstimo" aquela fisionomia do Edward G. Robinson. Não era impossível. — Tem coisas que é melhor os senhores não saberem — declarou ele, ainda com a expressão de Edward G. Robinson estampada no rosto.

Eram as mesmas palavras que Masahiko Amada me dissera outro dia, pensei. *Tem coisas que é melhor não saber.*

— Então você não vai me contar essas coisas que é melhor não saber?

— Na verdade, me parece dispensável repetir algo que os senhores *já sabem.*

Continuei calado.

— Quiçá, ao pintar este quadro, os senhores estejam tentando, subjetivamente, corporizar algo que já sabem. Vejam Thelonious Monk, por exemplo. Thelonious Monk não poderia ter inventado todas aquelas curiosas harmonias se valendo da lógica e da teoria. Tudo o que ele fez foi deixar os olhos bem abertos e apanhá-las com as mãos, de dentro da escuridão da consciência. O que os senhores devem fazer agora é justamente isso. Encontrar a coisa certa dentro do que já existe.

Então ele conhecia Thelonious Monk?

— Ah, sim. E conheço também esse Edward não-sei-o-quê — acrescentou o comendador, respondendo ao meu pensamento. — Enfim, deixemos isso de lado. Há outro tema, uma questão de etiqueta, que eu gostaria de trazer ao conhecimento dos senhores, por desencargo de consciência. É sobre sua excelente amásia... isto é, aquela mulher casada que aparece aqui de vez em quando, no carro vermelho. Sei que não devia, mas assisto, do começo ao fim, a tudo que os senhores fazem. Refiro-me àquelas atividades que os senhores realizam com tanto ardor sobre a cama, sem roupas.

Olhei para o rosto do comendador sem dizer nada. *Aquelas atividades que os senhores realizam com tanto ardor sobre a cama...* Ou, nas palavras da minha amante, "coisas difíceis de dizer em voz alta".

— Entretanto, se possível, gostaria que os senhores não se incomodassem com minha indiscrição. Sinto-me culpado, mas IDEAS são assim: assistem a qualquer coisa que apareça. Não podemos ter muita seletividade. Não obstante, realmente não devem se preocupar, jovens senhores. Para mim, tudo resulta igual... sexo, ginástica ou limpeza de uma chaminé. Não tenho interesse especial de assistir. Apenas assisto, nada mais.

— E no mundo das IDEAS não existe o conceito de privacidade, existe?

— Claro que não! — exclamou ele, aparentemente até orgulhoso. — Claro que não existe nem sequer sombra de algo assim. Destarte, se os senhores não se importarem, está tudo resolvido. O que me dizem? Podem fazer vistas grossas?

Balancei a cabeça de leve. E agora? Será que eu conseguiria me concentrar no sexo, sabendo que alguém estava assistindo a tudo? Conseguiria me excitar, nessa situação?

— Tenho uma pergunta — disse eu.

— Se for algo que eu possa responder.

— Tenho um jantar na casa de Menshiki amanhã, e você também foi convidado. Durante minha conversa com Menshiki, ele usou o termo "múmia" para fazer o convite, mas é claro que estávamos falando de você, que naquele momento ainda não tinha assumido a forma de comendador.

— Ah, sem problemas. Posso virar uma múmia em um piscar de olhos.

— Não, tudo bem, fique assim mesmo — pedi. — Se der, prefiro que você continue com essa forma.

— Eu irei até a casa de Menshiki. Os jovens senhores poderão me ver, mas Menshiki, não. Logo, tanto faz se eu me apresentar de múmia ou de comendador. Entretanto, gostaria de pedir um favor.

— O que seria?

— Os senhores precisam ligar sem demora para Menshiki e confirmar se o convite ainda é válido. E, quando fizerem isso, devem dizer o seguinte. "Quem levaremos amanhã será não uma múmia, mas um comendador, você se importa?" Como eu já mencionei, por minha própria natureza, não posso entrar em nenhum lugar onde não tenha sido convidado. Preciso que me digam "por favor, entre", de uma maneira ou de outra. Por outro lado, depois que sou convidado uma vez, posso entrar à vontade, quando quiser. No caso desta casa aqui, o guizo me serviu de convite.

— Tudo bem — respondi. Eu só não queria que ele virasse uma múmia, de jeito nenhum. — Vou telefonar a Menshiki, confirmar se o convite está de pé e pedir para mudar o nome do convidado de múmia para comendador.

— Ficarei demasiado grato se puderem fazer isso. Afinal, nunca imaginei que seria convidado para um banquete.

— Tenho mais uma pergunta. Você não era originalmente um monge *sokushinbutsu*? Você sabe, um desses monges que se enterrou por livre e espontânea vontade para fazer o *nyūjō*, jejuando e entoando sutras. Você por acaso não perdeu a vida dentro daquele buraco e depois, em forma de múmia, continuou tocando o guizo?

— Hum... — murmurou o comendador, e balançou um pouco a cabeça. — Isso também não sei dizer. Em determinado momento, transformei-me em uma IDEA pura. Antes disso, não sei o que era, nem onde estava, nem tampouco o que fazia. Não tenho memória linear.

O comendador se calou e passou algum tempo fitando o vazio.

— Enfim, creio que esteja na hora de sumir — disse ele, com voz tranquila e um pouco rouca. — Meu período de corporificação está se aproximando do fim. A manhã realmente não é o melhor horário para mim. A madrugada, sim, é minha companheira. O vácuo é o meu fôlego. Em suma, terei que me retirar... Não deixem de ligar para Menshiki. Deposito minha confiança nos senhores.

Então o comendador fechou os olhos, como se meditasse, depois os lábios, depois entrelaçou os dedos das mãos e foi esvanecendo aos poucos, exatamente como da vez anterior. Seu corpo desapareceu no ar sem fazer ruído, como uma fumaça efêmera. Na claridade da manhã, fiquei sozinho no ateliê, diante do esboço de um quadro. De dentro da tela, o esqueleto escuro do homem do Subaru Forester me encarava. *Eu sei muito bem onde você estava e o que estava fazendo*, me diziam seus olhos.

Depois do almoço, telefonei para Menshiki. Percebi que era a primeira vez que eu ligava para sua casa. Normalmente, era ele quem ligava para mim. Ele atendeu no sexto toque.

— Ah, que coincidência! — exclamou ele. — Estava pensando em telefonar para você, mas achei melhor esperar até a tarde, para não atrapalhar o seu trabalho. Você mencionou que costuma trabalhar durante as manhãs, não?

Expliquei que já tinha encerrado por aquele dia.

— Entendo. E o trabalho está avançando bem?

— Sim, estou me dedicando a um quadro novo. Mas ainda está só no começo...

— Excelente, realmente excelente. Aliás, já pendurei o retrato no escritório. Decidi deixar a tinta secar assim. Confesso que ficou ótimo mesmo sem moldura.

— Sobre o jantar de amanhã...

— Enviarei um carro para buscá-lo às seis da tarde — interrompeu ele. — Ao fim do jantar, você voltará nesse mesmo carro. Como seremos só nós dois, por favor não se preocupe com o traje, nem com presentes. Venha como se sentir mais confortável e não se dê ao trabalho de trazer nada.

— Gostaria de confirmar uma coisa...

— Claro, o quê?

— Outro dia, você comentou que a múmia também poderia participar do jantar, não foi?

— Foi.

— Esse convite ainda está de pé?

Menshiki pensou um pouco, depois riu baixinho, achando graça.

— Claro. Não volto atrás no que digo. O convite ainda está de pé, é claro.

— Por alguma razão, parece que a múmia não poderá participar, mas um comendador gostaria de ir no lugar dela. Você se incomoda se o convite for estendido ao comendador?

— De modo algum — respondeu ele, sem hesitar. — Assim como Don Giovanni convidou a estátua do comendador para um jantar, eu também terei grande prazer e honra em receber o comendador para a cerimônia em minha humilde residência. No entanto, ao contrário de Don Giovanni, eu não fiz nada para merecer ser levado ao inferno. Ou melhor, acredito que não tenha feito nada. Ele não pretende me arrastar para o inferno no fim do jantar, pretende?

— Creio que não — respondi, apesar de não ter tanta certeza assim.

Eu não conseguia mais prever o que poderia acontecer.

— Nesse caso, tudo bem. Ainda não estou pronto para ir para o inferno — disse Menshiki, em tom de brincadeira. Para ele, tudo não passava de uma piada. — A propósito, preciso confirmar algo. O comendador da ópera *Don Giovanni* não podia comer nada, já que estava morto. E o *seu* comendador? Devo providenciar alguma especiaria para ele? Ou ele também não é capaz de comer os pratos do mundo de cá?

— Não precisa providenciar nada. Ele não come nem bebe. Basta que ele tenha um lugar à mesa.

— É uma existência espiritual, então.

— Creio que sim.

Eu tinha a impressão de que havia uma grande diferença entre IDEAS e espíritos, mas não fiz nenhuma objeção pois não queria me estender no assunto.

— Está bem. Garantirei um lugar para o senhor comendador. É um prazer inesperado saber que receberei em minha residência um convidado tão ilustre. Só me entristece que ele não possa apreciar a refeição. Teremos também excelentes vinhos...

Agradeci a Menshiki.

— Certo, então até amanhã — disse ele, e desligou.

Naquela noite o guizo não tocou. O comendador provavelmente estava cansado, depois de ter corporizado à luz do dia (e também respondido a mais de duas perguntas). Ou talvez já não sentisse mais necessidade de me chamar para o ateliê. Seja como for, dormi um sono profundo e sem sonhos até o dia seguinte.

De manhã, o comendador também não apareceu enquanto eu pintava. Por isso, pude colocar toda a minha atenção na tela durante cerca de duas horas, sem pensar em nada, esquecido de tudo. Minha primeira providência foi cobrir a tela toda de tinta, apagando o rascunho, como se passasse uma grossa camada de manteiga em uma fatia de pão.

As primeiras cores que utilizei foram um vermelho intenso, um verde afiado e uma mistura de preto com cinza-chumbo. Eram as cores que aquele homem exigia. Levei muito tempo até alcançar as tonalidades certas. Enquanto concluía essa etapa do trabalho, coloquei o disco de *Don Giovanni*, de Mozart, para tocar. Ouvindo aquela ópera, tive a impressão de que o comendador poderia aparecer às minhas costas a qualquer momento, mas isso não aconteceu.

Desde a manhã daquele dia (terça-feira), o comendador estava imerso em um silêncio profundo, como a coruja do sótão. Mas eu não me incomodei muito com isso. De nada adiantava uma pessoa de carne e osso ficar se preocupando com uma IDEA. As IDEAS têm seu jeito de ser, e eu tinha minha própria vida. Estava focado em terminar o retrato do homem do Subaru Forester branco, cuja imagem povoava o tempo inteiro o fundo da minha mente, quer eu estivesse ou não diante da tela, no ateliê.

Segundo a previsão do tempo que ouvi no rádio, havia grande probabilidade de chuvas fortes no final da noite nas regiões de Kanto e Tokai. O tempo no Japão vinha piorando aos poucos, a partir do oeste. A região sul de Kyushu tivera até enchentes devido a tempestades, obrigando os moradores de áreas baixas a evacuarem suas casas e buscarem abrigo. Para quem morava em regiões altas, havia o risco de desmoronamento.

Um banquete em uma noite de tempestade?, pensei.

De repente, me lembrei do buraco escuro dentro do bosque. Daquela estranha câmara de pedra que Menshiki e eu havíamos exposto, movendo a pesada pilha de pedras. Imaginei como seria me sentar no fundo daquele buraco, ouvindo a chuva cair sobre a tampa de madeira. Como seria estar preso ali, sem conseguir sair. Sem escada, com a pesada tampa hermeticamente fechada. Esquecido por todas as pessoas do mundo. Ou talvez tendo sido dado por morto, há muito tempo. Mesmo estando vivo. Sozinho, mas ainda respirando. Apenas o som incessante da chuva chegaria aos meus ouvidos. Não haveria qualquer vestígio de luz. Nem um único raio de claridade rasgaria a escuridão. A parede de pedra onde me apoiaria estaria gelada e úmida. Seria de madrugada e talvez uma colônia de insetos rastejasse ao meu redor.

Comecei a ter dificuldade para respirar, à medida que construía esse cenário na minha mente. Então saí para o terraço e, apoiado no parapeito, inspirei o ar fresco pelo nariz e expirei devagar pela boca. Repeti esse procedimento várias vezes, contando os intervalos, como já estava acostumado. Depois de algum tempo, minha respiração recuperou o ritmo normal. O céu do entardecer estava coberto de nuvens pesadas, cor de chumbo. A chuva estava se aproximando.

Eu podia ver a mansão branca de Menshiki do outro lado do vale, um pouco destacada da paisagem. Aquela noite jantarei lá, pensei. Me sentarei à mesa na companhia de Menshiki e do *ilustre* comendador.

É sangue de verdade, viu!, sussurrou o comendador ao meu ouvido.

23.
Todos eles existem mesmo no nosso mundo!

Quando eu tinha treze anos e minha irmã dez, viajamos sozinhos para Yamanashi durante as férias de verão. Um tio por parte de mãe era pesquisador em uma universidade de lá, e ficamos hospedados na sua casa. Era a primeira vez que viajávamos sozinhos. Meus pais nos deixaram ir porque naquela época a saúde de minha irmã estava relativamente boa.

Nosso tio era jovem e solteiro (é solteiro até hoje), e se não me engano tinha acabado de fazer trinta anos. Trabalhava com pesquisa na área de genética (trabalha até hoje), era calado e um pouco disperso, mas de personalidade aberta e sem rodeios. Era um leitor ávido e tinha vasto conhecimento sobre os assuntos mais variados. Sua atividade preferida era caminhar pelas montanhas, e ele escolhera trabalhar na província de Yamanashi justamente por isso. Nós gostávamos bastante dele.

Embarquei com minha irmã em um trem-bala na estação de Shinjuku e descemos na cidade de Kofu, onde nosso tio estava nos esperando. Como ele era bastante alto, logo o avistamos na estação lotada. Na época, ele dividia com um amigo uma pequena casa em Kofu, mas naquele verão o amigo viajara para o exterior, então ganhamos um quarto só para nós. Passamos uma semana naquela casa, e nós três saíamos diariamente para caminhar pelas montanhas das redondezas. Ele nos ensinou o nome de muitas flores e de muitos insetos, e aqueles dias ficaram guardados em nossa memória como lembranças de um ótimo verão.

Certa vez, fomos visitar uma das cavernas de vento do monte Fuji. Era uma das muitas cavernas que existem na região e tinha um tamanho razoável. Nosso tio nos explicou como aquelas cavernas haviam se formado, que eram de rocha basáltica e, por isso, quase não se ouviam ecos no seu interior. Explicou também que, como a temperatura quase não aumentava no verão, antigamente as pessoas armazenavam ali o gelo coletado no inverno. Que em função do tamanho podiam ser chamadas de "cavernas de vento", quando dava para entrar, ou "buracos de vento", quando não dava. Nosso tio realmente sabia todo tipo de coisa.

A caverna que fomos visitar era aberta ao público mediante uma taxa. Nosso tio não quis entrar com a gente. Disse que já tinha feito aquela visita muitas vezes e que o teto era baixo demais para alguém da sua altura, então logo ficava com dor nas costas. Não tem nada perigoso lá dentro, então podem ir só vocês dois, explicou ele. Vou aproveitar para ler um livro, enquanto espero vocês aqui fora. Na entrada, um funcionário entregou uma lanterna e um capacete de plástico amarelo para mim e também para minha irmã. Havia lâmpadas no teto da caverna, mas eram fracas. Quanto mais avançávamos para dentro dela, mais baixo ficava o teto. Agora entendíamos a escolha do tio.

Caminhamos em direção ao fundo da caverna, iluminando o chão com as lanternas. Mesmo no auge do verão, o ar estava gelado lá dentro. Do lado de fora, a temperatura chegava a trinta e dois graus, mas na caverna não fazia nem dez. Por recomendação do nosso tio, estávamos com grossos casacos impermeáveis. Minha irmã segurava com força minha mão. Não sei se buscava a minha proteção ou se, pelo contrário, pretendia me proteger agindo assim (talvez ela só não quisesse se perder de mim), mas sua mão pequena e quente não largou a minha durante todo o tempo que passamos dentro da caverna. Além de nós dois, só havia um casal de meia-idade, mas eles logo foram embora.

Minha irmã se chamava Komichi, mas para a família era "Komi", e para seus amigos, "Michi" ou "Mi-chan". Até onde me lembre, ninguém a chamava por seu nome completo, Komichi. Era uma menina pequena e magricela. Tinha os cabelos pretos e lisos, cortados na altura da nuca. Seus olhos eram grandes para o rosto (com grandes íris também), o que a fazia parecer uma fadinha. Naquele dia, ela vestia uma camiseta branca, calça jeans clara e tênis cor-de-rosa.

No meio do caminho, minha irmã encontrou um pequeno túnel numa parede da caverna, um pouco afastado da trilha. Tratava-se de um buraco discreto, escondido pela sombra das rochas, e Komi ficou muito interessada por ele.

— Olha, aquele buraco não parece o da Alice? — me perguntou.

Ela era apaixonada pelo livro *Alice no País das Maravilhas*, de Lewis Carroll. Nem sei dizer quantas vezes tive que ler esse livro para ela. No mínimo umas cem. Ela aprendera a ler muito cedo, mas preferia que eu lesse em voz alta a história. Apesar de saber a trama de cor, era como se todas as vezes fossem a primeira. Sua passagem favorita era a "Quadrilha das Lagostas". Sei essa parte de cor até hoje.

— É verdade, mas não vi nenhum coelho — respondi.

— Vou dar uma olhadinha lá dentro.

— O.k., mas tome cuidado.

Embora o túnel fosse bem estreito (quase um "buraco de vento", segundo a definição do nosso tio), minha irmã era pequena e conseguia se esgueirar sem dificuldade por ele. Ela enfiou metade do corpo lá dentro, e eu só conseguia ver suas panturrilhas. Ela parecia estar iluminando o interior com a lanterna que tinha em mãos. Em seguida retrocedeu devagar e saiu do buraco.

— Ele é muito comprido, vai bem longe! — exclamou. — Mais adiante começa a descer, que nem o buraco do coelho da Alice. Queria ver o que tem lá dentro…

— Não! Pode ser perigoso.

— Tudo bem. Eu sou pequena, consigo passar sem problemas.

Ela então tirou o casaco, que entregou para mim junto com seu capacete e, antes que eu pudesse me opor, se esgueirou habilmente para dentro do túnel, levando a lanterna. Em um instante, já havia desaparecido.

Muito tempo se passou, sem que ela voltasse. Eu não conseguia ouvir ruído nenhum vindo lá de dentro.

— Komi! — chamei para dentro da abertura. — Komi! Tudo bem aí?

Não houve resposta. Minha voz foi engolida pela escuridão, sem fazer eco. Eu fui ficando cada vez mais aflito. Talvez minha irmã estivesse presa no meio daquele túnel estreito, sem conseguir continuar adiante nem voltar atrás. Talvez ela tivesse sofrido uma crise cardíaca e desmaiado lá dentro. Nesse caso, eu não poderia socorrê-la. Pensava em uma série de possibilidades trágicas. O silêncio da caverna estava me deixando sufocado.

E se minha irmã desaparecesse dentro daquele buraco e nunca mais voltasse, o que eu diria aos nossos pais? Será que eu devia correr e chamar nosso tio? Ou devia continuar ali parado, esperando por ela? Me agachei e tentei enxergar alguma coisa, mas a luz da lanterna não alcançava até o fundo do túnel, que era muito estreito. A escuridão era esmagadora.

— Komi! — chamei de novo.

Nada.

— Komi! — gritei mais alto.

Nada. Senti um frio correr pela espinha. Talvez eu tivesse perdido minha irmã para sempre. Talvez ela tivesse ido parar no mundo de Alice e não fosse mais voltar. No mundo com a Tartaruga Falsa, o Gato de Cheshire e a Rainha de Copas. No mundo em que a lógica da realidade não tinha efeito algum. Nunca deveríamos ter visitado aquela caverna.

Porém, minha irmã voltou. Dessa vez, primeiro vi seu cabelo preto, depois seus braços, seus ombros, seu quadril e, por fim, seus tênis cor-de-rosa. Ela se levantou sem dizer uma palavra, endireitou as costas, respirou fundo e espanou a terra grudada na calça jeans.

Meu coração continuava batendo forte. Estiquei a mão e arrumei o cabelo desalinhado dela. Sua camiseta branca estava cheia de terra, poeira ou sabe-se lá o quê (não dava para ver bem na luz tênue da caverna). Coloquei seu casaco por cima da camiseta e devolvi o capacete que tinha ficado segurando.

— Achei que você não ia mais voltar! — exclamei, enquanto esfregava suas costas, para aquecê-la.

— Ficou preocupado?

— Muito.

Ela me deu a mão de novo e contou, animada:

— Se você vai se arrastando pelo túnel, mais para a frente ele desce de repente e aí lá embaixo tem uma espécie de sala pequena! Uma salinha redonda que nem uma bola. Tudo é curvo: o teto, as paredes e também o chão. E é muito, muito silencioso lá dentro. Acho que não deve ter outro lugar tão silencioso assim no mundo todo. Parecia que eu estava escondida no fundo do mar, bem fundo. Quando desliguei a lanterna, a sala ficou completamente escura, mas não tive medo nem me senti sozinha. E sabe, essa sala é um lugar especial onde só eu posso entrar. É *feita para mim*. Ninguém mais consegue chegar lá. Nem você.

— Eu sou grande demais.

Minha irmã assentiu com a cabeça.

— Sim. Você já está grande demais pra entrar nesse buraco. E o mais incrível de tudo é que é o lugar mais escuro que dá pra imaginar. É tão escuro que, quando apaguei a lanterna, tive a impressão que dava pra pegar a escuridão com a mão. Parecia que meu corpo estava se desfazendo e sumindo! Mas não dava pra ver isso, porque estava escuro. Então não dava pra saber se eu ainda tinha corpo ou não. Só que, mesmo que meu corpo desaparecesse todo, eu continuaria lá, sabe? Que nem o sorriso do Gato de Cheshire, que continua lá mesmo quando ele some. Não é esquisito? Mas, uma vez lá dentro, isso parece muito normal! Eu queria ficar lá pra sempre, mas achei que você ia ficar preocupado, então voltei.

— Vamos sair daqui — pedi. Ela estava muito animada e pelo jeito continuaria falando sem parar se eu não interrompesse. — Não estou conseguindo respirar direito aqui dentro.

— Você está bem? — perguntou ela, preocupada.

— Estou. Só quero sair logo daqui.

Caminhamos em direção à saída, de mãos dadas.

— Escute — disse ela, bem baixinho, como se não quisesse que ninguém mais ouvisse (apesar de não haver ninguém ali) —, a Alice existe de verdade, sabia? Não é mentira, ela existe mesmo. A Lebre de Março também, e a morsa e o Gato de Cheshire e os soldados de Copas, todos eles existem mesmo no nosso mundo!

— Pode ser — respondi.

Nós saímos da escuridão da caverna para a claridade do mundo. Me lembro que naquela tarde o céu estava tapado por um fino véu de nuvens, mas mesmo assim o sol ofuscava. O canto das cigarras dominava tudo ao redor, como um vendaval violento. Nosso tio estava sentado em um banco próximo da entrada da caverna, lendo com avidez. Ao nos ver, ele se levantou, sorridente.

Dois anos mais tarde, minha irmã faleceu. Foi colocada em um caixão pequeno e cremada. Na época, eu tinha quinze anos, e ela, doze. Durante a cremação, me afastei de todos e, sentado sozinho em um banco no pátio do crematório, fiquei me lembrando daquele túnel, na lateral da caverna. Do peso do tempo que passei esperando do lado de fora da pequena abertura, da densa escuridão que me envolvia, do frio que senti na espinha. Da forma como os cabelos negros de minha irmã surgiram de dentro do buraco, depois os ombros, pouco a pouco. Das sujeiras misteriosas grudadas na sua camiseta branca.

Me perguntei se, dois anos antes de sua morte ser anunciada por um médico no hospital, sua vida já não tinha sido roubada dentro daquele túnel. Praticamente tive certeza disso. Voltamos de mãos dadas no trem para Tóquio e eu imaginava que minha irmã estivesse viva, mas na verdade ela já havia desaparecido e deixado este mundo no fundo daquele buraco. Vivemos mais dois anos como irmãos. Mas foi apenas uma prorrogação. Dois anos mais tarde, a morte se esgueirou para fora daquele túnel para buscar a alma da minha irmã, como alguém que vem buscar algo que lhe pertence, quando vence o prazo da devolução.

Seja como for, o que minha irmã me sussurrou dentro daquela caverna, como quem conta um segredo, era verdade. Foi o que pensei agora — agora que já tinha trinta e seis anos. Alice realmente existe, neste mundo. A Lebre de Março também, a morsa também, o Gato de Cheshire, todos eles *são reais, de verdade*. E também, é claro, o comendador.

A previsão do tempo estava equivocada. No fim das contas, não caiu um temporal, apenas uma garoa fina, quase invisível, que começou por volta das cinco da tarde e continuou até a manhã seguinte. Às seis em ponto, um grande sedan preto subiu devagar a ladeira. Lembrava um carro de funerária, mas é claro que não era isso, e sim o carro enviado por Menshiki para me buscar. Um Nissan Infiniti. O motorista de uniforme preto e quepe desceu do sedan, caminhou com um guarda-chuva até a entrada da minha casa e tocou a campainha.

Quando eu abri a porta, ele tirou o quepe e me chamou pelo nome. Eu o acompanhei até o carro, mas recusei o guarda-chuva, pois a garoa não estava forte. O motorista abriu a porta traseira para mim, me esperou entrar e voltou a fechá-la, com um som surdo (levemente distinto do produzido pela porta do Jaguar de Menshiki). Eu estava com uma jaqueta cinza com estampa de espinha de peixe, um suéter preto de gola redonda, uma grossa calça de lã cinza e sapatos pretos de camurça. Era o visual mais formal do meu armário. Pelo menos, não tinha nenhuma mancha de tinta.

O comendador não apareceu nem mesmo quando o carro chegou. Também não escutei sua voz. Gostaria de checar se ele estava lembrado do convite de Menshiki. Eu tinha quase certeza de que sim... Ele estava animado demais para esquecer.

Eu não precisava me preocupar. Quando dei por mim, pouco depois que o carro partiu, o comendador estava sentado ao meu lado no banco, com uma expressão impassível. Trajava a mesma roupa branca de sempre (sem nenhum vinco, como se tivesse acabado de voltar da lavanderia) e trazia na cintura a mesma espada de empunhadura decorada. Continuava com cerca de sessenta centímetros de altura. O branco impecável de sua roupa se destacava ainda mais sobre o banco preto de couro do Infiniti. Ele estava de braços cruzados, com o olhar fixo para a frente.

— Haja o que houver, não me dirijam a palavra! — advertiu ele. — Os jovens senhores conseguem me ver, mas ninguém mais consegue. Conseguem me ouvir, mas ninguém mais consegue. Se ficarem falando com algo invisível, serão tomados por loucos. Entenderam? Se tiverem entendido, demonstrem, mas uma vez só.

Assenti discretamente com a cabeça, uma só vez. O comendador também assentiu, e depois continuou de braços cruzados, sem dizer mais uma palavra.

Estava escurecendo. Os corvos já tinham se retirado para seus ninhos nas montanhas. O Infiniti desceu devagar, cruzou o vale e começou a subir outra ladeira íngreme. Não era uma distância muito grande (afinal, estávamos apenas indo para o lado oposto de um vale acanhado), mas a estrada era relativamente estreita e, para piorar, cheia de curvas. Estava longe de ser a pista perfeita para um sedan de grande porte: combinava mais com um carro quatro por quatro. O motorista, no entanto, seguiu inabalável com as mãos no volante, sem demonstrar nenhum sinal de desagrado, até a chegada à casa de Menshiki.

A mansão era cercada por um muro alto e branco, com um grande e resistente portão duplo de madeira, pintado de marrom-escuro. Lembrava os portões de castelos medievais que aparecem nos filmes de Akira Kurosawa. Só faltavam algumas flechas fincadas na madeira. Do lado de fora, era impossível ver o interior do terreno. Uma placa indicava o endereço, mas não o nome do morador. Talvez fosse desnecessário colocar o nome. Se alguém se desse o trabalho de subir até ali, com certeza já saberia que aquela era a casa de Menshiki. A área em volta do portão era bem iluminada por lâmpadas de mercúrio. O motorista desceu do carro, tocou a campainha e trocou umas poucas palavras pelo interfone, antes de voltar para o volante e esperar que o portão automático se abrisse. Em ambos os lados do portão, havia câmeras de segurança móveis.

Quando as portas do portão se abriram devagar para dentro, o carro passou e avançou por uma ruela cheia de curvas, que descia em declive suave. Ouvi o portão se fechar atrás de nós em um som pesado, quase um anúncio de que não poderíamos mais voltar ao mundo de antes. O caminho era ladeado por pinheiros tratados e podados de maneira elaborada como bonsais. Também havia belos arbustos de azaleias e, atrás, alguns pés de rosas-do-japão. Avistei também uma parte do jardim repleta de camélias. Havia certo contraste entre a casa nova e os arbustos e as árvores, antigos. Todas as plantas eram iluminadas por lâmpadas de jardim.

A ruela desembocou em um acesso redondo e pavimentado, com um espaço coberto para desembarque. O motorista parou o carro, saltou depressa e abriu a porta traseira para mim. Quando olhei para o lado, o comendador havia desaparecido. Mas eu não fiquei surpreso, nem preocupado. Ele tinha sua própria maneira de agir.

As elegantes lanternas do Infiniti se afastaram devagar para dentro do crepúsculo, me deixando sozinho. A casa diante de mim era muito menor e mais discreta do que eu esperava. Vista do outro lado do vale, parecia mais imponente e pomposa... Devia provocar diferentes impressões, dependendo do ângulo. O portão ficava no ponto mais alto, e a casa fora construída em uma parte mais baixa.

Diante da entrada havia duas antigas esculturas de pedra, uma de cada lado, como os cães-leões que protegem santuários xintoístas. Tinham até pedestais. Talvez fossem de fato esculturas xintoístas, trazidas de algum santuário. Perto da porta, havia mais arbustos de azaleia. Em maio, as cores vivas dessa flor sem dúvida coloriam a casa.

Quando me aproximei devagar da porta, ela se abriu, e o próprio Menshiki apareceu lá dentro. Vestia uma camisa branca e um cardigã verde-escuro, com calças de sarja cor de creme. Seu basto cabelo branco estava penteado como sempre, de modo muito natural. Era uma sensação um pouco estranha ser recebido por Menshiki. Eu estava acostumado a recebê-lo sempre, acompanhado pelo som do motor do Jaguar.

Ele me convidou para entrar e fechou a porta. O hall era uma sala espaçosa e quadrada, de pé-direito alto. Dava para fazer uma quadra de squash ali. A luz indireta das lâmpadas embutidas na parede conferia uma iluminação ideal ao ambiente. Sobre a mesa octogonal de marchetaria, no meio do hall, estava um enorme vaso, que parecia ser de cerâmica Ming, repleto de flores. Tratava-se de um arranjo com flores grandes de três tonalidades (como meu conhecimento de plantas é escasso, não saberia dizer seus nomes). Menshiki provavelmente as escolhera a dedo para aquela noite, e não pude deixar de imaginar que só o valor daquele arranjo devia ser suficiente para pagar as despesas mensais de um estudante modesto. Com certeza, nos tempos de faculdade, eu conseguiria me manter por um mês com o valor daquelas flores. O hall não tinha janelas, apenas uma claraboia no teto. O piso era de mármore bem encerado.

A sala de estar ficava em um nível um pouco abaixo do hall, depois de três degraus largos. Talvez não fosse do tamanho de um campo de futebol, mas era ampla o suficiente para uma quadra de tênis. Toda a parede voltada para o sudeste era tomada por janelas de vidro escuro e, do lado de fora, se abria um vasto terraço. Como estava de noite, eu não saberia dizer se o terraço tinha vista para o mar, mas apostaria que sim. Na face oposta havia uma lareira, destacada da parede. Não estava acesa, pois o frio ainda não havia chegado, mas estava pronta para ser usada a qualquer momento, com uma pilha organizada de lenha ao lado. Não sei quem havia feito aquela pilha, mas era uma organização quase artística de tão precisa. Na cornija estavam dispostos alguns bibelôs de porcelana de Meissen.

O chão da sala de estar também era de mármore, embora estivesse coberto por diversos tapetes persas, todos antigos, com estampas tão refinadas que pareciam mais obras de arte do que objetos de decoração. Chegava a dar dó de pisar. Havia uma série de mesas baixas, e vasos aqui e ali, todos repletos de flores e com aspecto de valiosas antiguidades. Tudo era de muito bom gosto e também muito caro. Tomara que não tenha um terremoto forte por aqui, pensei.

O pé-direito era alto, e a iluminação, discreta. Elegantes arandelas nas paredes, algumas luminárias de chão e um abajur sobre a mesa. Nada mais. No fundo da sala havia um piano de cauda negro. Era a primeira vez que eu via um cômodo vasto o suficiente para que um piano de concertos da Steinway não parecesse muito grande. Sobre o piano havia um metrônomo e algumas partituras. Talvez Menshiki tocasse piano. Ou talvez ele convidasse Maurizio Pollini para jantar de vez em quando.

De qualquer maneira, no conjunto, a decoração da sala era bastante discreta, o que me deixou aliviado. Não havia nada em excesso. Por outro lado, também não dava a sensação de ser vazia demais. Era um cômodo bastante aconchegante para o seu tamanho e tinha *uma espécie de calor*. Nas paredes havia meia dúzia de pequenos quadros de bom gosto. Tive a impressão de que um deles era um Léger original, mas posso ter me enganado.

Menshiki me indicou um grande sofá de couro marrom e se sentou na poltrona oposta, uma poltrona grande que combinava com o sofá. O sofá era extremamente confortável, nem duro demais, nem macio demais, feito para acomodar naturalmente qualquer corpo que se sentasse nele. Pensando bem (ou nem tão bem assim), era óbvio que Menshiki não teria um sofá desconfortável na sala de sua casa.

Assim que nos acomodamos, um rapaz surgiu de algum lugar, como se estivesse esperando. Era um jovem incrivelmente bonito. Não muito alto, mas esguio e com movimentos elegantes. Tinha a pele impecável e morena, e o cabelo lustroso preso em um rabo de cavalo.

Ficaria bem à beira-mar, com uma bermuda comprida e uma prancha de surf. Mas naquele dia vestia uma camisa branca impecável e uma gravata-borboleta preta. Nos lábios, estampava um sorriso simpático.

— O senhor gostaria de tomar um coquetel? — me perguntou ele.

— Por favor, peça o que quiser — disse Menshiki.

— Uma balalaica — respondi, depois de pensar por alguns segundos.

Não tinha nenhum desejo específico de tomar esse drink, mas queria comprovar se o bartender realmente faria qualquer coisa.

— O mesmo para mim — pediu Menshiki.

O rapaz se retirou sem fazer barulho, com o sorriso simpático ainda no rosto.

Olhei de relance para o sofá ao meu lado, mas não vi o comendador, que com certeza estava em algum lugar da casa. Afinal, ele viera comigo no carro, até a porta.

— O que foi? — perguntou Menshiki, acompanhando meu olhar.

— Ah, não é nada — respondi. — Estou apenas admirando a casa. É realmente extraordinária.

— Hum... Você não achou um pouco extravagante? — indagou ele, com um sorriso.

— Na verdade, achei muito mais discreta do que eu esperava — confessei. — De longe ela parece extremamente opulenta, como um cruzeiro de luxo no meio do oceano. Mas aqui dentro é um ambiente muito aconchegante. Uma atmosfera muito diferente do exterior.

Menshiki concordou com a cabeça.

— Me alegra muito ouvir isso. Foi às custas de muito trabalho. Sabe, por uma série de circunstâncias, comprei essa casa já construída, e ela era extravagante demais, quase *espalhafatosa*. O antigo proprietário era comerciante, e eu diria que era o retrato da ostentação do novo-rico... Enfim, a casa não combinava nem um pouco com o meu gosto e, depois de comprá-la, acabei fazendo uma grande reforma, que me custou tempo, muita dor de cabeça e um bom dinheiro.

Menshiki baixou os olhos e soltou um suspiro profundo, lembrando dessa época. Pelo visto, realmente detestava a casa antiga.

— Neste caso, não teria saído mais em conta construir uma casa do zero?

Menshiki riu, exibindo os dentes brancos por entre os lábios.

— Realmente, teria saído mais barato e, com certeza, seria a escolha mais sensata. Mas, por diversas questões, *tinha que ser esta casa.*

Esperei que ele explicasse essas questões, mas isso não aconteceu.

— O comendador não vinha com você? — perguntou Menshiki.

— Acho que ele se juntará a nós mais tarde — respondi. — Ele me acompanhou durante todo o trajeto de carro, mas depois desapareceu. Deve estar por aí, espiando a casa. Você se incomoda?

Menshiki ergueu as mãos.

— De maneira nenhuma. Não me incomodo em absoluto. Ele pode ver tudo o que quiser.

O mesmo rapaz de antes voltou trazendo dois coquetéis sobre uma bandeja de prata. As taças eram de cristal minuciosamente lapidado — talvez fossem da Baccarat — e reluziam sob a luz da luminária de chão. Ao lado dos drinques, ele dispôs uma seleção de queijos e castanhas-de-caju, em pratos de porcelana Imari. Também trouxe pequenos guardanapos de linho bordados com iniciais e garfos e facas de prata. Era muito atencioso.

Menshiki e eu pegamos as taças e fizemos um brinde. Ele comemorou a pintura do seu retrato, e eu agradeci. Então levei a taça aos lábios. Feito com partes iguais de vodca, Cointreau e suco de limão, o coquetel balalaica é um drinque simples, mas não fica bom se não for tão gelado como o próprio polo norte. Preparado nas mãos de quem não tem talento, tende a ficar aguado e sem graça. Aquela balalaica, no entanto, estava tão bem-feita que chegava a ser surpreendente, beirando a perfeição.

— O coquetel está ótimo! — exclamei, admirado.

— Verdade. Este bartender é muito habilidoso — concordou Menshiki.

Naturalmente, pensei. Claro que Menshiki não contrataria um bartender que não fosse extremamente habilidoso. Claro que ele tem Cointreau à disposição, e também antigas taças de cristal e pratos de porcelana Imari.

Enquanto tomávamos os coquetéis e beliscávamos as castanhas e os queijos, falamos de muitas coisas, sobretudo de meu trabalho. Menshiki queria saber o que eu estava pintando no momento. Expliquei que estava fazendo o retrato de um desconhecido que eu vira certa vez, em uma cidade distante.

— Um retrato? — exclamou Menshiki, surpreso.

— Bem, mas não é um retrato convencional, como as encomendas que eu fazia. Talvez possa dizer que é um retrato abstrato, em que deixo minha imaginação correr livre. De qualquer maneira, o ponto de partida é um retrato. Essa é a sua base, por assim dizer.

— Como no caso do meu?

— Exatamente. A única diferença é que, desta vez, estou pintando para mim mesmo.

Menshiki refletiu por algum tempo.

— Podemos então dizer que pintar o meu retrato de algum modo serviu de inspiração?

— Creio que sim. Mas nesse momento o fogo ainda é uma *faísca*.

Menshiki tomou mais um gole do coquetel. No fundo dos seus olhos havia algo próximo da satisfação.

— Nada me deixa mais feliz do que a possibilidade de ter sido útil para você. Será que eu poderia ver essa nova obra, quando estiver pronta?

— Se eu ficar satisfeito com o resultado, será um prazer lhe mostrar.

Olhei para o piano de cauda no canto da sala.

— É um instrumento belíssimo. Você toca?

Ele assentiu discretamente.

— Não sou muito bom, mas toco um pouco. Tive aulas particulares durante uns cinco ou seis anos, quando era criança e estava nas primeiras séries da escola. Depois passei a me concentrar mais nos estudos e tive que parar. Não deveria ter parado, mas estava começando a cansar. Por isso, meus dedos já não me obedecem tão bem quanto eu gostaria, mas consigo ler partituras com bastante facilidade. Toco para mim mesmo vez ou outra, quando preciso espairecer. Mas nunca chego perto do piano quando tenho visitas, porque não sou bom o suficiente para tocar para os outros.

Fiz a pergunta que estava me incomodando desde o começo:

— Às vezes você não sente que essa casa é grande demais para você, que vive sozinho?

— Não, não sinto — respondeu ele, sem titubear. — Nem um pouco. Sempre gostei de viver sozinho. Pense no córtex cerebral, por exemplo. Os seres humanos têm à disposição um córtex cerebral altamente desenvolvido, constituído com uma precisão extrema. No entanto, na prática, o campo do córtex que usamos no dia a dia não chega nem mesmo a dez por cento do total. Nascemos com esse órgão maravilhoso, de eficiência extraordinária, mas infelizmente ainda não temos capacidade para empregar todo ele. Seria como se uma família de quatro pessoas morasse em uma mansão enorme e luxuosa, mas levasse a vida com modéstia, ocupando só um cômodo de dez metros quadrados e deixando todos os outros cômodos vazios. Comparado a isso, não é tão estranho eu viver sozinho em uma casa como esta, é?

— Colocando dessa maneira... — admiti.

Era uma analogia curiosa.

Menshiki balançou umas castanhas-de-caju na mão por uns instantes, depois continuou.

— Porém, se não tivéssemos um córtex tão incrível, apesar de sua aparente inutilidade, provavelmente não teríamos pensamento abstrato, nem nunca teríamos alcançado o território da metafísica. O córtex cerebral nos possibilita tudo isso, por mais que façamos uso apenas de uma pequena porção. O que conseguiríamos se usássemos todo o resto? Não é uma questão interessante?

— Mas, para obter esse córtex cerebral altamente desenvolvido, ou seja, essa mansão luxuosa com cômodos vazios, os seres humanos tiveram que abrir mão de uma série de habilidades primordiais, não é?

— Sem dúvida — respondeu Menshiki. — Mesmo sem pensamento abstrato ou sem metafísica, provavelmente nos bastaria andar em duas pernas e manejar bem um tacape para vencer a batalha da sobrevivência neste planeta. As outras capacidades não fariam falta no dia a dia. Também é verdade que, em troca desse córtex cerebral altamente desenvolvido, tivemos que abrir mão de outras inúmeras habilidades. Os cachorros, por exemplo, têm o olfato milhares de vezes mais aguçado do que o nosso. Por outro lado, somos capazes de formular hipóteses complexas, de comparar o cosmos e o microcosmos, de apreciar Van Gogh e Mozart. Podemos até ler Proust, se quisermos, é claro, ou colecionar porcelana Imari ou tapetes persas. Isso um cachorro não consegue fazer.

— Mesmo sem um olfato tão apurado quanto o de um cachorro, Marcel Proust foi capaz de escrever aquele romance interminável.

Menshiki deu risada.

— Exatamente. Mas me refiro apenas a uma teoria geral...

— Ou seja, se seria possível lidar com as IDEAS como algo autônomo.

— Exatamente.

Exatamente, sussurrou o comendador ao meu ouvido. Mas, obedecendo à advertência que ele fizera antes, não olhei ao redor para ver onde estava.

Depois que terminamos os drinques, Menshiki me levou para conhecer seu escritório. Descemos uma grande escada que interligava a sala e o andar de baixo, onde pelo jeito ficavam os cômodos privados. Havia diversos quartos ao longo de um corredor (não contei ao certo quantos, mas talvez um deles fosse o "quarto secreto do Barba Azul" a que minha amante tinha se referido) e, no final, o escritório. Não se tratava de um ambiente muito grande, mas também não era apertado. Eu diria apenas que era do "tamanho certo". Não havia janelas no escritório, só uma série de claraboias compridas no alto de uma das paredes, para iluminação. Através dessas aberturas dava para ver os galhos dos pinheiros e, ao fundo, o céu (era um cômodo que parecia não precisar de muita luz do sol nem de vista). Em compensação, as paredes eram amplas e uma delas tinha uma estante de livros embutida, do piso até quase o teto, com uma parte especial para armazenar CDs. Livros de vários tamanhos se enfileiravam nas prateleiras, sem deixar nenhum espaço livre. Havia também um banquinho de madeira, usado para alcançar os livros nas prateleiras mais altas. Era evidente que se tratava da biblioteca de um leitor ávido, sem fins decorativos.

Uma grande escrivaninha com dois computadores, um de mesa e um notebook, ficava de costas para essa estante. Sobre ela, algumas canecas com lápis e canetas, e uma pilha bem organizada de papéis. Em outra parede havia um aparelho de som luxuoso e, na parede oposta, duas caixas de som estreitas e altas, posicionadas em direção à escrivaninha, com aproximadamente a minha altura (um metro e setenta) e feitas de mogno de primeira qualidade. Mais ou menos no centro do cômodo estava uma poltrona de design moderno e, ao lado, uma lâmpada de piso para leitura, de aço inox. Supus que Menshiki devia passar boa parte dos seus dias naquele cômodo, sozinho.

O retrato de minha autoria estava pendurado na parede entre as duas caixas de som, bem no centro, mais ou menos na altura dos olhos. Ainda era apenas uma tela sem moldura, mas se encaixava com perfeição ao ambiente, como se estivesse ali desde sempre. Era uma obra feita de modo impulsivo, quase de uma assentada, mas eu sentia que naquele espaço sua energia descomedida era controlada na medida certa, com uma precisão admirável. A atmosfera particular do escritório atenuava bem a impulsividade criativa da pintura, em que sem sombra de dúvida se ocultava o rosto de Menshiki. Ou melhor, naquele momento, aos meus olhos, parecia que o próprio Menshiki estava enterrado ali dentro, de verdade.

Eu havia pintado aquela obra, naturalmente. Porém, agora que estava pendurada no escritório de Menshiki, ela havia se transformado em algo fora do meu alcance. Agora ela *pertencia a Menshiki*, não a mim. Quando eu tentava examinar alguma coisa no interior, a tela escapava por entre as minhas mãos, como um peixe escorregadio e ágil, como uma mulher que costumava ser minha, mas agora era de outra pessoa...

— E então? Não acha que combinou perfeitamente com o escritório?

Menshiki se referia à pintura, é claro. Concordei em silêncio.

— Testei em muitas paredes de muitos cômodos, antes de descobrir que a melhor opção era pendurá-la aqui. O espaço ao redor, a incidência da luz, o conjunto, tudo está certo. O que mais gosto é me sentar naquela poltrona e observar a pintura.

— Se importa se eu experimentar? — perguntei, apontando para a poltrona.

— De maneira nenhuma. Fique à vontade.

Me sentei na poltrona de couro, recostei as costas no seu encosto suavemente curvo e apoiei os pés sobre o pufe. Cruzei os braços sobre o peito e olhei mais uma vez para a pintura. De fato, Menshiki tinha razão: aquele era o local ideal para admirar a obra. Vista daquela poltrona (um móvel do mais absoluto conforto), a pintura à minha frente tinha uma intensidade tão penetrante, mas ao mesmo tempo tranquila e discreta, que chegava a ser surpreendente. Parecia completamente distinta da obra que eu vira no meu ateliê, como se — como posso dizer — tivesse adquirido uma vitalidade nova e primordial naquele novo ambiente e, de algum modo, repudiasse seu criador (no caso, eu).

Menshiki pegou um controle remoto e colocou uma música, em um volume adequado e agradável. Era um quarteto de cordas de Schubert que eu conhecia. D. 804. O som saía com clareza e elegância das caixas, sem nenhuma distorção. Comparado com o som simples e despretensioso do aparelho de Tomohiko Amada, parecia outra música.

Quando dei por mim, o comendador estava no escritório. Sentado sobre o banquinho diante da estante, ele também olhava para o meu quadro, de braços cruzados. Virei o rosto em sua direção, mas o comendador balançou a cabeça discretamente, indicando que eu não devia fazer isso, então voltei a contemplar a tela.

— Muito obrigado — agradeci a Menshiki, me erguendo da poltrona. — Você colocou a obra no local exato.

Menshiki balançou a cabeça, sorridente.

— Ora, por favor... Eu é que agradeço. Meu apreço por esta obra aumentou ainda mais depois de encontrar o lugar perfeito. Quando olho para ela me sinto... como posso dizer... diante de um espelho muito especial. Estou ali dentro, embora não seja exatamente eu. Quanto mais olho para a pintura, mais curiosa é essa sensação.

Menshiki continuou olhando o quadro, em silêncio, enquanto escutava a composição de Schubert. O comendador, ainda sentado no banquinho, fazia o mesmo, com os olhos um pouco apertados, exatamente como Menshiki. Parecia até que estava fazendo graça e o imitando (mas acho que não era de propósito).

Por fim, Menshiki olhou para o relógio na parede.

— Vamos para a sala de jantar. Já deve estar tudo pronto. Seria bom se o comendador pudesse se juntar a nós...

— Creio que ele já esteja aqui — disse eu.

— Que maravilha — comentou Menshiki, aliviado, antes de desligar a música com o controle remoto. — O lugar dele à mesa está posto, é claro, embora seja uma pena que ele não possa apreciar a refeição.

Menshiki me explicou que no andar de baixo (o segundo subsolo, considerando a sala de estar como térreo) ficava um depósito, a lavanderia, e uma academia de ginástica, com diversos aparelhos, onde ele podia se exercitar ouvindo música. Uma vez por semana, um personal trainer vinha orientar seu treinamento. Havia também um dormitório para empregados, que estava vazio, com uma pequena cozinha e um banheiro. Antes existia também uma piscina pequena do lado de fora, mas ela não era usada e tinha manutenção trabalhosa, então foi aterrada e transformada em uma estufa para plantas. Ainda assim, Menshiki gostaria de construir algum dia uma piscina coberta, com raias, de vinte e cinco metros. Se isso acontecesse, eu seria convidado para vir nadar. Respondi que seria ótimo.

Em seguida, passamos para a sala de jantar.

24.
Apenas coletando informações, em primeira mão

A sala de jantar ficava no mesmo andar do escritório. Tratava-se de um cômodo comprido com uma mesa grande, também comprida, bem no centro. A mesa era feita com uma tábua de carvalho de dez centímetros de espessura e acomodava com facilidade dez pessoas. Era um móvel absolutamente sólido, que combinaria muito bem com um banquete do bando de Robin Hood, mas que no momento não recebia foras da lei joviais, apenas Menshiki e eu. O lugar do comendador estava posto, mas ele ainda não tinha aparecido. O jogo americano, os talheres e as taças estavam arrumados apenas por *formalidade*, somente para indicar que aquele era o seu lugar.

Como no living, em uma das paredes mais longas da sala havia grandes janelas de vidro, com vista para o outro lado do vale. Naturalmente, seria possível ver minha casa de onde eu estava, se do meu terraço eu conseguia ver a mansão de Menshiki. Porém, no escuro, como era uma casa simples, pequena e de madeira, eu não conseguia avistá-la. Não havia muitas casas daquele lado do vale, mas as poucas que havia, dispersas pela montanha, estavam bem iluminadas. Era a hora do jantar. As pessoas deviam estar se sentando à mesa com suas famílias, prontas para dividir uma refeição. Esse delicado e aconchegante calor emanava de cada uma das luzes.

Em compensação, deste lado do vale, Menshiki, o comendador e eu começávamos um jantar estranho, que dificilmente poderia ser chamado de "familiar". Lá fora, a chuva fina continuava caindo em silêncio, mas quase não havia vento. Era uma noite quieta de outono. Olhando pela janela, pensei de novo naquele buraco, ou melhor, na solitária câmara de pedra atrás do santuário. Enquanto eu estava na sala de jantar, o buraco continuava lá, escuro e frio. Essa lembrança produziu um calafrio peculiar, que subiu pela minha espinha.

— Encontrei esta mesa por acaso, durante uma viagem pela Itália e a comprei — comentou Menshiki, quando elogiei o móvel. Nada no tom de sua voz indicava ostentação. Ele estava apenas me contando um fato. — Foi em uma loja de móveis de uma cidade chamada Lucca. Pedi que fosse enviada para cá de navio. O transporte foi um pouco trabalhoso, pois é uma mesa bastante pesada.

— Você viaja muito ao exterior?

Sua boca se contraiu de leve, mas logo relaxou.

— Costumava viajar bastante. Em parte a trabalho, em parte por lazer. Porém, o perfil do meu trabalho mudou um pouco ultimamente e não tenho mais tantas oportunidades. Além disso, não tenho mais apreciado tanto viajar ao exterior. Fico quase sempre aqui.

Ele gesticulou indicando o interior da casa, para esclarecer a que se referia com "aqui". Pensei que ele diria mais alguma coisa sobre a mudança de seu perfil de trabalho, mas o assunto terminou ali. Como de costume, ele não parecia querer falar sobre seu trabalho. Também não perguntei mais nada sobre o tema, é claro.

— Pensei em começar com um champanhe bem gelado. O que me diz? Acha uma boa ideia?

Eu disse que achava, claro. Que deixava tudo nas mãos dele.

A um pequeno sinal de Menshiki, o jovem de rabo de cavalo apareceu e nos serviu champanhe perfeitamente gelado em taças longas. Pequenas e agradáveis bolhas subiam por dentro das taças, que eram finas e leves, como um refinado papel. Brindamos por sobre a mesa, e Menshiki inclinou o copo com reverência em direção ao lugar do comendador.

— Muito obrigado por sua presença, meu caro comendador — disse ele.

É claro que não houve resposta por parte do comendador.

Enquanto tomávamos o champanhe, Menshiki falou sobre ópera. Contou que certa vez, em uma visita à Sicília, assistira a uma belíssima ópera em um teatro em Catânia, e que toda a plateia comia laranjas e entoava as canções junto com os cantores. Ah, e o champanhe de lá era delicioso, acrescentou.

Por fim, o comendador apareceu. No entanto, não se sentou na cadeira designada para ele, porque, dada a sua estatura, provavelmente ficaria com o nariz na altura da mesa. Em vez disso, se acomodou em uma prateleira de bibelôs, atrás de Menshiki, a cerca de um metro e meio do chão. Balançava de leve seus pés, calçados com os estranhos sapatos pretos. Ergui o copo discretamente em sua direção, sem que Menshiki percebesse. O comendador se fez de desentendido, é claro.

Logo a refeição começou a ser servida. Entre a sala de jantar e a cozinha havia uma pequena abertura para bandejas, por onde eram passados os pratos que o jovem de rabo de cavalo e gravata-borboleta servia, um a um. Começamos com um belo mix de hortaliças orgânicas e peixe *isaki*, além de vinho branco para acompanhar. O rapaz de rabo de cavalo sacou a rolha da garrafa com a concentração de um especialista desativando uma mina. Não houve nenhuma explicação sobre o tipo de vinho ou sua origem, mas, nem preciso dizer, o sabor era divino. Aliás, já era de esperar. Menshiki jamais escolheria um vinho branco que não fosse perfeito.

Em seguida, apreciamos uma salada de raiz de lótus, lula e feijão branco. E sopa de tartaruga. O tamboril foi a escolha para o prato de peixe.

— Ainda não está na época de tamboril, mas parece que tivemos sorte. O chef encontrou belos tamboris à venda no porto — explicou Menshiki.

De fato, o peixe estava fresco e delicioso, com consistência firme e sabor refinado, sem deixar nenhum gosto marcante na boca. Tinha sido ligeiramente cozido no vapor e servido com molho de estragão (creio eu).

Na sequência, foi servido um belo bife de carne de veado, acompanhado por uma detalhada explicação sobre seu molho especial. Havia tantos termos técnicos que não consegui guardar nada, mas o molho era deliciosamente perfumado. Para harmonização, o rapaz de rabo de cavalo nos serviu vinho tinto. Menshiki explicou que o vinho havia sido aberto cerca de uma hora antes e deixado para descansar em um decanter.

— Agora já deve estar bem oxigenado, no ponto certo para servir.

Não podia opinar sobre a oxigenação do vinho, mas era capaz de apreciar seu excelente sabor. Tinha um sabor ao tocar a língua, outro ao se espalhar pela boca e outro ao ser engolido. Era como uma mulher misteriosa, cuja beleza parecesse sutilmente distinta, de acordo com o ângulo e a incidência de luz. E deixava um sabor agradável na boca.

— É um bordeaux — revelou Menshiki. — Vou poupá-lo das qualificações. É apenas um bordeaux.

— Imagino que, se você fosse enumerar essas qualificações, seria uma lista bem comprida, não?

Menshiki abriu um sorriso, franzindo agradavelmente o canto dos olhos.

— De fato, seria. Mas não gosto muito de listas, nem de falar sobre os atributos de um vinho. É apenas um bom vinho e isso basta, não?

Naturalmente, eu não tinha nenhuma objeção.

Enquanto apreciávamos a refeição e o vinho, o comendador assistia a tudo, do alto da prateleira. Presenciava cada detalhe com atenção, sem se mover, mas também sem esboçar qualquer reação sobre o que via. Como ele mesmo dissera, se limitava a assistir e nada mais. Sem julgamentos, sem qualquer interesse especial. Estava apenas coletando informações, em primeira mão.

Talvez ele assistisse desse mesmo modo quando eu e minha amante passávamos as tardes dividindo a cama. Fiquei um pouco desconfortável ao imaginar a cena. O comendador dissera que, para ele, não havia diferença entre ver as pessoas transando, fazendo ginástica ou limpando chaminés. Talvez fosse verdade, mas isso não impedia o desconforto de quem estava sendo observado.

Ao fim de uma hora e meia, Menshiki e eu enfim chegamos à sobremesa (suflê) e ao café expresso, após um percurso longo e gratificante. A esta altura, pela primeira vez, o chef saiu da cozinha e se apresentou na mesa. Era um homem alto, com um uniforme branco de cozinheiro. Tinha por volta de trinta e cinco anos. Uma barba rala cobria seu rosto das maçãs até o queixo. Ele me cumprimentou com polidez.

— A refeição estava maravilhosa — falei. — Acho que nunca havia comido nada igual.

Eu estava sendo sincero. Ainda não conseguia acreditar que alguém com tanto talento fosse apenas dono de um pequeno e desconhecido restaurante de culinária francesa, próximo ao porto de Odawara.

— Muito obrigado — respondeu ele, sorrindo. — Menshiki é um cliente muito estimado.

Então, com uma reverência, ele se retirou para a cozinha.

— Será que o comendador também ficou satisfeito? — perguntou Menshiki, preocupado, depois que o chef se retirou. Nada no seu rosto indicava fingimento. Pelo menos para mim, ele parecia estar preocupado de verdade.

— Tenho certeza de que ficou! — respondi, com seriedade. — Vai lamentar não ter podido saborear um banquete tão maravilhoso, mas com certeza aproveitou a atmosfera do jantar.

— Espero que sim...

Estou muito contente, claro, soprou o comendador, ao pé do meu ouvido.

Menshiki me ofereceu um drinque, para ajudar na digestão, mas recusei: já estava bem saciado. Ele se serviu uma dose de conhaque.

— Gostaria de lhe fazer uma pergunta — disse ele, agitando devagar o copo volumoso. — É uma pergunta estranha, que talvez cause algum desconforto.

— Por favor, fique à vontade. Pode perguntar o que quiser.

Ele saboreou um gole do conhaque. Então apoiou devagar o copo sobre a mesa.

— É sobre aquele buraco no meio do bosque. Outro dia, passei cerca de uma hora dentro daquela câmara. Fiquei sentado no chão, sem lanterna, e pedi que você tampasse a abertura e voltasse para me tirar em uma hora, lembra?

— Lembro, claro.

— Por que acha que eu fiz aquilo?

Admiti que não sabia.

— Fiz porque era algo necessário para mim — prosseguiu ele. — Não sei explicar muito bem, mas de vez em quando *preciso fazer algo assim*. Preciso ficar sozinho em um lugar pequeno e escuro, no mais completo silêncio.

Não respondi nada e esperei que ele continuasse.

— Bom, o que gostaria de perguntar é o seguinte. Durante aquela hora, você não sentiu nenhuma vontade de me abandonar lá dentro, nem por um instante? Não sentiu desejo de me deixar lá para sempre, no fundo daquele buraco escuro?

Não compreendi bem o que ele estava tentando dizer.

— Abandonar você?

Menshiki levou a mão à têmpora direita e a tocou de leve, como se checasse alguma cicatriz. Em seguida, disse:

— Vou ser mais claro. Eu estava no fundo de um buraco com quase três metros de profundidade e dois de diâmetro. Não havia mais escada, nem lugar de apoio entre as pedras. Seria impossível qualquer tentativa de escalar as paredes. Além disso, a tampa estava bem fechada e, no meio das montanhas, ninguém escutaria se eu gritasse ou tocasse o guizo, ninguém além de você. Em outras palavras, eu jamais conseguiria sair de lá por conta própria. Se você não voltasse, eu ficaria preso para sempre no fundo daquele buraco. Certo?

— Creio que sim.

Os dedos de sua mão direita continuavam sobre a têmpora, mas pararam de se mover.

— O que eu gostaria de saber é se durante aquela hora você não pensou, nem por um instante: "Sabe de uma coisa? Não vou tirar aquele homem de lá. Vou deixá-lo onde está". Responda com sinceridade, por favor. Prometo que não vou ficar chateado.

Ele afastou a mão da têmpora e pegou de novo o copo de conhaque, que agitou devagar. Mas, desta vez, não bebeu. Só aspirou o perfume, estreitando os olhos, antes de voltar a apoiá-lo sobre a mesa.

— Não, isso não me passou pela cabeça — respondi, com franqueza. — *Nem por um instante*. Tudo o que pensei foi que, quando transcorresse uma hora, eu precisava tirar você do buraco.

— Tem certeza?

— Absoluta.

— Hum... se eu estivesse no seu lugar... — disse Menshiki, em tom de confissão, com voz muito serena — certamente teria pensado nessa possibilidade. Certamente teria sido tentado pela ideia de abandonar você no buraco. Teria pensado que *não haveria outra oportunidade perfeita como aquela*.

Como eu não sabia o que dizer, continuei calado.

— Fiquei todo o tempo pensando sobre isso, no buraco — prosseguiu ele. — Sabe, sobre essa possibilidade, se eu estivesse no seu lugar. Não é curioso? Você estava na superfície e eu estava no buraco, mas passei todo o tempo imaginando como seria se fosse o contrário.

— Bom, se você me abandonasse no buraco, talvez eu morresse de fome. Talvez realmente ficasse tocando o guizo até virar uma múmia. Você não se importaria, mesmo assim?

— Ah, mas era apenas uma fantasia. Um devaneio, por assim dizer. *Obviamente* eu jamais faria isso. Estava apenas exercitando a imaginação. Apenas brincando com a ideia da morte, hipoteticamente. Na verdade, acho muito surpreendente que essa tentação não tenha nem sequer cruzado sua mente.

— Se você considerou a possibilidade de que eu pudesse abandoná-lo naquele buraco escuro, não ficou com medo, fechado sozinho lá dentro? — perguntei.

Menshiki balançou a cabeça.

— Não, não fiquei com medo. Na verdade, confesso que, no fundo, talvez até tivesse alguma expectativa de que você fosse fazer isso.

— Expectativa?! — exclamei, surpreso. — Está me dizendo que esperava que eu o abandonasse lá dentro?

— Exatamente.

— Então você não se importaria em morrer ali?

— Ah, mas eu não cheguei a pensar na morte. Ainda tenho algum apreço por esta vida. Além disso, morrer de fome e de sede não seria minha forma preferida de deixar este mundo. O que eu queria era *me aproximar um pouco mais da morte*, só isso. Mesmo sabendo que essa fronteira é muito tênue.

Refleti um pouco sobre aquelas palavras. Ainda não compreendia muito bem o que Menshiki estava dizendo. Olhei de relance na direção do comendador, que continuava sentado sobre a prateleira, sem esboçar qualquer reação.

— Quando você está preso, sozinho, em um lugar apertado e escuro — continuou Menshiki —, a coisa mais assustadora não é a morte, e sim a incerteza se você *terá que continuar vivendo para sem-*

pre ali. Se você passa a pensar nisso, começa a sufocar de terror, tem a impressão de que as paredes estão se fechando e de que você será esmagado. Para sobreviver, é preciso superar esse terror de qualquer maneira. É preciso ultrapassar os próprios limites. E, para isso, é necessário se aproximar o máximo possível da morte.

— Mas isso acarreta um risco.

— Igual a Ícaro, que se aproximou demais do sol. Não é fácil identificar o limite, a última linha até onde se pode avançar. É uma ação arriscada.

— Porém, evitando esse risco, é impossível ultrapassar os próprios limites e superar o terror.

— Exatamente. Sem o risco, é impossível avançar — disse Menshiki.

Menshiki então pareceu refletir sobre algo, por um tempo. Até que, abruptamente — pelo menos para mim pareceu bem abrupto —, ele se levantou, foi até a janela e olhou para fora.

— Ainda está chovendo um pouco, mas não é uma chuva forte. Poderia me acompanhar até o terraço? Gostaria de mostrar uma coisa.

Subimos para a sala de estar e saímos para o amplo terraço, revestido com ladrilhos em estilo sul-europeu. Nos debruçamos no parapeito de madeira e olhamos a vista: dava para ver todo o vale, como um mirante turístico. A garoa continuava caindo, mas já parecia uma névoa, de tão fina. As luzes das casas do outro lado do vale continuavam brilhando. Embora fosse o mesmo vale, a vista do outro lado apresentava uma paisagem muito distinta.

Parte do terraço era coberta. Sob o telhado havia uma espreguiçadeira e, ao lado, uma mesa baixa de vidro — para apoiar copos ou livros —, vasos com grandes plantas ornamentais e algum tipo de objeto alto, coberto com uma capa de plástico. Havia uma lâmpada na parede, mas estava apagada. A iluminação que vinha da sala também era muito fraca.

— Onde está minha casa? — perguntei.

Menshiki apontou para a diagonal direita.

— Naquela direção.

Olhei para onde ele apontava. No entanto, como todas as luzes da minha casa estavam apagadas, não consegui enxergar nada por entre a chuva fina que caía como névoa. Comentei que não conseguia avistá-la.

— Espere um instante — pediu Menshiki.

Ele caminhou até o objeto alto, perto da espreguiçadeira, e tirou a capa que o cobria, antes de voltar para o meu lado. O objeto era uma espécie de binóculo com tripé, não muito grande, mas com aspecto estranho, diferente de um binóculo comum. Por conta da cor verde-oliva desbotada, chegava a lembrar um instrumento óptico de agrimensura. Menshiki o apoiou diante do parapeito, ajustou sua direção e regulou o foco com cuidado.

— Olhe, por favor. Lá está sua casa.

Olhei pelo binóculo. A imagem era límpida, e o poder de ampliação das lentes, bastante alto. Era o tipo de objeto vendido apenas em lojas especializadas. Através do pálido véu da garoa, a paisagem distante parecia estar ao alcance das mãos. De fato, lá estava a casa em que eu vivia. Dava para ver o terraço, com as espreguiçadeiras reclináveis. Ao fundo, a sala de estar e, ao lado, o ateliê. Não enxerguei nada dentro da casa, pois as luzes estavam apagadas. De qualquer maneira, durante o dia, devia ser possível ver um pouco. Não deixava de ser uma sensação estranha olhar (ou espiar) a própria casa onde eu morava.

— Não se preocupe — falou Menshiki às minhas costas, como se lesse meus pensamentos. — Nunca invadi sua privacidade. Aliás, quase nunca voltei este binóculo em direção à sua casa. Por favor, acredite em mim. Aquilo que eu quero ver *está em outro lugar*.

— Aquilo que você quer ver? — disse eu, tirando os olhos do binóculo e me virando para encarar Menshiki, que estava sereno como sempre, com uma expressão impassível. Só o seu cabelo parecia brilhar ainda mais branco, em meio à noite no terraço.

— Vou lhe mostrar — explicou ele. Em seguida, com gestos hábeis, mudou minimamente a direção do binóculo para o norte e ajustou o foco num instante, antes de dar um passo para trás. — Olhe, por favor.

Olhei pelo binóculo. As lentes redondas mostravam uma elegante casa de madeira, na encosta. Tratava-se de uma casa de dois andares, que acompanhava a inclinação da montanha, com um terraço voltado em nossa direção. Em um mapa, ficaria situada ao lado da minha casa, mas pela geografia do terreno não havia como chegar diretamente de uma a outra, sendo preciso fazer uma grande volta a partir do sopé. As luzes atrás das janelas estavam acesas, mas as cortinas escondiam o interior. Se as cortinas estivessem abertas, provavelmente seria possível ver com muita clareza lá dentro. Sem dúvida um binóculo potente como esse conseguiria isso.

— Este é um binóculo militar, usado pela Otan. Tive um pouco de trabalho para conseguir um, pois não são comercializados. Ele tem uma resolução muito alta e permite ver as imagens com clareza, mesmo no escuro.

Afastei o rosto do binóculo e olhei para Menshiki.

— Esta casa é *o que você quer ver*?

— Sim, mas não me entenda mal. Não estou espionando ninguém.

Ele deu outra rápida olhada pelo binóculo, antes de guardá-lo no local de origem, junto com o tripé, e cobri-lo com a capa plástica.

— Vamos voltar para dentro. Não quero que você pegue um resfriado — disse ele, e entramos de novo na sala de estar.

Voltei a me sentar no sofá, e Menshiki, na poltrona. O rapaz de rabo de cavalo apareceu e perguntou se gostaríamos de tomar algum drinque, mas recusamos. Menshiki agradeceu ao rapaz e disse que ele estava liberado. O rapaz se retirou com uma reverência.

Agora, o comendador estava sentado sobre o piano, o piano de cauda da Steinway, perfeitamente negro. Ele parecia mais à vontade ali do que no local anterior. As pedras na bainha de sua espada reluziam com orgulho, refletindo a luz.

— Naquela casa que você acabou de ver — começou Menshiki —, mora a menina que, *talvez*, seja minha filha. Só quero vê-la de longe, mesmo que em uma imagem minúscula.

Passei muito tempo sem conseguir dizer nada.

— Você se lembra? — prosseguiu ele. — Essa é a filha de uma ex-namorada minha, que deu à luz depois de se casar. Talvez essa menina tenha o meu sangue.

— Sim, claro que lembro. Sua ex-namorada morreu picada por um enxame de vespas e hoje a menina tem treze anos. Certo?

Menshiki concordou com um aceno curto.

— Pois então, a menina mora com o pai *naquela casa*, na encosta oposta do vale.

Precisei de algum tempo para concatenar todas as ideias na minha cabeça. Menshiki passou esse tempo em silêncio, esperando com paciência que eu emitisse alguma opinião.

— Ou seja, você comprou esta propriedade — disse eu — *justamente* para poder observar pelo binóculo, dia após dia, essa garota que talvez seja sua filha. Por isso gastou uma fortuna para comprar a casa e outra fortuna para reformá-la. É isso?

Menshiki concordou.

— Sim, é isso. Este é o lugar perfeito para observar a casa dela. Por isso, eu precisava adquirir a propriedade a qualquer custo, pois não há nenhum outro terreno nesta área onde seja permitido construir. E desde então eu procuro vê-la todos os dias pelo binóculo, embora os dias em que não consiga sejam mais frequentes do que os dias em que consiga.

— E por isso você vive aqui sozinho, evitando ao máximo a presença de outras pessoas. Não quer ser atrapalhado.

Menshiki voltou a concordar.

— Sim. Não quero ser atrapalhado por ninguém. Não quero que ninguém atrapalhe esse equilíbrio. Apenas isso. Preciso ter uma solidão ilimitada nesta casa. Além de mim, você é a única pessoa no mundo que sabe deste segredo. Afinal, não posso sair revelando algo tão delicado assim para qualquer um.

Sem dúvida, não pode, pensei. E, então, por que afinal está revelando para mim?

— Então por que está contando para mim? — perguntei a ele. — Tem algum motivo?

Menshiki cruzou as pernas e me encarou. Então respondeu, com voz muito calma:

— Sim, claro que tenho um motivo. Gostaria muito de lhe pedir um favor.

25. A verdade às vezes só traz uma profunda solidão

— Gostaria muito de lhe pedir um favor — disse Menshiki.

Pelo tom da sua voz, suspeitei que ele vinha, há muito tempo, calculando a hora certa de entrar neste assunto. E que era justamente para isso que havia me convidado (e estendido o convite ao comendador) para o jantar. Queria revelar um segredo e me pedir um *favor*.

Menshiki sondou meus olhos por alguns instantes, antes de falar:

— Não se trata apenas de algo que você seria capaz de fazer, mas de algo que apenas você seria capaz de fazer.

Senti uma vontade repentina de fumar um cigarro. Tinha parado ao me casar e desde então, quase sete anos, não fumara mais nenhum cigarro. Como costumava fumar muito, foi bem difícil parar, mas depois de tantos anos eu já não sentia desejo. No entanto, naquele momento, pela primeira vez em muito tempo, pensei em como seria maravilhoso colocar um cigarro na boca e acender. Quase ouvi o som do riscar do fósforo.

— E que favor seria? — perguntei.

Eu não tinha curiosidade de saber o que era. Na verdade, preferia ignorar o assunto. No entanto, pelo andamento da conversa, não havia alternativa.

— Para ir direto ao ponto: gostaria que você pintasse um retrato dela — disse Menshiki.

Precisei desmontar e reconstruir mentalmente aquela frase, apesar de ser uma frase bastante simples.

— Quer dizer, você quer que eu pinte um retrato da menina que, *talvez*, seja sua filha.

Menshiki concordou.

— Exatamente. Era isso o que gostaria de lhe pedir. Só preferiria que você não pintasse esse retrato a partir de uma foto, mas utilizando a menina como modelo, assim como fez comigo. Ela também posaria no seu ateliê. Essa é a única condição. De resto, o estilo fica inteiramente a seu critério, é claro. Pode fazer como quiser. Não tenho nenhuma outra exigência.

Fiquei sem palavras por um tempo. Eu tinha muitas questões, mas escolhi perguntar a primeira que me ocorreu:

— Mas como eu iria convencê-la a posar? Ainda que ela more perto da minha casa, não posso simplesmente chegar e propor: "Olá, você não quer posar para mim? Gostaria de pintar seu retrato".

— Sem dúvida não pode. Levantaria suspeita e desconfiança.

— Então, o que você sugere?

Menshiki me observou em silêncio por um tempo. Depois, falou devagar, como quem abre com cuidado uma porta e dá o primeiro passo para dentro de um pequeno quarto secreto.

— Na verdade, vocês já se conhecem.

— Já nos conhecemos?

— Ah, sim. Ela se chama Mariê Akikawa. O sobrenome é escrito com os ideogramas de outono e rio, e o nome em *hiragana*, para marcar a origem francesa. Sabe quem é, não sabe?

Mariê Akikawa. Sem dúvida, esse nome me soava familiar. Só que, por algum motivo, eu não conseguia ligar nome e pessoa. Era como se algo estivesse me bloqueando. Porém, esse bloqueio desapareceu de repente.

— Hum... por acaso não é uma menina que frequenta minhas aulas na escola de artes em Odawara?

Menshiki concordou com a cabeça.

— Isso mesmo. Você dá aulas de desenho para ela.

Mariê Akikawa era uma menina pequena e calada, de treze anos, e fazia parte da turma infantil. A princípio, o curso era voltado para estudantes dos primeiros anos escolares, e ela já estava adiantada, então era a aluna mais velha da turma. Ainda assim, como era uma menina quieta, não se destacava entre as crianças mais novas. Estava sempre encostada em um canto da sala, como se quisesse ficar invisível. Eu me lembrava dela pois algo em seu jeito se assemelhava ao da minha finada irmã, e também porque sua idade mais ou menos coincidia com a que minha irmã tinha ao morrer.

Mariê quase não abria a boca durante a aula. Quando eu me dirigia a ela, se limitava a fazer breves acenos de cabeça. Quando era imprescindível dizer algo, ela falava muito baixo, a ponto de muitas vezes eu ter que pedir para ela repetir. Parecia sempre tensa e não conseguia me fitar nos olhos. Mas gostava de pintar, e seu rosto se transformava quando pegava o pincel e focava a tela. Seus olhos ficavam compenetrados e brilhantes. Além disso, seus quadros eram bem interessantes e divertidos. Embora ela não tivesse um talento particular, seus desenhos chamavam a atenção, sobretudo pelo uso da cor, bastante incomum. Havia algo misterioso naquela garota.

Ela tinha o cabelo preto, liso e brilhante. Suas feições eram delicadas como as de uma boneca, mas talvez por isso seu rosto passava uma impressão de não pertencer à realidade. Objetivamente, era uma menina bonita, mas alguma coisa — talvez a imaturidade das meninas em fase de crescimento — impedia que essa beleza fluísse com naturalidade. Quando essa *barreira* fosse removida, ela se tornaria uma moça bela de verdade. Só que, aparentemente, isso ainda levaria tempo. Lembrei que eu tinha a mesma percepção em relação ao rosto da minha finada irmã: com frequência pensava que ela poderia ser mais bonita do que era.

— Mariê Akikawa, que *talvez* seja sua filha, mora em uma casa do outro lado do vale — procurei resumir as informações que eu tinha. — E você deseja que eu peça a ela que pose para um retrato?

— Exatamente. No entanto, perceba que não estou *encomendando* esse retrato. Estou *pedindo um favor*. Agora, quando a pintura ficar pronta, eu gostaria de comprá-la, se você não se importar. Vou pendurá-la em uma parede para vê-la sempre. Isso é o que desejo. Ou melhor, isso é o que gostaria de lhe pedir.

— Mais nada? — perguntei.

Menshiki inspirou e soltou o ar devagar.

— Na verdade, tenho só mais um pedido.

— Qual seria?

— É algo muito pequeno — disse ele, com voz baixa, mas um pouco tensa. — Eu gostaria de lhe fazer uma visita quando você estiver pintando o retrato. Uma visita casual, como se eu tivesse aparecido por acaso. Pode ser só uma vez e por bem pouco tempo. Só quero estar no mesmo cômodo que ela. Respirar o mesmo ar. Nada mais do que isso. E com certeza não vou atrapalhar seu trabalho.

Eu refleti sobre aquela situação. No entanto, quanto mais ponderava, mais me sentia desconfortável. Por natureza, sempre fui avesso ao papel de intermediário. Não gosto de me envolver com os sentimentos das outras pessoas — sejam lá quais forem esses sentimentos. Minha personalidade não se encaixa bem nessa função. Em contrapartida, eu gostaria de fazer algo por Menshiki. Por isso, precisava refletir com cuidado sobre aquela questão.

— Bom, vou pensar sobre isso mais tarde — falei. — Antes, teria que ver se conseguiria convencer Mariê a posar para um retrato. Essa seria a primeira questão. Mariê é uma criança muito quieta, desconfiada como um gato. Talvez não aceite posar para quadro nenhum. Ou talvez sua família não dê permissão. Como não me conhecem, é natural que fiquem com a pulga atrás da orelha.

— Sabe, eu conheço pessoalmente Matsushima, o diretor da escola de artes — mencionou Menshiki, impassível. — Também sou um dos incentivadores ou, por assim dizer, patrocinadores da escola. Creio que, com a ajuda de Matsushima, essa questão se resolveria sem dificuldades. Você é um pintor confiável, com uma carreira consolidada. Se o diretor explicar isso à família de Mariê, tenho certeza de que não haverá problema.

Esse homem planejou tudo isso, pensei. Já previu todos os cenários e posicionou com antecedência todas as peças nos lugares certos, como um jogador de Go. Nada disso é *por acaso*.

— Quem cuida de Mariê é sua tia, a irmã mais nova do seu pai, uma mulher solteira — prosseguiu Menshiki. — Creio que já mencionei isso, mas depois que a mãe de Mariê faleceu essa mulher veio morar com eles para ajudar, pois o pai trabalha demais e não tem tempo de se encarregar das tarefas do dia a dia. Por isso, se conseguirmos convencer essa tia, tudo deve correr bem. Se Mariê concordar em posar para o quadro, a tia provavelmente a acompanhará ao seu ateliê, para tomar conta dela. Afinal, não aceitaria mandar a menina sozinha para a casa de um homem solteiro.

— Mas e Mariê? Será que ela vai concordar?

— Deixe isso por minha conta. Tudo o que você precisa fazer é aceitar pintar o retrato. Depois, tomarei todas as providências necessárias para resolver as questões práticas.

Voltei a refletir. Aquele homem provavelmente resolveria as tais "questões práticas" com muita eficiência. Mas será que eu deveria me envolver a esse ponto naquela intrincada questão familiar? Será que Menshiki não estaria escondendo outros planos e outras intenções?

— Posso dizer o que acho? Talvez não seja da minha conta, mas posso dar minha opinião?

— Claro, pode falar.

— Sabe, antes de prosseguir com esse plano do retrato, não seria melhor confirmar se Mariê Akikawa é mesmo sua filha biológica? Se não for, não vejo por que ter todo esse trabalho. Pode não ser muito fácil descobrir isso, mas tenho certeza de que, com sua capacidade, você encontraria alguma saída sem maiores problemas. Afinal, mesmo que eu pinte o retrato dela e você o pendure ao lado do seu, isso não vai contribuir em nada para solucionar a questão.

Menshiki demorou um pouco para responder.

— Se eu quisesse confirmar a paternidade de Mariê Akikawa, provavelmente conseguiria. Talvez desse um pouco de trabalho, mas conseguiria. Porém, não tenho essa intenção.

— Por que não?

— Porque confirmar ou não essa paternidade não é um fator determinante.

Me calei e encarei Menshiki. Ele balançou a cabeça, e seu basto cabelo branco se moveu, como se agitado pelo vento. Em seguida, ele falou com voz serena, como alguém que ensinasse uma conjugação verbal simples a um cachorro de grande porte:

— Não estou querendo dizer que, para mim, não faz diferença se Mariê é ou não minha filha, apenas que não faço questão de averiguar a verdade. Talvez Mariê Akikawa seja minha filha. Talvez não. Supondo que eu descobrisse que ela é mesmo minha filha biológica, o que poderia fazer? Me apresentar a ela, "Olá, sou seu pai biológico"? Tentar conseguir sua guarda? Eu jamais poderia fazer isso.

Menshiki balançou a cabeça mais uma vez e esfregou as mãos uma contra a outra, sobre os joelhos, como quem se aquecesse diante de uma lareira em uma noite fria. Então continuou:

— No momento, Mariê leva uma vida sossegada naquela casa, com seu pai e sua tia. Ela perdeu a mãe, mas tem uma família relativamente estável, apesar de alguns problemas de seu pai. Ao menos, parece ser bem próxima da tia. Tem a vida organizada à sua maneira. Você acha que tudo se resolveria com tranquilidade se eu aparecesse com provas de que sou o pai biológico? Pelo contrário, a verdade produz apenas caos. Provavelmente todos ficariam infelizes com essa notícia. Inclusive eu.

— Ou seja, você prefere manter a situação como está do que trazer a verdade à tona.

Menshiki abriu as mãos sobre os joelhos.

— Bom, para resumir, sim, eu prefiro. Demorei muito tempo para chegar a essa conclusão, mas agora tenho a certeza de que é a escolha certa. Pretendo viver carregando no coração a esperança de que Mariê Akikawa seja minha filha biológica, e continuarei observando seu crescimento a certa distância. Isso basta. Se eu tivesse a certeza de que ela é minha filha, não ficaria feliz, porque isso só serviria para tornar minha perda ainda maior. Por outro lado, descobrir que ela não é minha filha biológica também aumentaria minha decepção, de outra maneira. Talvez partisse meu coração. Nos dois casos, não vejo saída. Entende o que eu quero dizer?

— Entendo, do ponto de vista teórico. Mas, se eu estivesse no seu lugar, acho que gostaria de saber a verdade. É natural que as pessoas queiram saber a verdade, não?

Menshiki sorriu.

— Você pensa assim porque ainda é jovem. Quando chegar à minha idade, tenho certeza de que entenderá o que quero dizer. A verdade às vezes só traz uma profunda solidão.

— Então o que você deseja não é descobrir a verdade, mas apenas pendurar o retrato dessa menina na parede, para admirá-lo todos os dias, refletindo sobre a possibilidade que ele guarda? Tem certeza de que isso é suficiente?

Menshiki assentiu.

— Sim. Em vez da verdade estática, opto pela possibilidade com margem de movimento. Opto por essa incerteza. Você acha isso estranho?

Sim, eu achava estranho. Ainda que não chegasse a achar insano, no mínimo, não me parecia natural. De qualquer maneira, no fim das contas, era problema dele, não meu.

Olhei para o comendador, sentado sobre o piano. Ele me olhou de volta. Então ergueu os dois indicadores e afastou um do outro. Parecia um sinal de que eu devia adiar a resposta. Em seguida, apontou com o indicador direito para um relógio no pulso da mão esquerda. Naturalmente, o comendador não estava de relógio — ele só apontou para onde um relógio estaria, indicando que já estava se aproximando a hora de deixar aquela casa. Era um conselho e ao mesmo tempo uma advertência, e resolvi acatá-lo.

— Eu poderia pensar com calma antes de dar a resposta? Como é uma questão um pouco delicada, preciso de mais tempo.

Menshiki ergueu as mãos, que estavam sobre os joelhos.

— É claro. Por favor, reflita o quanto quiser. Não tenho a menor intenção de apressá-lo. Talvez eu esteja pedindo demais.

Me levantei e agradeci pelo jantar.

— Ah, a propósito, tem mais uma coisa que eu gostaria de contar e estava me esquecendo — disse Menshiki. — É sobre Tomohiko Amada. Conversamos outro dia sobre o período que ele passou estudando na Áustria, não foi? E sobre como ele retornou de Viena ao Japão às pressas, pouco antes do início da Segunda Guerra.

— Sim, me lembro que falamos sobre isso.

— Pois então, fiquei interessado no que teria acontecido nesse período e pesquisei alguns documentos. Como já faz muito tempo, não dá para confirmar a veracidade, mas alguns boatos se espalharam, formando uma espécie de escândalo.

— Escândalo?

— Sim. Aparentemente, Tomohiko teria se envolvido em um complô para assassinar alguém em Viena, o que quase levou a um conflito diplomático. Então a embaixada do Japão em Berlim teve que entrar em ação e trazê-lo de volta, sem alarde. O episódio teria acontecido pouco depois do *Anschluss*. Você sabe o que foi o *Anschluss*?

— A anexação da Áustria pela Alemanha em 1938?

— Isso. A Áustria foi incorporada à Alemanha por Hitler. Depois de um período de grande ebulição política, os nazistas tomaram todo o território praticamente à força e aboliram a nação austríaca. Foi em março de 1938. Claro que isso provocou um caos considerável, e muitos foram mortos em meio à desordem. Assassinatos planejados, mortes maquiadas de suicídios, pessoas levadas aos campos de concentração... Foi neste período conturbado que Tomohiko Amada residiu em Viena. Segundo boatos, na época Tomohiko tinha uma namorada austríaca e através dela se envolveu no suposto complô. Pelo que dizem, um grupo de resistência clandestino formado sobretudo por estudantes planejou o assassinato de um alto oficial nazista, algo que não seria bom nem para o governo alemão, nem para o japonês, já que fazia apenas um ano e meio da assinatura do Pacto Anticomintern. O vínculo entre o Japão e a Alemanha nazista se estreitava a cada dia e, por isso, ambos os países buscavam evitar qualquer situação que pudesse prejudicar essa relação amistosa. No entanto, embora jovem, Tomohiko Amada já era um pintor relativamente conhecido dentro do Japão, e seu pai era um proprietário de terras influente em sua região. Não poderiam simplesmente desaparecer com alguém desse status, sem que ninguém soubesse.

— Por isso Tomohiko teria sido deportado de volta ao Japão?

— Talvez seja mais apropriado dizer "resgatado". Mas, sim, por isso. Ele teria escapado por um triz, graças às "preocupações políticas" das autoridades. Se ele tivesse sido levado pela Gestapo com acusações tão graves, sem dúvida não teria saído com vida, com ou sem provas.

— Então o complô não aconteceu?

— Não. O plano ficou só no papel. Havia um informante dentro desse grupo de resistência e, assim que tudo chegou aos ouvidos da Gestapo, todos os membros foram presos de uma vez.

— Mas um incidente desse tamanho com certeza teria repercussões...

— Porém, curiosamente, a história não virou notícia — disse Menshiki. — Se espalhou apenas como boato, mas sem qualquer registro oficial. Por algum motivo, tudo aconteceu no escuro e foi enterrado antes de vir à luz.

Nesse caso, talvez o "comendador" retratado no quadro *O assassinato do comendador* fosse uma representação do oficial nazista. Talvez aquele quadro fosse uma representação do assassinato que *deveria ter acontecido* em 1938, na Áustria (mas que na realidade não acontecera). Tomohiko Amada e sua namorada estavam envolvidos no complô. Quando o plano foi descoberto pelas autoridades, os dois foram separados e talvez ela tenha sido assassinada. Depois de retornar ao Japão, Tomohiko recriou a experiência dolorosa que vivera em Viena no estilo *nihon-ga*, como uma cena *mais simbólica*, uma "releitura" ambientada no período Asuka, mais de mil anos antes. Tomohiko deve ter pintado *O assassinato do comendador* para si mesmo. Ele precisava fazer essa obra, como uma forma de preservar essa memória intensa e sangrenta de sua juventude. Justamente por isso nunca revelou esse quadro, se limitando a embrulhá-lo com cuidado e a guardá-lo no sótão, longe de qualquer olhar.

Quem sabe esse incidente em Viena tenha sido um dos motivos que levaram Tomohiko, assim que retornou ao Japão, a abandonar sua carreira como pintor de estilo ocidental e a se converter à pintura *nihon-ga*. Talvez ele quisesse se distanciar completamente de seu passado.

— Como você conseguiu descobrir tudo isso? — perguntei.

— Não pense que tive tempo de manejar todos esses arquivos. Na verdade, pedi isso à organização de um conhecido. Como se trata de um fato já bastante antigo, não posso garantir sua veracidade... Mas meu conhecido garantiu que eles verificaram em fontes diversas, então aparentemente são informações confiáveis.

— Tomohiko Amada tinha uma namorada austríaca, que era integrante de um grupo de resistência clandestino. E ele se juntou a ela em um complô de assassinato.

Menshiki inclinou um pouco a cabeça, hesitante.

— Se isso for verdade, é uma história bastante dramática. Bom, de qualquer maneira, todos os envolvidos já devem estar mortos. Creio que hoje não temos mais como saber até que ponto tudo isso é real. Sabe, coisas assim sempre tendem a ser aumentadas com o tempo... Enfim, parece um verdadeiro melodrama.

— Você chegou a descobrir a que ponto Tomohiko se envolveu nesse plano?

— Não. Não foi possível descobrir. Da minha parte, sou apenas capaz de imaginar o elemento dramático da trama, a deportação de

Viena, o adeus à namorada (ou talvez nem isso), o embarque no porto de Bremer em um navio com rumo ao Japão. Durante a guerra, Tomohiko ficou recolhido sem alarde no interior da cidade de Aso e, pouco depois da declaração de paz, ressurgiu como um pintor de *nihon-ga*, para a surpresa de todos. Essa parte também foi bastante dramática.

E assim se encerrou nossa conversa sobre Tomohiko Amada.

O mesmo Infiniti preto de antes estava à minha espera. A chuva fina continuava caindo com persistência, e o ar estava gelado e úmido. Logo mudaria a estação e seria preciso tirar o casaco do armário.

— Agradeço pela sua visita — disse Menshiki. — E estendo meus agradecimentos ao comendador.

Eu é que agradeço, disse o comendador ao pé do meu ouvido. Naturalmente, apenas eu pude escutar sua voz. Voltei a agradecer a Menshiki pelo convite e pelo jantar, que estava maravilhoso. Foi um prazer. E tenho certeza de que o comendador também apreciou muito.

— Só espero não ter estragado uma noite agradável, ao trazer aquele assunto importuno após o jantar... — comentou Menshiki.

— De maneira nenhuma. Só preciso de um tempo para pensar mais um pouco.

— Claro.

— Sabe, demoro um pouco para tomar decisões.

— Ah, eu também. Meu lema é que pensar três vezes é sempre melhor do que duas. E pensar quatro vezes é ainda melhor do que três. Reflita com calma, por favor.

O motorista me esperava ao lado da porta traseira, que estava aberta. Eu entrei. O comendador deve ter entrado também, mas não o vi. O sedan subiu a ruela pavimentada, passou pelo portão aberto e desceu a montanha, devagar. Depois que a mansão branca desapareceu do meu campo de visão, todos os acontecimentos daquela noite me pareceram um sonho. Era cada vez mais difícil distinguir a realidade da ficção e a ficção da realidade.

A realidade é o que dá para enxergar, sussurrou o comendador ao meu ouvido. *Basta abrir bem os olhos e ver. Deixe o julgamento para depois.*

Mesmo de olhos bem abertos, desconfio que não estou enxergando muita coisa, disse de mim para mim. Ou quem sabe tenha pensado em voz alta, pois o motorista me olhou de relance pelo retrovisor. Eu fechei os olhos e me afundei no banco. Então pensei: como seria bom adiar eternamente o julgamento sobre muitas coisas.

Quando cheguei em casa, pouco antes das dez, escovei os dentes, vesti o pijama, deitei sob as cobertas e adormeci. Como era de esperar, tive diversos sonhos, todos incômodos. Incontáveis suásticas tremulando por Viena, um grande navio deixando o porto de Bremer, uma banda de metais no cais, o quarto secreto do Barba Azul, Menshiki tocando o piano Steinway.

26.
Uma composição melhor do que aquela seria impossível

Dois dias depois, meu agente me telefonou de Tóquio, para dizer que Menshiki depositara o pagamento pela pintura e que a agência já havia feito uma transferência para a minha conta, descontando a comissão. Eu levei um susto ao ouvir o valor. Era ainda maior do que o acertado inicialmente.

— Menshiki acrescentou um bônus, pois disse que a obra superou as expectativas. Ele também enviou uma mensagem junto com o pagamento, pedindo que aceitássemos o acréscimo como mostra de sua gratidão — explicou meu agente.

Não consegui dizer nada, só soltei uma exclamação.

— Não vi o quadro pessoalmente, mas tive oportunidade de ver uma foto anexada por Menshiki. Devo dizer que me pareceu uma obra excepcional, que vai muito além de um retrato comum, ainda assim mantendo o poder de persuasão dos retratos.

Eu agradeci e desliguei.

Pouco depois, recebi um telefonema de minha amante. Vamos nos ver amanhã de manhã? Vamos, respondi. Seria sexta-feira e eu daria aula na escola de artes, mas tinha um pouco de tempo.

— E então, foi jantar na casa de Menshiki?

— Fui. Um verdadeiro banquete.

— O jantar estava bom?

— Maravilhoso. A comida estava perfeita, e os vinhos também eram excelentes.

— Como era o interior da casa?

— Impressionante — respondi. — Acho que levaria metade de um dia só para descrever tudo que tinha lá.

— Amanhã você me conta tudo?

— Antes? Ou depois?

— Pode ser depois — respondeu ela, sem se estender.

Depois desse telefonema, fui até o ateliê e examinei *O assassinato do comendador*, que eu tinha pendurado na parede. Já olhara para esse quadro de Tomohiko Amada uma série de vezes, mas agora, depois da história contada por Menshiki, senti na obra um realismo tão vívido que chegava a ser estranho. Aquela não era apenas uma pintura histórica, uma recriação de um acontecimento nostálgico do passado. Era possível ler os sentimentos de cada um dos quatro personagens retratados (deixando de lado o Cara Comprida) através de suas expressões e de seus gestos. O rosto do jovem que cravava a espada no peito do comendador era absolutamente inexpressivo: devia ter fechado seu coração, empurrando para o fundo do peito qualquer tipo de emoção. Na face do velho com o peito atravessado pela espada havia, além de sofrimento, uma surpresa genuína, como se ele jamais imaginasse aquele desfecho. A moça que observava a cena (a Donna Anna da ópera de Mozart) parecia se debater em emoções violentas. A angústia contorcia seu rosto delicado. Sua mão branca e bela cobria a boca. O homem atarracado e roliço, com cara de criado (Leporello), erguia os olhos para os céus, boquiaberto diante do desenlace inesperado. Sua mão direita estava esticada para o alto, como se quisesse agarrar alguma coisa.

Era uma obra perfeita. Uma composição melhor do que aquela seria impossível. Tratava-se de um equilíbrio admirável, aprimorado até a perfeição. Mesmo congelados na emoção de um instante, os quatro personagens tinham seu dinamismo de movimentos preservado. Experimentei sobrepor o assassinato que *deveria ter acontecido* em 1938, na Áustria, a essa composição. O comendador não vestiria trajes do período Asuka, e sim uma farda nazista. Ou quem sabe o uniforme negro da ss. No seu peito, poderia estar enterrado um sabre ou um punhal, *possivelmente* cravado pelo próprio Tomohiko Amada. E quem seria a mulher em estado de choque? Sua namorada austríaca? Nesse caso, por que estaria com o coração despedaçado?

Passei muito tempo contemplando *O assassinato do comendador*, sentado na banqueta. Se eu desse asas à minha imaginação, podia ver naquele quadro toda sorte de significados ocultos e mensagens cifradas. Porém, por mais que eu criasse teorias, no fim das contas tudo se limitava a suposições sem fundamento. Além disso, a história que Menshiki havia me fornecido como contexto da obra — ou melhor, que eu acreditava ser o contexto — era apenas um rumor, não um fato comprovado. Talvez não passasse de um melodrama. Tudo aquilo era mera *possibilidade*.

Como seria bom se minha irmã estivesse aqui comigo, pensei de repente.

Eu poderia contar a ela tudo o que estava acontecendo, e ela escutaria com atenção, interrompendo apenas para fazer alguma pergunta breve. Mesmo diante de uma história tão curiosa, intrincada e confusa, ela provavelmente não fecharia o rosto nem ficaria surpresa. Não alteraria sua expressão reflexiva e tranquila. E então, quando eu terminasse de contar, ela faria uma pequena pausa, depois me daria bons conselhos. Tínhamos conversas como essa desde pequenos. No entanto, percebia agora, Komi nunca tinha pedido meus conselhos sobre nada. Nem uma única vez, até onde eu me lembrava. Por quê? Será que ela nunca enfrentara nenhuma dificuldade emocional significativa? Ou será que achava que não valia a pena, que meus conselhos não seriam úteis? Imagino que as duas coisas, meio a meio.

De qualquer maneira, mesmo que ela tivesse melhorado e não tivesse falecido aos doze anos, será que continuaríamos tendo um relacionamento tão próximo como irmãos? Quem garante que ela não teria se casado com um homem desinteressante e ido morar em uma cidade afastada? Quem garante que a rotina não minaria aos poucos seu espírito e que, exausta por cuidar dos filhos, ela não perderia seu brilho? Será que ela ainda teria tempo para me dar conselhos? É impossível prever o rumo de uma vida.

Talvez, inconscientemente, eu tivesse buscado em Yuzu uma substituta para minha falecida irmã, e esse tenha sido um dos problemas que contribuíram para desgastar nossa relação. Não me parecia uma ideia descabida. Eu não tinha essa intenção, é claro. Mas, pensando bem, talvez no fundo eu tenha buscado, desde a morte da minha irmã, uma companheira para me apoiar diante de dificuldades emocionais. No entanto, obviamente, minha esposa e minha irmã eram pessoas diferentes. Yuzu não era Komi: tinha uma personalidade distinta e um papel distinto. E, acima de tudo, tínhamos uma história distinta.

Enquanto eu refletia sobre essas questões, me lembrei do dia em que visitei a casa dos pais de Yuzu, próxima à estação de Kinuta em Setagaya.

Seu pai era gerente de um banco de renome. Seu filho (o irmão mais velho de Yuzu) também trabalhava nesse mesmo banco. Pai e filho tinham se formado na Faculdade de Economia da Universidade de Tóquio. Aparentemente, era uma família de bancários. Eu pretendia me casar com Yuzu (e vice-versa, é claro), e fomos anunciar a decisão. Porém, aquele encontro de cerca de meia hora não foi o que se pode chamar de amistoso. Eu era um pintor fracassado que fazia retratos como freelancer para pagar as contas. Não tinha nenhum tipo de estabilidade, e nada no meu futuro parecia muito promissor. Com certeza, não estava em posição favorável para ganhar as graças de um sogro bem-sucedido, gerente de banco. Já previa isso e fui determinado a não perder a linha, por mais que ele me menosprezasse e me criticasse. Por natureza, sou capaz de suportar bastante coisa.

Porém, enquanto ouvia com paciência o interminável sermão do meu sogro, uma espécie de ódio fisiológico foi crescendo dentro de mim, me fazendo perder aos poucos o controle. Cheguei até a passar mal. Quando senti vontade de vomitar, me levantei no meio da conversa e pedi licença, mas precisava usar o banheiro. Então me ajoelhei diante do vaso e tentei pôr para fora tudo que trazia no estômago, mas não consegui, porque estava com o estômago praticamente vazio. Não consegui vomitar nem sequer suco gástrico. Procurei respirar fundo algumas vezes e me acalmar. Fiz um gargarejo com um pouco de água para tirar o gosto ruim da boca, sequei o suor do rosto com um lenço e voltei para a sala.

— Tudo bem? — perguntou Yuzu, preocupada, ao ver meu rosto. Eu devia estar terrivelmente pálido.

— Bom, cada um é livre para se casar com quem quiser — disse o pai dela. — Mas já vou avisando que o casamento de vocês não vai durar muito. Dou quatro, cinco anos no máximo.

Essas foram as últimas palavras do pai de Yuzu (palavras que ficaram sem resposta) antes de sairmos de lá. Desde então, esse comentário ressoou nos meus ouvidos como um eco desagradável, como uma espécie de maldição.

No fim, mesmo sem o aval dos pais dela, seguimos adiante, registramos o casamento e nos tornamos marido e mulher. Eu também já não tinha quase nenhum contato com minha família. Não fizemos uma grande cerimônia, apenas uma festa modesta, organizada por amigos, que alugaram um espaço (o principal responsável pela organização foi Masahiko Amada, atencioso como sempre). Enfim, apesar de tudo, fomos felizes. Pelo menos nos primeiros anos, tenho certeza de que fomos. Por quatro ou cinco anos, não tivemos nenhum problema de verdade. Até que, como um grande cargueiro que muda de direção em alto-mar, começamos a ir para outro lado, devagar. Eu ainda não sabia bem por que isso tinha acontecido. Também não conseguia apontar quando essa mudança começou. Talvez Yuzu buscasse no casamento algo diferente do que eu buscava, e essa diferença tenha aumentado aos poucos, à medida que os dias passavam. A verdade é que, quando me dei conta, ela estava se encontrando às escondidas com outro homem. No fim, nosso casamento durou apenas seis anos.

Ao saber da nossa separação, seu pai provavelmente deu uma risada, satisfeito. Deve ter dito algo como "não avisei?" (apesar de ter errado sua previsão em um ou dois anos). Sem dúvida ficou contente ao receber a notícia de que Yuzu tinha me abandonado. Será que ela reatou os laços com a família, depois da nossa separação? Claro que eu não tinha como saber, e nem queria. Era um assunto da conta dela, e eu não tinha nada a ver com isso. Mesmo assim, aparentemente eu ainda não tinha conseguido me esquecer da maldição de seu pai. Continuava sentindo aquelas palavras como um fardo. E, apesar de não querer admitir, meu ferimento era mais profundo do que eu esperava e estava sangrando. Como o coração atravessado do comendador, no quadro de Tomohiko Amada.

Por fim, a tarde passou e surgiu o precipitado pôr do sol do outono. Em um instante, o céu escureceu. Corvos de um preto impressionante voavam sobre as montanhas, com crocitos estridentes, rumo a seus ninhos. Fui para o terraço, me apoiei no parapeito e olhei para a casa de Menshiki, do outro lado do vale. Algumas luzes do jardim já estavam acesas, fazendo a brancura da mansão flutuar em meio à luz do crepúsculo. Imaginei Menshiki no seu terraço, espiando discretamente Mariê Akikawa com seu binóculo de alta resolução, noite após noite. Ele havia comprado aquela mansão branca só para isso, exclusivamente com esse propósito. Pagara uma fortuna e tivera muito trabalho para reformar uma casa que, além de tudo, não combinava com o seu gosto.

Estranhamente (até para mim), me dei conta de que começara a ter por Menshiki certo tipo de intimidade que nunca tivera por outra pessoa. Poderia até dizer que era um tipo de familiaridade... ou melhor, de *solidariedade*. Pensei que, em certo sentido, talvez fôssemos parecidos. O que nos fazia prosseguir não era o que tínhamos em mãos nem o que gostaríamos de ter, e sim o que havíamos perdido, o que *não tínhamos*. Não significava que eu estava de acordo com suas ações — elas ultrapassavam em muito a minha compreensão —, mas que eu conseguia, no mínimo, compreender sua motivação.

Fui até a cozinha, servi em um copo com gelo uma dose do *single malt* trazido por Masahiko Amada, me sentei no sofá da sala, escolhi um quarteto de cordas de Schubert na coleção de Tomohiko e coloquei o disco na vitrola. Tratava-se de *Rosamunde*, a mesma obra que eu tinha escutado no escritório de Menshiki. Fiquei apreciando a música, agitando de vez em quando as pedras de gelo no copo.

O comendador não apareceu naquele dia. Talvez estivesse escondido no sótão, junto com a coruja. Até as IDEAS às vezes precisavam de uma folga. Quanto a mim, nem sequer cheguei a olhar minha obra inacabada. Até eu às vezes precisava de uma folga.

Ergui o copo uma vez, em homenagem ao comendador.

27.
Apesar de se lembrar tão bem dos detalhes visuais

Na manhã seguinte, contei para minha amante sobre o jantar na casa de Menshiki. Naturalmente, sem mencionar Mariê Akikawa, nem o binóculo no terraço, nem a presença oculta do comendador. Falei apenas sobre os pratos servidos, a disposição dos cômodos, os móveis, esse tipo de coisa inofensiva. Estávamos nus, dividindo a cama. Tínhamos acabado de passar uns trinta minutos transando. No começo, fiquei aflito, pensando se estávamos sendo observados pelo comendador, mas essa preocupação acabou sumindo da minha mente. Se ele queria ver, então que visse.

Ela quis saber detalhes de cada prato, como um torcedor fanático que quisesse os detalhes de cada jogada do seu time. Eu descrevi todo o cardápio, das entradas à sobremesa, dos vinhos ao café, incluindo as louças. Sempre tive uma boa memória visual. Quando observo alguma coisa com atenção, consigo me lembrar dos pormenores, mesmo alguns dias depois. Então pude descrever cada prato como se estivesse com eles diante dos olhos. Ela escutava tudo com uma expressão de encanto. Acho até que ficou com água na boca em alguns momentos.

— Que maravilha! — exclamou. — Sabe, adoraria ser convidada para um banquete assim, nem que fosse uma vez na vida.

— Na verdade, quase não me lembro do sabor da comida — confessei.

— Não? Mas estava bom, não estava?

— Sim, estava maravilhoso. Disso eu me lembro bem. Só não consigo me lembrar dos sabores ou descrevê-los em palavras.

— Apesar de se lembrar tão bem dos detalhes visuais?

— Pois é. Como pintor, consigo reproduzir muito bem a imagem dos pratos, porque é algo que faz parte do meu trabalho. Mas o conteúdo me escapa. Se eu fosse escritor, talvez conseguisse descrever o sabor de cada alimento.

— Que estranho — comentou ela. — Então você conseguiria desenhar os detalhes *do que faz* comigo, mas não conseguiria descrever a sensação?

Traduzi mentalmente aquela pergunta.

— Quer dizer, você está perguntando se consigo descrever o prazer sexual?

— Isso.

— Hum... acho que não. Mas, se compararmos comida e sexo, desconfio que seja mais difícil descrever o sabor da comida do que o prazer sexual...

— Por acaso você está sugerindo — disse ela, com voz tão fria quanto um crepúsculo de inverno — que o sabor das refeições que Menshiki ofereceu no jantar é mais complexo e delicado do que o prazer que eu proporciono a você? É isso?

— Não, não... — tentei explicar, aflito. — Não é isso que estou sugerindo. Não se trata de uma comparação qualitativa, apenas do grau de dificuldade para descrever cada coisa. Falando de um ponto de vista técnico.

— Bom, tudo bem. O que faço não é nada mal, é? De um ponto de vista técnico.

— Claro que não. É maravilhoso, juro! De um ponto de vista técnico e de qualquer outro ponto de vista. É tão bom que eu nem conseguiria desenhar.

Realmente, eu não tinha nenhuma objeção ao prazer que ela me proporcionava. Já tinha transado com muitas mulheres — nem tantas para me gabar —, e a vagina dela era mais delicada do que qualquer outra que eu tivesse experimentado. Era realmente uma lástima que tivesse ficado abandonada, sem ser reciclada, ao longo de tantos anos. Disse isso a ela, que pareceu satisfeita com o comentário.

— Promete?

— Prometo.

Ela me encarou desconfiada por algum tempo, mas por fim pareceu acreditar em mim.

— E você chegou a ver a garagem?

— Garagem?

— A famosa garagem, onde dizem que ele guarda quatro carros ingleses.

— Não, não vi... O terreno da propriedade é enorme. Nem sei onde fica essa garagem.

— Que pena — lamentou ela. — Nem perguntou se ele tem um Jaguar E-Type?

— Pois é, não perguntei... Não cheguei a pensar nisso. Sabe, não ligo tanto assim pra carros.

— Ah, sim. Você está satisfeito com sua perua Corolla usada, não é?

— Completamente satisfeito.

— No seu lugar, eu ia querer pelo menos encostar nesse Jaguar. Sou apaixonada pelo E-Type. É lindo demais. Sabe, quando era pequena, vi um filme com Audrey Hepburn e Peter O'Toole em que aparece esse modelo. Em uma das cenas, Peter O'Toole aparece dirigindo um reluzente E-Type... De que cor era, mesmo? Acho que era amarelo...

Enquanto ela se recordava do Jaguar que vira em um filme, na infância, me lembrei de repente *daquele* Subaru Forester, estacionado em frente àquele restaurante à beira da estrada, perto de uma pequena cidade costeira na província de Miyagi. Para mim, não era um automóvel muito bonito. Era uma SUV alta e comum, robusta e prática. Ao contrário do Jaguar E-Type, não devia haver muita gente que sonhava em encostar em um carro como aquele.

— Bom, aposto que você também não viu a estufa, nem a academia, não é? — perguntou ela, se referindo à casa de Menshiki.

— Não. Não vi a estufa, nem a academia, nem o quarto de empregada, nem a cozinha, nem o closet de mais de dez metros quadrados, nem a sala de jogos com mesas de sinuca, nada disso. Ele não me levou para um tour.

Menshiki tinha um assunto importante para tratar sem falta comigo naquela noite. Sem dúvida, não tinha tempo para me levar a uma visita guiada pela mansão.

— Ele tem mesmo um closet de mais de dez metros quadrados e uma sala de jogos com mesas de sinuca?

— Sei lá. Acabei de inventar isso. Mas não seria estranho, se tivesse.

— Resumindo, você só conheceu o escritório?

— Pois é. Sabe, também não tenho interesse particular por design de interiores. Tudo o que eu vi foi o hall de entrada, a sala de estar, o escritório e a sala de jantar.

— Também não conseguiu descobrir onde fica o tal "quarto secreto do Barba Azul"?

— Como eu faria isso? Não posso sair perguntando: "Escute, Menshiki, em qual dessas portas fica o seu famoso quarto secreto do Barba Azul?".

Ela estalou a língua, aborrecida, e balançou a cabeça.

— Vocês homens não prestam para esse tipo de coisa. Você por acaso não sente curiosidade? No seu lugar, eu teria visto tudo, de cabo a rabo.

— Acho que o grau de curiosidade dos homens e das mulheres deve ser diferente.

— Parece que sim — comentou ela, resignada. — Bom, tudo bem. Posso me contentar com as informações que você trouxe sobre o interior da casa de Menshiki.

Eu comecei a me preocupar.

— Ah, que bom. Mas trate de guardar essas informações para você, o.k.? Não saia contando por aí, nem espalhando na rede de comunicação da selva, certo? Não quero criar nem uma situação constrangedora pra mim...

— Tudo bem, não precisa se preocupar — respondeu ela, impassível.

Em seguida, pegou minha mão e a guiou com delicadeza até sua vagina. E assim o grau de nossa curiosidade se igualou e passou a ser o mesmo. Eu ainda tinha algum tempo para chegar à minha aula. De repente, tive a impressão de ouvir o guizo tocando baixinho no ateliê, mas deve ter sido só impressão.

Antes das três da tarde, ela foi embora no seu Mini vermelho. Depois que ela saiu, entrei no ateliê e observei o guizo, na prateleira.

Aparentemente, não havia nada de diferente. Continuava ali, no mesmo lugar. Olhei ao redor e não vi o comendador.

Então parei diante do cavalete, me sentei na banqueta e observei o retrato do homem do Subaru Forester branco. Queria avaliar a direção a tomar dali em diante. Porém, diante da tela, descobri algo totalmente inesperado: a obra *já estava pronta*.

Obviamente, eu ainda estava no processo de criação do quadro, e as ideias ainda precisariam ser concretizadas, uma a uma. No momento, existia apenas um protótipo de rosto, desenhado com três cores, que escondiam em pinceladas carregadas o esboço a carvão. Claro que me parecia possível visualizar na tela a imagem do homem do Subaru Forester branco. Seu rosto estava ali, latente, como em uma ilusão de ótica. No entanto, aquela imagem ainda não era visível para outros olhos além dos meus. Àquela altura, o quadro tinha apenas os alicerces, sem passar de uma sugestão ou de uma insinuação do que viria. Apesar disso, aquele homem — que eu trouxera de volta do passado e estava tentando pintar — já estava satisfeito com a imagem que a pintura sugeria. Ou talvez não desejasse ser mais exposto do que já estava.

Não toque em mais nada, me dizia o homem, do fundo da tela. Ou melhor, me ordenava. *Deixe tudo como está.*

O quadro estava acabado de maneira inacabada. O homem existia perfeitamente com sua imagem imperfeita. Trata-se de uma contradição, mas encontro melhor maneira de descrever. A imagem escondida do homem tentava me comunicar algum pensamento intenso. Se esforçava para me fazer compreender alguma coisa. Mas eu ainda não sabia o que era.

Tirei a pintura ainda úmida do cavalete e a apoiei voltada para a parede, para que não manchasse. Já não podia mais olhar para ela. Era insuportável e me parecia transmitir algum mau presságio, algo que eu não deveria saber.

A pintura transmitia a atmosfera daquela cidade costeira, o ar impregnado de maresia, escamas de peixes e diesel dos barcos de pesca. Eu podia ver as gaivotas cortando o céu devagar, soltando gritos agudos. E também o boné de golfe preto na cabeça de um homem de meia-idade que nunca devia ter jogado golfe na vida. Sua pele bronzeada, a jugular retesada, o cabelo curto com fios grisalhos. A jaqueta surrada de couro. Podia ouvir o barulho de garfos e facas ecoando no restaurante de beira de estrada — o mesmo barulho impessoal que ecoa em todos os restaurante de beira de estrada. E, claro, podia ver o Subaru Forester estacionado do lado de fora, com um adesivo de marlim grudado no para-choque traseiro.

— Me bate — pediu a mulher, no meio do sexo.

As unhas de suas mãos estavam cravadas nas minhas costas. Eu sentia um cheiro forte de suor. Obedeci e dei um tapa no seu rosto, com a mão aberta.

— Não assim, me bate de verdade — pediu ela, balançando violentamente a cabeça. — Pode bater com vontade, com força. Não me importo se deixar marca. Quero que bata tão forte até meu nariz sangrar.

Eu não tinha nenhuma vontade de bater nela. Não tenho esse tipo de tendência, mas ela insistia, ela queria apanhar *de verdade*. Precisava de dor real. Não tive alternativa e bati só um pouco mais forte, o suficiente para deixar marca. A cada tapa que eu dava, sentia os músculos de sua vagina se apertando em volta do meu pênis, como um animal faminto devorando tudo o que vê pela frente.

— Queria que você me estrangulasse... — sussurrou ela, ao pé do meu ouvido. — Com isso aqui.

Sua voz soou como se viesse de outra dimensão. Ela tirou de sob o travesseiro o cinto de um roupão de banho. Devia ter guardado aquilo ali de propósito.

Recusei. Não seria capaz de fazer algo assim, de jeito nenhum. Era perigoso demais. Um descuido meu e ela poderia acabar morrendo.

— Pode ser de mentira — suplicou ela, em um gemido. — Não precisa fazer de verdade, pode só fingir. Basta enrolar o cinto no meu pescoço e apertar um pouquinho.

Não consegui recusar.

O barulho impessoal dos talheres ecoando no restaurante.

Balancei a cabeça, tentando afastar as imagens daquele dia. Não queria pensar naquilo. Se pudesse, apagaria aquelas lembranças para sempre. No entanto, a textura daquele cinto continuava na palma das minhas mãos, assim como o tato do pescoço dela. Eu não conseguia esquecer de jeito nenhum.

E aquele homem sabia. Sabia onde eu estava na noite anterior e o que estava fazendo. Sabia o que eu estava pensando.

O que eu deveria fazer com aquela pintura? Abandoná-la no ateliê, voltada para a parede? Mesmo naquela posição, ela me deixava desconfortável. O único lugar que me ocorria era o sótão, o mesmo lugar onde Tomohiko Amada havia escondido *O assassinato do comendador*.

As palavras que eu dissera antes ecoavam na minha mente.

Como pintor, consigo reproduzir muito bem a imagem dos pratos, porque é algo que faz parte do meu trabalho. Mas o conteúdo me escapa.

Diversas coisas que eu não conseguia explicar direito estavam tentando me agarrar naquela casa: *O assassinato do comendador*, o quadro de Tomohiko Amada que encontrei no sótão; o misterioso guizo abandonado na câmara de pedra que abrimos no bosque; a IDEA que aparecia para mim na forma do comendador; o homem de meia-idade do Subaru Forester branco. Sem falar no estranho homem de cabelos brancos que morava do outro lado do vale. Menshiki parecia querer me incluir em algum plano que já estava definido na sua mente.

Eu sentia a correnteza do redemoinho ganhando cada vez mais força ao meu redor. E agora já não havia como voltar atrás. Era tarde demais. O redemoinho era muito forte e muito silencioso, e isso me aterrorizava.

28.
Franz Kafka amava ladeiras

No fim da tarde, fui dar aula para a turma infantil na escola de artes em Odawara. A matéria do dia era croqui de figuras humanas. Pedi para os alunos formarem duplas e desenharem o colega no caderno, usando os materiais fornecidos pela escola (carvão vegetal ou uma série de lápis de ponta macia). Estabeleci quinze minutos (cronometrados com um timer) como limite de tempo por desenho. Deviam evitar apagar muito e tentar usar uma só folha de papel.

Quando o tempo terminou, pedi que cada estudante ficasse de pé e mostrasse o que tinha feito para que os demais comentassem. Como se tratava de uma turma pequena, o ambiente era amistoso. Em seguida, dei algumas dicas simples sobre como desenhar croquis e expliquei, em linhas gerais, as diferenças entre croqui e desenho. O desenho funciona como uma espécie de planta baixa da pintura, precisando ter certo grau de precisão. Já o croqui é como um registro livre de uma primeira impressão. Antes que essa impressão desapareça, o artista vai dando forma aos seus contornos. Em um croqui, equilíbrio e velocidade são mais importantes do que a precisão. Há muitos artistas, inclusive célebres, que não são muito bons nesse tipo de esboço. No meu caso, sempre tive certa facilidade em fazê-los.

Depois dessa explicação, resolvi fazer uma demonstração prática, escolhi uma criança da turma e desenhei seu rosto na lousa, usando giz branco. "Nossa!", "Você desenha muito rápido!", "Está igualzinho!", foram algumas das exclamações que ouvi às minhas costas. Deixar uma turma admirada é uma das minhas funções como professor.

Por fim, pedi para as crianças mudarem de dupla e desenharem mais um croqui. Foi visível como os resultados melhoraram nessa segunda tentativa. A turma tinha absorvido o conhecimento tão rápido que fiquei admirado. Claro que algumas crianças eram mais habilidosas do que outras, mas isso não fazia diferença. Na realidade, a coisa mais importante era que estavam aprendendo não como desenhar, e sim como olhar as coisas.

Para a demonstração prática de croqui, eu tinha escolhido Mariê Akikawa (de propósito, é claro). Na verdade, o esboço simples que fiz de seu rosto na lousa não chegava a ser exatamente um croqui, mas algo próximo. Terminei depressa, em três minutos, aproveitando para saber como era desenhar a menina. Descobri que Mariê Akikawa era uma modelo bastante peculiar, com muitas possibilidades.

Eu nunca havia olhado para Mariê com muita atenção antes. Porém, ao observá-la com cuidado para o croqui, percebi que sua figura era muito mais interessante do que eu intuía. Não tinha tanta relação com suas feições belas, e sim com certo desequilíbrio no rosto. Por trás dos traços um pouco instáveis daquela bela menina, se escondia alguma coisa muito vigorosa. Como um animal selvagem e ágil, escondido no mato.

Se eu conseguisse dar forma a essa minha impressão... Mas não seria uma tarefa fácil representar tudo isso sobre a lousa em três minutos. Na verdade, seria praticamente impossível. Para fazer o que eu gostaria, precisaria observar seu rosto com cuidado e por mais tempo, para dissecar seus incontáveis elementos. Além disso, precisaria conhecê-la melhor.

Não apaguei o retrato que fiz na lousa. Depois que as crianças foram embora, passei algum tempo na sala, de braços cruzados, observando aquele croqui em giz e tentando identificar se alguma coisa naquele rosto lembrava Menshiki. No entanto, não cheguei a nenhuma conclusão. Dependendo do ângulo, dava para achar que havia ou não semelhanças. Talvez os olhos fossem o único ponto realmente em comum. Achei que havia algo de semelhante na expressão dos olhos, sobretudo no brilho particular que, em alguns instantes, cintilava neles.

Às vezes, quando alguém olha o fundo distante de uma fonte de água límpida, parece haver alguma coisa luminosa lá dentro, algo que só dá para enxergar observando com muita atenção, algo que logo oscila e perde a forma. Quanto mais se tenta fixar o olhar sobre esse ponto, maior é a sensação de que talvez seja apenas uma impressão, embora alguma coisa pareça estar brilhando de verdade lá dentro.

No meu trabalho de retratista, me deparei algumas vezes com pessoas que têm esse tipo de brilho. Comparadas ao total de modelos, são raríssimas. Mas aquela menina estava entre esses casos raros — e Menshiki também.

A senhora de idade que trabalhava na recepção entrou para arrumar a sala, parou ao meu lado e olhou admirada para o desenho.

— Esta por acaso não é Mariê Akikawa? — perguntou ela, assim que bateu os olhos na lousa. — É um desenho perfeito. Parece até que ela vai se mover a qualquer momento! Fico até com dó de apagar...

— Obrigado — agradeci.

Então me levantei e apaguei eu mesmo.

O comendador por fim apareceu no dia seguinte (sábado). Ao menos para mim, era sua primeira aparição — ou, para usar sua própria expressão, sua primeira "corporificação" — desde o jantar de terça-feira, na mansão de Menshiki. Eu tinha saído para fazer compras e voltado para casa. Era fim de tarde, e eu estava lendo um livro na sala, quando ouvi o guizo soar de dentro do ateliê. Fui até lá e encontrei o comendador sentado sobre a prateleira, tocando de leve o guizo junto ao ouvido, como se estivesse avaliando os detalhes do timbre. Quando entrei, ele parou de balançar o instrumento.

— Faz tempo que não nos vemos — falei.

— Que nada — respondeu ele, bruscamente. — As IDEAS circulam pelo mundo na base de centenas, milhares de anos. Um ou dois dias não contam como rastro de tempo para mim!

— O que achou do jantar na casa de Menshiki?

— Ah... foi uma noite interessante, por certo. Mesmo sem apreciar as comidas, foi um deleite para os olhos. E esse Menshiki é um sujeito que atiça a curiosidade. Um homem que está sempre pensando muitos passos adiante. E também que guarda uma profusão de segredos dentro de si.

— Ele me pediu um favor.

— Ah, é verdade — lembrou ele, sem muito interesse, contemplando o velho guizo que ainda tinha nas mãos. — Escutei essa conversa de fio a pavio. Mas não tenho muito a comentar a respeito.

Trata-se de uma questão prática, uma questão mundana, por assim dizer, da alçada apenas dos jovens senhores e de Menshiki.

— Posso fazer uma pergunta?

O comendador coçou a barba com a palma da mão.

— Não sei se poderei responder, mas façam.

— É sobre o quadro de Tomohiko Amada, *O assassinato do comendador*. Sem dúvida, você conhece, certo? Afinal, pegou de empréstimo a imagem de um dos personagens pintados. Enfim... Talvez o tema do quadro seja um malsucedido complô que aconteceu em Viena, em 1938. Dizem que o próprio Tomohiko estaria envolvido. Por acaso você sabe alguma coisa sobre esse assunto?

O comendador refletiu por algum tempo, de braços cruzados. Em seguida, estreitou os olhos e falou:

— Há uma infinidade de coisas, ao longo da história, que é melhor manter na escuridão. O verdadeiro conhecimento nem sempre traz fortuna. A objetividade nem sempre é superior à subjetividade. Os fatos nem sempre afugentam as ilusões.

— Na teoria, pode ser que você tenha razão. De qualquer maneira, confesso que, quando olho aquela pintura, sinto que ela está tentando me dizer algo. Tenho a impressão de que Tomohiko Amada pintou aquela obra como uma espécie de código cifrado, para registrar um fato importantíssimo que ele sabia mas que não podia revelar. Acredito que Tomohiko fez essa pintura como uma espécie de confissão em forma de metáfora, substituindo personagens e contexto histórico e usando a técnica *nihon-ga*, novo métier que ele havia aprendido. Chego a cogitar que ele tenha abandonado a pintura a óleo e se convertido ao *nihon-ga* só para fazer isso.

— Não basta deixar que a pintura fale por si? — questionou o comendador, com voz calma. — Se ela quiser dizer algo aos senhores, ela dirá. Deixem que as metáforas sejam metáforas, os códigos cifrados sejam códigos cifrados e as peneiras sejam peneiras. Que mal há nisso?

Não entendi bem o que as peneiras tinham a ver com o assunto, mas achei melhor não perguntar.

— Mal nenhum. Eu só queria saber o contexto que levou Tomohiko a pintar aquela obra, pois sinto que ela deseja alguma coisa. Tenho certeza de que foi pintada com um propósito.

O comendador voltou a esfregar a barba com a palma da mão, com ar de quem se recorda de algo. Em seguida, disse:

— Franz Kafka amava ladeiras. Ficava encantado com qualquer tipo de ladeira. Gostava muito de observar residências construídas ao longo de ladeiras íngremes. Sentava-se na calçada e passava horas a fio só olhando para elas, inclinando a cabeça para um lado e para outro, sem cessar! Era um sujeito esquisitíssimo. Os senhores sabiam disso? Kafka e ladeiras?

— Não, eu não sabia — respondi. Nunca tinha ouvido falar sobre aquilo.

— Entendo. Agora que sabem, por acaso acreditam que a compreensão das obras que ele legou ficou mais aprofundada?

Não respondi à pergunta.

— Então quer dizer que você conheceu Franz Kafka pessoalmente?

— Sim. Mas claro que ele não me conhecia pessoalmente — disse o comendador. E então riu baixinho, como se lembrasse de alguma coisa. Talvez tenha sido a primeira vez que eu tenha visto o comendador rir abertamente. Será que sabia alguma coisa muito engraçada sobre Kafka? Então voltou à expressão de sempre e continuou: — A verdade é apenas um símbolo, e os símbolos são a verdade. O melhor a fazer é engolir de uma vez só os símbolos que encontrar, do jeito que eles estiverem. Nos símbolos não há lógica, nem fatos, nem umbigo de porco, nem testículos de formiga. Quando as pessoas tentam alcançar a compreensão por outros caminhos, é como se tentassem fazer uma peneira boiar na água. Estou explicando para o próprio bem dos jovens senhores. Advirto que é melhor não o fazerem. Isso é exatamente o que o pobre do Menshiki está tentando fazer.

— Ou seja, qualquer esforço é em vão?

— Não há quem possa fazer boiar um objeto todo esburacado.

— E o que é, exatamente, que Menshiki está tentando fazer?

O comendador encolheu um pouco os ombros e franziu a testa. Uma ruga charmosa surgiu entre suas sobrancelhas, como Marlon Brando quando era jovem. Eu não podia cogitar que o comendador pudesse ter assistido ao *Sindicato de ladrões*, de Elia Kazan, mas esse jeito de franzir a testa era igualzinho ao de Marlon Brando. Era difícil avaliar até onde iam as referências que ele usava para criar sua aparência e suas feições.

— São pouquíssimas as coisas que posso contar aos jovens senhores sobre essa obra, *O assassinato do comendador*, de Tomohiko Amada — disse ele. — Isso porque a sua essência é uma alegoria, uma parábola. E alegorias e parábolas não devem ser explicadas em palavras, devem ser engolidas.

Então o comendador coçou atrás da orelha com a ponta do dedinho, como os gatos coçam atrás da orelha quando vai começar a chover.

— Mas vou revelar apenas uma coisa, uma coisa bem simples. Na noite de amanhã, os senhores devem receber uma ligação de Menshiki, e é melhor refletir muito, muito bem antes de dar uma resposta! A resposta provavelmente não mudará com as reflexões, mas mesmo assim os jovens senhores devem refletir muito bem.

— Quer dizer que devo dar a entender que estou refletindo demoradamente, certo?

— Sim, exatamente. Recusar a primeira oferta é a regra de ouro do mundo dos negócios. Nunca é demais lembrar disso — observou o comendador, rindo baixinho mais uma vez. Parecia estar muito bem-humorado. — Agora, mudando de assunto, é divertido tocar em um clitóris?

— Não acho que as pessoas toquem nos clitóris por diversão... — respondi, com sinceridade.

— Como espectador, é meio difícil entender.

— Acho que também não entendo muito bem — confessei.

Quer dizer que nem as IDEAS tinham todas as respostas.

— Bem, creio que está na hora de desaparecer — disse o comendador. — Preciso *dar uma passadinha* em outro lugar. Não posso perder tempo.

Então o comendador desapareceu. Aos poucos, devagar, como o Gato de Cheshire. Depois que ele sumiu, fui até a cozinha e preparei um jantar simples. Então me perguntei em que tipo de lugar uma IDEA precisaria dar uma passadinha. Mas é claro que eu não tinha nem como imaginar.

Como previra o comendador, Menshiki telefonou no dia seguinte, depois das oito da noite.

Voltei a agradecer pelo jantar do outro dia e disse que a comida estava maravilhosa. Imagine, não foi nada. Eu é que agradeço pela agradável companhia, disse Menshiki. Em seguida, agradeci por ele ter pagado mais do que o combinado por seu retrato. Por favor, não me agradeça, é o mínimo que eu poderia fazer por uma pintura tão extraordinária, sugeriu Menshiki, com toda a humildade. Depois dessa troca de cortesias, houve um momento de silêncio.

— Mudando de assunto, e sobre a questão de Mariê Akikawa? — perguntou Menshiki, com um tom casual, como se falasse sobre o tempo. — Você se lembra que pedi que você pintasse o retrato dela, certo?

— Claro que lembro.

— Pois então, ontem sondei Mariê sobre essa possibilidade, ou melhor, pedi a Matsushima, o diretor, que perguntasse à sua tia se seria possível. Parece que Mariê concordou em posar como modelo.

— Certo.

— Por isso, caso você aceite pintar esse retrato, todo o restante já está encaminhado.

— Por acaso Matsushima não estranhou seu envolvimento nesta história?

— Ah, não se preocupe, estou agindo com o máximo de cautela. No entender dele, sou uma espécie de mecenas. Espero que não me entenda mal…

— Não, tudo bem — disse eu. — De qualquer maneira, para mim é uma surpresa que Mariê tenha concordado. Ela parece uma menina tão calada e introvertida…

— Na verdade, quem não gostou muito, no começo, foi a tia. Disse que posar como modelo para um pintor não traria nada de bom para sua sobrinha. Lamento, não quero ser grosseiro, mas…

— Bom, é um pensamento muito comum entre as pessoas.

— Enfim, parece que Mariê se entusiasmou com a ideia. Disse que ficaria feliz em posar como modelo, se era para um quadro pintado por você. No fim das contas, foi categórica e acabou convencendo a tia.

Por que será que a menina tinha agido assim? Talvez essa atitude tivesse alguma relação com o seu croqui que eu fizera na lousa. Seja como for, preferi não mencionar isso para Menshiki.

— É o melhor dos cenários, não acha? — perguntou ele.

Refleti sobre a questão. Será que aquele era mesmo o melhor dos cenários? Menshiki parecia aguardar, do outro lado da linha, minha opinião.

— Você poderia me explicar um pouco melhor o enredo dessa história?

— O enredo é muito simples — respondeu ele. — Você estava à procura de uma modelo para um quadro, e Mariê Akikawa, que frequenta suas aulas de artes, pareceu a pessoa ideal. Então você pediu ao diretor que consultasse a tia da menina sobre essa possibilidade. Fim da história. Matsushima disse que colocava a mão no fogo por você. Garantiu que você é uma pessoa confiável, um professor dedicado e um artista talentoso, de futuro promissor. O meu nome não foi citado na história, por insistência minha. Mariê vai posar vestida, claro, e será acompanhada pela tia. A única condição é que o trabalho termine antes do almoço. O que me diz?

Seguindo o conselho do comendador (sempre recusar a primeira oferta), resolvi esfriar a conversa.

— Não tenho nenhum problema com as condições. Só gostaria de refletir um pouco mais. Ainda não decidi se devo ou não pintar o retrato de Mariê. Você poderia aguardar mais um pouco?

— Claro — respondeu Menshiki, com a voz tranquila. — Reflita o quanto precisar. Não quero apressá-lo, em absoluto. Naturalmente, quem precisa decidir se deseja pintar esse retrato é você. Se não tiver interesse, nada mais importa. Só gostaria de informá-lo que, de minha parte, está tudo encaminhado. Talvez nem seja necessário acrescentar, mas também gostaria de dizer que pretendo retribuir com generosidade este favor.

As coisas estão caminhando depressa, pensei. Tudo avançava com tanta rapidez e conveniência que chegava a ser admirável. Como uma bola rolando ladeira abaixo... Imaginei Franz Kafka sentado no meio da calçada, observando a bola rolar pela ladeira. Eu precisava tomar cuidado.

— Você poderia aguardar mais dois dias? — perguntei. — Creio que é o tempo que preciso para dar uma resposta.

— Tudo bem. Volto a ligar daqui a dois dias — disse ele, e nos despedimos.

Na verdade, eu não precisava de dois dias para dar uma resposta. No fundo, eu já tinha decidido. Estava ansioso para pintar o retrato de Mariê Akikawa. Provavelmente aceitaria esse trabalho mesmo que alguém tentasse me dissuadir. Havia postergado a resposta por dois dias apenas porque não queria me deixar levar com tanta facilidade por planos alheios. Meus instintos — e também o comendador — me diziam que eu devia fazer uma pausa e respirar fundo.

É como se tentassem fazer uma peneira boiar na água, disse o comendador. *Não há quem possa fazer boiar um objeto todo esburacado.*

Ele estava tentando insinuar alguma coisa, algo que estava por vir.

29. Os elementos artificiais que podem estar envolvidos neste trabalho

Durante esses dois dias, passei o tempo contemplando os dois quadros que estavam no ateliê: ora *O assassinato do comendador*, de Tomohiko Amada, ora a pintura do homem do Subaru Forester branco. Agora, *O assassinato do comendador* estava pendurado na parede branca do ateliê. Já *O homem do Subaru Forester branco* ficava apoiado contra a parede, de costas (eu só o colocava sobre o cavalete quando ia olhar para ele). Quando não estava observando essas duas pinturas, pegava um livro para matar o tempo, ouvia música, cozinhava, limpava a casa, tirava o mato do jardim ou caminhava pelas redondezas. Não tive vontade de pintar. O comendador não apareceu e se manteve em silêncio.

Enquanto fazia trilha pela montanha, me perguntei se daria para ver a casa de Mariê Akikawa de algum lugar, mas não consegui enxergar nada que lembrasse uma residência, ao menos por onde andei. A distância entre minha casa e a dela devia ser muito pequena, mas a geografia impedia que nos víssemos. Sem pensar, eu tomava cuidado com as vespas ao andar no meio da mata.

Depois de observar aquelas duas pinturas durante dois dias, cheguei à conclusão de que não tinha me enganado nas minhas impressões. *O assassinato do comendador* desejava que alguém decifrasse o seu "código", e *O homem do Subaru Forester branco* desejava que o seu criador (isto é, eu) não acrescentasse mais nada sobre a tela. Nos dois casos, o apelo era intenso demais, não me restando outra alternativa além de obedecer. Deixei *O homem do Subaru Forester branco* como estava (mas segui tentando compreender a razão de semelhante pedido), e me esforcei para decifrar a verdadeira mensagem dentro de *O assassinato do comendador*. No entanto, o mistério que envolvia as duas obras era duro como casca de noz, e eu não tinha força suficiente para romper essa casca.

Se não fosse a questão do retrato de Mariê Akikawa, talvez eu continuasse olhando aqueles dois quadros para sempre, alternadamente. Porém, na noite do segundo dia, Menshiki me ligou, me libertando do feitiço.

— Então, conseguiu chegar a algum consenso? — perguntou Menshiki, depois de nossa troca habitual de cumprimentos. Naturalmente, o que ele queria saber era se eu iria ou não pintar o retrato de Mariê.

— Acho que vou aceitar sua proposta — respondi. — Mas tenho uma condição.

— E qual seria?

— Não consigo prever como será esse trabalho. Só vou definir o estilo quando tiver Mariê Akikawa diante de mim e um pincel nas mãos. Se não conseguir concretizar minhas ideias, talvez não termine a pintura. Também posso terminá-la mesmo sem gostar do resultado. Aliás, pode ser que, no fim, você também não goste. Por isso, pretendo fazer essa pintura por livre e espontânea vontade, e não como um favor ou uma encomenda para você.

Depois de um instante, Menshiki perguntou, como se tentasse me sondar:

— Ou seja, se você não estiver satisfeito com o resultado, irá se recusar a me entregar o quadro. É isso?

— Essa é uma das possibilidades. Basicamente, quero ter liberdade total para decidir o que fazer com a pintura. Essa é minha condição.

Menshiki refletiu um pouco, depois respondeu:

— Não tenho escolha, tenho? Se eu não aceitar essa condição, você não irá fazer o retrato, não é?

— Sinto muito, mas é isso mesmo.

— Ao estabelecer essa condição você pretende ter mais liberdade artística, é isso? O aspecto financeiro acrescenta muita pressão?

— Talvez as duas coisas. Mas o mais importante é que eu quero sentir a naturalidade de tudo isso.

— Naturalidade?

— Sim. Estou me esforçando para excluir os *elementos artificiais* que podem estar envolvidos neste trabalho.

— Isso quer dizer que — tive a impressão de que a voz de Menshiki soou um pouco fria — você sente que há algo de artificial envolvido nesse meu pedido?

É como se tentassem fazer uma peneira boiar na água, dissera o comendador. *Não há quem possa fazer boiar um objeto todo esburacado.*

— O que estou querendo dizer é que, em relação a este quadro, gostaria que estabelecêssemos uma relação sem interesses pessoais, de igual para igual. Espero que não interprete isso como uma indelicadeza.

— Claro que não, imagine. É natural que duas pessoas mantenham uma relação de igualdade. Pode me dizer abertamente tudo o que pensa.

— Bom, para resumir, eu gostaria de pintar o retrato de Mariê por livre e espontânea vontade, como se você não estivesse envolvido na questão. Caso contrário, receio que as ideias certas não vão surgir, o que tornará a tarefa uma espécie de grilhão, material e espiritual.

Menshiki respondeu depois de refletir um pouco:

— Certo, entendi. Por enquanto, vamos considerar que esse contexto de favor nunca existiu. Acho que coloquei a carroça na frente dos bois ao mencionar tão cedo a questão da remuneração. Podemos discutir o que será feito da pintura depois, quando eu tiver a oportunidade de vê-la. Em todo caso, respeitarei a sua vontade, como criador. Agora, e em relação ao outro pedido? Está lembrado?

— Sobre você aparecer enquanto Mariê estiver posando para o retrato?

— Isso mesmo.

Pensei um pouco antes de responder.

— Acho que não há problema. Você é um amigo que mora nas redondezas, está passeando em uma manhã de domingo e resolve me fazer uma visita. Então conversamos todos um pouco. Acho que não seria nada muito artificial.

Menshiki pareceu um pouco aliviado ao ouvir minha resposta.

— Agradeço muito se puder ver a questão desta forma — disse ele. — Vou tomar cuidado para não atrapalhar o andamento do seu trabalho. Bom, posso tomar as providências para que Mariê Akikawa pose neste domingo e você comece o retrato? Na prática, Matsushima fará a intermediação e acertará tudo entre você e a família de Mariê.

— Sim, pode tomar as providências, por favor. Gostaria que a garota e a tia chegassem às dez da manhã de domingo. Encerrarei o trabalho ao meio-dia, sem falta. Provavelmente precisarei de algumas sessões. Creio que cinco ou seis, mais ou menos.

Assim se encerraram as questões práticas que precisávamos abordar. Depois, Menshiki acrescentou, como se tivesse acabado de se lembrar:

— Ah, sim. Descobri mais algumas coisas sobre a época de Tomohiko Amada em Viena. Eu havia mencionado que ele teria participado de um complô para assassinar um alto oficial nazista logo depois do *Anschluss*, mas me enganei. Na realidade, esse episódio teria ocorrido no começo do outono de 1938, ou seja, cerca de seis meses após o *Anschluss*. Você sabe mais ou menos a cronologia do *Anschluss*, não sabe?

— Não muito a fundo...

— No dia 12 de março de 1938, o exército alemão cruzou as fronteiras, invadiu o território austríaco e, em um piscar de olhos, tomou posse de Viena. Então ameaçaram o presidente Miklas, e o obrigaram a nomear Seyss-Inquart, líder do partido nazista austríaco, como novo chanceler. Dois dias depois, Hitler entrou em Viena. No dia 10 de abril foi realizado um plebiscito, questionando se a população desejava que a Áustria fosse unificada com a Alemanha. Em teoria, seria uma votação secreta e livre, mas na prática era bem diferente. Dizer *nein* à unificação exigia uma coragem considerável. Por isso, o resultado foi de 99,75 por cento dos votos favoráveis à unificação. Assim, a Áustria desapareceu e seu território foi rebaixado à categoria de região da Alemanha. Você já foi a Viena?

Eu nunca havia ido a Viena. Na verdade, nunca sequer havia saído do Japão. Não tinha nem tirado passaporte.

— Viena é uma cidade diferente de qualquer outra — prosseguiu Menshiki. — Basta passar alguns dias lá para perceber. Viena não é como a Alemanha. Tem outra atmosfera, outras pessoas. Outra culinária, outra música. É um lugar para aproveitar a vida e apreciar as artes. Mas, na época, Viena era o caos absoluto, devastada por uma tempestade violenta de tirania. Foi nesse período conturbado que Tomohiko Amada viveu na cidade. Até o plebiscito, os membros do partido nacionalista estavam, por assim dizer, se comportando razoavelmente bem. Mas, depois do resultado, começaram a colocar as garras de fora. A primeira ação de Himmler depois do *Anschluss* foi construir os campos de concentração de Mauthausen, na região norte da Áustria. Em poucas semanas, tudo estava pronto. Para o partido, a construção desses campos era prioridade máxima. Em um curto espaço de tempo, dezenas de milhares de presos políticos foram enviados para lá, em sua maioria considerados "sem possibilidade de regeneração" e membros de facções radicais. Nem preciso dizer que o tratamento dispensado aos presos era extremamente cruel. Muitos foram executados ou morreram em meio aos desumanos trabalhos forçados nas pedreiras. A menção "sem possibilidade de regeneração" significava que, uma vez mandados para lá, não voltariam com vida. Aliás, muitos dos militantes antinazistas nem sequer chegavam a ser enviados para os campos, pois morriam durante as sessões de tortura nas investigações, sendo enterrados sem que ninguém ficasse sabendo. Enfim, foi exatamente nesse período de caos que se seguiu ao *Anschluss* que teria ocorrido o complô com o envolvimento de Tomohiko.

Continuei em silêncio, esperando a continuação da história.

— Porém, como eu disse da outra vez, não existe nenhum registro oficial de um complô para assassinar um oficial nazista entre o verão e o outono de 1938, o que, por sinal, é muito estranho. Afinal, se esse complô realmente existiu, Hitler e Goebbels provavelmente teriam tornado público e se aproveitado politicamente do fato. Como no caso da Noite dos Cristais. Você conhece o caso da Noite dos Cristais?

— Em linhas gerais — respondi, me lembrando de um filme a que tinha assistido há muito tempo. — Um diplomata alemão foi morto em Paris por um judeu antinazista e, usando esse assassinato como pretexto, os nazistas ergueram revoltas antissemitas em todo o território alemão, destruindo diversas empresas e lojas de judeus e matando muita gente. Esse episódio ficou conhecido como "Noite dos Cristais" por causa das vidraças estilhaçadas, que brilhavam pelas ruas como cristais.

— Exatamente. Isso aconteceu em novembro de 1938. Em sua posição oficial, o governo alemão alegou que as revoltas haviam ocorrido de maneira espontânea, mas na verdade essa barbárie foi fruto de um planejamento sistemático do partido nazista chefiado por Goebbels, se aproveitando desse incidente. Herschel Grynszpan, que assassinou o diplomata alemão em Paris, cometeu o crime para protestar contra o tratamento cruel que sua família, de judeus, estava sofrendo dentro da Alemanha. Sua primeira intenção era matar o próprio embaixador alemão, mas como não conseguiu acabou atirando em outro funcionário da embaixada. Por ironia do destino, o diplomata que ele assassinou, Rath, estava sendo observado pelas autoridades por ter inclinações antinazistas. Enfim... é de imaginar que um complô para assassinar um figurão nazista em Viena, nesse mesmo período, teria provocado uma campanha semelhante, servindo de justificativa para uma repressão ainda mais severa aos movimentos antinazistas. No mínimo, acho que o fato não seria enterrado dessa maneira, sem alarde.

— Você acha que havia alguma razão para enterrá-lo?

— Parece quase certo que o incidente ocorreu. Mas, em sua maioria, os envolvidos eram universitários de Viena, e todos foram capturados e executados, oficialmente ou não. Queima de arquivo, suponho. De acordo com uma das versões, a própria filha do oficial nazista fazia parte desse grupo de resistência, e essa teria sido uma das razões para encobrir o caso. De qualquer maneira, é difícil saber até que ponto isso é verdade. Alguns depoimentos vieram à tona no pós-guerra, mas não dá para confirmar a veracidade desse tipo de testemunho indireto. Aliás, o nome do grupo de resistência era "Candela", uma referência à palavra latina "vela", que ilumina a escuridão subterrânea. Daí vem a palavra "kantera" em japonês.

— Se todos os participantes foram mortos, quer dizer que o único sobrevivente foi Tomohiko Amada, não?

— Sim, tudo indica que sim. Quando a guerra acabou, todos os documentos secretos relacionados a este complô foram incinerados por ordens do Gabinete Central de Segurança do Reich, relegando seu conteúdo às cinzas da história. Seria ótimo se pudéssemos perguntar os detalhes a Tomohiko Amada, que sobreviveu, mas imagino que hoje seja uma tarefa difícil, não?

Respondi que sim, seria difícil. Até aquele dia, Tomohiko não dissera uma única palavra sobre esse incidente, e agora suas memórias estavam completamente enterradas sob a lama do esquecimento.

Agradeci a Menshiki e desliguei o telefone.

Enquanto ainda conservava a memória, Tomohiko nunca havia tocado nesse assunto. Devia ter alguma forte razão para não conseguir falar sobre isso. Ou talvez, antes de ser deportado de volta ao Japão, tenha sido convencido pelas autoridades a manter o silêncio a qualquer custo, pelo resto da vida. Porém, em vez disso, ele deixou *O assassinato do comendador*, em que talvez tivesse cifrado a verdade censurada em palavras e dado vazão aos sentimentos reprimidos.

Na noite seguinte, Menshiki me telefonou de novo, para contar que Mariê Akikawa viria à minha casa às dez do próximo domingo, acompanhada de sua tia. Menshiki não apareceria nesse primeiro dia.

— Quando tiver passado um tempo e ela estiver mais acostumada com o seu trabalho, eu apareço. Imagino que no começo ela vá estar nervosa e é melhor eu não atrapalhar...

Percebi na voz de Menshiki uma excitação incomum, e até eu comecei a ficar um pouco ansioso.

— É verdade. Creio que seja melhor assim mesmo — concordei.

— Reconheço que talvez o maior nervosismo seja o meu — prosseguiu Menshiki, com certa hesitação, como se confessasse um segredo. — Creio que já disse para você, mas até hoje nunca me aproximei de Mariê. Apenas a vi à distância.

— Não seria difícil encontrar uma oportunidade, se você quisesse se aproximar.

— Não seria, é claro. Se eu quisesse, não faltariam oportunidades.

— E, mesmo assim, você nunca quis. Por quê?

Menshiki escolheu as palavras com demora incomum.

— Porque eu não fazia ideia do que sentiria ou do que diria, ao vê-la em carne e osso. Então, até hoje, fiz questão de não me aproximar dela. Estava satisfeito em vê-la de longe, com o binóculo, à distância de um vale. Você acha que é uma maneira distorcida de pensar?

— Não em particular. Um pouco estranha, talvez. Mas, de qualquer maneira, por que agora você decidiu encontrá-la em minha casa?

Menshiki ficou em silêncio por um tempo.

— Porque agora você estará presente, como um mediador.

— Como um mediador?! — repeti, surpreso. — Mas por que eu? Não quero ser indelicado, mas você praticamente não sabe nada sobre mim, e vice-versa. Nos conhecemos há pouco mais de um mês e, apesar de sermos vizinhos, levamos vidas bem diferentes. Por que você confia em mim a ponto de contar tantos segredos? Você não me parece ser alguém que se abre com facilidade.

— Você tem toda a razão. Costumo guardar meus segredos em um cofre e engolir a chave. Não peço conselhos a ninguém nem faço confidências.

— Então por que você, como posso dizer… por que se abriu desta maneira comigo?

Menshiki se calou por um instante, antes de responder:

— Não sei ao certo como explicar, mas desde nossa primeira conversa senti que poderia baixar a guarda e ficar um pouco vulnerável com você. Soube disso quase que intuitivamente. Depois, quando vi o retrato que você pintou, essa intuição ficou ainda mais forte. Senti que você era digno de confiança, que aceitaria com naturalidade meu ponto de vista e minha maneira de pensar, por mais que fossem um pouco excêntricos ou tortuosos.

Um ponto de vista e um modo de pensar um pouco excêntricos ou tortuosos, pensei.

— Fico feliz ao ouvir isso, mas não sei se compreendo sua natureza. Você com certeza ultrapassa a minha compreensão. Para ser sincero, muitas coisas a seu respeito me deixam surpreso de verdade. Às vezes fico até sem palavras.

— Pode ser, mas você nunca me julga, não é?

Ele estava certo. Eu nunca tinha sentido o impulso de julgar as ações e o comportamento de Menshiki. Não sentia admiração, nem vontade de censurar. Simplesmente ficava sem palavras.

— Talvez seja verdade — admiti.

— Você se lembra de quando eu passei uma hora dentro daquele buraco, sozinho?

— Lembro, é claro.

— Pois então. Naquela oportunidade, você nem chegou a cogitar a ideia de me abandonar para sempre lá dentro. Você poderia ter me deixado naquele buraco escuro e úmido se quisesse, mas nem chegou a cogitar essa possibilidade. Não é?

— Sim, é verdade. Mas, Menshiki, nenhuma pessoa em pleno juízo cogitaria algo assim!

— Tem certeza?

Eu não podia responder a essa pergunta. Não tinha como saber o que se passava pela mente das outras pessoas.

— Tenho mais um favor para pedir — disse Menshiki.

— O que seria?

— Quando Mariê Akikawa e sua tia estiverem com você, neste domingo, você se incomodaria se eu observasse pelo binóculo?

Respondi que não me incomodaria. Se o comendador observava quando eu transava com minha amante, que diferença faria se observassem com um binóculo, do outro lado do vale, meu terraço?

— Bom, achei que seria melhor pedir sua permissão antes — disse Menshiki, como que para se justificar.

No dia seguinte, pela manhã, recebi uma correspondência com aviso de recebimento. Depois que assinei o comprovante, o funcionário dos correios me entregou um envelope grande. Não fiquei muito feliz ao recebê-lo: por experiência, sabia que correspondências com aviso de recebimento não costumam trazer boas notícias.

Como eu previa, o remetente era um escritório de advocacia de Tóquio, e o envelope continha duas vias dos documentos necessários para dar entrada no divórcio. Havia também um envelope para resposta, já com selo e com o endereço do destinatário, além de uma carta do advogado, com instruções burocráticas. Eu devia apenas ler o conteúdo dos documentos e, se não tivesse nenhuma objeção, assinar uma das cópias e enviá-la de volta no envelope já preenchido. Se tiver qualquer dúvida sobre algum ponto, não hesite em contatar o advogado responsável, dizia a mensagem. Passei os olhos pelos documentos, preenchi a data e assinei. Não tinha nenhuma dúvida sobre nenhum ponto específico. Não havia encargos para nenhuma das partes, não tínhamos bens para dividir, nem a guarda de crianças para brigar. Era um divórcio extremamente simples, extremamente claro. Um divórcio para iniciantes, por assim dizer. Duas vidas se unem por seis anos e então se afastam. Nada mais do que isso. Coloquei os documentos no envelope de resposta e o deixei sobre a mesa da cozinha. Quando desse aula no dia seguinte, aproveitaria para postá-lo na agência do correio diante da estação.

Passei toda a tarde distraído, observando o envelope sobre a mesa. Aos poucos, comecei a achar que ele carregava todo o peso de um casamento de seis anos. Todo aquele período — com suas memórias e seus sentimentos — parecia morrer lentamente, sufocado dentro de um envelope comum tamanho ofício. Era uma visão que oprimia meu peito e não me deixava mais respirar direito. Peguei o envelope, fui até o ateliê e o coloquei em uma prateleira. Ao lado do velho guizo meio manchado. Em seguida, fechei a porta do ateliê, voltei para a cozinha e me servi uma dose do uísque que ganhara de presente de Masahiko. Eu não costumava beber enquanto ainda estava claro, mas de vez em quando não fazia mal. Tudo na cozinha estava estático. Não havia vento, nem som de automóveis, nem canto de pássaros.

O divórcio em si não me incomodava. Afinal, na prática, era como se estivéssemos divorciados. Assinar a papelada não tinha significado nada de mais para mim. Se era o que ela queria, eu não tinha nenhuma objeção. Não passava de um procedimento legal.

No entanto, eu não conseguia compreender por que, nem como, eu havia chegado àquela situação. Compreendia, é claro, que os corações das pessoas se unem e se separam ao longo do tempo, por diversas circunstâncias. Um coração não pode ser controlado por costumes, nem por bom senso, nem por leis. Voa e flutua livremente, como uma ave migratória que desconhece fronteiras.

Porém, no fim das contas, isso era apenas uma visão genérica. Quando se tratava do meu caso — o fato de que Yuzu não queria mais estar nos *meus* braços e escolhera *outros* braços —, bom... aí era um pouco mais difícil de compreender. A atitude dela me parecia absurda e terrivelmente dolorosa. Eu não estava bravo (acho). Por sinal, se estivesse bravo, contra o que poderia descarregar essa raiva? Estava simplesmente paralisado pela anestesia que produzimos automaticamente para aliviar a dor violenta de um amor não correspondido. Era um tipo de morfina emocional.

Não conseguia esquecer Yuzu como deveria. Meu coração ainda a amava. Porém, supondo que ela morasse do outro lado do vale e eu tivesse um binóculo potente, será que eu a observaria através das lentes? Não, eu nunca faria isso. Na verdade, nesse caso, eu jamais escolheria um lugar desses para viver, pois seria como fabricar a própria sala de tortura.

Aturdido pelo uísque, fui me deitar antes das oito da noite. Acordei à uma e meia da madrugada e não consegui mais dormir. As horas até o amanhecer me pareceram intermináveis, solitárias. Não consegui ler nem ouvir música, fiquei apenas sentado no sofá da sala, sondando a escuridão vazia, refletindo sobre diversos assuntos, sobretudo coisas sobre as quais seria melhor não pensar.

Pensei em como seria bom se pelo menos tivesse a companhia do comendador. Se pudéssemos conversar sobre algo. Qualquer coisa. Pouco importava o tema. Bastaria ouvir sua voz.

Mas não vi o comendador em lugar nenhum. E não tinha nenhum meio para chamá-lo.

30.
Imagino que varie muito de pessoa para pessoa

Na tarde seguinte, postei os documentos do divórcio, devidamente assinados. Não acrescentei nada. Nem carta, nem bilhete. Simplesmente enfiei na caixa de correio diante da estação os documentos, dentro do envelope já preenchido e selado. Ainda assim, só por ter tirado aquele envelope de dentro de casa já senti um peso desaparecer dos meus ombros. Eu não fazia ideia de como seria o andamento do processo dali para a frente, mas isso não importava. Podiam fazer o que quisessem.

Na manhã de domingo, pouco antes das dez, Mariê Akikawa chegou, acompanhada da tia. Um Toyota Prius azul subiu a ladeira quase sem fazer ruído e estacionou silenciosamente diante da minha porta. A carroceria reluzia sob o sol da manhã. Parecia um carro novo em folha, como se tivesse acabado de ser desembrulhado. Nos últimos tempos, diversos carros apareciam diante daquela casa. O Jaguar prateado de Menshiki, o Mini vermelho da minha amante, o Infiniti preto com motorista, o velho Volvo preto de Masahiko Amada, e agora o Toyota Prius azul dirigido pela tia de Mariê Akikawa. Sem contar, é claro, a própria perua Toyota Corolla que eu dirigia (ela estava coberta por tanta poeira que eu já nem me lembrava muito bem da sua cor). As pessoas levam em conta uma série de motivos, justificativas e circunstâncias na hora de escolher um carro. Naturalmente, eu não sabia dizer por que a tia de Mariê escolhera um Toyota Prius azul. De qualquer maneira, ele lembrava mais um gigantesco aspirador de pó do que um automóvel.

Depois que o silencioso motor do Prius desligou sem alarde, tudo ficou *levemente mais quieto*. As portas se abriram, e Mariê Akikawa e uma mulher que devia ser sua tia saíram. A mulher parecia jovem, mas provavelmente estava na casa dos quarenta anos. Usava óculos de sol escuros, um vestido simples azul-claro e um cardigã cinza.

Carregava uma elegante bolsa preta e calçava sapatos cinza-escuros de salto baixo, sapatos apropriados para dirigir. Após fechar a porta do carro, ela tirou os óculos, que guardou da bolsa. Seu cabelo levemente ondulado batia na altura dos ombros, em um penteado que lhe caía bem (mas sem o ar perfeito de quem acaba de sair do salão). O único acessório que notei foi um broche dourado preso na gola do vestido.

Mariê Akikawa vestia um suéter preto de lã de algodão e uma saia de lã marrom até o joelho. Ela me pareceu bem diferente da aluna que eu sempre via com o uniforme da escola. Lado a lado, davam a impressão de ser mãe e filha de uma família respeitável. Mas eu sabia, por Menshiki, que não era essa a relação de parentesco entre elas.

Fiquei observando as duas por uma fresta das cortinas da janela, como sempre. Quando a campainha soou, fui abrir a porta.

A tia de Mariê era uma mulher de belas feições e tom de voz extremamente tranquilo. Não era de uma beleza que atrairia todos os olhares na rua, mas tinha um rosto refinado e bem-feito. Um sorriso natural despontava com discrição no canto dos lábios, como a lua branca antes da alvorada. Ela me entregou de presente uma caixa de biscoitos. Não precisava me trazer nada, afinal o pedido para que Mariê posasse partiu de mim. No entanto, ela era do tipo de pessoa que tinha sido educada de acordo com o costume de oferecer alguma lembrança na primeira visita. Agradeci e aceitei a caixa de biscoitos, depois levei as duas até a sala de estar.

— A casa onde moramos fica logo ao lado, em linha reta, mas para vir de carro é preciso dar uma volta bem grande — disse a tia (seu nome era Shoko Akikawa, explicou ela, "escrito com o mesmo ideograma da flauta *sho*"). — Sempre soube que o pintor Tomohiko Amada residia aqui, mas como o acesso é complicado nunca tinha visitado a região.

— Pois é. Estou morando nesta casa desde a primavera, por circunstâncias da vida — expliquei.

— Foi o que me disseram. É um prazer conhecê-lo. Espero que possamos manter uma boa relação, já que somos vizinhos.

Em seguida, Shoko Akikawa agradeceu pelas aulas que eu dava à sua sobrinha na escola de artes. Disse que, graças a mim, sua sobrinha frequentava a escola com prazer.

— Não chego a ensinar muita coisa, mas ao menos desenhamos juntos e nos divertimos.

— Não foi o que eu ouvi. Diversas pessoas me contaram que você é um excelente professor.

Eu duvidava que fossem tantas pessoas assim, mas aceitei o elogio sem protestar. Shoko Akikawa era uma mulher de boa criação e maneiras polidas.

A primeira coisa que chamaria a atenção de alguém que visse Mariê e Shoko sentadas lado a lado é que tia e sobrinha tinham feições bem diferentes. De longe, pareciam mãe e filha, mas de perto ficava claro que suas fisionomias não apresentavam semelhanças. Mariê Akikawa tinha traços elegantes, e Shoko com certeza podia ser definida como bonita, mas seus rostos causavam impressões distintas, como se estivessem em extremos opostos. Se por um lado os traços de Shoko buscavam o equilíbrio, por outro os de Mariê pareciam propensos a rompê-lo, a sair de qualquer limite estabelecido. A feição de Shoko buscava a harmonia do todo, ao passo que a de Mariê trazia um contraste assimétrico. Apesar disso, era visível, pela atmosfera, que as duas mantinham uma relação amistosa. Não eram mãe e filha, mas também tinham uma relação relaxada e fluida, muito frequente entre mães e filhas. Estavam ligadas, mas mantinham certa distância apropriada.

Eu não saberia dizer, é claro, o que havia levado uma mulher tão elegante, tão refinada e de feições tão belas como Shoko Akikawa a permanecer solteira, vivendo na casa do irmão, no meio daquela montanha no fim do mundo. Talvez ela tivesse um namorado alpinista que perdeu a vida tentando escalar o Everest e, desde então, jurou viver sozinha, guardando no peito essa recordação. Talvez mantivesse um longo caso com algum homem casado e charmoso. Seja como for, não era mesmo da minha conta.

Shoko foi até a janela voltada para o leste e contemplou, com interesse, a vista do vale.

— Vemos a mesma montanha do outro lado, mas de um ângulo um pouco diferente já parece outra paisagem! — observou ela, admirada.

Do outro lado do vale, dava para ver a mansão branca de Menshiki, brilhando (provavelmente Menshiki estava nos observando de lá, com seu binóculo). Como seria a mansão vista da casa delas? Quis fazer essa pergunta, mas me pareceu arriscado logo de saída, pois seria impossível prever o rumo que a conversa tomaria.

Por isso, achei melhor evitar. Levei tia e sobrinha até o ateliê.

— Gostaria que Mariê posasse para a pintura nesta sala — expliquei.

— Tomohiko Amada trabalhava aqui, não é? — perguntou Shoko, olhando ao redor, com curiosidade.

— Trabalhava.

— Não sei como explicar, mas sinto que a atmosfera aqui dentro é um pouco diferente em relação ao resto da casa. Você não acha?

— Bem, para mim fica difícil avaliar... Como passo todos os dias nesta casa, acho que deixei de perceber esse tipo de coisa.

— O que você acha, Mari? — perguntou Shoko. — Não sente que este lugar tem uma atmosfera diferente?

Mariê Akikawa estava distraída, examinado todos os cantos do ateliê. Não respondeu. Talvez nem tenha escutado a pergunta. Era uma pena, pois eu também queria saber o que ela achava.

— Enquanto vocês trabalham, imagino que seja melhor eu aguardar na sala de estar, não é?

— Depende de Mariê. O mais importante é criar um ambiente em que ela se sinta à vontade. Por mim, não faz diferença.

— Prefiro ficar sozinha.

Essa foi a primeira coisa que Mariê falou naquele dia. Uma frase curta, mas que não dava espaço para negociações.

— Tudo bem. Como você quiser, Mari. Eu já imaginava que você preferiria ficar sozinha, então trouxe um livro.

Shoko respondeu com tranquilidade, sem se abalar com a rispidez da sobrinha. Talvez já estivesse acostumada com esse tipo de postura.

Mariê Akikawa ignorou o comentário da tia. Com as costas levemente curvadas, tinha os olhos cravados sobre *O assassinato do comendador*, de Tomohiko Amada, que estava pendurado na parede. Observava o quadro retangular com o olhar compenetradíssimo, examinando cada detalhe, como se quisesse gravar na memória todos os seus elementos. Talvez aquela fosse a primeira vez que alguém além de mim via aquele quadro. Eu tinha me esquecido completamente de guardá-lo, antes que as duas chegassem. Bom, não havia nada a fazer...

— Gostou? — perguntei à menina.

Mariê não respondeu. Será que estava tão absorta que nem ouviu a minha voz? Ou será que escutou e preferiu ignorar?

— Desculpe, ela é uma menina esquisita — se justificou Shoko. — Acho que tem uma capacidade de concentração enorme. Quando está focada em algo, não repara em mais nada. É assim desde pequena. Com tudo. Livros, música, pinturas, filmes.

Não sei por quê, mas nem Shoko nem Mariê me perguntaram se aquela obra era de Tomohiko Amada. Eu também não fiz nenhum comentário sobre isso. E não mencionei seu título, é claro. No fim da contas, não havia problema que tivessem visto o quadro: provavelmente não perceberiam que se tratava de uma obra ausente nas coleções oficiais de Tomohiko Amada. Já se Menshiki ou Masahiko tivessem visto, seria outra história.

Deixei Mariê ficar olhando *O assassinato do comendador* o tempo que quisesse. Fui até a cozinha, fervi água para um chá e levei uma bandeja com xícaras e um bule até a sala. Servi também os biscoitos trazidos por Shoko. Shoko e eu nos sentamos nas poltronas e, enquanto tomávamos chá, conversamos (sobre a vida nas montanhas, o clima do vale etc.). Sempre era bom relaxar antes de começar de verdade o trabalho.

Mariê seguia contemplando a pintura, mas logo voltou a andar pelo ateliê, como um gato curioso. Tocou e examinou tudo o que encontrava: pincéis, tintas, telas, e também o velho guizo. Quando pegou e balançou algumas vezes o instrumento, ele fez o *tlim-tlim* habitual.

— Por que tem um guizo velho aqui? — perguntou ela para o vazio, como se não se dirigisse a ninguém, embora naturalmente estivesse falando comigo.

— Encontrei esse guizo enterrado aqui perto da casa, por acaso — respondi. — Acho que é um instrumento budista, daqueles que os monges tocam durante a leitura dos sutras.

Ela o balançou de novo, próximo ao ouvido, e comentou:

— Faz um som meio esquisito.

Voltei a me admirar como era incrível que o som discreto desse instrumento, vindo do subterrâneo no meio do bosque, tivesse alcançado meus ouvidos dentro de casa. Talvez existisse um jeito certo de tocá-lo.

— Não mexa assim nas coisas dos outros — repreendeu Shoko.

— Não, tudo bem. Não é nada de mais — disse eu.

De todo modo, logo Mariê perdeu o interesse no guizo e o devolveu à prateleira. Depois se sentou na banqueta, no meio do cômodo, e ficou olhando a paisagem pela janela.

— Acho que já podemos começar a sessão, se você não se importar — disse eu para Shoko.

— Claro. Enquanto espero, vou ler meu livro — comentou ela, com um sorriso elegante, antes de tirar da bolsa preta um volumoso livro de bolso, com a capa protegida pelo papel de embrulho da livraria.

Acompanhei Shoko até a sala, voltei para o ateliê e fechei a porta, ficando a sós com Mariê Akikawa.

Pedi que ela se acomodasse na cadeira que eu havia trazido mais cedo da sala de jantar e me sentei na banqueta, como sempre. Havia cerca de dois metros entre nós.

— Gostaria que você ficasse sentada nessa cadeira por um tempo, na posição mais confortável. Não precisa ficar imóvel. Pode se mexer um pouco, desde que não mude demais a postura.

— Podemos conversar enquanto você trabalha? — perguntou ela, um pouco insegura.

— Claro que sim.

— O retrato que você fez outro dia ficou incrível.

— Você se refere ao croqui que fiz com giz, na lousa?

— Sim. Foi uma pena ter que apagar.

Eu abri um sorriso.

— Não dava para deixar na lousa para sempre... Mas posso fazer um croqui como aquele quando você quiser. É bem fácil.

Ela não disse nada a respeito.

Peguei um lápis com ponta grossa e, me valendo dele como régua, fui medindo os vários elementos do rosto dela. O desenho que faria agora era bem diferente de um croqui. Eu devia trabalhar sem pressa, registrando de maneira organizada as feições da modelo,

Mariê. Independentemente do resultado da obra, essa era uma etapa indispensável.

— Acho que você tem uma espécie de dom para desenhar — comentou Mariê, como se tivesse acabado de se lembrar, depois de alguns minutos de silêncio.

— Obrigado — agradeci. — Um elogio desses é um ótimo incentivo.

— Você também precisa de incentivo, professor?

— Claro que sim. Todo mundo precisa de incentivo!

Peguei e abri um caderno de desenho grande.

— Hoje vou fazer alguns esboços. Às vezes, prefiro começar direto na tela, com tinta, mas dessa vez vou fazer um rascunho, direitinho. Assim posso ir aos poucos entendendo você melhor.

— Me entendendo melhor?

— Basicamente, desenhar uma pessoa é compreender e interpretar quem ela é. Não com palavras, mas com linhas, formas e cores.

— Bom, se eu mesma conseguisse me entender, seria ótimo.

— Pois é, sei o que você quer dizer. Também gostaria de me compreender melhor. Mas não é fácil. Então desenho.

Fiz rapidamente a lápis um esboço do seu rosto e tronco, tentando transpor a profundidade de Mariê para uma superfície. Essa era a tarefa mais importante, assim como transpor os movimentos sutis para algo estático. O desenho de rascunho define tudo isso, de maneira resumida.

— Escuta, você não acha que meus peitos são muito pequenos? — perguntou Mariê.

— E o que você acha?

— Acho que são. Parecem até dois pães que não chegaram a crescer.

Dei uma risada.

— Você ainda é jovem. Não se preocupe, seus peitos ainda vão crescer bastante.

— Sabe, eu nem preciso de sutiã! E todas as meninas da minha sala já usam.

Realmente, eu não via nenhum volume por trás do seu suéter.

— Se isso incomoda muito você, pode usar um sutiã com algum tipo de enchimento.

— Você acha melhor?

— Para mim, não faz diferença. Não pretendo pintar esse quadro para retratar isso. Faça como quiser.

— Mas os homens preferem mulheres com peitos grandes, não preferem?

— Nem todos — respondi. — Minha irmã mais nova também tinha peitos bem pequenos na sua idade. Mas acho que ela não ligava para isso.

— Vai ver ela ligava, mas nunca falou nada.

— Talvez — disse eu, embora continuasse achando que Komi não se incomodava com essas coisas, pois tinha questões maiores para se preocupar.

— Os peitos dela cresceram depois?

Me concentrei no lápis. Não respondi à pergunta e, durante um tempo, Mariê ficou observando os movimentos da minha mão.

— Cresceram ou não? — insistiu ela.

— Não — respondi, resignado. — Não cresceram porque minha irmã morreu quando estava no mesmo ano da escola que você. Ela tinha apenas doze anos.

Mariê Akikawa não falou mais nada por um tempo.

— Você não acha que a minha tia é linda? — perguntou ela. Tinha mania de mudar subitamente de assunto.

— Ah, sim. É uma mulher muito bonita.

— Você é solteiro, professor?

— Praticamente solteiro.

Quando aquele envelope chegasse ao escritório de advocacia, eu provavelmente seria solteiro por completo.

— Você gostaria de sair com ela?

— Imagino que seria divertido.

— Ela tem peitos grandes.

— Não tinha reparado.

— Pois é. São peitos grandes e com um formato muito bonito. Eu sei muito bem, porque de vez em quando tomamos banho juntas.

Olhei novamente para o rosto de Mariê.

— Você se dá bem com sua tia, não é?

— Sim, mas às vezes a gente briga.

— Por quê?

— Ah, por várias coisas. Porque temos opiniões diferentes, ou simplesmente porque eu fico irritada.

— Sabia que você é uma menina bastante peculiar? Na escola de artes, você é bem diferente. Eu achava que você era muito calada.

— Quando eu não quero falar, não falo, só isso — explicou ela, sem se abalar. — Estou falando demais? Gostaria que eu ficasse em silêncio?

— Não, não é isso. Eu também gosto de conversar. Pode falar o que quiser.

Eu estava feliz com a conversa, naturalmente. Não seria bom passar quase duas horas só desenhando, em silêncio.

— Eu me incomodo demais com essa questão dos peitos, não tem jeito — comentou Mariê, pouco depois. — Quase só penso nisso, o dia inteiro. Você acha que é esquisito?

— Acho que não. É algo normal para a idade. Tenho a impressão de que na sua idade eu só pensava sobre meu pinto. Se não tinha um formato esquisito, se não era pequeno, se funcionava bem.

— E agora, como é?

— Como é o quê? O que penso sobre meu pinto?

— Sim.

Refleti sobre a questão.

— Acho que agora praticamente não penso nele. Acho que ele é bem normal e não me traz nenhum grande problema.

— E as mulheres, o que pensam? Elogiam ele?

— Só algumas vezes, mas pode ser apenas por educação. Como quando elogiam um desenho.

Mariê refletiu um pouco, antes de falar:

— Acho que você não é muito normal.

— Você acha?

— Acho. Os homens não costumam falar assim. Meu pai, por exemplo, nunca me contaria esse tipo de coisa se eu perguntasse...

— Acho que os pais não costumam mesmo querer falar sobre seus pintos com as filhas — falei, enquanto continuava trabalhando, sem parar.

— Quando os mamilos começam a crescer? — perguntou Mariê.

— Hum, como sou homem, não sei dizer. Mas imagino que varie muito de pessoa para pessoa.

— Você teve alguma namorada quando era novo?

— Minha primeira namorada foi aos dezessete. Uma menina da minha classe.

— Onde você estudava?

Falei o nome de uma escola pública no bairro de Toshima. Com certeza, ninguém além dos moradores do bairro sabia da sua existência.

— Você gostava dessa escola?

Balancei a cabeça.

— Não muito.

— E você viu os mamilos dessa namorada?

— Sim. Ela deixou.

— De que tamanho eram?

Busquei na memória aqueles mamilos.

— Nem muito pequenos, nem muito grandes. Acho que tinham um tamanho normal.

— Ela usava enchimento no sutiã?

Busquei na memória os sutiãs usados por essa minha antiga namorada. Minhas recordações eram vagas. Só me lembrava com clareza da dificuldade que tive ao tentar abrir o fecho, esticando os braços para trás das suas costas.

— Acho que não.

— E o que ela faz hoje em dia?

Pensei sobre ela. Como estaria hoje?

— Não sei... Faz muito tempo que não mantemos contato. Acho que ela já deve estar casada e ter filhos.

— Por que vocês perderam o contato?

— Porque a última coisa que ela me disse é que não queria me ver nunca mais.

Mariê franziu a testa.

— Então você tinha algum problema?

— Deve ter sido.

Com certeza, o problema era comigo. Com certeza absoluta.

Não fazia muito tempo, eu tinha sonhado duas vezes com essa ex-namorada de escola. Em um dos sonhos, estávamos caminhando juntos à beira de um grande rio, e eu tentava beijá-la. No entanto, não sei por quê, uma longa cortina de cabelos negros cobria seu rosto, impedindo que meus lábios conseguissem encostar nos seus. Nesse momento eu percebi que, dentro do sonho, ela continuava tendo só dezessete anos, mas eu já tinha trinta e seis. Então acordei. Tinha sido um sonho muito real. Eu ainda podia sentir a textura do seu cabelo contra os meus lábios quando acordei. Era estranho, porque fazia muito tempo que não pensava nessa ex-namorada...

— Sua irmã era quantos anos mais nova do que você, professor? — perguntou Mariê, mudando de assunto outra vez.

— Três.

— Ela morreu com doze anos, não é?

— Isso.

— Então você tinha quinze anos, na época.

— Sim, quinze anos. Eu tinha acabado de entrar no ensino médio. E ela estava no mesmo ano que você.

Percebi que agora Komi era vinte e quatro anos mais nova do que eu. Depois de sua morte, a diferença de idade entre nós seguiu aumentando.

— Quando minha mãe morreu, eu tinha seis anos — comentou Mariê. — Ela morreu com picadas de abelha no corpo todo. Estava passeando aqui perto, nas montanhas.

— Sinto muito.

— Ela tinha alergia grave ao veneno das abelhas. Levaram ela de ambulância para um hospital, mas ela já tinha sofrido uma parada cardíaca, por causa do choque.

— Depois disso sua tia foi morar com vocês?

— Sim. Ela é a irmã mais nova do meu pai. Eu também queria ter um irmão mais velho... uns três anos mais velho.

Terminei o primeiro esboço e comecei o segundo. Queria testar desenhá-la de ângulos diferentes. Tinha reservado aquele dia só para isso.

— Você brigava com sua irmã? — perguntou ela.

— Não me lembro de brigas entre nós.

— Então vocês se davam bem.

— Acho que sim. Mas nunca cheguei a pensar sobre isso.

— O que você quer dizer com *praticamente solteiro*? — perguntou Mariê, pulando outra vez de assunto.

— É que em breve eu vou ser oficialmente divorciado — respondi. — No momento, o processo está em andamento, por isso estou *praticamente* solteiro.

Ela apertou os olhos.

— Não entendo bem essa coisa de divórcio. Não conheço ninguém divorciado.

— Eu também não entendo muito bem. Afinal, é a primeira vez que me divorcio.

— Como você se sente, se divorciando?

— Acho que posso dizer que é uma sensação estranha, como se você andasse tranquilamente por uma rua, achando que é o caminho certo, e de repente o chão desaparece debaixo dos seus pés. Então você continua dando um passo depois do outro, no meio do vazio, sem direção, sem nada.

— Por quanto tempo você foi casado?

— Seis anos.

— Quantos anos tem sua esposa?

— Ela é três anos mais nova que eu.

Uma coincidência, é claro, mas a mesma diferença de idade que minha irmã e eu tínhamos.

— Você acha que desperdiçou esses seis anos?

Pensei a respeito.

— Não, não acho. Não quero pensar dessa forma. Além do mais, a gente se divertiu bastante.

— Sua esposa também pensa assim?

Balancei a cabeça.

— Aí já não sei. Gostaria que pensasse.

— Você não perguntou?

— Não. Se tiver oportunidade, pergunto.

Depois disso, passamos um longo tempo em silêncio. Eu estava compenetrado no meu segundo desenho, e Mariê Akikawa refletia concentrada sobre alguma coisa — sobre tamanhos de mamilos, ou sobre divórcio, ou sobre abelhas, ou quem sabe sobre outro assunto. Com a boca fechada e as mãos nos joelhos, ela estava totalmente absorta e aproveitei para registrar essa expressão séria sobre a folha branca.

Todos dias, quando chegava o meio-dia, soava uma melodia no sopé da montanha, para anunciar a hora. Devia ecoar de um alto-falante da prefeitura ou de alguma escola. Naquele fim de manhã, ao ouvir o sinal, conferi o relógio e encerrei o trabalho. Tinha conseguido fazer três rascunhos, composições bem interessantes. Podia vislumbrar, em cada um deles, a possibilidade de algo por vir. Nada mal para um dia de trabalho.

Mariê Akikawa havia passado mais de uma hora e meia sentada em uma cadeira, posando. Estava ótimo para o primeiro dia. Posar daquele jeito não era fácil para quem não estava acostumado, ainda mais para uma menina em fase de crescimento.

Shoko Akikawa estava no sofá, com óculos de armação preta, devorando seu livro. Quando entrei na sala, ela tirou os óculos e guardou o livro na bolsa. Aqueles óculos lhe conferiam um ar muito intelectual.

— Encerramos por hoje. Rendeu bastante — falei. — Vocês poderiam voltar no mesmo horário, na semana que vem?

— Sim, claro — disse Shoko. — Não sei por quê, mas foi muito agradável ler aqui. O segredo talvez seja este sofá...

— Tudo bem para você, Mariê? — perguntei.

Mariê assentiu com a cabeça, sem dizer nada. Tudo bem. Diante de sua tia, ela se transformava e ficava calada. Ou talvez não gostasse quando estávamos os três juntos.

As duas entraram no Toyota Prius azul e foram embora, acompanhadas pelo meu olhar, da porta de casa. De óculos escuros, Shoko Akikawa colocou a mão para fora da janela do carro e acenou algumas vezes. Sua mão era branca e delicada. Correspondi ao aceno. Mariê olhava direto para a frente, queixo retraído. Quando o carro desapareceu ladeira abaixo, voltei para dentro. A casa parecia estranhamente vazia depois que as duas se foram, como se algo que devia estar ali tivesse desaparecido.

Era uma dupla curiosa, pensei, observando as xícaras sobre a mesa. Sentia que havia alguma coisa de incomum nas duas. O que poderia ser?

De repente, me lembrei de Menshiki. Talvez eu devesse ter dito para Mariê sair para o terraço, de modo que ele pudesse vê-la claramente pelo binóculo. Depois, pensando melhor, mudei de ideia. Por que deveria me preocupar com esse tipo de coisa, se ele nem havia me pedido?

De qualquer maneira, haveria outras oportunidades. Não era preciso ter pressa. Talvez.

31.
Talvez, um pouco perfeito demais

Na noite do mesmo dia, recebi uma ligação de Menshiki. O relógio já marcava nove horas. Ele se desculpou pelo horário, disse que teve um compromisso irritante e não conseguiu se liberar antes. Respondi que ele não precisava se desculpar, pois minha ideia era permanecer acordado por mais algum tempo.

— E então, como foi hoje? Tudo bem? — perguntou ele.

— Tudo satisfatório. Fiz alguns esboços de Mariê e combinei a próxima sessão, no mesmo horário, semana que vem.

— Fico feliz em ouvir isso. E a tia? Foi amistosa?

Amistosa? Achei aquela palavra curiosa.

— Foi, sim. É uma mulher simpática. Não sei se eu diria que ela foi amistosa, mas não me pareceu desconfiada.

Contei em linhas gerais os acontecimentos daquela manhã. Menshiki me escutava com tanta atenção que tive a impressão de que ele quase não respirava, como se quisesse absorver cada informação, sem deixar escapar nada. Apenas abriu a boca para me fazer algumas perguntas. Como tinha sido a chegada? Que roupas usavam? Como eram? O que disseram? Como foi desenhar Mariê? Contei tudo a ele. Só não mencionei que Mariê estava preocupada com o tamanho dos seus peitos. Achei que aquele assunto deveria ficar só entre mim e ela.

— Seria cedo demais se eu fizesse a visita já na semana que vem? — indagou Menshiki.

— Bom, cabe a você decidir. Não sei avaliar. Para mim, não haveria problema.

Menshiki passou algum tempo em silêncio.

— Preciso refletir um pouco. É uma questão bastante delicada — disse ele, por fim.

— Reflita com calma. E não se preocupe: ainda demorarei um tempo até terminar a pintura. Não faltarão oportunidades. De qualquer maneira, para mim, não faria diferença se fosse na próxima semana.

Era a primeira vez que eu percebia Menshiki hesitar daquele jeito. Até aquele momento, decidir sobre qualquer assunto sem titubear era uma das marcas daquele homem.

Pensei em perguntar se ele havia utilizado o binóculo naquela manhã, se conseguira ver Mariê e Shoko Akikawa, mas mudei de ideia. Enquanto ele não mencionasse nada, provavelmente seria mais prudente não tocar no assunto. Ainda que a casa observada fosse aquela em que eu morava.

Menshiki voltou a me agradecer.

— Me perdoe por pedir tantos favores difíceis.

— Não se preocupe. Não considero que estou fazendo um favor. Estou apenas pintando um retrato de Mariê Akikawa, por conta própria. Você não precisa me agradecer.

— Ainda assim, sou muito grato — disse Menshiki, com voz serena. — Muito grato, em *diversos* sentidos.

Eu não sabia a que ele se referia com "em diversos sentidos", mas não me atrevi a perguntar. Já estava tarde. Trocamos um boa-noite e desligamos. Porém, depois de pousar o telefone no gancho, me ocorreu que talvez Menshiki não fosse dormir tão cedo e tivesse uma longa noite de insônia. Pude perceber tensão em sua voz. Com certeza, ele tinha muitas coisas para refletir.

Durante aquela semana, não aconteceu nada de especial. O comendador não apareceu, e minha amante também não deu notícias. Foi uma semana muito pacata. Ao meu redor, apenas o outono seguia se intensificando aos poucos. O céu estava cada vez mais alto, o ar era límpido, as nuvens pareciam belos riscos brancos traçados com pincel.

Olhei muitas vezes os três desenhos de Mariê Akikawa. Diferentes posições e diferentes ângulos. Embora fossem interessantíssimos e cheios de possibilidades, eu não pretendia usar nenhum deles como rascunho para a pintura. Como eu mencionara à própria Mariê, o objetivo daqueles desenhos era apenas conhecê-la e compreendê-la como um todo, incorporando de algum modo, dentro de mim, sua existência.

Examinei muitas e muitas vezes os três desenhos, me concentrando para recriar internamente uma imagem concreta da menina. Porém, tive a sensação de que a imagem de Mariê Akikawa se misturava aos poucos à da minha irmã, Komi. Eu não conseguia julgar se era algo apropriado ou não, mas as almas das duas meninas praticamente da mesma idade já haviam se conectado nas profundeza do meu ser, onde eu não era capaz de chegar e onde não podia mais separar uma da outra.

Na quinta-feira, chegou uma carta de minha esposa. Era a primeira vez que ela entrava em contato comigo desde minha saída de casa, em maio. A remetente e o destinatário estavam escritos no envelope com a caligrafia bonita que eu conhecia tão bem. Ela continuava usando o meu sobrenome. Talvez fosse mais conveniente continuar usando meu sobrenome até que o divórcio estivesse concluído.

Cortei o envelope com uma tesoura. Dentro, havia um cartão-postal com a imagem de um urso-polar em pé, sobre um iceberg, e uma mensagem simples de agradecimento por eu ter assinado e enviado os documentos de divórcio sem demora.

> Olá, como vai você? Por aqui estou levando, sem maiores problemas. Continuo morando no mesmo lugar. Obrigada por enviar os documentos tão rápido. Obrigada mesmo. Quando eu tiver alguma notícia sobre o processo, volto a escrever.
>
> Se você precisar de alguma coisa que deixou aqui, me avise. Posso enviar pelo correio. Espero que tudo corra bem para nós dois nessa nova etapa da vida.
>
> Yuzu

*

Reli aquela carta diversas vezes, me esforçando para decifrar os sentimentos escondidos por trás das palavras. Mas não consegui decifrar nenhum sentimento nem nenhuma intenção naquele texto curto. Aparentemente, o que ela queria comunicar estava na mensagem, escrita com clareza.

Eu não compreendia por que ela havia demorado tanto tempo para dar entrada na papelada do divórcio. Não parecia ser um processo tão trabalhoso. Além do mais, ela com certeza queria encerrar o quanto antes a relação entre nós. No entanto, já fazia mais de meio ano desde que eu saíra de casa. O que ela teria feito durante esse tempo? O que teria pensado?

Procurei observar demoradamente a imagem do urso-polar do cartão, mas também não consegui decifrar nenhuma intenção específica. Por que um urso-polar? Talvez ela simplesmente tivesse usado o cartão que estava à mão. Esse era o meu palpite. Ou seria aquele urso, em pé sobre um pequeno iceberg, levado ao sabor das correntes marítimas, uma representação da minha própria situação? Não, acho que eu estava indo longe demais.

Coloquei o cartão dentro do envelope, que guardei na primeira gaveta da escrivaninha. Ao fechá-la, tive a ligeira impressão de que as coisas haviam avançado mais um passo, como se a marcação na escala tivesse subido um grau depois daquele *crac*! Claro, esse passo não tinha sido dado por escolha minha. Alguém, ou alguma coisa, havia providenciado o novo degrau, e eu me limitava a avançar conforme o programado.

De repente, me recordei do que dissera a Mariê no domingo, sobre a vida depois do divórcio. *É uma sensação estranha, como se você andasse tranquilamente por uma rua, achando que é o caminho certo, e de repente o chão desaparece debaixo dos seus pés. Então você continua dando um passo depois do outro, no meio do vazio, sem direção, sem nada...*

Dava na mesma uma corrente marítima sem rumo ou um caminho sem chão. De qualquer maneira, não passavam de metáforas. Já eu estava diante de um fato concreto. Estava sendo engolido, de verdade, por aquele redemoinho. Por que precisaria de uma metáfora?

Se eu pudesse, gostaria de escrever a Yuzu para contar em detalhes minha situação. Jamais seria capaz de escrever coisas vagas como "estou levando, sem maiores problemas". Pelo contrário, eu tinha a sensação de que estava com *problemas grandes demais*. Porém, se eu começasse a escrever sobre tudo desde o começo, não conseguiria mais me controlar. Além disso, nem eu mesmo sabia explicar ao certo o que estava acontecendo. No mínimo, era algo impossível de "explicar" com coerência e lógica.

Por isso, decidi não responder à carta de Yuzu. Eu só contava com duas opções: ou não dizer nada, ou contar logo tudo o que havia acontecido (desconsiderando qualquer coerência ou lógica). Acabei escolhendo a primeira opção. No fim das contas, em certo sentido, eu era um urso-polar solitário, abandonado em um iceberg, levado pelas correntes marítimas. Não havia nenhuma caixa de correio à vista. De todo modo, ursos-polares não mandam cartas.

Me lembro muito bem da época em que conheci Yuzu e começamos a sair.

No primeiro encontro, jantamos, conversamos bastante e tive a impressão de que ela gostou de mim. Sugeri que saíssemos de novo. Desde o começo, nos entendemos de maneira inexplicável, como se simplesmente fôssemos compatíveis.

Mas demorou algum tempo até virarmos um casal, porque na época Yuzu tinha um namorado. Embora estivessem juntos havia dois anos, ela não tinha sentimentos muito profundos por ele.

— Ele é muito bonito, sabe? Às vezes, é um pouco tedioso, mas enfim…

Um homem muito bonito, mas um pouco tedioso… Eu não conhecia ninguém assim e não conseguia imaginar ao certo que tipo de personalidade seria essa. Tudo o que consegui imaginar foi um prato lindo, mas sem muito sabor. Quem gostaria de comer um prato assim?

— Sempre tive uma queda para homens muito bonitos — admitiu ela. — Quando vejo um homem bonito, é como se minha razão parasse de funcionar. Não resisto, mesmo sabendo que não é uma boa ideia. Não consigo corrigir esse hábito de jeito nenhum. Talvez esse seja meu maior ponto fraco.

— Uma doença crônica — brinquei.

Ela concordou.

— Sim, pode ser. Um mal que não consigo tratar. Uma doença crônica.

— Bom, essa notícia não é das melhores para mim... — comentei.

Um belo rosto nunca foi um dos meus atrativos.

Ela não discordou. Apenas deu uma risada. Pelo menos, ao meu lado, ela não parecia entediada. A conversa fluía com naturalidade e ela se divertia bastante.

Então esperei com paciência até que seu relacionamento com o tal namorado bonito acabasse (como se não bastasse ser bonito, ele também tinha se formado em uma universidade renomada e trabalhava em uma empresa renomada, ganhando um alto salário. Sem dúvida, teria se dado bem com o pai de Yuzu). Durante esse tempo de espera, conversávamos sobre muitos assuntos e íamos a muitos lugares, nos conhecendo cada vez melhor. Trocávamos beijos e abraços, mas nunca chegamos a transar. Ela não queria ter relações sexuais com mais de um parceiro.

— Neste quesito, sou da moda antiga — explicou.

Então só me restava esperar.

Aquela situação se arrastou por cerca de seis meses. Para mim, parecia uma eternidade. Em alguns momentos, tive vontade de jogar tudo para o alto. Mas no fim consegui suportar, pois tinha a convicção de que um dia ficaríamos juntos.

Até que finalmente o namoro de Yuzu com o homem bonito chegou ao fim (ao menos é o que acho, já que ela não me falou uma palavra sobre isso), e ela aceitou namorar comigo, um homem não muito bonito e, de quebra, sem muito sucesso.

Me lembro bem da primeira vez em que transamos. Tínhamos ido a uma pequena estação termal no interior e passamos uma primeira noite memorável. Tudo correu muito bem, tão bem que eu poderia dizer que foi perfeito. Talvez, um pouco perfeito demais. Sua pele era branca, macia e sedosa. Talvez a água ligeiramente lodosa das termas e o luar branco do começo de outono contribuíssem para aquela brancura e aquela maciez. Eu envolvi o corpo nu de Yuzu e entrei pela primeira vez dentro dela. Sua voz soou baixinho ao meu ouvido, e seus dedos delicados pressionaram com força as minhas costas. Naquele dia, os insetos estavam cantando animadamente. Eu conseguia ouvir a corredeira refrescante de um riacho. *Farei de tudo para não perder essa mulher*, jurei para mim mesmo naquele instante, que talvez fosse o mais importante da minha vida. Yuzu finalmente era minha.

Depois de ler sua breve mensagem naquele cartão-postal, passei muito tempo pensando em Yuzu, em como nos conhecemos, na primeira noite que passamos juntos. Compreendi que o que sentia por ela praticamente não havia mudado, desde o primeiro encontro até hoje. Eu ainda não queria perdê-la. Tinha certeza. Havia assinado a papelada do divórcio, mas era outra questão. Porém, em todo o caso, ela havia de repente se afastado de mim. Para muito longe — talvez longe demais. Tão longe que nem com o binóculo mais potente eu conseguiria enxergá-la.

Sem que eu me desse conta, ela devia ter arranjado um novo namorado bonito. Então, como sempre, foi *como se sua razão parasse de funcionar*. Eu devia ter percebido, quando ela deixou de querer transar comigo. Ela *nunca tinha relações sexuais com mais de um parceiro*. Se eu tivesse prestado atenção, teria sido tão claro…

Uma doença crônica, pensei. Uma doença crônica e sem cura. Uma propensão fisiológica, intocada pela razão.

Naquela noite (uma noite chuvosa de quinta-feira), tive sonhos longos e sombrios.

Estava em uma pequena cidade costeira na província de Miyagi, ao volante de um Subaru Forester branco (no sonho, aquele carro era meu). Vestia uma velha jaqueta preta de couro e tinha à cabeça um boné preto da marca de golfe Yonex. Eu era alto, tinha o rosto bronzeado e um cabelo bem curto, com alguns fios brancos. Em suma, eu era o homem do Subaru Forester branco e seguia sem chamar atenção um carro compacto (um Peugeot 205 vermelho), onde estavam minha esposa e seu amante. Estávamos em uma estrada à beira-mar e observei quando os dois entraram em um motel espalhafatoso, distante da cidade. No dia seguinte, fui ao encalço da minha esposa e estrangulei seu delicado e branco pescoço com o cinto de um roupão de banho. Eu era um homem de braços fortes, acostumado ao trabalho pesado. Apertava seu pescoço com toda a força e gritava bem alto. Nem eu conseguia entender o que estava gritando. Era um grito de ódio puro, sem sentido. Um ódio violento, como eu jamais havia sentido, dominava meu corpo e minha mente. Eu gritava, lançando gotas brancas de saliva pelo ar.

Minha esposa arfava, tentando levar ar aos pulmões. Eu via suas têmporas se agitando em pequenos espasmos, e sua língua cor-de--rosa se enrolar dentro da boca, e suas veias azuis surgindo sob a pele, como um mapa pintado em tinta invisível. Senti o cheiro do meu próprio suor. Um odor desagradável que eu nunca sentira antes emanava do meu corpo, como o vapor sobre as termas. Era o cheiro de um animal selvagem.

Não é para você me pintar!, ordenava a mim mesmo, apontando furiosamente para meu reflexo, em um espelho na parede. *Não me pinte mais!*

Neste exato momento, despertei. Só então, compreendi qual havia sido meu maior medo, naquela cama de motel na cidade costeira. No fundo, o meu medo era acabar estrangulando de verdade aquela mulher (a moça de quem nem sequer sabia o nome). Ela tinha dito que eu podia só fingir. Mas talvez não parasse por aí. Talvez não ficasse apenas no *fingimento*. E o motivo para essa terrível possibilidade existia dentro de mim.

Também gostaria de me compreender melhor. Mas não é fácil.

Eu dissera isso a Mariê Akikawa. Me lembrei dessa frase enquanto secava o suor do corpo com uma toalha.

Na manhã de sexta-feira, a chuva havia parado, dando lugar a um céu todo azul. Caminhei pelas redondezas por cerca de uma hora, para acalmar a agitação da noite maldormida. Entrei no bosque, contornei o santuário e inspecionei o buraco, como não fazia havia algum tempo. Novembro havia chegado, e o vento soprava sensivelmente mais frio. O chão do bosque estava coberto de folhas caídas e molhadas. Como esperado, o buraco estava fechado com as tábuas, que também estavam cobertas de folhas de cores variadas, além das pedras que serviam de peso. No entanto, tive a impressão de que a posição das pedras estava ligeiramente diferente, com alterações mínimas.

Mas não dei muita importância. Além de mim e de Menshiki, ninguém mais entraria naquele bosque no meio do nada. Ergui só uma das tábuas e espiei dentro do buraco. Não havia ninguém. A escada continuava no mesmo lugar, apoiada contra a parede. Sob meus pés, aquela câmara sombria de pedra continuava existindo em um silêncio profundo, como sempre. Voltei a tábua para o lugar e arrumei as pedras sobre ela.

Também não dei muita importância à ausência de duas semanas do comendador. Como ele mesmo dissera, as IDEAS precisam se ocupar de muitos assuntos, assuntos que ultrapassam tempo e espaço.

Por fim, chegou o domingo, um domingo dos mais conturbados.

32.
Suas habilidades profissionais eram muito apreciadas

Nós estávamos conversando, quando outro homem se aproximou. Era um pintor profissional, originário da Varsóvia. Tinha estatura mediana, nariz adunco e um bigode admirável sobre a pele pálida. [...] *Sua aparência chamava a atenção mesmo de longe, e ficava claro que seu ofício lhe conferia uma posição elevada* (*suas habilidades profissionais eram muito apreciadas no campo de concentração*). *Ele era respeitado por todos e, em mais de uma ocasião, me contou demoradamente sobre o trabalho que fazia.*

"Pinto aquarelas para os soldados alemães. Retratos e coisas do gênero. Eles me trazem fotos dos parentes, das esposas, da mãe ou dos filhos. Todos querem ter desenhos da família. Esses membros da SS me falam sobre os parentes com carinho, com muito sentimento. Dão detalhes da cor dos olhos e do cabelo. Então pinto retratos dos seus familiares, me baseando em fotos amadoras e borradas, em branco e preto. Mas sabe... apesar de tudo o que me dizem, não gostaria de pintar os familiares desses alemães. O que eu gostaria mesmo era de pintar em preto e branco as crianças empilhadas no 'pavilhão de quarentena'. Gostaria de fazer retratos de todas as pessoas que eles massacraram e obrigá-los a levar os desenhos para casa e pendurá-los nas paredes. Desgraçados de merda!"*

Nessas horas, o artista ficava bastante nervoso.

Samuel Willenberg, *Revolta em Treblinka*

---

* No campo de concentração de Treblinka, "pavilhão de quarentena" era outro nome dado ao local das execuções. (N. A.)

1ª EDIÇÃO [2018] 1 reimpressão

ESTA OBRA FOI COMPOSTA PELA ABREU'S SYSTEM EM ADOBE GARAMOND
E IMPRESSA EM OFSETE PELA LIS GRÁFICA SOBRE PAPEL PÓLEN SOFT
DA SUZANO S.A. PARA A EDITORA SCHWARCZ EM SETEMBRO DE 2023